Fang Fang

方方

柩《ひつぎ》のない埋葬

軟埋

渡辺新一 訳

河出書房新社

柩のない埋葬　目次

第一章……005
第二章……029
第三章……046
第四章……064
第五章……076
第六章……093
第七章……141

第八章　169
第九章　190
第一〇章　203
第一一章　252
第一二章　272
第一三章　325
第一四章　340
最終章　352
訳者あとがき　356

柩のない埋葬

第一章

一．自分との闘い

その女はずっと自分と闘ってきた。

女はすでに老いてしまった。皮膚は生気なくたるみ、皺らしい皺は一つもつまむことができない。顔や首筋には細い筋が密集している。皮膚が白いので、その細めの筋は時の経過によってできたというよりも、細い筆で一描き一描き画《えが》かれたもののように見えた。その目はすでにひどく混濁していたが、急に大きく見開くと、きらりと光るものがあった。

女はいつも虚空を見つめぼんやりしていた。思うところがあるかのようであり、無聊《ぶりょう》をかこっているようでもあった。そのため、通りかかりの人は気になって声をかけた。

「おばあさん、何を考えてんだい？」

そんなとき、女はぼんやりしたまま通りかかった人を見つめ、ぶつぶつと何か言った。だが誰も聞き取れないのだった。女は自分でも何を言っているのか分からないのだ。実のところ、考え事をしていたかどうかも意識がない。ただ、とても多くの奇妙なものがしきりに外に向かって飛び出している感じがしていた。まるで記憶が刺激されているかのようだ。その奇妙なものは、女が一生触れたくないことだった。女はそれに命をかけて抵抗した。それは、風を通さぬ大きなネットのように、時おり突如現れる化け物を包み込み、縛り上げていた。女の一生は、初めから終わりまでこのネットを手に、化け物どもと闘うことだった。

　夫は生前、気にせず考えてみろと言った。もしも何かを思い出せば、気持ちは休まる、と。女は夫の言葉に従いたくて、何とかこころを平静に保ち懸命に記憶をたどった。だが、ほんの一瞬、全身の苛立ちが無数の針となって速射砲のように突き刺さり、その力は凄まじく五臓六腑が引き裂かれる思いになるのだった。そのときは、女は痛みと辛さで息もできないほどだった。

　女は絶望的になって夫に言った。「もう私を追いつめないでよ。私、考えられない。考えると、すぐ死にたくなる」

　夫は驚き心配した。しばし沈黙の後、言った。「じゃあ、もう考えるな。何とか自分でできる仕事を探すんだ。忙しくしていれば考えなくてすむから」

　女は夫の言葉に従って、毎日を忙しく過ごした。けれども、特別の為すべきことがあるわけではなく、あるのは家事だけだった。毎日忙しく床やテーブルを磨き掃除をし、家の中は塵一つなく片付けられていた。家にやって来る人は、誰もが言った。あんたの家、ほんとにきれいね。私の夫は医者なの、女はそのことが誇りだった。

　こうして、女の生活は徐々に正常になっていった。

何年ものあいだ、女の生活は変わらなかった。どの年もぴたりと閉まった一枚の膜のようで、女の記憶の背後にあるものを年々覆っていった。一年に一枚、その膜は毎年徐々に厚くなり、ついには固まって板になり、意識の奥に隠された化け物どもは完全に抑え込まれていった。

だが、それはどんなものなのか？　女には全く分からなかった。

女が記憶を失ったのは一九五二年春のことである。

それから何年も経ったある日のこと、夫が病院から戻ってきた。表情は硬く、「文化大革命になった」と言った。病院では連日会議が開かれ、夫を批判する壁新聞が出て過去に問題があると言う人がいるというのだ。女のこころは凍りついた。夫が語ることが何を意味しているのか分からない。だが、夫は突然言った。お前には関係ないことだ。私はお前を守る。昔のことは、死ぬまで思い出してはいけない。お前の最大の敵は外の人間ではなく、恐らくはお前が覚えていないことなのだ。誰かに訊かれたら、何にも知らないんですと答えれば大丈夫だ。

女はこうした言葉が夫からの慰めと忠告であることを理解せず、反対にしばし動悸が激しくなった。こころの奥にしまい込みもう少しで消えそうな敵は、あたかも夫の手に握られているかのような気になるのだ。一体これはどういうことだろう？　まさか私の知らないことを夫が知っているわけではあるまい？　そう考えていると、恐怖の感情がふつふつと湧いてくるのを感じた。この恐怖は、日々、夜な夜な女の身に纏《まつ》わりつき、一時も離れなかった。

そこで女は分かった。長年来、女が最も愛した人は女の最も恐れる人でもあったのだ。

なぜだろう？　なぜ女はこうした思いを抱いたのだろうか？　女は不安でどうしていいか分からなかった。だが、間違いなく女のこころにはこの思いが巣くっていた。

二．川の流れの水音

女は急流の中から救出されたとき、一糸まとわぬ姿だった。頭のてっぺんから爪先まで、傷だらけだ。石が激流にぶつかり流されてきたためにできた傷だった。彼女を救出した人によれば、その身体は水に浸かって白くなり、頭髪だけが黒かったので、すぐにはどこに傷を負っているのか分からなかった。運よく数人の軍医が近くの村まで診察に来ており、女はその村に送られた。救急手当の後、軍医たちは彼女を病院に急送した。

女は病院で半月あまり入院して、ようやく意識を取り戻した。そして、質問に答えようとして、突然きょとんとした表情になった。

あなたはどこの人ですか？　何村に住んでます？　お幾つですか？　家族は誰がいますか？　どうして川に落ちたのです？　船が沈没したためですか、それとも誰かに落とされたのですか？　落ちたのはあなただけですか？　……人々は代わる代わる訊ねた。その声は優しくともどこかトゲがあり、女のこころはこの上なく傷んで、ベッドに丸くなった。そうなのだ、私はどこの人間なのだろう？　住処はどこ？　名前は？　どうして川に落ちてしまったのだろう？　女は全く記憶がなくなっていた。どうして何も思い出せないのだろう？　なぜ何もかも記憶がないのだ？　彼女は泣き出した。覚えていないの、女は訴えた。

女は本当に記憶を失っていた。

人々は言った。よく考えて、思い出すんだ。あんたは川の中から救出されたんだ。川の中のことから考えれば、思い出せるかも知れないよ。

女は人々の言葉に従って、一心に思い出そうとした。だが、川辺まで記憶がたどり着くと、ゴーゴーという川音が雷鳴のように轟《とどろ》いてきた。名もなき恐怖心が逆巻く水音とともに襲ってくるのだ。すると、逆巻く波の中に化け物が隠れている。その姿は見えず触れもできないのだが、激しく女の精神と肉体を襲った。女はにわかに暴れだし、声を出して激しく泣き、ヒステリックに叫んだ。

呉《ウー》という名の医師が興味本位の人々を厳しく制止した。この女はショックを受けたに違いない。これ以上考えさせてはいけない、静養させよう。

そこで人々は問いかけるのを止め、陰に陽に同情の口ぶりで女について噂し合った。

これはうららかな春の日の出来事である。

窓の外ではモモの木がピンク色の花をいっぱいにつけていた。病院の塀際に咲くアンズは白い花をつけて並び、白い塀に溶けて、遠目には花の見分けがつかなかった。遠くには、数本イチョウの老木が緑の葉を揺らし、がっしりした幹からは何年ごろ植えられたのかさえ分からない。さらに遠くには山並みが優しく起伏し、花びらのような輪郭に見えた。庭の角に咲くオウバイはほどなく散ろうとしているが、黄色の花の明るさはまだ輝いている。色とりどりの花が突然女の視界に飛び込んできた。春を告げる鳥はいま元気になり、風はまだ冷たいものの、寒さの残る中、相変わらず囀《さえず》っている。こうした景色と鳴き声の中、女は徐々に気持ちを落ち着かせていった。

女の人生の新たな記憶がここから始まった。それは四川省東部にある小さな町でのことだった。

その後、病院の看護師たちは救出し治療した経緯をあれこれ女に話した。呉医師たちがあなたを連れてきたときは、私たちもうダメだと思ったのよ。ある日、少なくとも三人の医師がもう呼吸が停止したと言って、遺体搬送人を病院の入口に呼んだこともあるの。呉医師は注意深くて、あなたの中指がちょっと動いたことに気づいて、入院させて観察し続けようと主張した。その結果、数日後にあなたは意識を取り戻したわけ。女はこうした話を聞いて、自分が危うく死ぬところだった経緯を記憶の中にしまいこんだ。

　こうした話の中には、人が一人いた。呉医師、つまり彼女の命の恩人である。生死の境をさまよった体験と、命を救ってくれた人の存在を、彼女はゆっくりと納得することになった。短い期間だったが、そこには喜怒哀楽のほとんどすべてがあった。彼女は思った。自分の人生はこれから始めればいいのだ。

　こうして、彼女は記憶を失ったこと、思い出そうとすればすぐ全身に痛みが走る過去を完全に捨てさった。そのようにして現在まで生きてきたのだ。

　忘れることはすべて裏切りとは限らない。忘れるのはいつも生きるためだ。これは呉医師が彼女に語った言葉だった。

三．彼女は一人でいることに慣れていた

　毎日公園で踊りや散歩に興じている老人たちに比べると、時間は彼女にとって残酷過ぎるものだった。彼女の戸籍上の年齢は七〇過ぎということになっていた。これは呉《ウー》医師が当時の彼女の外見から推測した年齢だ。さらに、誕生日は救出された日となった。これも呉医師が思いつくままに記載したものだ。それからは、その数字は彼女にずっと付いてまわった。

　見た目には、彼女は同年齢の女よりずっと老けて見えた。鏡に映る自分の姿を見て、それは苦労

が重なったためだと思った。踊りには加わらず、知らない人と交わるのも嫌った。一人でいることに慣れていた。どんなに暇なときでも、一人でいることを好んだ。彼女には親戚も友人もいなかった。時に隣人の年配の女が彼女に近づこうとして家を訪れ、身体を鍛えると長生きできるからと言って一緒に出かけようと誘った。それでも彼女は行かなかった。

彼女は長生きしたくないのではなく、ただ気持ちが塞いでいるのだった。何かの行動を起こしたくないほど気持ちは塞いでおり、むしろ一人で黙って過ごす方がいい。そこで、陽の光が素晴らしいときにはよく花園《ホワユエン》山〔武漢市武昌区にあり、その天主堂は一九世紀に建てられた〕に出向き、その天主堂の向かいにある石段に座っていた。見上げると、灰色の建物が目の前に屹立している。「天主堂」という三文字は陽光に照らされているが、彼女にはその明るさが目に入らなかった。彼女の目には天主堂が日に日に廃れていくように見えたが、また日に日に良くなっていくようでもあった。さらによく見ると、やはり日に日に廃れていくように感じた。これは面白いと彼女は思った。かつて夫はよく彼女を散歩に連れ出した。二人はいつもその道を歩き、その後そこから曇華林《タンホアリン》〔武昌区西部の地名〕に向かったものだ。

散歩をしていると、夫はよく彼女に奇妙な話をして聞かせた。中には「天主堂」に関するものもあり、夫は次のような話をした。当時、清王朝は中国に教会を建てさせなかった。だが、西洋人は何とか建てたいと思っていた。西洋人が遥か遠くから中国まで来たのは、教会を建設するためだ。彼らがどうしていいか分からず困っているとき、ある中国人が彼らに知恵を授けた。建設を申請するときに「大王堂」を建てると言えばいい、許可が下りてから「大」の字の上に横の線を加え、「王」の字に点をくわえて「天主堂」にすればいい、と言った。地方の役人が検査にやって来ても申請書には「天主堂」と書かれてあり、公印も押されてある。役人はどういうことか分からず、そのままになった。どのみち彼らは騙されることが多く、この一件が増えても気にしなかったのだ。

この話は印象深く、彼女は笑った。

だが現在、彼女がそこに座るのはその話のためではなかった。庭で緑の山に囲まれた聖母山を眺めるのが気に入っていた。山間にはルルドの聖母像が建っている。聖母像の顔には常に清らかな落ち着いた笑みが浮かんでいた。散歩のたびに、二人は聖母像を見にやって来て、像の前に立ち止まった。初めて来たときに、彼女は尋ねた。「あの像は誰なの？」夫は次のように答えた。当初、人々が像に向かって「あなたは誰？」と尋ねたことがあるんだ、像は言ったよ。「私は無原罪の御宿り」と。彼女はどういう意味か分からなかった。夫は彼女の手のひらに幾つかの文字を書いた。彼女は言った。「どういう意味なの？」夫は答えた。「つまり、原罪はない、っていうことだ」

彼女は意味が分からなかったが、こころは激しく高鳴った。教会から離れてゆっくりと歩いているとき、夫はまた話し続けた。「これは私たち二人がしっかり記憶しておくべきことなんだ。この世で、私たちは二人とも無原罪の者だ。お前と私はね」

彼女はそれでもまだ分からなかった。最後に夫が言った。「あれはルルドの聖母だとしっかり覚えておけば、それでいい。彼女はお前のこころを安らかにしてくれるから」

夫の言った言葉の意味は何なのか、彼女はいまになっても理解しなかった。だがこのときから、ルルドの聖母像を見るだけで、確かにこころは安らかになり、すべてが思いのほか軽やかにさえなるのだった。彼女は考えた。でも、無原罪の御宿りって、どういうことなのだろう？

通りの傍らに一匹のまだら猫がいた。機転のきく猫で、彼女が座っているといつも鳴き声一つたてず足元に蹲《うずくま》ってくる。大きく目を見開いて彼女を見つめ、時には前足で彼女を押しのけ、よく知っている仲ではないかとでもいうような目つきをした。しばしば彼女は手を伸ばして猫の背を撫で、落ち着かせた。ある日のこと、猫の姿が見えなかった。彼女はあちこち見渡しながら、思わず叫んだ。「スズメ！　スズメ！　どこにいるの？」まだら猫が思いもかけず飛び出してきた。彼女は座り込んだ。私は何でスズメと叫んだのだろう？

　あるとき、彼女は通りの傍らで陽を浴びて座っていた。足元には籐籠が一つ置かれており、その中に靴の中敷きが幾つか並び、オシドリやハスの花の刺繍が縫ってある。それはどれも彼女が自分で縫ったものだった。彼女はなぜこうした刺繍を縫ったのかさえ覚えておらず、学んだ記憶もなかった。中敷きを一つ手に取って見て、縫い方は思い出すことができた。彼女は昔、馬《マー》教授の家で家政婦をしていたことがあった。ある年の冬に、馬教授夫人は彼女に古びた綿入りの靴を与えた。それは彼女には大きすぎたので、自ら中敷きを作った。考えたことさえなく、下描きもすることなく、彼女は無造作に中敷きにカイドウの花を縫った。馬教授夫人はその中敷きを手に持つと縦横斜めからしみじみと見つめ、言った。

「上手ね。いままで学んだことあるの？　センスがあるわ」

　馬教授夫人の言葉は彼女を喜ばせることはなく、逆に石をぶつけられたように彼女は突如ショックを受けた。それは理由の分からない恐怖だった。目に見えないあらゆる場所に危険が存在しているかのようなのだ。見知らぬ顔や聞き覚えのない声が、どれも彼女のこころを震わせた。長い年月はこのようにして過ぎた。このときから、彼女は二度と針仕事はしなくなった。彼女は馬教授宅で何年も家政婦をした。やがて夫人は亡くなり、馬教授が若い女を娶《めと》ると、彼女は息子に引き取られて家に戻った。

　息子は青林《チンリン》といった。

四．彼女に付かず離れずのもの

彼女はもともと青林《チンリン》とともに武昌の曇華林《タンホアリン》の狭い横町に住んでいた。公営アパートで、夫が生きていたころ政府から支給されたものだった。彼らはここで長年暮らした。夫は当時村に診察に来ていて彼女を救った呉《ウー》医師だった。彼女は呉医師を愛した。自分の夫であるだけでなく、命の恩人でもあるからだ。助けられ意識を取り戻して初めて目にした人が呉医師だった。呉医師は彼女の新たな記憶に収められた最初の人なのだ。

彼女はいつも考えていた。私はいつごろ彼を愛するようになったのだろう？　初めて彼を目にしたときか、それとも彼の仕事部屋に行ったときだろうか？　彼女はなぜ呉医師の仕事部屋に行ったのか覚えていなかった。覚えているのは、机の上に『紅楼夢』があり、思わず手に取ってページをめくってみたことだ。「黛玉《ダイユー》」とブツブツ声を出さずにはいられず、この二文字がひとしきり恐ろしくなった。ちょうどそのとき、呉医師が部屋に入ってきて彼女が本をめくっているのに気づき、あからさまに驚き訝《いぶか》った。彼は彼女の手から本を取り上げ、じっと彼女を見つめ、数秒後、ようやく口を開いた。「君が文字を読めるってことは人に知られないようにしなさい。その方が、きっと好都合だから」彼女は何が何だか分からず彼を見つめていた。すると彼はまた言った。「別に大したことではないよ。ただ、疑い深い人がいるからね。君は来歴が分からないから、あれこれ憶測されやすいんだ。分かるだろう？」

彼女はよく分からなかったが、彼の言葉は記憶にとどめた。それを聞いて、それまでの恐ろしさがたちどころに消え去り、いくらか温かい気持ちになったからだ。

数日後、呉医師は彼女を軍分区の劉《リウ》政治委員の家政婦に推薦した。劉政治委員は古くからの革命幹部で、妻も公務員だった。呉医師は彼女を大通りの交差点まで送り、深い思いを込めて言った。「劉さんの家で仕事をして平凡な日々を送ることが、きっと君の人生にとっていいことだと思うんだ」このときも彼女は温かみを感じ、急に何か合点がいくような気がした。呉医師の言葉は自分にとって極めて重要なのだ。ただし、その重要性には彼女を怖がらせる内容が含まれていた。

その当時、彼ら二人のあいだにはまだ愛は芽生えていなかった。

何年もが経った。彼女は呉医師とその声を一時も忘れることはなかった。彼女は劉政治委員の昇進と異動に連れて、劉一家に従って武漢に移った。劉政治委員の妻は誰もが彭《ポン》姉さんと呼び、彼女もそう呼んだ。彭姉さんは彼女には親切で、いままで雇った家政婦の中で彼女が一番だと言った。彼女は劉家の子供を育て食事を作り身の回りの世話をして、波風の立たない質素で落ち着いた日々を送った。仕事を替えようと思ったことはなかったし、ほかの場所に行こうと思ったこともなかった。嫁ぐことを考えたことなどなおさらなかった。劉一家とともにどこにでも行き、そのように一生を過ごすのだ。

ある年、呉医師は軍から離れることになり、かつての上司にわざわざ報告に行った。そこで彼は彼女を目にして驚くとともに喜び、思わず話しかけた。「君はずっとこの家で働いていたのか？元気かね？」

彼女自身なぜかは分からなかったが感激した。彼女の声は震えていた。「元気です。貴方のおかげです」彼は思いを込めて彼女を一目見た。彼女はその視線から、二人のあいだには他人のうかがい知れない秘密があることを見て取った。彼女はその秘密が何であるか分からなかったが、ただ突然こころが高鳴った。

その日、呉医師は劉政治委員の家で食事にあずかった。テーブルには彼女の心のこもった料理が並んだ。食事の合間に、すでに亡くなった彼の妻の小厳《シアオイエン》の話になった。彼の妻は彭姉さんと大の仲良しで、ある年に生死をともにしたこともあった。彭姉さんは小厳の話を聞いたとたん箸を置き、目頭を拭った。傍らに立っていた彼女はその話を聞きドキリとした。

劉政治委員はしばしばため息をつき、彼に尋ねた。

「君、いまは一人暮らし？」

「はい、そうです」

「ずっと一人暮らしでいいのかね？」

「紹介してくれる人もいたのですが、合わなくて」

そこで劉政治委員は言った。「大の男が、大変だろう？」そう言いながら、その視線は彼女に注がれ、思わず指さしながら言った。「正式な仲人に私がなってもいいぞ。君たちは前からの知り合いだ」

呉医師の視線が劉政治委員の手の動きに沿って彼女に向けられた。彼女は不安に襲われどうしていいか分からない。だが、彼は彼女を見ながら笑った。彼女はその笑顔から彼も喜んでいるのだと見てとった。

その年に彼女は劉政治委員の家から離れた。劉家の三人の子供はみな彼女の手で大きくなっていたので、彼らは並んで戸口に立ち、名残惜しそうに彼女の後ろ姿を見送った。一番下の子供などはさらに涙を拭っていた。

彼女は振り向くことなく、呉医師に腕を引かれて彼の家に嫁入りした。彼女の第一声は、「あなたはどうして私を娶りたかったの？」

彼は笑って応えた。「もしお前がほかの誰かの嫁さんになったら、僕は安心できないからな」

彼女はその言葉に込められた意味が分かったようでもあり、よく分からないようでもあった。少し考えてから、よく分からないまま応えた。「そうですね。私もほかの誰かに嫁いだら安心できません」

そう言ってから、彼女はなぜか怯え始めた。夜の帳《とばり》が下り始めると、その怯えの感情は空の暗さにつれて益々強くなった。何に怯えているのか、自分でも分からないのだが、とにかく怯えているのだ。呉医師が彼女を抱き、彼の身体がピタリと寄り添うと、彼女は全身が震えた。呉医師は慰めながら低い声で言った。

「僕には分かっている。いいんだ、いいんだよ。怖がることはない、何でもないんだ」

彼の胸に抱かれて、彼女は自分に問うた。「これはどういうことなのかしら？　何を分かっているの？　いいんだって、何のこと？　何が何でもないの？」

その日の夜、彼女は悪い夢を見た。恐ろしさのあまり、思わず目を覚ました。翌朝起床すると、呉医師が彼女を見つめながら言った。「緊張しなくていいんだ。考え過ぎてはダメだ。僕はお前を護る。お前を娶って戻ってきたのも、お前が救出された経緯を知っているからだ。いまは僕だけがお前の体験を理解している。何も怖がることはない」

この言葉を聞いて彼女は熱い涙を流し、思わず彼の懐に飛び込んだ。だが同時に、背後に毒のつまった細く鋭い針が隠されているように感じた。それはずっと彼女のごく近くに付きまとっている。彼女は無意識のうちに警戒心が働き、その毒針が自分を刺す日が来るのではと恐れた。

このときから、彼女は自分の家を持つことになった。結婚生活は、温かみがあり幸せだった。一抹の不安が絶えず付きまとってはいたが、ともかく彼女はもう使用人ではなく、立派な男のまぎれもない妻なのだ。その身分に彼女は満足を覚えた。

彼女はこうして毎日の生活を続けた。毎朝、夫のために朝食を作り、夫の出勤を見送った。昼に夫が戻ると、テーブルには昼食が並んでいた。夫が昼休みの後再び出勤するのを待って、またゆっくりと夕食の準備をして夫の帰りを待った。彼女はこころを尽くして夫に仕え、夫のためにあらゆる細々《こまごま》したことをこなした。こころは徐々に喜びに溢れ、何とかそれまでの不安に打ち勝っていった。これから生活はこのように過ぎて行くのかも知れない、そう思った。

彼女はすぐに妊娠した。呉医師の喜びは尋常ではなかった。彼女もこころが弾んだ。だが、一人になると謂われなき恐怖心がまたやって来た。それはしばしば彼女を襲った。川の中のあの化け物がこっそりやって来て隠れているようなのだ。彼女に致命的な一撃を与えるために、いつでもチャンスをうかがっている。そのころ、彼女の恐怖は自分からはもう抑えられないものになっていた。塀を見れば、塀の奥に何か隠れていると感じた。雲を見れば、雲の上に何かがある、樹を見れば、樹の葉に何かが隠されている、電灯を見れば、電灯を消すと何かが現れると感じるのだ。物音が突然するとびくつき、突飛な色合いを見ても怖じ気づいた。家に見知らぬ人が来るとおどおどし、物音一つしない静寂だとさらにびくついた。こうした恐れの原因は何なのか彼女は分からなかった。だが、はっきりしていることは、その何かはあたかも生まれつきそうであるように、いつも彼女から離れないのだった。

呉医師は毎日彼女を天主堂に連れて行った。ルルドの聖母像の前に立ち、言うのだった。聖母の目を見なさい。聖母はお前に話してくれる、怖がることはない、心配要らない、何でもないのだから、と。

彼女は聖母の前に立つと、聖母の瞳に見つめられて少しは落ち着いた。だが、家に戻るとすべては元に戻った。呉医師は仕方なく彼女を精神科医のもとに連れて行き、彼女は記憶喪失であることを告げた。精神科医は、彼女の過去が大きな影響を与えていると判断した。過去は彼女にしか分からないから、彼女に思い出させることができれば、おそらく完全に問題は解決するだろう、と。

だが、彼女は本能的に思い出すことを拒んだ。ひとたび昔のことを回想し始めると、全身に謂われなき苦しみが襲い、どうにも耐えることができなくなる。呉医師は励まして言った。「頑張るんだ。思い出せば、きっとこころ安らかになるから」彼女は応えた。「思い出すと、さらに不安になります。どうすればいいのでしょう？」

呉医師は彼女の言葉を聞いて、一晩中ほとんど口を開かなかった。彼女は夫が眠れない夜を過ごしたのだと知った。翌朝、呉医師は言った。もういい、完全に忘れていることがお前には最善の選択なんだ。

彼女は絶えず襲ってくる恐怖の中で男の子を産んだ。生まれた日、彼女は例の潜んでいた化け物が出てきそうな気がした。絶えず震えが起き、そのような彼女を慰めた看護師はみな困惑し、呉医師にすぐ来るよう連絡した。彼女が出産用ベッドに横になっているあいだ、呉医師はその傍らに座っていることを許された。ぼんやりした意識の中、彼女は突如、例の化け物こそ呉医師本人だと思い、恐怖が益々つのった。そこで呉医師に向かって叫んだ。「出て行って！　出て行け！」呉医師は大声で言った。「怖がるな。僕は何をされてもいい。お前を愛しているから」だが、彼女は何も耳に入らないようで、相変わらずヒステリックに叫んだ。助産医と助産師は訳が分からない。一人の助産師が言った。あなたどういうこと、お産のときは夫がそばにいてほしいものなのに。彼女は荒い息をして助産師たちを取り合わなかった。

呉医師が病室を出るそのときに、男の赤ん坊が無事に生まれた。その次に病室に入ると、呉医師は感激のあまり目に涙を浮かべた。彼は妻の顔を撫でながら言った。「息子は立派な顔付きだ、有り難う。我が家に跡取りを生んでくれて、有り難う。お前は怖がることはないんだよ。どんなことがあっても、怖がることはないんだ」

彼女は返す力がなかった。呉医師が続けた。「お前は私の気持ちが分かっているはずだ。私がお前を嫁にしたのは、お前がこれからをこころ安らかに過ごすためだよ」

この労りの言葉が功を奏したらしく、彼女が現れるかもと思う例の化け物は、その後現れなかった。息子は日に日に成長した。そのくっきりした目と天真爛漫な笑い声は彼女に大きなこころの安らぎを与えてくれた。彼女は次に女の子を産みたかったが、妊娠二か月あまりで流産してしまった。呉医師はそのときも彼女を労って言った。大丈夫だよ。私たちは息子が一人いれば十分だ。息子が健康に育ってくれれば、それで十分満足だ。

時はゆっくりと過ぎていった。彼女が恐れるものは結局現れず、例の化け物もゆっくりと老いていくようだ。

五．毒針は抜き取られた

その後、全く思いもしなかったことが起きた。夫の呉《ウー》医師は彼女とともに残りの人生を送ることはなくなってしまった。夫は仕事にでかける中途で亡くなったのである。

その年、漢口《ハンコウ》で一台のバスが市街地を走る列車に運悪く衝突された。一時、道路には鮮血が川のように流れた。夫の呉医師は不幸にしてそのバスに乗っていた。彼女は知らせを受けると青林《チンリン》の手を引いて何台もバスを乗り継ぎ、現場に急行した。辺り一面泣き叫ぶ声の飛び交う中、乱れた死体と一面の鮮血が目に入った。彼女の脳はワーンと高鳴り、ハッとする間もなく同様の光景が眼前に浮かんだ。そして、あの年老いた化け物が、そのとき身体を丸めるようにして彼女に向かってきた。彼女は全身が震え、両足から力が抜け、その場に崩れてしまった。

　青林は泣き出し、懸命に母親を起こそうとした。「母さん！　立ってよ！　立って！」

彼女は驚き恐れて直立し、救助している人たちに向かって激しく叫んだ。「柩を！　柩のない埋葬は厭！」叫び終わると、彼女は思うのだった、この世界はどこかがおかしい、と。

　青林はしっかり母親と手をつないでいたが、母親が何を叫んだのか分からなかった。葬儀が終わってから、彼は慎重に一言訊ねた。「母さん、柩を、って何のこと？」彼女は不思議そうな表情で簡単に答えた。「柩を？　それ、何のこと？」そして、呆然としていた。

「柩を」という二文字は、漂う雲のように霞んでいた。ぼんやりした意識の中、それは彼女にぴったり付いているようであり、彼女からとても遠くにあるようでもあった。遠くから、大声で話している人がいた。それは重々しく年配の声だった。その声がひとたび耳元で鳴ると、彼女は全身に痛みを覚え、その痛さのために青林に返事をする気力がなくなった。

　数日後、彼女の夫であり青林の父親でもある呉医師、この生身の人間は火葬され、骨壺に詰められ、山に埋葬された。そのときから、彼ら二人とともに暮らすのは、壁に掛けられた一枚の写真だけになった。夫は微笑んでおり、生きているときと同じように温かく二人を見つめていた。青林が不在のとき、彼女はいつもその写真を拭き、夫の顔を撫でながら一人呟いた。

　ある日、彼女がいつものように写真を拭いているとき、それまでずっと抱いていた恐怖がもうなくなっていることに突然気づいた。永らく潜んでいたあの化け物も、始終彼女を慰めてくれた夫が連れ去っていた。夫は同時に生活の背後にあった毒針も抜き去ってくれた。あたかも彼女を怖がらせていたものを呉医師の死が暴風雨のように巻き上げて連れ去ったかのようだった。海の表面は鏡のように静かなのだ。このときから、彼女の生活はその広々とした静かな情景と向き合うことになった。

彼女は不安なのも確かだった。彼女を愛し、彼女も愛した男が逝った後、なぜ彼女のこころはかえって十分落ち着いているのか分からなかった。

六．こころは空虚のあまり
ただ時間だけが過ぎていった

夫の死後、彼女は三日間ぐっすりと眠った。眠りはとても快く、長い間このように眠ったことはないかのようだった。起床するとすでに昼近い。カーテンを開けると、燦々と降り注ぐ陽光。明るい光が窓から一気に飛び込んでくる。瞬時に、彼女のこころは明るくなった。彼女は突然、これからは安定した生活になると思った。それはいつも近くで彼女を護ってくれる呉《ウー》医師の存在よりもっと確実なことに思えた。

青林《チンリン》はまだ幼く、日々の生活は大変だった。そこでこの年から、彼女は再び家政婦として働きに出ることにした。稼ぐ道はこれしかないのだ。彼女は呉医師が勤めていた病院の介護人となり、入院している病人の世話をして働いた。最初に世話をしたのは、馬《マー》教授夫人だった。そのころは馬教

授はまだ教授にはなっていなかったが。馬夫人は病院で出産した。彼女は呉医師に仕えたように馬夫人を世話した。彼女は穏やかで従順だったから、馬夫人は彼女が気に入った。馬夫人は退院した後も体調が思わしくなく、生まれたばかりの子の世話はよくできない。そこで彼女に馬家で住み込み家政婦になってほしいと提案した。彼女は同意した。彼女は人と交わるのが苦手で、病院の騒がしさも好きではなかった。こうして、彼女は馬家で何年も働いた。馬教授の家の子供の世話をし、青林も育てた。

　青林は大学に合格し、上海に出た。学んだのは建築学だった。母親の収入では青林をさらによい条件で学ばせるには足りなかった。そこで、彼女は家を貸し出した。青林が大学生活で困らぬように、自分が働いて得る収入と家賃を青林に送った。青林は母親の心遣いが分かった。彼は勉学に励んだ。母親に手紙を送り、将来必ずお金を稼ぎ、大きな家を買ってあげると伝えた。彼女は青林のそのような気持ちが嬉しかったが、大きな家などどうでもよいと思った。青林がしっかり生活できれば、それで満足なのだ。

　青林は卒業後、母親のもとには帰らなかった。彼らの家は取り壊しになったからである。青林は帰っても家はなく、その上彼はとにかくお金を稼ぎたかった。より多くの機会があるからといって、南方に行くことを選んだ。彼女にとって、青林の言葉はどれもみな大切だった。彼女はいつも言った。お前は母さんのことを心配しなくていい。お前にはよくしてやれず、申し訳ない思いだ、お前は自分でちゃんと生活していってくれればそれでいい。

　熱心に働く青林はいつも多忙で、ほとんど戻らなかった。彼はよく転職した。四度目の会社の社長は武漢人で、同じ武漢からの青林を気に入った。社長は青林に多くのチャンスを与え、青林の生活は一気によくなった。そのうち彼は南の地で家を購入し、結婚もした。二人は式をあげず、外国に旅行しただけだった。外国旅行に行く前、青林は母に会わせるために妻を連れて来た。すでに家はないので、ともにホテルに行き食事をした。そこには馬教授夫妻も招かれた。妻は美しく、馬教授夫妻を温かく迎え、母親には丁重だった。母親は、自分は家政婦に過ぎないから、嫁に何がしてやれるだろうと考えた。

　馬教授夫人はガンを患って亡くなった。彼女は馬夫人に付き添ってとても辛いときを過ごし、そして夫人を見送った。馬夫人が埋葬された日に、青林は戻ってきた。彼は花園《ホワユエン》山に小さな部屋を借りた。「母さん、もう仕事はしなくていいよ。母さんの食べるお金はあるから。でも、後数年は我慢してほしい。僕はまだ家を買うお金が足りない。母さん、いまはここに住んでよ」さらに続けた。「お金が貯まったら、必ず母さんに一番いい家に住んでもらうよ」

　彼女は青林が金儲けするかどうかはどうでもよかった。ただ青林の顔色が悪く痩せてきて、額に皺を浮かべ、その表情が父親に似始めているのに気づき、いくらか辛い思いになった。

　青林はすぐに帰って行った。彼の現実は彼を現実に即した人間にしていた。

　小さな部屋に彼女は一人残された。風が吹くと、窓がガタガタと鳴った。隣の部屋の食事の音や寝言が夜中に壁を通して伝わってくる。朝に太陽が昇ると、明るい光が寂しげな部屋を隈なく照らし出す。食事時は自分の咀嚼する音が、あたかも車の轟音《ごうおん》のように聞こえた。すべては余りにも寂しく、この上なく退屈だった。いつも一日中ひと言もしゃべる相手がいないのだ。彼女はこの世界に一人取り残されていた。こころは空虚のあまりただ時間だけが過ぎていった。

七．私は思い出す必要がない

ある日、彼女は食料を買いにでかけ、疾走してきた自転車にぶつけられた。彼女はよろめいて電信柱に頭をぶつけ、その場で額から血が流れた。流れる血の向こう側の、道端に咲くカンナの一群が目に入った。カンナのそばには小さな露店があり、露店の片隅には手製の刺繍のはいった赤ん坊の靴が掛かっている。その赤い靴には二匹の金色の小魚の刺繍が浮かんでいた。彼女は突然、ビクッとした。

幸いなことに、傷は浅かった。額を三針縫い、包帯をしてから家に戻された。青林《チンリン》は驚いた。大家から電話で知らされるとその日の晩に南方から急ぎ戻ってきた。彼女の脳裏にはずっと二匹の小魚が浮かんでいた。あの魚、あの魚、とブツブツ言うのだ。青林は、母親は魚を食べたがっていると思い、翌朝早く食品売り場に行き活きたフナを数匹買った。

そのとき、彼女はすでに楽になっていた。息子の様子を見て、頭の痛みもなくなったので、青林に心を込めて豆瓣鯽魚《ドウバンジーユー》〔マメとフナを使った煮物料理〕を一皿作った。それは青林の大好物だった。

青林は母親に安全事項の基本を伝え、南方に戻って行った。青林の後ろ姿を見送っていると、二匹の小魚がまた眼前に浮かんだ。彼女は訳が分からず、ただ自分には何らかの衝動があったのだと思った。そこで、頭にまだ白い包帯を巻いているのも気にせず、すぐさま街に行き、針と糸と布地を買ってきた。かつて馬《マー》教授宅で刺繍した靴の中敷きを思い出したのだ。そこで自分の足を型取り、素早く布を靴底の形に切り取った。

その日は明るい陽光が輝いていた。彼女は窓に面して座り、布を手に最初の刺繡針を動かした。自分で靴の中敷きを一足分必要としているようであり、自分の無聊を救済するためのようでもあった。数日のうちに、彼女は二匹の小さな金魚の刺繡がはいった一足分の中敷きを作った。彼女はこうした仕事をしているとき、いままでにはなかった落ち着きを感じていた。その落ち着きは幸福感をともない、あたかも生まれつきこの仕事をするために生きているかのようだった。彼女は一足分を刺繡し終わると、すぐ二足目に取りかかり、その後も止めることなく続けた。

彼女はボタン、オシドリ、さらに麒麟〔古代伝説上の動物〕も刺繡した。時間はその刺繡の針の先で流れていた。自分でも何足分を刺繡したか分からない。彼女のベッドは一方の壁に寄せてあり、刺繡した中敷きがすでに何枚も重ねられて山になっていた。背の低い枕は平らに重ねた中敷きで高い枕になった。しまいには、部屋には置いておく場所がなくなり、籐籠を一つ買った。もう売るしかないと彼女は思った。

そういうわけで、彼女は外に出ることにした。靴の中敷きを売るために天主堂の向かいに座るようになった。彼女はお金に困っていたわけではない。家政婦のときの貯えが幾らかあった。それに新年や節句になると、青林がお金を送ってくる。青林の送ってくるお金はかなりの額だ。彼女はそのお金をすべて銀行に貯金した。青林がいつか家を購入するときに必ず必要になると思った。

彼女は毎日中敷きを一、二足分売ることができた。こうした生活のリズムは彼女には合っていた。晴れた日になると家を出て、暖かい陽光のもとに座り、緑に囲まれた向かいのルルドの聖母をしばしば仰ぎ見る。聖母の視線がちょうど彼女に向き合っていると思うと、満ち足りた気分に包まれた。

ただ、その満ち足りた気分が生まれるとき、別のあるものが彼女を放っておかなかった。それらはぼんやりと彼女の周囲に纏わりついてきた。特にカンナが赤い花を咲かせるとき、それらは必ず彼女の後から追いかけてくるのだ。彼女は懸命に身を隠そうとしたが、絶えずついてくる。漂い移動していて、甚だしくは彼女をからかい、振り返って捕まえろと誘いかけてくる。彼女はかつて感じていた恐怖を思い出し、目を閉じて自分に語りかけた。私は振り返らない。その手にはのらない。私はお前たちを捕まえない。思い出しはしない。私はどこから来たかを知る必要はない。名前も知る必要はないし、我が家にはどんな人がいたかを思い出す必要もない。何もかも要らない。私の記憶はただ呉《ウー》医師から始めればいいのだ。私の生活は息子の青林がいれば十分だ。忘却には忘却の道理がある。これは呉医師の言葉だった。

呉医師がその話をしたとき、彼は本当にまだ若かった。

八．「釘子」という二文字

何年ものあいだ、この女はこうした平凡で満ち足りた日々を送った。彼女が知る人は少なく、また彼女を知る人も少なかった。丁子桃《ディン・ズータオ》、それが彼女の名前になった。その名も呉《ウー》医師がつけた。呉医師が言うところによると、彼女はずっと意識が戻らず、その上高熱をだしていた。たまたま一声「釘子《ディンズー》！」と叫んだが、それはどんな意味なのか知る人はいなかった。彼女が意識を取り戻してから、呉医師は病歴欄を書く際、彼女に名前を尋ねた。彼女は頭を振り、何も覚えていないと答えた。

季節はちょうど春だった。病院の外の桃の木が最初の花を咲かせていた。呉医師は彼女の病歴の名前欄に「丁子」と書き〔丁子と釘子は同じ発音〕、三番目の字を書こうとして、頭を擡《もた》げて彼女を見やった。

それと同時に窓の外の桃の花が目に入った。そこで、彼は「桃」と一文字を書き足した。彼は言った。君は「釘子」という二文字を覚えておきなさい、ある日それによって過去を思い出すことができるかも知れないから。

丁子桃は考えた。貴方は確かに私の過去です。そのほかのことなど、私は何も要らない。

第二章

九・僕が母さんを連れて行く

その日は曇っていた。青林《チンリン》は意気揚々と家に急いでいた。彼は母親に大きな喜びを与えたかった。家から遠くないところのスーパーの入口前で、彼は運転手に車を停めさせた。スーパーで母親のために果物を買った。ここで果物の類いを買わずに行けば、母親は一生食べることがないだろうと思った。

青林が家に着いたとき、なんと母親は不在だった。青林はとても意外に思った。母親は穏やかな性格で、あまり外出しない。彼は幼いころからそのことを知っていた。入口近くでマージャンに興じている隣人たちが、次々に青林に告げた。天主堂に行ってごらん、あんたの母さんは終日そこで靴の中敷きを売っているから。

　青林はこれまで以上に意外に思った。お金は十分足りているはずだ。そう思いながら急いで天主堂に行った。何度か見渡してみると、果たして天主堂に向かって座る母親を発見した。それと同時に母親の足元に置かれた籐籠とその中の靴の中敷きも目に入った。彼はじっとしていられず、すぐさま母親の前に飛んでいった。

「母さんどうして露店なんかやってるの？　母さん、……お金が足りなければ僕に言ってよ」

　丁子桃《ディン・ズータオ》は驚き、しばしぼんやりとなった。息子の青林だと分かると、たちまち晴れ晴れした気分になった。丁子桃にとって、青林は太陽なのだ。どんなとき、どんな場所でも、こころを照らしてくれる。彼女は言った。「お金がないんじゃないよ。暇なんで、時間をつぶしてるの。遊びなんだよ。日向ぼっこさ。ほら、これはみんな私が作ったもんだよ」

　青林は中敷きを手に取り、その図案と仕立て具合を細かに見ていささか驚いた。それまでのモヤモヤは一気に晴れた。

「母さんはこんな腕を持ってたの？　これ、自分で作ったの？　きれいだなあ。いままで母さんが作っているのを何で見たことがないんだろう？」

　丁子桃は嬉しくなった。「お前にたくさん作ったけど、野暮ったいと言われそうであげなかったのよ」

「そんなことないよ。今後はワンサイズ大きい靴を買おう、そうすれば母さんが作った中敷きを役立てることができる」

　丁子桃は笑った。「母さんをまたからかっている」

　青林は籐籠を取り上げて言った。「母さん、もう売らないで。家に帰ろう」

　青林は丁子桃を連れて歩き始めた。少し歩いたところに一台の黒塗りの車が停まっていた。運転手が青林に気づくと、急いで車から降りて二人のためにドアを開けた。青林は車内を指さし、丁子桃に向かって言った。「母さん、乗ってよ」

丁子桃はどうにも解せない。「ほんの少し歩くだけなのに、車になんか。誰の車なの？」

青林は得意げに言った。「我が家の車だよ！　母さんは僕と一緒に行けばいいんだ」

丁子桃は車に乗り込んだ。数分後にはもう、絶え間ない車の流れの中にあった。丁子桃は軽い目眩を感じた。「どこに行くの？　またレストラン？」

青林は戻ってくるたびに、いま流行りの料理を知ってほしいと言って母をレストランに連れて行った。だが、今回、青林は言った。「家に帰ろう。僕が母さんを連れて行くよ」

丁子桃は不思議に思った。「どこの家？」

「僕たちの家さ、母さんがこれから幸せに暮らす家だよ。花園《ホワユエン》山のあの小さな部屋は、もう借りることはない」

丁子桃は大いに驚いた。「私の服は？　それにまだ中敷きも残っているのよ。大家との契約は年末まであるし」

青林は笑って言った。「母さん。心配は要らないよ。そういうことは僕が処理してあげる。母さんのものは明日みんな運ばせるから。細かなものも全部運ばせるよ。冷蔵庫に残った野菜や台所のホウキとモップも、忘れずに運ばせる」

丁子桃も笑った。彼女は思った。息子はやはり息子で、母親の前であれこれ言うことが、どれも面白い。息子が何を言おうと、彼女はすべて聞き入れた。

車は湖をめぐる道路に踏み入った。広々とした湖面には水鳥が飛び交っている。まっすぐに育った遠くの木々は、背が横一線でスダレのようだ。丁子桃はそれらを眺めているうち、脳裏に別の水面が次々と現れた。水鳥もいる。岸辺にはアシが密集している。小舟が目の前を過ぎていく。船にはウが立ち止まっている。彼女は我に返った。アシも小舟ももう見えなかった。目の前の湖上には、変わらず水鳥が舞っている。丁子桃はハッとした。どうやら何かがまた蘇っているかのようだ。その感覚に彼女は嘔吐しそうだった。かつて彼女に纏わりついたものが、またぼんやりと彼女を取り巻いたのだ。

車は早くも湖畔から離れ、大通りに入った。相変わらず車のラッシュだ。

丁子桃は、あたかも永らく彼女に付いてまわるものを振り払うように、軽くかぶりを振った。

「私たち、これからどこに行くの？」

「江夏《ジアンシア》に行く。南湖《ナンフー》だよ。あそこは環境がいいし、空気はうまいから、これから母さんはそこでゆっくり暮らして」

「お前がいないと、どこでゆっくり暮らそうと同じだよ」

「うちの会社は江夏に新しく団地を開発することになって、僕はそのプロジェクトの責任者になった。これからは戻ってきて母さんと一緒に暮らすよ」

丁子桃は驚き喜んで言った。「本当かい？　じゃあ、お嫁さんはいいって言ったの？」

「彼女も戻ることに同意してる。ただ、子供が大学に入ってからが都合いい」

「そうなの。それは素晴らしい。私は我が家の孫のことをいつも思ってる」

「あの子はとてもいたずら好きなんだ。母さんはお婆さんとして面倒がらなければいいけど」

丁子桃は声を上げて笑った。「面倒がるわけないよ。孫は宝だもの、一生面倒がるわけないよ」

青林は大声で笑った。「もう一つ話がある。母さん、厭がってはダメだよ。これから僕は毎日帰宅して、母さんの作ったごはんを食べたい。肉と魚を交互に出してほしいな」

丁子桃も大声で笑いだした。青林は幼いころ食いしん坊だった。ある日のこと、教師が授業中に、幸せな生活とはどんな生活でしょう、と訊ねたことがあった。青林が挙手をして「毎日肉か魚を食べることです」と答え、クラス全員が大笑いになった。教師はその後丁子桃を訪ねて来て言った。「あまり生活を切り詰めないでください。子供が食べたいと言ったら食べさせてやってください」そのころの丁子桃は家政婦で稼いでおり、現実には十分食べさせることはできず、ただ青林にこう言うしかなかった。「将来お前が大きくなって、お金を稼いだら、母さんがきっと毎日肉とか魚とかを食べさせてあげる」

丁子桃は笑い終わると言った。「それはもちろんだよ。母さんはお前に毎日肉料理と魚料理を作るよ」

青林もひとしきり笑った。「母さんは何より料理が一番の喜びだってこと、僕は知ってるよ」

一〇・且忍廬、それとも三知堂？

車はやがて、華やかな感じの団地に入った。青林《チンリン》は車窓の外を指さしながら、丁子桃《ディン・ズータオ》に説明した。これが団地の花園で、母さんはこれから自由にここを散歩するといい。さらに青林は言った。ここが集会所だよ、ここでは本を読んでもいいし、将棋やトランプ、それにトレーニング・ジムも使える。車は人工湖の周りを巡っていた。湖には亭《あずまや》がある。青林はこの水際の亭は素晴らしい、とまた説明し始めた。木製の桟道はしゃれた作りで、母さんは水辺が好きならここを散歩するといいよ。でも、散歩は昼間にして。夜は暗くなるから、危険なんだ。

やがて、車は草花の咲きほこっている花壇の前で停まった。青林は車から降りると、小走りに車の背後を回り、丁子桃の側のドアを開け、腰をかがめて右手を差し出して言った。「皇太后、どうぞ」

丁子桃は車を降りると、青林を軽く叩き、笑いながら言った。「大人になっても、まだやんちゃだね」

車に乗っていた時間が長かったためか、あるいは車に乗るのには慣れていなかったためか、丁子桃は目眩がひどかった。青林を叩いた後、思いもかけずよろめいた。驚いた青林は急いで母親を抱きかかえ、慌てて言った。「母さん、驚かさないでよ。素晴らしい日々はこれからだから、絶対に健康でいてよね」

丁子桃は気持ちを落ち着けてしっかりと立ち、笑った。「車に酔ったのよ」

青林は丁子桃を支えながら花園を突っ切り、赤い二階建ての建物の前に着くと手を伸ばして言った。「見てよ、この家はどう？」

丁子桃は言った。「素敵ね。こんなに低い宿舎を建てて、何家族が住めるの？　会社の宿舎はどれも大概大きな建物でしょうに」

青林は笑った。「これは一戸建てで、僕たちの家だ。つまり母さんの家だよ」

丁子桃は思わず口にした。「私の家？　且忍廬《チエレンルー》なの、それとも三知堂《サンジータン》？」

「ええ？　炉《ルー》とか堂《タン》って、何？」

丁子桃はぼんやりした表情になった。「炉とか堂って？　この正門は且忍廬とは違うし、三知堂とはもっと違う」

青林は不思議に思った。「且忍廬？　それに何堂？　どこの？」

丁子桃はそれには答えず、続けた。「これは地主の家みたいじゃないの？　お前、財産を持って行かれる心配はないの？　彼らはきっとやって来るんだから」

青林は笑い出した。我慢できないほど笑った。そばで青林の荷物を持つ運転手も嬉しくて仕方がないとでもいうように言った。「お母さん、呉《ウー》主任はじつは確かに地主の資本家なんです」

青林はまた笑いだした。笑い終わると言った。「母さん、地主だろうと資本家だろうと、これからは母さんがこの別荘の主人だから、ここで幸せな生活を送ることだけを考えてよ。二〇〇三年に、母さん、丁子桃さまは、自分の別荘を持ちました。これは全く新しい時代の始まりです。母さんに面倒をかけようなどという人は誰もいません。僕、呉青林は、母さんをこの世界で一番満ち足りた幸福な母親にします」

青林はいかにも得意げだった。彼の言葉を聞いて丁子桃は気分がよかった。だが、彼女は笑わず、それほど嬉しくもなかった。それどころか、どちらかというとおどおどしていた。彼女の視線は正門の右の塀際に生えている竹藪に注がれた。竹はちょうど新たな枝を伸ばしている。青々とした新たな葉だ。彼女の脳裏に、突然ある声が聞こえた、「窓前に一叢の竹あり、緑したたるさまは独《た》だ奇と言うべし（原文は「窓前一叢竹、清翠独言奇」）」それは男の声だった。一人の男の顔がぼんやりと浮かんできた。丁子桃は思わず言った。「謝朓《しゃちょう》〔五世紀の六朝時代の人。「竹を詠ずる」の中の一句〕の詩」

青林は言った。「母さん、いま何と言ったの？」

丁子桃は呆然とした。「何も言ってないよ」そう言い終わると、自分でも何か一言言った気がした。だが、何と言ったのだったろうか。

青林が言った。「母さんは、謝……何とか言ったけど、よく聞こえなかった」

「竹藪がとっても素晴らしいと思ってね。突然詩の一句を思い出したのよ、窓前一叢竹、清翠独言奇、って」

青林は母親が詩を学んだことがあるとは聞いたことがなかったので、思わず驚いて言った。「母さん、すごいなあ。誰の詩なの?」

丁子桃はただぼんやりするだけで、何も言うことなく、誰の詩なのか考えた。一体いつごろ読んだのだったろう?

一一・私が覚えているのは赤よ

大きな部屋だった。中間に茶褐色の革製ソファが配置され、ソファの背は濃い茶褐色の木製の背もたれで、その下の部分には美人の腰のような湾曲したアーチ形の模様が彫られている。そのアーチ形は琴の弦に似ていた。丁子桃《ディン・ズータオ》の心臓はドキリと鳴った。青林《チンリン》は言った。これが我が家の客間だよ。

客間の東の壁の角に低い木が立っていた。丁子桃には金のなる木だと分かった。馬《マー》教授宅にも以前置かれていたからだ。西の壁の角には背の高さほどの磁器が置かれてあり、表面にある模様が描かれていた。青林が言った。「台湾の友人が贈ってくれたものだよ。彼らは中国の古い骨董品が好きなんだ」

磁器の模様はいかにも古色蒼然といった感じだ。丁子桃はまたドキリとした。今回は誰かの手で強く叩かれたかのようだ。

丁子桃が言った。「これは鬼谷子、山を下る〔鬼谷子は戦国時代の縦横家。白地に藍色で鬼谷子が下山する様を描いた図が有名〕の図ではないかしら?」そう話す声は震えていた。彼女自身も自分がなぜ怯えているのか分からなかった。

青林は訝しく思った。「これも、母さん知ってるの?」

丁子桃は思わず言葉を漏らした。「もちろん知ってるわ。私の父さんはいつも絵を描いていたから」

青林はいままで母方の祖父のことを聞いたことがなかったので、興味を感じた。「僕の祖父だって? 母さんの父親は何をしていた人なの?」

丁子桃は急に固まってしまった。そうなのだ、父は何をしていたのだろう? 父はあれからどこへ行ったのだろう? そう思いつくと、丁子桃はにわかに針を刺されたように心臓が痛み、全身に冷や汗が出た。

青林はすぐさま丁子桃の異常に気づいた。しばし黙った後で言った。「母さん、疲れたんじゃない? 祖父さんのことは後で話すことにしよう。いまはまず二階へ行こう。母さんは自分の部屋で休んでよ。食事が済んだら、僕がまた家の中を案内するから。そうしないと、母さんは家の中で迷子になっちゃうからね」そう言って、彼は声を出して笑った。

青林はよく笑うタイプの人ではない。瞬間、彼は自分のこの笑いにはどこかわざとらしいところがあると感じた。だが、なぜ自分はそうしたのか分からなかった。

丁子桃の部屋は二階にあった。この家屋の中で一番いいところに位置している。ちょうど南に向いており、フランス窓が付いている。窓の両側には灰色の透かし模様の入った金色のベルベットのカーテンが垂れ下がっている。冬には陽光が部屋のほとんどに注がれる。青林が説明した。明るい光があれば、母さんは老眼鏡をかけなくてもいつものように針仕事ができるだろう。

窓際に立つと、花園全体を見渡すことができた。花園には少なからぬ花と木が植えられている。

高い木にはクスノキやモクレン、二本のイチョウが、低い木にはツバキ、コウシンバラ、クチナシがあった。その上、幾つかの更地があり、それは母親が自分で植えるためのものだと青林は言った。花を植えたければ花を、野菜を植えたければ野菜を植えればいい。身体にもいいし、気晴らしにもなる。窓際に立つ青林は、丁子桃にそう説明した。丁子桃は窓の外を見て目眩を感じた。

部屋にはベッドと収納タンスが置いてある。ベッドは大きく、表地《おもてじ》に緞子《どんす》を縫いこんだ掛け布団が敷かれていた。青林は知っていた。母親は掛け布団のカバーが好きではないのだ。彼女はむしろ毎月とじ縫いをしてでも、伝統的な裏地のついた掛け布団を使いたがった。ベッドの上の緞子の表地は薄紫色で、同じ色のボタンの花が幾つも表面に咲き誇り、とても華やかで豪華である。丁子桃は思わず手を伸ばして撫でてみた。そして突然口を開いた。「ほんとにきれい。私はボタンの花が一番好き。でも、どうして紫なの？　私が覚えているのは赤よ」

青林は笑った。「我が家にこのような掛け布団があったことはないよ。これは僕が新調したんだ。特別に母さんのために、ね」言い終わると、彼は丁子桃がビクッとしたように感じた。

丁子桃は呟くように言った。「彼らが来るんじゃないの。彼らはきっと金目のものを取りに来る。掛け布団も持って行かれる、母が私に買ってくれたものもみな持って行かれてしまった。手放したくなかったけどダメだった」

青林は笑いだした。「胡漢三《フー・ハンサン》〔七〇年代の映画『閃閃的紅星』にでる悪徳地主〕は絶対にもう来ないさ！　ただ母さんを喜ばそうと思った僕が悪かった。でも、母さんは貧乏に慣れてしまったんだ。驚かすつもりはなかったよ」さらに続けた。「母さん、安心してよ。これはみなちゃんとした仕事で稼いだお金なんだ。別荘を買ったのは、つまり母さんに老後は幸せに暮らしてほしいという孝行心だよ。母さんは何も怖がることはない。これは自分の家で、我が家なんだ。母さんと僕こそが、この家の主人だ」

丁子桃はいいかげんに二、三度頷いた。自分が何を言ったのか全く分からなかった。だが、彼女は理解し始めていた。いまいるこの家は、これからは自分のものなのだ。

このときから、丁子桃は自分の家を持つこととなった。それは、息子の青林が与えてくれたものだ。彼女にはなんと親孝行な息子がいることか、彼女は幸せな母親だった。

一二・銃尻で叩かれた

その日の夜、青林《チンリン》は幾つもの上等な料理を並べ、酒も出した。テーブルの料理は丁子桃《ディン・ズータオ》の手を煩わせることはしなかった。彼はすでに家政婦を雇っていた。料理はその家政婦が作ったが、メニューは青林が書いた。青林は家政婦を指さしながら丁子桃に言った。「彼女の名は冬紅《ドンホン》で、これから専ら母さんに仕える人だよ」そう言いながら、また家政婦に向き直った。「冬紅、これからは私の母がお前の上司だから、何でも彼女に訊きなさい」

丁子桃は笑った。「私が上司だなんて、お前はいつも冗談を言う」

青林は言った。「母さんはいままで僕一人の主人だったけど、いまは二人の主人だよ。冬紅という女が増えたんだ」そう言い終わると笑った。そしてさらに言った。「母さんが休みたければ、こころゆくまで休めばいい。何かしたければすればいい。どのみち、主人はいつも自分の言うことがすべてなんだ」

丁子桃と家政婦の冬紅は二人とも青林の話に大笑いした。

その日の夜、母と息子はともに美味しい料理を愉しんだ。お碗と大きな皿はどれも淡黄色で、二人の気持ちを温かくした。丁子桃が生涯求めていたのはまさにこうした生活、こうして息子とともにこころ静かに自宅に座って食事をすることだった。

青林は棚から酒を取りだした。「瀘州老窖《ルージョウラオジアォ》〔四川省瀘州市の有名な焼酎〕だよ。父さんが生きていたころ、このお酒が好きだった。今日僕は父さんの好きだったお酒で、母さんにお酌するよ、父さんが僕たちと一緒にお酒を飲むことになる。母さん、一つ飲んでよ」

丁子桃は息子の親思いに感じ入った。笑いながら言った。「父さんがお酒を飲むとき、私は一口も飲まなかったのよ。当時はお酒が高かったので、父さんは滅多に飲もうとしなかった。正月や祭日のときだけ取り出して、ちょっと口に含んでた」

青林は感慨深げに言った。「父さんが生きていればなあ。そうであれば我が家は幸せ一家だ。僕は父さんにも食器一式を並べよう。ここは僕たちの家だから、父さんの席もあるべきなんだ」

丁子桃の眼前に呉《ウー》医師の姿が浮かび、同時に地面いっぱいの死体が浮かんだ。突如、彼女はその並べられた死体が鉄道わきではなく、木々の根もとにあると気づいた。木々の周辺には周りに土を盛った幾つもの穴がある。幾つもの死体の姿や衣服には見覚えがあるが、青林の父親ではない。彼女は軽く頭を振って、我に返った。

青林は酒をつぎながら言った。「母さん、少しどうですか? 思う存分酔うまで飲みましょうよ。母さんはいままで一度も酔ったことがないでしょ。今日は少し酔いましょう。僕たちは数十年、家がなかったけど、今日家を持ったことになるんだ。お祝いをしなくちゃね」

青林は笑顔でそう言いながら、丁子桃に酒をついだ。丁子桃は気持ちを取り戻し、青林の杯をうけ、杯が小さいことに気づいた。「いいわ。今日は我が息子に付き合って飲むわ」

青林は手を叩いて大笑いした。「母さんが僕に付き合ってくれるなら、僕はこれから毎日食事に戻ってくるよ。そうすれば、母さんにお酒の飲み方を教えることになるね」

丁子桃も笑った。「老人になるころは飲んべえになるんじゃない？」

母と息子はそう言って笑いながら酒を飲み、食べ始めた。青林は丁子桃に酒をついで言った。

「このお酒は、まず母さんに差し上げます。いままで苦労して僕を育ててくれた母さんへの感謝の気持ちです。母さんは生涯ほとんどすべて僕のために生きてきたんだ。だから、この青林の生きる最大の目的は、僕の母さんにずっと幸せな老後を過ごしてもらうことです。いまから僕は、じきにその目的に到達します」

丁子桃もにこにこ笑いながら息子の杯をうけた。青林は一気に飲み干すと、言った。「母さん、一口どう？」

丁子桃が杯を手にし、鼻を近づけたときだった。突然、強烈な馴染みのある匂いが鼻孔から直に飛び込んできた。それはまるで小さな炎のように、彼女のこころの中の干し草に火をつけた。厳粛な声がする。「飲め！　飲むんだ。三杯飲め。飲み終わればお前には力が湧くし、度胸もつく」この声の後で、例の人の顔が浮かんできた。それは一人の男だった。年寄りじみた顔付きで、威厳に満ちている。

丁子桃の手が思わず震え始めた。青林はそれに気づかず、相変わらず上機嫌に言った。「母さん、飲みましょう。酒というこんなに美味いものを生涯飲まないでいたら、大損だよ。母さんと一緒に飲むのは、誰と飲むよりも幸せだ」

丁子桃は気を落ち着かせ、青林を見やった。気持ちが高ぶり愉しそうで満面が輝いている。青林の愉しみは、丁子桃の愉しみでもあった。そこで丁子桃は酒を口に含み一気に飲み干した。

青林は大声で叫びだした。「母さん、飲み方が豪快すぎるよ。少しゆっくり飲んで、一気飲みはよくない。これは白湯ではないからね」

なんと馴染みのある匂いであることか。その匂いに入り混じっているのは、植物と土とさらに汗と生臭い匂いだ。低い泣き声と号泣する声が一気に聞こえた。丁子桃の背中に強烈な痛みが走った。

青林は母親の異常に気づき、緊張した。「母さん、どうしたの?」

「背中がとっても痛むの。銃尻で叩かれた。彼のやり方はとってもひどい。叩かれたとこがとっても痛むのよ」

「母さん、どういうこと? 貴方を叩いた人がいたの? 銃尻で? 母さん、大丈夫?」

丁子桃はぼそぼそと言った。「背中がひどく痛むんだよ」

青林は急いで母の背中にまわり、軽く母の背中をマッサージした。「いま一気飲みしたために、僕のせいだ。母さん、もうお酒を飲んじゃダメだ、何か食べるといいよ。こうして母さんと一緒に静かに自宅で晩ご飯を食べることができる、これは本当に幸せだ」

そう、丁子桃も幸せの感情に浸った。彼女はもう酒を飲もうとしなかった。あの酒がもたらした匂いを早く忘れねばならない。彼女は息子と一緒に愉しく夕食を食べ、孫と嫁の話をしたいと思った。それに、青林がまもなく始める新たなプロジェクトの話もある。

こうした幾つもの話をしていく中で、背中の痛みは徐々に消えていった。

一三・これは闇の深淵だ

夜になり、丁子桃《ディン・ズータオ》は青林《チンリン》に付き添われて自分の寝室に行った。バスルームはすべてが新しい特製だった。冬紅《ドンホン》がバスタブに湯を入れてあった。湯はぬるくもなく熱すぎでもない。彼女は服を脱ぎ、湯の中に浸った。このような風呂に入った記憶はほとんど残っていない。まして、冷たい水と熱い湯がどのように出るのかも、よく分からなかった。冬紅は細やかに彼女に仕え、ふんわりした作りのパジャマを着せてやった。丁子桃はいささか目眩がし、もう自分の生活ではないように思った。足元のスリッパも柔らかな作りで、フロアに着くのが勿体ないほどだ。冬紅は笑って言った。呉《ウー》主任は経営者です、経営者の生活はどれもこういうものです。

冬紅は彼女を支えてベッドまで連れて行き、新しいベッドに寝かせ、新しい掛け布団を身体に掛けてやった。紫色の表地をした掛け布団が掛けられると、丁子桃はまたどこか違和感を覚え始めた。

青林が部屋に入ってくると、言った。明日早く南方に戻って、手続きをすべて済ませて戻ってくるから、たぶん数日かかるよ。でも、冬紅がずっとここにいて母さんを見てくれるし、張《ジャン》運転手もここに残しておくよ。運転手は間借りした部屋の荷物を全部運んでくる。いままでと比べて部屋が大きくなったことと、付き人がいるほかは、母さんの生活は以前と変わらない。好きなことをしてよ。

丁子桃は頷いた。息子の仕事は重要な事柄だと分かっていた。青林はおやすみと言って部屋を出て行った。

丁子桃は本当に少し疲れていると感じた。冬紅が彼女の枕元にコップ一杯の水を置き、笑いながら言った。「奥様、おやすみなさい」

丁子桃が言った。「蜂蜜を加えたの？　小茶《シアオチャー》」

冬紅は笑った。「奥様は蜂蜜の入ったお湯を飲みたいのでしょうか？　それともお茶を？　明日私が買ってきます。奥様、私は冬紅です、お忘れにならないでください」

「お前は小茶に違いない。お前は私が実家から連れてきたんだ。お前は小さいころから私と一緒だった」

冬紅は笑って言った。「小茶ですか？　奥様、飲み過ぎたのでしょう。私は今日初めて呉宅に来たのです」

丁子桃は目眩を覚え、それ以上は言わなかった。彼女はベッドに横になった。目を開けていられないほどの疲れと眠さを覚えていた。

ベッドは新しく大型で、気持ちがよかった。掛け布団は爽やかな香りがあり、とても柔らかで身体が軽くなっていく感じがした。舞い上がっていく感覚で、あたかも天にも上っているようだ。ちょうど雲が流れてきて、一つまた一つと足元に積み上がっていく。彼女は思わず足を踏み出した。広々とした雲の層が次々と上昇し、彼女は一歩一歩前に進んだ。まるで一段一段石段を踏みしめるようだ。彼女は好奇心でいっぱいになった。上を見れば果てがない。歩き続けると、空は突然青くなり、彼女は知らぬうちにその真っ青な空に向かって走り出していた。彼女はぼんやりした意識の中で若いころに戻っていた。若いころは、こうして走ることが好きだった。軽快に石段を駆け上がることが好きだった。石段は石板作りで、青の中に光が透けて見え、前方にはいつも彼女に「おいで」をしている人がいた。突然、何年も前のあのいつも高く掲げた手が彼女の目に入った。彼は彼女に叫びかけ、両の手を彼女の方に向けて伸ばしている。それはとても見慣れた光景だ。彼女は笑い出し、彼の方に向かってさらに速く走って行く。そのときの感覚は素晴らしいものだ。

突然、石段が消えた。彼女は走る足を止められず、空《くう》を踏み、身体は下落を始めた。落下の速度はたったいままでの上昇する速度よりはるかに速い。彼女は思わず鋭く叫びだした。「陸仲文《ルー・ジョンウェン》、私を捕まえて！　陸仲文……」

だが、彼女はその両の手を目にすることはできなかった。自分が差し伸べた手さえ見えない。あらゆるものは厚い雲に遮られ、見渡すかぎり真っ白で、何も見えない。彼女は休まず手を伸ばし、摑もうとした。両の手で交互に摑もうとしたが、空《くう》を摑むだけだった。その瞬間、彼女の脳裏に一つの言葉が浮かんできた。「一面真っ白になり大地は本当に何もない！」彼女は思った。『紅楼夢』の中に出てくる「真っ白な」はおそらくこのようなものだろう。そこで、これ以上抗うことは止めて、それがどこに行くことになるのかを見たいと思った。かくして、彼女にはただ一つの感覚、落下、落下する感覚だけが残った。

こうして、彼女は明るい雲の上から一直線に落下していった。眼前の白は徐々に灰色になり、暗さを増し、ついには漆黒の闇になった。闇には際限がない。

突如として一人の顔が漆黒の闇の底から浮かんできた。彼女は手で顔を覆い、口を開き、大声で言った。「あんたは地獄に落ちる！　閻魔様はあんたを放っておかないよ！」

その顔は暗黒の中で、極めてはっきりと見えた。彼女は分かった。それは彼女にとっての二娘《アルニアン》、つまり父の妾《めかけ》だった。彼女は思わず鋭く叫んだ。「二娘、そうじゃない。違う」

彼女の声を聞く人は誰もいなかった。

だが彼女はすでに分かっていた。これは闇の深淵であって、すでにその中に身をおいているのだ。

第三章

一四・麺専門店で同郷人に出逢う

劉晋源《リウ・ジンユエン》は毎朝早く、洪山《ホンシャン》公園〔武漢市武昌区にある〕まで散歩に行く。

彼は髪もヒゲも真っ白で、眉毛も白い。顔は赤銅色をしている。この白と赤の対比は、人々にこの人のイメージを強く印象づけた。道行く人はみな彼に向かって挨拶し、それはみなどこでも見慣れた顔だった。公園が無料開放されて以降、散歩は彼の習慣になった。初めのうちは妻と一緒だった。散歩はずっと続いたが、妻は逝ってしまった。突然の心臓病で亡くなったのだ。それはちょうどソファに座りテレビを見ているときだった。「劉備三顧の礼」で諸葛亮が昼寝をしているあいだ、妻は一度ため息をついた。ため息は長かったが、それを気にかける人はいなかった。

劉晋源は別のソファに座り、テレビを見ながら妻に話しかけた。あの当時はな、私は呉家名《ウー・ジアミン》が病院に留まるように手助けして、そのために軍分区に四回も足を運んだんだよ。劉晋源はそう言っても反応がないので、腹が立ってきた。彼は強い口調で言った。君の命は呉家名が救ってくれたんだよ、そのことを忘れたのかい？　彼はすぐ、妻の異変に気がついた。妻の呼吸を確かめたが、すでに亡くなっていた。

　劉晋源は妻との仲がとても良好だったとまではいえないにせよ、良きにつけ悪しきにつけ生涯をともに過ごしてきた。妻の存在は自明のことだった。早くから妻には心臓病があると知ってはいたが、突然の死は受け入れがたかった。彼は滂沱《ぼうだ》の涙を流した。その日の夜、彼の家の前に二台の車が急ぎ横付けされた。一台は救急車で、もう一台は霊柩車だった。家にいる二人の息子のうち、下の子は彼を病院に運び、上の子は彼の妻を斎場に運んだ。劉晋源は後になって、どのように病院を入退院したのか全く記憶になかった。ただ家に戻ったその日に、引き続き公園に散歩に行ったことを覚えている。

　劉晋源は初めて独りぼっちになり、孤独の寂しさを感じた。その日、散歩の路上で、忙しげに歩く若者が正面から彼に向かって笑いかけた。その笑い顔に、彼はどこか見慣れた感じをもった。その感じは、親しみと温かい雰囲気がこもっていた。以前、彼に向かってこうした笑顔を向けてくれた人があったことを思い出した。そのときの顔が、いま、目の前にあるかのようだが、誰であったかどうしても思い出せない。彼はいままで、道行く人を気にかけたことはなかったし、道行く人の表情が笑っているか無表情かなどどうでもよいことだった。しかし、はからずもいま、道行く見知らぬ人が彼に笑いかけたことに気がついたのだ。彼は思わず口元をほころばせて笑った。

　その笑いはこころの中に宿っていた僅かな孤独の寂しさを笑いとばした。

　劉晋源はどのくらい長くこの地に住んでいるか、自分でももうはっきりしない。時間は彼の記憶の中では長く伸びる一本のロープに似ており、そこには幾つもの縺《もつ》れ目《め》ができていた。その上、その一つひとつの縺れ目には耐えがたい混乱があった。とりわけ退職してからは、静かな生活を送ってきたが、身辺には細々したことが泡《あぶく》のように出てきた。まずは、子供たちはみな大人になった。かつてはゲンコツものの悪戯好きだった二人の息子は、見違えるほど立派に成長した。妻子を連れ自家用車を運転し戻ってくると、いっぱしの大人だ。次男の劉小川《リウ・シアオチュワン》に至っては、特に得意げだった。戻ってくるや、一言も言わず数カートンのタバコを放り出し、千元はするんだと言った。あるいは特製の茅台《マオタイ》酒を数箱持ってきた。また、両親に贈り物をしに来たと言う彼の部下が列をなすほどだった。

　劉晋源はそうしたことは嫌いだったが、受け取らざるを得ない。結局、親孝行者がいるのは幸せなことなのだ。権力を失うと、それまでの職場の人間は二度とゴマすりに来なくなった。だが、子供たちの部下のゴマすりもゴマすりであることに変わりはなく、気分は同じだ。自宅の周辺は、家並みも道路もすべて様変わりした。高いビル、広い道、そして車は多くなった。かつて馴染みのあったものすべてが、いまはよそよそしい。さらに、昔からの知り合いは次々と姿が見えなくなった。彼らはどこに行ったのか、劉晋源はもちろん分かっていた。彼も遅かれ早かれそこへ行かねばならない。知り合いが先陣を切ってくれたのは、有り難いことだ。彼が行くときには、生活はずっと良くなっているだろう。だから彼は哀しむことはなかった。ただそのかつての座標軸は、動くものも動かぬものもみな、一つずつ消え去りあるいは変化して、彼の記憶の中の縺れ目のロープは、まるで一つずつハサミで切断されたようだった。記憶の中に残っているものもそのハサミの動きにつれて次々に除かれていった。人間は結局そういうもので、もし旧いものが呼び覚まさなければ、多くのことはリセットされて、存在しなかったことになる。以前長く彼の部下だった呉家名はよく語っていたものだ。忘却は人間が持っている最も優れた本能です。

その日、早朝、劉晋源は公園に散歩に出て、急に刀削麵《ダオシアオミエン》〔山西省の有名な麵料理で、練った小麦粉を熱湯の中に包丁で削ぎ落として作る〕が食べたくなった。彼は故郷を離れて長く、とっくに南方の料理に慣れていた。さっぱり味も激辛味もどちらも好きだった。息子の劉小川はかつて父親の好みを評して言ったものだ。父さんの胃は、南と北の味も、東と西の味もどれも受け入れて、開放されてる、まさに改革開放政策の方針に合致しているよ。彼はこの息子の言葉が気に入っていた。だがいまは、故郷の刀削麵の味がこころに引っかかっていた。

家の近くに山西省の麵専門店があり、彼は早くから知っていた。食べに行きたいとこころが動いたことが以前はあったが、妻は四川人で山西の麵には全く興味がなく、決して行こうとしなかった。家のことはすべて劉晋源が取り仕切っていたが、食べ物に関しては妻の言うことに従っていた。食事を作るのは妻だからだ。そのため、麵の匂いがするほどその専門店まで近づいても、いままで一度も入ったことはなかった。

その日、彼は足を延ばして行くことにした。

その店は小さい店で、何台かの簡素な小テーブルと腰掛けが並んでいた。一目で一生かかっても大きく稼げる店ではなく、一家が何とか暮らしていくことができるに過ぎないと知れた。その店の入口に一匹の地犬が蹲り、鉄の鎖で繋がれていた。そのイヌにも故郷の劉洞村《リウドンツン》の感じがある、劉晋源は急にそう感じた。

店内に入ると店主の話し声が聞こえた。案の定故郷のなまりがある。だから、劉晋源が話し出すと店主の表情は見るから嬉しそうになり、大げさな大声で言った。「やあ、同郷の人だ、うきうきするな」

劉晋源も笑い出した。「そうだな。家を出て数十年たつから、故郷の言葉を聞くと気分がいい」

店主が応じた。「ほーら、わしは前から言っとったんだ、どんなに遠くへ行き、どんなに時間がたっとっても、故郷が同じなら、それだけで親しくなる。一番肝腎なのは、やはり故郷の麺が忘れられないってことだ」

劉晋源が間髪を容れず言った。「今日はいい日だ。何はともあれ麺を食べに来たんだ」

店主が言った。「そうなんだ。店を開けると同郷のお年寄りが続けて二人もおいでになった。あそこでしゃがんでるお年寄り、あのしゃがみ方は間違いなく同郷人だ」

劉晋源は店主の指さす方を見やった。そこには確かに一人の老人が腰掛けにしゃがみ、一心に麺を食べている。劉晋源は笑い出した。そのしゃがみ方は間違いなく本物で、何年も目にしたことがないものだった。

しゃがみこんでいる老人は自分のことを誰かが話していることに気づき、顔を上げて眺め返した。劉晋源と店主がちょうど老人を見ながら笑っているので、僅かに頷き、姿勢を改めて腰掛けに座りなおした。劉晋源も老人に向かって頷き返した。

店主が言った。「よかったらお二人、同じテーブルで?」

劉晋源が応えた。「いいですな」

話しながら彼は老人の方へ歩いて行った。妻が亡くなる前は、見知らぬ人に話しかけることは滅多にしなかった。いままでそんな習慣はなかったのだが、いま、妻に先立たれ、誰か話し相手がほしくて仕方がなかった。

彼はおそらくとても寂しいのだ。

一五．生きる、これが現在の彼の姿

テーブルは小さかった。女主人が拭いてあったにもかかわらず、見たところまだ油でべたついていた。劉晋源《リウ・ジンユエン》は思った。妻は口がうるさかったが、幸いここには来なかった。そうでなければ、北方人は衛生観念がダメだと文句を言ったに違いない。このことについては、二人は何度も口喧嘩をしたことがある。たとえ千回説明しても、彼の故郷である山西省の西北では自由に使えるほど水は多くないことを妻は理解しなかった。劉晋源は考えた。疲れ果てるまで毎日天秤棒の水運びなどやらされなかったら、私は革命などやらなかった。

妻は四川人で、水はどんな時も豊富だったから、そうしたことを全く理解しなかった。家に雇った家政婦も四川人で、考えは妻と同じだった。家政婦は妻よりもさらにこだわりが強く、部屋の隅々まできれいに拭き掃除をした。彼と妻だけでなく、子供まで毎日下着と靴下を替えさせた。家に厭な匂いがするより、洗った方がいいと言うのだ。彼を世話する二人の女性のおかげで、彼は衛生状態に対して特に敏感になった。

テーブルの調味料棚も油っぽかった。醤油、酢、辣椒醤《ラージアオジアン》〔チリソースに似た辛いソース〕が並び、瓶の蓋はどれも薄汚れている。劉晋源はしゃがんで食べる習慣はなく、腰掛けに座り込んだ。すると、老人が言った。「ここの酢は本物ですよ」

劉晋源は酢の入った瓶を一目見て言った。「山西の伝統酢だ、いまではどこでも売ってる」

店主が熱々の刀削麵を盛った大きな碗を両手でかかえてやって来た。テーブルに近づく前から、劉晋源はよく馴染みのある香りをかぎ、胃がたちどころにうごめき始めた。店主は言った。「これは自家製の米酢ですんで、食べれば良さが分かりますよ。店で買うのは、名前は山西の伝統酢だけど、味は自家製のとやはり違います。なぜだか分からんですがね」

老人は言った。「水も材料も、製造過程の温度と時間も、少し違えば、味は本物ではなくなる」

劉晋源は言った。「それもそうだ。兄弟はどこの出ですか？」

老人は応えた。「山西の西北の地、賀家溝《ホージアゴウ》だ。わしは賀全起《ホー・チュエンチー》で、小さいころは小起子《シアオチーズー》と呼ばれとった。年とってからは老起《ラオチー》だ」

店主が割って入った。「それはいい名前だ。老起って、つまり永遠に倒れない、ってことですな」

店主の言葉に劉晋源と老起は笑い出した。

劉晋源は言った。「ほんと、同郷人に出逢ったんだ。私の姓は劉《リウ》で、名前の中に私たちの晋の字が入っている。小さいころ家では小晋《シアオジン》と呼ばれてたけど、年とってからは老晋《ラオジン》と呼ばれず、老劉《ラオリウ》だ。あなたとは同郷だから、私のことを老晋と呼んでください」

老人が言った。「あなたも山西の西北の出ですか？」

「もちろんです。劉洞村《リウドンツン》の出です。抗戦が終わってすぐ出てきました」

老人は喜んだ。「あんたの発音は随分変わっとりますな」

「そうなんだ。大部分は南方のあちこちで暮らしたから。南方の言葉はうまくできず、故郷の言葉もおかしくなった」

二人は麺を食べながら、自分のことなど話し始めた。年をとると、見ず知らずの者でも、同じテーブルで麺を食べれば、山のような話題は尽きることがない。

老人は、もう七二になった、と言った。一八歳のときに外に出て働こうと思ったが、家に事故がおきてな、親父とお袋が二人とも病に倒れて、結局出て行くわけにいかなくなったんだ。いまは七三になるところだ。七三歳と八四歳は厄年で、閻魔様のお迎えがなくとも自分であの世に行くさ。

劉晋源は言った。「兄弟、そんなこと言ってはいかん。私はじきに八四歳になる」

老起は慌てて箸を置き、申し訳ないというように両手を合わせた。劉晋源は手を振って言った。

「止してくださいよ。ただちょっと言っただけだから。実際いままでの人生を思うと、確かにいろいろあった。何でも経験しましたよ。苦労もしたし、愉しい日々もあった。戦争もしたし、匪賊討伐もした。人を銃で殺しもした。役人にもなったし、批判闘争に引き出され、牢獄にも入った。それに、朝鮮戦争にも行ったんだ。なあ、あんたが驚くような話をしようか。私が手を下した人は、一〇〇人はいないが八〇人はいたぞ。もちろん、私自身、何度か死に直面もしたがな」

「あんたは大した人だ。わしは戦争は知らん。でもな、」彼は急に声を潜めた。「わしは土地改革に参加したことがある。あれは酷かった。おそらく戦争と同じだ」

劉晋源は言った。「そう、故郷の人間が言っていた。当時、私は入院していたんだ。父の代からの知り合いに、カネがなくて結婚できない男がいたが、はからずも土地改革のときに村の資産家の娘を手に入れた、それも美しい女だったというんだ」

老起が言った。「ダメダメ、それを口にしてはダメだ。口にするとゾッとする。わしの叔母一家は、全員死んだ。独り残された息子はわしが山の外に逃してやったが、戻らなかった。数十年も経つが、生死も分からんのだ」

劉晋源はため息をついた。「口に出せないことがじつに多い。私は人生の半分は戦いにあけくれ、何度も死にそうになった。我が祖国には、私の赤い血が流れているんだ。文革が来て、なんと私は逮捕され牢に繋がれた。一生を革命に捧げたのに、反革命になったんだ。おかしいじゃないか？

当時は本当に訳が分からんかった。死のうとさえ思った。そう、何とか乗り切ってきた。『口にできない』という言葉は、正しい。口に出せないことは口にしないことだ。兄弟も、このあたりに住んでいるのかね？」

「そうだ。戸籍はまだ太原《タイユアン》だがね。娘はここで勉強して、見つけた相手は湖北の男だった。両親の許可も求めず、自分の意志でここに嫁いで来た。このご時世、父親は本当に何も知らされない。わしは孫を見るために時折ここに来て暫くいるだけさ。でもなあ、ここの天気、ここの食べ物にはどうしても慣れない。わしが話す言葉は分かって貰えず、人の話す言葉は分からん。気分も滅入るさ」

劉晋源は言った。「私が来たばかりのときも、同じだった。でも、いま山西に戻っても馴染めないだろう。妻は四川人で、以前雇っていた家政婦も四川人。この二人に私のお腹は四川腹にされてしまった」

「それはお気の毒で。きっと四川料理の痺れる辛さはもう平気でしょう」

劉晋源は笑った。「とっくに慣れたよ」

「だが、腹は変われども、身体は故郷に戻るべき。ルーツは故郷にあり、でっせ」

「時代は変わったよ。今頃ルーツがどうのとかは大したことではない。燃やされて灰になり壺に入れられては、ルーツも何もないだろう？　碑でも建てば、まだましだ」

「確かに。毎年清明節に線香をあげにやって来る息子と娘がいれば、この人生は素晴らしいというべきですな」

二人は話しながらため息をついた。

傍らでテーブルを拭いていた店主が話に加わった。「お二人、それでまた何を嘆いてるんで？

お二人はこのお年になっても、まだついでに故郷の刀削麺を食べに来ることができる。これって、もうすでにご立派です。早くあちら側に行った人が、お二人の嘆きを聞いたら、きっと悔しがるのでは？」

店主はまた老人二人を大笑いさせた。劉晋源はせわしい口調で言った。「足るを知るべし。足るを知るべし、だ」

店を出ると、劉晋源は何度もゲップをした。その匂いが彼の身体全体を心地よくした。もう随分長いあいだ、こんなに気分のよいときはなかったと思った。

大通りに出てから、彼は老起と別れた。二人はお互いの連絡先を交わさず、また麺を食べに来ようとだけ言った。二人は信じていた。この店が存在する以上、必ずまた会える、と。だが、劉晋源の最後の一言は、こうだった。「四川料理はじつに美味い。あの痺れる辛さが食べられるのは、幸せそのものだ」彼は妻のことを思っていた。

劉晋源はゆっくりと家に向かって歩いた。

彼には何もすることがなかった。生きていく、そして時間と上手く折り合っていく。それが現在の彼の姿だった。

一六．南方に行く

劉晋源《リウ・ジンユエン》はその日家に戻ると風邪をひいた。咳き込むと、息ができない。

妻が亡くなる前は、長男の劉小安《リウ・シアオアン》が一緒に住んでいた。劉小安は以前、三線《サンシエン》（国防上、前線を支援する後方地域」の工場で働いていたが、時期を早めて退職した。最初は次男の劉小川《リウ・シアオチュワン》とともに商売を始めたが、商売をしていくうちに、小川は兄に家に帰ってもらった。兄には任せられる仕事は特になく、何事もうまくできないので、家で誠心誠意両親の世話をしてくれた方がいい、自分も外にいて安心だから、と言うのだ。彼は兄に年に二〇万元を渡すことにし、さらに一軒の家と一台の車を贈った。劉小安夫婦は考えたすえに、割が合うと思い、両親の元に戻ってきた。彼らは自分の家を貸し出し、両親の家に住んだ。食費はどれも両親の金を使い、家政婦の費用も両親の収入から出した。彼ら二人は自分たちの道楽に使う金だけを負担した。劉晋源の妻はこっそり夫に話した。次男は彼らに大金を渡しているのではないかしら？　どうして家にいるあいだ自分たちの食費も出さないの？　自分の衣服も家政婦に洗わせてるわ。劉晋源は妻に言った。いいんだよ、お前を護ってくれる息子がいるって、いないよりいいだろ。私らの退職金でも四、五人は暮らせるよ。カネを使わず残しても、ただの紙くずだ。私らのカネを使いきっても、次男はきっと私たちの面倒をみてくれるよ。劉晋源の妻はその言葉を聞いて納得した。いっそのこと、二人の収入は長男に預けよう。どのみち、私たちがしっかり食べて飲めればそれでいい、カネは使いたいように使うのだ。こうして、双方が納得することになった。

　劉小安夫婦は毎日朝早くからダンスをしに街に行き、ついでに食料を買って戻ってくる。劉小安の妻は、家政婦の食料購入を信用していない。購入費用をくすねると思っているのだ。そのため、必要な買い物の類いは決まって妻と劉小安が自らおこなった。午後、劉小安の妻は美容院に行ったり、マージャンを打ちに行き、劉小安は家にいて両親に付き添っている。付き添うと言っても、自分の部屋にいてネットで将棋を指しているばかりなのだ。

　夜になると、自然と皆は揃ってテレビドラマを見た。劉晋源は戦争のドラマが好きだった。テレビを見ながら指さして、「そんな戦い方はできんぞ。それじゃあ兵士が無駄死にじゃあないか？」とか、「この戦役は初めからそんな戦い方ではなかったぞ、戦争にそんな場面はないんだ」と言った。劉小安はいつも言うのだった。「父さん、何を心配してるの。当時の戦争に観衆はいなかった。戦争が終わって自分が生きていれば、それで万々歳だ。テレビの戦争ドラマは、何万人もの人がじっと見てるから、格好良く闘って派手な場面があっても、どのみち死者は出ないさ」劉晋源は返す言葉がなかった。息子の言うことは理に適っており、反論しても無駄だ。

　年をとってからの日々は、こうして過ぎていく。劉晋源はこれも結構なことと思う。家には人が出たり入ったりして、どの壁、どの片隅にも人の気配がする。隣家の張《ジャン》さんのように、息子と娘はもう海外に行き、妻に先立たれると、身辺には世話をする一人の家政婦がいるだけだ。カネはあっても、使う気力がなければカネは何の役にも立たない。家が終日冷蔵庫のようにひんやりしているくらいなら、狭い部屋でも人が多い貧乏人の方がましだ。

　劉晋源はその日、散歩には出なかった。ベッドから起きることができない。劉小安夫婦はダンスから戻り、父親が外出していないことに気づき、様子を見ようと急いで父親の部屋に行った。劉晋源がまだベッドに横になっており、元気がない様子を見ると、たちまち慌てだした。急ぎ電話をかけ救急車を呼び、軍区の病院に緊急搬送した。幸い病院は近くにあり、医者は細かに診察して、大したことはありません、風邪です、と言い、さらに続けた。武漢というところは寒かったり暑かったりで、老人は風邪をひきやすいのです。

　劉小安は父親の状況を弟の劉小川に電話で伝えた。劉小安は兄ではあるが、劉小川は彼の上司だった。劉小川のバイトをしているようなものだったから、家の中のあらゆることはすべて劉小川が決めていたのだ。劉小安は電話で伝えた。親父は大丈夫だ。熱もかなり下がっている。ただ咳き込むのを聞くとかわいそうだ。劉小川は即座に言った。こうしよう、熱が下がったら、親父を深圳《シェンジェン》に呼ぼう。武漢が暖かくなったらまた戻ればいい。

劉晋源はもともと身体は丈夫だった。三日間点滴を打ち、熱が下がると元気になってきた。ただ咳だけは止まない。彼は入院が厭なので、とにかく帰宅したいと強く求めた。入院して薬の匂いに慣れてくると依存心理が生まれ、結局帰宅することができなくなり、病院で死亡する、そんな老人がいることを彼は知っていた。彼の人生の中で何も怖いことはなかったが、ただ入院だけは厭だった。病院のホルマリンの匂いを嗅ぐと、頭がくらくらする。昔は病気になると、すぐ直接、軍分区病院の医者の呉家名《ウー・ジアミン》を家に呼んだ。この男は彼が山奥の森林地帯から連れてきて入隊させ、彼の援助をうけて医者になった。呉家名は性格が穏やかでもの静か、どんな病にはどんな薬を使えばいいか、その根拠を説明することができた。大事なのは、そうした説明が彼をこころから納得させたことだった。彼が昇進して武漢に異動すると、幸運にも呉家名も軍から離れてこちらに移った。大きな病でもちょっとした病でも、電話一本で呉家名は自らやって来た。これは彼の人生で随分有り難いことだった。だが残念なことに、呉家名はあまりにも早く亡くなった。そうでなければ、と劉晋源は思った。私のこの些細な病で入院が必要になるだろうか？　点滴など必要だろうか？　数日も咳が止まらない？　呉家名なら、薬草の数服で、人にも知られず、どんな問題も解決してくれただろう。

劉小川が電話をしてきたとき、劉晋源はちょうど激しく咳き込んでいた。劉小川は焦って、電話を通して大声で叫んだ。父さんを明日飛行機で深圳に移動させるんだ。ちょうど会社の部長が一人本部に戻ることになっているから、兄さんは父さんを飛行場に連れて行けばいいよ。

劉小安にとっては望むところだった。妻と一緒に台湾に遊びに行こうとずっと思っていたのだ。

だが父親のために、全く自由にならない。いま父親が南方に行けば、少なくとも一か月は向こうにいるだろう。そうすると、彼らは外で遊ぶ十分な時間をもつことになる。そこで、急いで応じた。分かった、そうする。

　その夜さっそく手荷物をまとめた。だが、持って行かねばならないものはなかった。劉小川のところには何でも揃っている。劉晋源自身は小型のトランジスタラジオだけを持った。毎朝目覚めるとニュースを聞くためだ。これは劉小川のところにも絶対ないものだった。劉小川はよく口にしている。テレビはいいよな、と。劉晋源は、それはもう聞き慣れたよ、と言った。彼は思った。お前たちは分かっとらん。テレビを見るのは、そこに座って何もせずにぼんやり見ていなければならない。ラジオは歯を磨きながら聞けるんだ。ヒゲを剃りながら、新聞を読みながらも聞ける、何でも同時にできるのだ。彼は、老世代の考えは若い世代と同じではないと分かっていた。孫たちはテレビも見ないで、家に帰るとネットに入り浸りだ。

　劉晋源は一世代若い人と話をするのが本当に厭になっていた。彼らは何も分かっていないと思った。だが、困ったことに、彼は何も分かっていないと彼らも思っているのだ。ある年の春節に、彼は孫たちに昔の四川省東部での匪賊討伐の有様を話して聞かせた。ある情報を届けるために一人の友人が捕まり、匪賊の手で惨殺された、と。現在の幸福な生活は簡単に得られたものではないことを説明したかったのだ。ところが、小さな孫は言った。「へえ、おじいさん、おじいさんたち世代はどう言えばいいのかなあ。考えが保守的すぎて、頭が悪いよ。ネットで調べられるようにしてあげても、どうしてもやらないんだから。ネットに入れれば、いろんな方法があるのに。適当に一度クリックすれば、情報は送れたんじゃないの？　無駄死にしたのは当然だよ」劉晋源は怒りのあまり、激しく箸をテーブルに放り出した。彼は怒鳴った。「この愚か者めが！」そう言われた孫は不満げに口答えした。「明らかにおじいさんたちが分かってないのに、まだ僕が愚か者だなんて言ってるよ」息子と娘たちは大笑いになった。次男の劉小川はもう少しで椅子からずり落ちるところだった。劉晋源は言葉がでなかった。彼はにわかに、孤軍奮闘していると感じた。その年の春節は、多くの子と孫が揃ったが、彼は愉しめなかった。食事や睡眠などの些細なことのほか、彼らは互いに世間話をしていたが、お互い相手のことは分かっていないと彼は感じた。

翌日、劉晋源は朝早く天河《ティエンホー》飛行場に着いた。劉小安はその場にいる部長と顔見知りで、一目見るなり握手を交わし、肩を叩きながら挨拶をした。「青林《チンリン》、見たところ益々元気になってるな。支店の部長になって年収はぐっとアップしただろ？」

劉晋源はすぐ感じた。この部長は見覚えがある、どこかで会ったことがあるようだ。劉晋源はまた思った。劉小川の部下がよく荷物を運びに家に来ていたから、そのときこの男もいたかも知れない。見覚えがあるのはありうることだ。その部長は劉晋源に気づき彼を見据えて急いで言った。

「劉《リウ》おじさん、こんにちは」

劉晋源はふと考えた。彼はともかく部長だ。そこで急いで応じた。「やあ、こんにちは」

劉小安と部長は笑い出した。劉小安は言った。「父さん、彼によそよそしくしなくていいよ。同じ一家の人間として働いてるんだ。彼の名は青林だ。小川が気にいって抜擢したんだ。僕が事務室を仕切っていたときは、僕の部下でもあったよ」

青林も笑って言った。「そうなんです。劉おじさん、僕のことは青林と呼んでくださって結構です。僕は間違いなく貴方を安全に目的地までお送りします」

この後半の言葉を聞いて、劉晋源は即座にこの青年に好感を抱いた。それは彼が好む話し方だった。

劉晋源の顔に笑みが浮かんだ。青林という名は聞き覚えがあるような気がするが、どこでだったかは分からない。あれこれ考え、息子の小川と小安が彼と知り合いだから、きっと家でよく名前を出していたに違いないと思った。

劉小安は劉晋源を青林にあずけると、そそくさと立ち去った。待ち時間と飛行時間は長かったが、青林は細かいところによく気がつき、気配りにとても長けていた。移動中はずっと彼に付いて話をし、お茶をいれた。お茶にはちょっとしたお菓子もつけて出した。劉晋源は思った。こんなに愉快に若者と一緒にいるのは、随分長いあいだなかったことだ。

劉晋源は青林に、どうして劉小川の会社に入ったのかと訊ねた。

青林は応えた。この会社に入る前に何度か会社を替わりました。劉社長と面接をしたとき、社長は僕の話に武漢なまりがあるのを聞いて、その場で武漢方言で世間話をしたんです。社長は、僕の名前はとてもいい響きがあって詩的だと言われました。社長の家では、ご両親がものぐさで、子供が生まれたところの地名から一字を採って子供の名前にしたそうです。社長のお兄さんは西安生まれなので小安、社長は四川生まれなので小川と名付けたそうです。妹さんは武漢生まれなので、女の子に合うかどうか気にせず劉小武《リウ・シアオウー》と名付けましたが、妹さんは物心がついてから、自分で公安局に出向き、劉小舞《リウ・シアオウー》と改めたんです。幸い彼女は踊りが好きなので、こういう名前になってちょうどいいわけです。

劉晋源は大笑いした。息子の言うことは正しいと思った。当時は確かに名前をつけるのが面倒で、その地の字を使ったのだった。青林が言った。「僕は面接時に劉社長に答えました。貴方のご両親はものぐさなのではありません。ご自分の人生に目印をつけようとされたのです。子供を呼ぶとき、自分のそのときのことを思い出すことができます、と。僕はご両親のおこなったことはとても意味があると思います。ご両親は過去を忘れたくはないのです。劉おじさん、ご存じですか、僕が採用されたのは、件《くだん》の話があってのことなのです。劉社長は、僕が他人に思いやりのこころを持っていて、会社にはそうした人間が必要なんだと言いました。ですから、貴方は僕にとって恩人になるのです」

劉晋源は笑い出した。これは愉快な話で、しかも青林の話し方も快い。

飛行機が深圳に着くと、劉小川は自ら父親を迎えに飛行場に来ていた。飛行機から降り立った何人もの客が劉小川に挨拶をしている。「劉社長、こんにちは！」「劉社長、自ら飛行場におでましですか」

劉晋源は不可解になった。「お前、何だってこんな多くの人と知り合いなんだ?」

劉小川はただ笑っているだけだった。青林が言った。「このあたりの人間はみな劉社長と知り合いです。劉社長もこのあたりの人間をみな知っているんです」

劉晋源は劉小川の専用車に乗り、青林にも乗るように言った。青林は手を振って言った。「劉おじさん、またお会いします。私たちは方向が違いますから」そう言い終わると、その場に立ったまま、劉小川の車が立ち去るのをずっと手を振りながら見送った。

専用車の中で劉晋源が言った。「小川、あの男はついでに乗せてやるべきだろう」

劉小川は笑った。「僕は乗せてもいいんだけど、彼は乗ろうとしないんだ」

「ついでに乗っても、大したことはないだろうに」

「昔父さんの軍区の小隊長は父さんの車に乗ろうとしたかな?」

劉晋源は返答につまった。確かに小隊長は乗ろうとはしなかった。

劉小川が言った。「ビジネスの世界では、ね。父さんのころと大体同じだよ」

「お前が寄こしたあの部長は、感じがよかったよ」

「貧しい子供が社会に出てまじめに仕事をし、人付き合いもいい。我が家の長男みたいにものぐさではない」

「お前の兄をそんなふうに言うな。ヤツも大変なんだ。あの部長は貧しい子だったのなら、お前はよくしてやれよ」

「もちろんだよ。僕がいなければ、いまの彼はないさ。当時、彼は一〇〇元しか持っていなかったが、いまではもう別荘を購入するほどの金持ちだ」

「大げさな話をするな！」

劉小川は笑った。「ほかのことでは大げさな話はしないけど、これは本当にそうなんです」

劉晋源は返事をしなかった。彼は息子のこうした口ぶりが気に入らなかった。息子と一緒にいると、いつも気が合わない。たった数時間前に知り合った青林と一緒にいる方がむしろましだ。彼と一緒にいたときは、ずっと快い気持ちだった。この感覚はいつも身近に感じて心温まる気持ちの良さだ。長らく経験しなかった気持ちの良さともいえた。ずっと長いあいだ、彼は思い出せなかった。以前どんなときに、どこで、誰と一緒にいたときにこの感覚があったのだったか。

過去の出来事で劉晋源の頭に残っていることは、すべてただぼんやりした印象があるだけだった。もうまとまった形に繋がることはない。自分の記憶はこれからどんどん衰えていくのだと彼は思った。彼はおそらく老いたのだ。

第四章

一七・驚愕した青林

青林《チンリン》は本社に戻ったその日に冬紅《ドンホン》からの電話を受け、驚きのあまり携帯を落とすところだった。

冬紅は言った。奥様は朝目覚めるのが遅く、初めのうちは昨夜お疲れなのだろうと思いましたが、そうではないのです。奥様は全くぼんやりしていて人を相手にせず、どう話しかけても聞こえてないようなのです。昨日とは全く違います。視線は定まらず、どこを見ているのか分かりません。口が休みなく動くときがあり、何か話をしているらしいのですが、声は出ません。食事を出すと食べますが、出さなければ食べません。初め、用便はご自分ではできず、身体にかかってしまいました。何度かやって、やり方が分かりました。奥様をトイレに連れて行き、便座に座らせました。大声で聞きました。小便ですか、大便ですか？　奥様はできましたが、まるでロボットのようでした。運転手の張《ジャン》さんと一緒に奥様を病院に連れて行きましたが、熱も咳もなく、症状は何もなく、検査の結果は何の病もありませんでした。お医者さんは、とりあえずは家で様子を見ましょう、と言いました。

青林は一時《いっとき》呆然となった。母親に何が起きたのか分からない。彼は冬紅に、電話を丁子桃《ディン・ズータオ》の耳元につけろと言った。母親は彼の声を聞けば何か反応があるに違いないと思ったのだ。彼は携帯に向かって大声で叫んだが、電話の向こうからは何の音も聞こえてこない。冬紅が言った。「奥様は聞こえていないのと同じです」

青林は急ぎ帰宅するために最終便の飛行機に乗り、家に着いたのはほとんど夜半になっていた。家の中はまるで無人のように静かだった。冬紅は自室にいて、ドアに鍵がかかっていた。青林は母親の部屋に直行した。丁子桃は籐椅子に姿勢よく座っており、微動だにしない。青林は大声で言った。「母さん、僕、戻ってきたよ」

だが、何の反応もない。いままでなら、丁子桃は迎えに出てきて満面に笑みを浮かべ、愉しげにあるいは元気よく青林の周りを歩き回ったものだ。青林は胸が痛み、丁子桃の前に駆けより、半ば跪いて言った。「母さん、どうしたの？　僕だよ、青林だ。驚かさないで、母さん。母さんの幸福な日々は始まったばかりなんだ」

丁子桃は全く動かない。その目は一度も彼を見ることがない。冬紅が物音を聞きつけてやって来ると、言った。「奥様は一日中ずっとこうなんです。午後は五時までずっと眠っていました。こちらから起こさないとお起きになりません。夕飯は私が差し上げるのですが、食べるかどうかはご自分で何も仰らないのです。私は奥様の睡眠時には何もしていません。とにかく旦那さまがお帰りになって奥様を起こしていただくしかないと思いました」

青林はまた大声で叫んだ。「母さん、僕だよ。戻ってきたよ。僕、青林だ」

丁子桃は相変わらず無関心だった。全く動かない。二人が彼女の近くで話していても、彼女にとっては誰も存在しないかのようだ。その眼は周囲に誰もいないかのように壁を見つめ、自分の世界に耽溺して抜け出すことができない。

青林は焦り気味に訊ねた。「母さんがこんなになったの、お前はどうやって気づいたんだ？」

冬紅が答えた。「朝一〇時は過ぎていました。奥様は何の気配もないので、私は部屋に入り起こしました。すると奥様はおかしいのです。ベッドに失禁していました。奥様に声をかけても、まるで誰もいないかのようなのです。旦那さまに電話をしましたが、旦那さまはたぶん飛行機で、通じませんでした。私は焦りました。急いで奥様の衣服を着替えさせ、張さんに運転してもらって病院に連れて行きました。血圧、心臓どれも異常はなく、何の病も見いだせません。お医者さんからは、何かショックを受けたためかも知れない、入院する必要はない、たぶん数日たてば治ってくるだろう、と言われました」

青林は母親の顔を撫でて体温は正常だと知った。また母親の呼吸を聞いて乱れていないと分かり、ほっとして言った。「おかしなところは何もない。ショックを受けることなどないだろう。まさか新しい家に入ったためではないだろうな」

冬紅が言った。「そうなんです。私も張運転手も、おかしなところは何もない、新しい家に引っ越しただけだ、と言いました。お医者さんも、ひょっとして新しい家が慣れないのかも知れない、と言っていました」

青林は考えた。母親は数十年、自分の家を持っていなかったから、突然こんなに大きな家が自分のものになったのは大きな出来事と言うべきで、過度な興奮はショックだったのだろう。そこで言った。「数日経って良くなればいいな」

冬紅が言った。「終日、何事もないのです。決まった時間に奥様をトイレにお連れし、食事を差し上げると、奥様はその場でずっと静かに座っています」

青林は解せなかった。「それが何の病なのだろう、老人の認知症かな？　だが認知症なら進行過程があるのではないかな？」

「そうですとも。私の祖母は老人性認知症でしたが、徐々に人が認識できなくなりました。でも、奥様はたった一晩です」

「本当に分からないな」

「はい。昨晩お休みのとき、奥様は少しおかしかったのです。私のことを小茶《シアオチャー》とお呼びになったみたいで、さらに私は奥様が実家から連れてきた者で、幼少のころから奥様の家で育ったと仰るのです」

青林は大いに驚いた。「それは考えられない話だな」

「そうです。そのときは奥様は飲み過ぎておかしなことを仰るんだと思いました」

話しながら、冬紅は丁子桃をトイレに連れて行き、寝間着に着替えさせ、ベッドに寝かせた。

「明日の朝目が覚めたら、奥様は元に戻っているかも知れません。私の祖母は昔よく言っていました。昼にできなかったことも、夜にはできる、と」

「そうそう。母さんも昔言ってたな、一晩で人は変わるものよ、って。この二人の言うことがあたってるといいな」

冬紅が部屋の隅にある段ボール箱の山を指さしながら言った。「旦那さま、張さんが午後、奥様のいろんな持ち物を運んできました。全部ここにあります」

青林は段ボール箱に近づき、足で軽く蹴った。「明日、整理しよう。母さんの服はみんなタンスに入れなさい。細々したものは、捨てていいよ。そうだ、靴の中敷きは捨てずにとっといて。もうお前は寝ていいから」

冬紅は返事をして出て行った。青林は椅子を引き寄せ、丁子桃のベッド脇に座った。彼は母親の顔を見つめながら、低い声で言った。「母さん、どんな困難も母さんは頑張って過ごしてきた。今回も、きっと乗り越えられるよね？　明日の朝には、母さんの笑顔が見たいよ」

一八・秘密を隠している人

丸々一晩、青林《チンリン》は寝付くことがなかった。目の前には若かりしころから年老いた母親の顔がずっと浮かんでいた。いままでのことは一冊の本になると言えた。彼は記憶の中でページを繰った。

彼が子供から大人になるまでの母は、家庭のためだけに生きてきた。初めは父親と彼の面倒を見、父親が亡くなってからは母子家庭の生活のために忙しく働いた。母は住み込み家政婦になっていたために、ほとんど友達はいない。父親が亡くなったとき、彼は小学校に上がったばかりだった。彼は父親のことはほとんど忘れていたが、父親の声の記憶はいまにいたるも残っていた。それは父親が生前よく話してくれたことだ。父親は言った。お前が大人になって何をするにしても、貧乏でも金持ちでも、絶対に母さんにはよくしてやるんだ。母さんはとってもかわいそうな人、とっても特別なんだ。

いままで、彼は父の言葉を気にとめることはなく、ただ父から母に孝行せよと言われただけと思っていた。いま思い出すと、急に父の言葉には特別な意味があると思うのだった。母は何が特別というのだろう？

もう一つ、青林がずっと奇妙に感じることがあった。親戚が一人もいないのだ。父にせよ母にせよ、遠い親戚ですら一人もいない。彼の本籍はこれまでずっと湖北武漢と記入してきた。だが父と母の話す言葉からは、間違いなく武漢人ではないと聞き取れた。父は明らかに北方のイントネーションだし、母の言葉には西南方言の尾音があった。大学生のころ、クラスメイトにこのことを話したことがあった。クラスメイトは笑って言ったものだ。親戚がいないって、君の両親は石から飛び出てきたってわけかい？

彼は母親に故郷はどこかと尋ねたことがあった。母は、武漢だと答えた。彼は続いて尋ねた。でも母さんの武漢語はどうして正確ではないの？　母は言った。若いころずっと外で暮らしていて、それから家政婦になったのだけれど、そこの主人は北方人だったからよ。彼はさらに尋ねた。武漢にどうして親戚が一人もいないの？　お前が一人いれば十分よ。でも僕は親戚ではなく、家族だ。母は言った、一人の家族は一〇〇人の親戚にあたるのよ。

こうして二人の会話は続けることができなかった。その後、青林は自分のことが忙しくなり、この問題を尋ねる余裕はなかった。

昨日のこと、なんと母は自分の父親のことを話していた。母の父親は鬼谷子、山を下るの図〔三六ページ参照〕を描くのが好きだったのだろうか？　もしそうなら、母は少なくとも貧困家庭の子供ではないことになる。母が幼いころ、少女だったころは、どんな生活だったのだろう？　貧困家庭の子でなかったのなら、どうして学校へ行かなかったのだろう？　彼は意外にもいままで母が自分の過去について話すのを耳にしたことがなかった。まるで母には若いころがなかったようだった。

母は少し文字を識っていた。青林はそのことを知っている。五〇年代の識字運動時〔五〇年代の中国共産党の教育政策で、八割を占める文盲の一掃が全国的におこなわれた〕に学んだそうだ。それで、母は普段本を読まず新聞も見ないのはよく理解できる。だが母はどうしてあの雅な詩を口にしたのだろう？　「窓前一叢竹」、青林はこの詩句を思い出した。母がドアの前の竹を目にして、自然と口にした詩だった。

　青林は突然ある考えが浮かんだ。彼はパソコンを開け、「窓前一叢竹」と打ち込むと、すぐ「清翠独言奇」が飛び出てきた。彼が記憶している母の口にした後の句は、間違いなくこれだ。さらに彼を驚かせたのは、「謝朓《しゃちょう》」の二文字だった。母親の言った「謝朓の詩」の声が一瞬耳に蘇った。青林はとても強い違和感を抱いた。

　母はなんと、謝朓を知っている。南北朝時代のこの詩人は、いま風の言葉で言えば、人気のない詩人だ。大学教育を受けた青林でさえ、聞いたことがない。だが、僅かな文字を知っているだけの母が知っている。知っているだけでなく、情景を目にして思わずその詩句を口にしたのだ。

　さらに多くの母親の奇妙な言動が、青林の頭の中に次々と浮かんだ。母は新築の家を見て、一言ナントカ廬《ルー》とか言った。且忍廬《チエレンルー》と言ったのだっただろうか？　その上ナントカ堂《タン》とも言った。磁器に描かれた絵を見て、即座に鬼谷子、山を下るの図だと言った。ベッドの紫色の掛け布団を見て、赤いはずだと言った。母はまた銃尻で背中を叩かれて、痛いとまで言った。さらに、いましがた、冬紅《ドンホン》は実家から連れてきた小茶《シアオチャー》と言われたと話していた、等々。これらはみな、彼に母親は未知なる人と思わせた。昨日、自分は母親を余りにも理解していないと思ったが、彼はいま突如気づいた。母親は周囲の状況が分からない状態に陥っており、ある事情が原因で、驚天動地の変化が起きているのだ。母親はいま、決して彼のこころの中にもともといた母親ではない。母は別の一人の人間、秘密を隠した人になった。その秘密は、母が一冊の分厚い本を持っているかのようだった。彼がこれまで知っていたのはその本の表紙にすぎず、本の内容はいままで読んだことがないのだ。

一九．彼女の魂はこの世にいない

青林《チンリン》の現下の唯一の望みは、母の意識が戻ることだった。だが毎朝早く母の部屋に行き目にするのは、相変わらずぼんやりした表情だった。泣きもせず笑いもせず、何の表情もない。眠っているときと起きているときの違いは、目が開いているか閉じているかだけで、それ以外は全く同じなのだ。

青林の生活に乱れが生じることになった。彼は母親を連れてあちこちの医者に診てもらった。仏教の教えに頼り、道教にも救いを求めた。和尚の説法、道士の祈禱のため、何度も往復し、その上邪気を祓《はら》うために家に大師を招いたりした。数十万元を使ったが、母親は依然として元のままだった。

ある日、大学時代の友人の龍忠勇《ロン・ジョンヨン》が父親を連れて上海から貴州の故郷に戻る途中、少し寄り道をして武漢の黄陂《ホアンポウ》区に行き、昔そこに嫁いだ父方の伯母を見舞いに行きたいので、武漢に一日、二日滞在すると言ってきた。青林は彼を家に泊まらせることにした。青林は言った。「何を遠慮してるんだい？　学生時代はルームメイトで何年も一緒に暮らしたじゃないか。我が家に泊まれば車を使えて便利だし、話もできる」

龍忠勇は青林が本気で言っていると思い、やはり父親を連れて泊まりに来た。龍忠勇の父親は老人性認知症を三、四年患っていた。彼は父親が徐々に悪化していくのを自分の目で見ていたが、どうすることもできなかった。龍忠勇は言った。「あんなに頭の良い人が、こんなふうになるんだ。やりきれない、本当に言葉もないよ」

　青林は客間に座り龍忠勇に母親の症状を訴え、もともと母には幸せな日々を過ごしてもらいたい一心なのだと言った。ところが、母は新居に来て、たった一夜で全く別の人に変わってしまった。この世の誰とも意思疎通しない人間だ。青林はそこまで話し終わると泣きたい思いだった。だが涙は流さず、さらにつづけた。「母がもし君の父さんのようなら、徐々に辛くなる時間が欲しかったよ。少しは楽になれただろう」

　龍忠勇の父親はぼんやりそばに座り、ずっと頭をたれて床を見ていた。やがて、突然言った。

「彼女の魂はこの世にいない」

　彼の目は相変わらず床に注がれており、青林を一顧だにしなかったが、その声はあたかも誰かが鐘をついたように、床から天井まで客間の空間に響きわたった。

　青林と龍忠勇は二人とも大いに驚いた。龍忠勇は言った。親父はもう長い間ごく短い言葉しか言ったことはない。それに、発症したころいつも言っていた、わしは徐々にこの世から離れてもう一つの世界に行こうとしている、いまはゆっくりとその道を歩いているところだ、と。さらに龍忠勇は続けた。「彼らの理解する世界は、どうやら我々常人とは違う。そうした状態は、たぶん彼ら自身の望んだことで、これは病ではないんだ」

　青林は龍忠勇と彼の父親の言葉にこころが震えた。彼は思った。あるいはそうかも知れない、いやきっとそうだ、間違いなくそうなのだ。母親は病ではなく、ただ自分の魂を別の世界に遊ばせ、そこの世界の様子を見に行っているのだ。その後、あるいは戻ってくるかも知れない。そうでなければ、身の回りのことを相手にしないだけでなく、ひたすら自分の世界に沈潜し、そのほかの症状は何もない母親をどう理解すればいいのだろう？　生きるための必須事項、飲食、用便、睡眠、すべては正常だ。

青林には釈然とした思いがあった。彼は思った。それなら自然のままに任せよう。以前と同じように仕事に打ち込み、以前のようにまじめな生活を送ろう。それは母親も望んでいることに違いない。

そこで、彼は本当に従来の生活に戻った。回転するコマのように多忙な生活である。

母親の世話は、すべて冬紅《ドンホン》に任せた。冬紅の仕事はかえって簡単になった。部屋と花園を整理整頓するほか、丁子桃《ディン・ズータオ》には時間通りに食事を与え、決まった時間にトイレに連れて行き、数日おきに服を交換する。それ以外はとりたてて仕事はないのだった。

二〇・古びた革のトランク

ある日、青林《チンリン》が帰宅すると、入口に古ぼけた小型の革製トランクがあった。濃い褐色で、箱の角を覆うリベットはすでにカビが生じている。青林には見覚えがあった。それは遥か昔のことで、どこで目にしたのかすぐには思い出せない。そこで冬紅《ドンホン》を呼んで尋ねた。冬紅は応えた。「私、今日奥様の物を片付けました。この小箱は段ボール箱の中に入っていまして、上には綿入れの掛け布団などが置かれていました。私、段ボールごと廃品業者に出そうとしたんです。でも業者のおじいさんがどうしても一つずつ選び出して改めて束ねると言って、初めて中に革製トランクがあるのを見つけたんです。おじいさんは、ぼろの箱は使い物にならないから、くれって言いました。私、承諾しませんでした。箱にはまだ鍵がかかっているんです」

青林は突然思い出した。このトランクは父が亡くなった後、母が丁寧に衣裳タンスの上に置いていたものだ。母は言っていた。「これはお前の父さんのものよ。ずっと鍵を掛けていたので、私は何だか分からないの。父さんは以前言ったことがあるのよ、俺が死んだら息子にやれ、ってね。私も死んでから、中を見てみなさい」

ここ何年ものあいだ、彼らはずっと自分たちの家は持てず、青林もトランクのことをすっかり忘れていた。あのとき、母が腰掛けの上に立ってトランクを頭上に掲げながら振り向いて彼に話した光景が、はっきりと目の前に浮かんだ。その感覚は幾らか温かみがあり、また奥深い感じもした。青林は冬紅に言った。「これは父さんの形見だから、お前、僕の部屋に運んでおきなさい」

夜、青林はまずネットを使って仕事上のメールを数通送り、息子に電話をした。それから母親の部屋に行き、ベッド脇に座って母にその日の仕事のあれこれを報告した。彼は同僚に言われていたのだ。植物状態の人は毎日家族の声を聞いていると、ある日突然意識が戻ってくることがある、と。青林は思った。もしも毎日母親に話しかけていれば、あるいはある日意識が戻り、青林を見て愉しげに言うかも知れない。「あら、青林、目を開けたらお前がいるなんて、とっても嬉しいわ」

青林は話しながら、突然トランクのことを思い出した。彼は急いで自室に行き、トランクを捧げ持って母の前に戻った。トランクは意外と少し重い。青林はそれを持ち上げて言った。「母さん、見えるかい？　父さんのトランクだ。いま僕が見つけたところだ。中味は何か、知ってるの？　トランクの鍵はまだあるの？」

青林が直面したのは、相変わらず母親の規則正しい呼吸だった。この世のすべては、彼女にとって関係がないかのようだ。彼女がかつて愛した二人の人、つまり彼女の夫と息子を含めて、そうなのだ。

青林はトランクを開いてみようと決めた。ドライバーを探してきて、鍵をこじ開けた。中は数冊の読み古した医学書だった。父が当時読んだものに違いない。本の下は、はからずもすべてノートだった。青林は不思議に思い、めくってみた。その中には父の医学に関するメモと病院での勤務中のメモがあった。そのほかは、なんと父の生活の記録だった。日記のようだが、日記ではない。日付の書かれたものもあり、年や季節だけが書かれたものもある。長い年月が経っており、筆跡もすでにとても古びて見えた。

青林は突然ある思いにこころが揺れた。父のこうした記録の中に、母の秘密が残されているのではないか？　彼は是非知りたいと思った。そこで思い切って床に腰をおろし、日記の右上の角の番号に従って整理していった。その記録は一九四八年の秋に始まり、一九六六年で終わっていた。きっと「文革」が始まってからは、父はもう記録を書かなくなったのだ。

青林は手を伸ばして最初の一冊を開き、初めから読み始めようと思った。ペンで書かれすでに色褪せた一行の文字を目にして、突如、彼は落ち着かなくなった。この中には何が書かれているか分からない。彼にとって見知らぬ父と母に出逢うことになるのかも知れない。その見知らぬ父と母は、彼の人生に特別な意味をもたらすことはないだろうか？　ある種言い表せぬ恐怖が湧いた。彼は思った。母は当時なぜ、自分が死んでから読みなさいと言わなければならなかったのだろう？

青林のこころは名状しがたいほど乱れた。しばし躊躇し、日記をトランクに戻した。彼は思った。自分にはおそらく、まだ十分な準備がととのっていないのだ。

第五章

二一・微かな光の中の階段

　丁子桃《ディン・ズータオ》は身体が落下し続け、徐々に重くなっていくと感じていた。心臓はまるで無数の細い糸できつく巻かれているようで、息をするのも困難だ。彼女はもう抗う力もなく、最後の息を吐き出し、諦めた。ちょうどそのとき、ゴーンという大きな音が聞こえた。その音の後で、全身の骨がギシギシ鳴り、身体がにわかにバラバラになった感じがした。

　長時間の後、身体の力が抜けて、すでに落下は止まっていることに気づいた。彼女は考えた。おそらく一番下まで落下したのだ。周囲は相変わらず真っ暗闇で、どこにいるのか分からない。生きているのか死んでいるのかも分からない。彼女は思わず自分に問いかけた。私は死んだの？　私はもう死んでしまったの？

そう問うと、彼女はかつて母が言っていたことを思い出した。「生きていると、痛みはあるものだ。死んでしまえば、痛みはなくなるよ」母の言う場面が眼前に浮かんだ。幼いころ、刺繡室でクジャクの尾羽の刺繡を習っていたとき、突然針で手を突いてしまった。見る間に鮮血が指から溢れだし、彼女はえんえんと泣いた。母親がやって来て一目見るなり彼女を諭して、このように言ったのだ。これは母親が幼かったころ、母の父が叱りつける際よく使った言葉だと知っていた。母の家は成都の科甲巷《コージアシアン》で刺繡工房を開いていた。父親は広く名の知られた刺繡職人だった。家では専ら宋画を刺繡して、金持ちの収蔵や雅な鑑賞に供していた。母は小さいころから刺繡を学び腕をあげた。嫁ぐ際、わざわざ必ず刺繡室を開くという条件をだした。丁子桃の父親は母親の求めを即座に了承した。つかの間、刺繡室と刺繡枠に垂れさがった刺繡の作品も、目の前に揺れていた。母は刺繡枠のあたりに立ち、一人で刺繡枠の縁《ふち》を整理し、また指先で刺繡のデザインをなぞっていた。母は頭を下げたまま言った。「方法はもう一つある、つまり記憶をなくすことだよ。そうすれば、痛みがあったかも分からないからね」

　彼女は少し身体を動かすと、全身に激痛が走った。そこで思った。私はまだ生きている。私はまだ痛みがあるし、記憶もある。

　彼女は耳も敏感になってきた。時折鋭い音がかすかに聞こえる。どうやらどことも知れぬところから来るらしい。それは際限なく計り知れぬところで、彼女はその音に取り巻かれ、次から次へ、物を包むようにきつく梱包された。彼女は何か計り知れぬ中にいるのだと感じた。それも、その計り知れぬものは彼女の手の届かぬところにあるのだ。恐れは少しもなかったが、堪らぬ疲労感があった。そこで目を閉じた。自分でも起きているのかそれとも眠っているのかさえ分からなかった。

　時は時のルールに基づいて進む。もしかして一日が一年であるかも知れず、一〇〇日が一〇〇年であるかも知れない。黒の濃度が突然うすれた。うっすらとした微かな光が頂上に浮かび、その光の中で柔らかな織物が漂っているように見える。その織物を通して、丁子桃が仰ぎ見ると、一段ずつ続くラインが微かな光の出所に沿って順次上昇し、階段状に等しく分布していっている。彼女はゆっくりと数えた。一八まで数え、その後ははっきり見えなくなった。

彼女は考えた。一八階、なぜちょうど一八なのだろう？　どんな意味があるのだろう？

二二．いや、そうではないんです！

突如、寒風が襲った。その寒風は骨身に染みた。彼女はぶるっと身震いした。身震いしながら、ずっと以前のことを思い出していた。湖辺の小さな竹の亭に腰をおろし、秋水のさざ波と湖面に舞うカモメを見ていた。湖面に風が起こり、寒さを覚えた。そこで思わず口ずさんだ。「細雨に夢より回《さ》めて鶏塞《けいさい》〔内モンゴルにある地名で、鶏鹿塞のこと〕遠く、小楼に吹き徹《つ》くして玉笙寒し」〔唐末五代十国の一つ南唐の李璟の作。原文「細雨夢回鶏塞遠、小楼吹徹玉笙寒」〕

誰かが彼女に服を掛けてくれた。服はこころを温めてくれる。

丁子桃《ディン・ズータオ》は思った。誰なの？　服を掛けてくれたのは誰なの？　彼女は思いつかず、思わず大声で訊ねた。「誰なの？　あなたは誰？　何で私に服を掛けてくれたの？」すると重みのある男の声が応えた。「私だ。陸仲文《ルー・ジョンウェン》だよ。お前が風邪を引くといけないから」

丁子桃は言った。「陸仲文、貴方どこに行ったの？　どうして長いあいだ、貴方に会えないの？」

陸仲文が言った。「僕も君に訊こうと思ってるんだ。君たちはどこに行ったんだい？　僕の両親は？　僕のお祖母さんや姨娘《イーニアン》〔父の第二夫人、妾〕は？　それに姑《グー》〔父の姉妹〕や兄さんは？　妹の慧媛《フェイユエン》は？　君たちはみんなどこに行ったんだ？　それに息子の小汀子《シアオティンズー》は？　僕はどうして君たちを探し出せなかったんだろう？」

丁子桃は呆然となった。彼らはみなどこへ行ったのだろう？　あたりを見渡し、彼が言った人たちがいないか確かめたかった。みな彼と彼女の家族なのだ。

広々とした周囲はどこもぼんやりしており、まるで深い霧がすっぽりと彼女を包み込んでいるかのようだ。陸仲文の姿も丁子桃には見えない。丁子桃は言った。「貴方、どこ？　仲文、どこにいるの？」

陸仲文の声は遥か遠くからになり、丁子桃はその声がどこから聞こえてくるのかも分からなかった。その声がした。「僕は君たちを探してる。君たちはどこにいるんだ？」

丁子桃は思った。私はどこにいるの？　ここはどこなの？

彼女は再び微かな光の中の一八階の階段を見た。そのとき突然、彼女は悟った。まさか自分は本当に地獄に落ちているのではなかろうか？　まさに、二娘《アルニアン》が当初、あんたは地獄に落ちるべきだ、と言った通りに。

彼女は手を伸ばし、血が付いているか確かめようと思った。だが見つけられない。自分の手がどこにあるかを感じることはできるのだが、目では何も見ることができない。自分の両の手に、彼女は突然嫌悪感を覚えた。両手が極めて汚れている思いがするのだ。両手が存在しなければいいのにとさえ思った。

丁子桃は考えた。なぜだろう？　何が起きたのだろう？　両手を掲げ手を叩いてみた。澄んだパチンという音が伝わった。その音が彼女を驚かせた。それからというもの、多くのパチンが耳元で鳴り響いたが、彼女の手はこり固まったまま動かない。絶えることがないパチンという音の中、幾つもの顔が浮かび出た。彼女の手は、その顔に一発ずつビンタをくわえた。その何人かはみな顔見知りで、彼らはただぼんやりと彼女を見つめ、彼女の手が自分の頬を打つのに任せているのだ。

周囲は歓声に包まれ、その中に金属のぶつかる音が混じった。そんな中で、鋭い声が響いた。

「あんたは地獄に落ちるのだ！　閻魔様はあんたを許しはしない！」

丁子桃は突然叫びだした。「いや、そうではないんです！」

彼女は自分に向かって言った。いや、そうではないのです！　私は地獄に落ちてはいけない。私は地獄に留まっていてはいけないのだ。私は出て行って、仲文に、二娘に伝えよう。すべての人に伝えなければならない。事はそうではないんだと。彼らが見たのとは違う、彼らが想像したのとも違う、と。

このとき、彼女は突如ある信念を抱いた。出ていかねばならない。必ず出ていかねばならないのだ。すべての人に、彼女を温かくまた冷酷に見ていた人を含めてすべての人に、伝えなければならない。かつて起きたあの一幕は、決して彼女の本意ではなく、自分とは関係ないことだと伝えるのだ。たとえまた戻ったところが同じ地獄だとしても、そのことをはっきりと伝えるのだ。

そこで、彼女は上に向かって攀《よ》じ登り始めた。

二三・地獄の第一：川の流れの中の叫び

少しずつ攀じ登った。どのくらい長く攀じ登ったか分からない。最初の階段を攀じ登ると、彼女はそこで立ち上がり、顔をあげて見上げながら思った。私にとっては、これは私の一八階なのだ〔中国には地獄一八階という言葉が民間に伝わっている〕。だが、彼女は自問した。「私は人々に何を伝えなければならないのかしら？　それにどこから話し始めるべきなの？」

　彼女は伝えたい話が腹一杯につまっていることに気づいた。だが話しだす術がない。

一瞬、彼女は川に飲み込まれた。身体の周りはことごとく石だ。石から石へ激流が彼女を運んだ。彼女は懸命に抗い、何とかして一つの石にしがみつこうとした。だが川の中の石はこの上なく滑りやすく、摑むたびに押し寄せる激流に瞬く間に引き離された。

　彼女は大声で叫び続けた。ほとんどしわがれた叫び声だ。「汀子《ティンズー》！　汀子！」汀子はまだ船上にいた。藍色のまだら模様の風呂敷に包まれ、眠っていた。笑みを浮かべて熟睡している小さな顔を彼女は覚えている。彼が脛で風呂敷を突っ張ると、足先の模様のついた靴が現れた。その靴は彼女が自ら作ったもので、二匹の小さな金魚が刺繍してあった。

　陸仲文《ルー・ジョンウェン》が出ていく前夜、彼はずっと汀子を抱いていた。父は息子をあやしながら笑っていた。陸仲文が言った。「お父さんと呼んでごらん」

　汀子は応えた。「トウ――チャン」

　陸仲文は大笑いしながら、汀子を高く掲げた。父の腕で高く掲げられた汀子は、小便を漏らし始めた。小便は陸仲文の顔にかかった。彼はワーッとひとしきり叫び、汀子を彼女にあずけた。彼が顔を洗いに部屋から走り出ると、外から何度となく笑い声が聞こえた。陸仲文は顔を洗い、服を着替えて戻ってくると、汀子のお尻を叩きながら言った。「この悪戯屋め、これがこれから出かける父さんへの贈り物かね？」

　彼女も笑った。そして言った。「もちろんよ。これは汀子が貴方に残す記念の印よ」

陸仲文が向かう先は香港だった。彼は出発の前に言った。「お前と汀子が気がかりだから、できるだけ早く戻ってくる。子供はすべてお前が面倒をみるんだ。父と母は心配要らない、何かがあれば、お前も見てやってくれよ」

「心配しないで、分かっています。それに小茶《シアオチャー》と富童《フートン》が助けてくれるわ」

「富童は小茶が気に入っていて結婚したがっているよ。お前、反対ではないよな？」

彼女は笑って言った。「反対なもんですか？　私、大賛成よ。富童は小さいころから貴方について、小茶は小さいころから私について、彼らは釣り合いもとれています。彼ら二人に子供ができたら、ちょうど我が家の汀子の遊び相手になりますよ」

陸仲文が出かけるとき、彼女は汀子を抱き、馬車を御して夫を県城〔県の行政府がある、県は市の下に位置する〕まで送ったのだった。

それなのにいまは？　汀子はどこに行ったの？　船は？　船はどこ？

そう、彼女は川の流れの中にいた。まるでよく動く石のように、思いのままに押し流され動かされた。まさに奇妙な石だった。それは休むことなく飛びかかってくる水の勢いに抗っているように見えた。時に転がり時に停止し、混乱した動きだ。両岸に人の声はなく、風が吹き木の葉を揺らす音もとても小さい。水が石とぶつかる音に比べれば、全く存在しないかのようだ。彼女の意識はまだはっきりしていた。しばしば頭のてっぺんまで埋没し、彼女は口を開くたびに水を飲み、むせた。そのむせたままの声はこころに強く突き刺さった。それは僅かに残っていた二文字だった。汀子！　汀子！　その狂おしい叫び声は彼女のこころを打ち砕くほどだ。さらに、両岸の高山もその叫び声に揺り動かされた。

川の流れはさらに速度を増して彼女を下流に押し流していった。流れと石がぶち当たるゴーゴーという音が益々強くなっていく。これは叫び声の谺《こだま》なのだ、彼女は思った。もう天と水も見分けられない。最愛の息子の汀子よ、お前はどこにいるの？　彼女は全身の力をふり絞ったが、息子を見かけることはできなかった。

彼女はむやみにバタ足を繰り返していると、流れてくるものが手の指に触れた。さっと摑んでみると、それは一枚の木の板だった。その木の板を抱いたとき、急にそれは我が家の船だと分かった。富童が漕いでいた船の木の板だ。その瞬間、彼女の意識ははっきりした。船は岩にぶつかって壊れてしまったのだろうか？　そうだとしたら、汀子は？　船に横になっていた汀子はどうなった？このことにひとたび気づくと、もう自分には生きる意味がないと思った。そこで彼女は両手をゆるめ、すべてを放り出した。

汀子がいなくなり、私は生きて何になろう。これが川に流されていく彼女の最後の思いだった。

二四・地獄の第二：水中で旋回する船

丁子桃《ディン・ズータオ》は疲れ果てていた。自分が何をしているのか分からず、ただ息もつけない思いを抱くだけだ。

暗闇の中で、彼女は新鮮な空気を嗅いだ。水の息だ。私はすでに川辺に着いたのではないだろうか？

突然、富童《フートン》の姿が目に入った。富童は船から飛び降りて走ってくる。彼女はもう水の中に両足で立っていた。富童は彼女の前面に立ち塞がり、叫んだ。「どうしました？　黛雲《ダイユン》姉さん！　どこに行くつもりですか？」

　彼女はぼんやりと彼を見つめ、何の反応もない。富童は彼女を船の方へ連れて行った。彼は船に飛び乗り、手を伸ばして彼女を船に乗せた。富童は言った。「どうしてこんなに遅く来たんです？　陸《ルー》旦那が仰ってました、空が明ける前に湾道《ワンダオ》村まで行きなさい、従兄の松《ソン》が河口で貴方がたを待っている、と。汀子《ティンズー》は大丈夫かって？　ええ、よく眠ってます。お嬢さんは？　陸旦那は、貴方たちは一緒に行くと仰ってました。彼女は後から来るのですか？　彼女を待っていましょうか？　もっと遅くなると、誰かに見つかるかも知れません」

　彼女は混乱してしまい、低い声で一言言った。「ほかに人はいなかったわ」

　彼女は汀子を抱き、腰をおろした。その表情はぼんやりしており、もう自分の意識はなくなっていた。彼女はただ従うだけ、他人の言う通りにおこなうだけのように見えた。

　船は素早く岸を離れた。追ってくる人はいない。船を漕ぐ富童はほっと一息ついた。

　富童は言った。「陸旦那は昨日の昼にここで船を待機しておけと言われました。おいらが出たのは望楼の下の抜け道です。貴方もそうでしょ？　あの抜け道は誰も知りません。陸旦那の話では、以前旦那の祖父が作ったもので、緊急時でないと使われない。陸旦那はまたおいらに、貴方たちと一緒に仲文《ジョンウェン》兄さんを探して、道中はずっと貴方たちお二人の面倒をしっかりみるように言われました。なのに何で貴方だけ？　慧媛《フェイユエン》お嬢さんが家に残ってもし批判大会に引き出されたら、どうすればいいんでしょう？」

　彼女は一声うなった。何も話したくなかった。多くのものが彼女のこころに詰まっている。それらは彼女の五臓六腑に無秩序に犇《ひし》めいていた。相変わらず彼女の中で騒ぎ立て、逆巻いている。彼女は辛かった。吐き出したい思いだが、吐けなかった。

富童がさらに言った。「でも、金点《ジンディエン》は工作組長だそうです。彼は慧媛お嬢さんといい仲だから、きっとお嬢さんを困らせることはないでしょう」

彼女は突然一声叫んだ。「お前、彼の名前を言わないで！」

富童は驚き、船がぐらっと揺れた。彼は小声で一言不満げに呟いた。「どうしたんですか？」そして続けた。「おいらは幼いころから仲文兄さんと一緒に育ったんだ。おいらは学堂に上がる兄さんについて行き、兄さんが勉強をしているあいだ、外に座って兄さんを待っていたもんです。帰り際、仲文兄さんは学んできた字をおいらに教えてくれたんです」

丁子桃は彼が厭になった。何も話したくはないし、彼の話を聞きたくはない。ただ自分は黙っていようと思った。

川の流れは激しく小船を運び、あっという間に山間に入り込んだ。両岸の高山が押し寄せ、川幅は狭く石があちこちにあって、川の流れは緩急を繰り返した。幸いにも富童は何度もこの川を渡ったことがあり、石の在処も川の流れも知っていた。彼は棹を巧みに操って両岸の突き出た岩壁を突き、船はその棹捌きのもと、曲がりくねった川を軽快に進んだ。

汀子は彼女の懐で眠っていた。まるで事態が分かっているかのように、夜通し泣きも騒ぎもしなかった。彼女は着ている服が少なく、背中はひんやりしていたが、懐に抱く汀子の体温のおかげで胸元は暖かかった。

富童が言った。「汀子はいい子だ。明日教えてやろう、一晩中富童おじさんの船に乗ってたってことを」

彼女は相変わらず無言だった。富童は孤児だった。幼いころに彼女の夫の両親に育てられた。夫の両親はもう一人の孤児を引き取って育てた。金点だ。彼は少し年上で、家に雇われていた作男と一緒に働いた。富童は年が若く、ずっと彼女の夫の陸仲文の付き人だった。富童と金点はともに成長し、兄弟同然だった。

富童は彼女が無言でいることは気にせず、自分に言い聞かせるように言った。「陸旦那が、仲文兄さんは香港に留まるはずだと言いました。おいらは貴方たちを届けたらすぐ戻ります。香港から戻ってくるとき、黛雲姉さん、小茶《シアオチャー》に何を買っていってあげればいいでしょうか？」

彼女の混沌とした思いは、「小茶」の二文字によって引き裂かれたように光明が差し込んできた。彼女は無意識に一言繰り返した。「小茶ですって？」

富童が言った。「そうです。小茶は貴方がいつもつけている柄もののスカーフが気に入ってるので、おいら、彼女にスカーフを一枚買うのはどうでしょう？」

空はすでに明るくなっていた。太陽は山の向こうにあった。川は山のあいだを流れ、山の大きな影を映している。風が入り込み、すぐ冷えてくる。

突然、彼女は声を出して泣き出した。「みんな死んだわ。彼らはみんな死んでしまった」その泣き声は川音を押さえつけ、山々に反響した。

富童は驚き、訊ねた。「死んだって？　誰がですか？」

彼女は泣きながら応えた。「みんな死んだのよ」

船は川の中で大きく揺れた。富童は叫びだした。「どうして死んだ？　死ぬわけないでしょ？誰が？　誰が彼らを死なせたんだ？　通常、正門はしっかり閉じられて、外の者は入れないよ！」

彼女は懐に抱いた汀子に頭を埋め、泣いた。「みんな一緒に死ねって汀子のお爺さんが言ったのよ。村では、空が明けたら陸家をやっつける、三日間やる、って話が伝わってきた。終わったらさらに人を連行し家屋を没収するって。これは金点の決定だったのよ」

富童は呆然となって、黙って船を漕いだ。暫くして、彼は突然叫んだ。「それって小茶には関係ないでしょ？　小茶は貧乏人で、地主の人間じゃない。小茶の姓は陸じゃないから、死ぬわけないでしょ？」

彼女は冷静になっていった。顔を擡げると言った。「小茶は自分から死を選んだのよ。噂では、小茶は麻叔《マーシュー》家の次男のところに連れて行かれるということだった。小茶はどうしても承知しなかったのよ。でも、あの娘は分かってた、承知するしかないってことを、ね。どの家でも連れて行かれるしかない。そうしないと生きてはいけないのだから」

富童は船を漕ぐのを止めた。船は激しく揺れた。富童は叫んだ。「小茶はおいらの女だ。話がまとまればおいらの嫁さんになるんだ。おいらも貧乏人だ。麻叔はまだ家があるが、おいらには家もない。黛雲姉さん、おいらを騙さないでよ！」

彼女は嗚咽を漏らしながら言った。「小茶を埋めたのは、私なのよ、この手で。あの娘は西側の塀の芭蕉の木の下に、紫平《ズーピン》と一緒に埋められているわ。彼女たち、互いに肩を寄せ合って、横になってるの」そう言いながら、彼女はまた泣き出した。「私がね、土をかけたとき、どう見ても、小茶はまだ息があったようで……」

富童は言った。「貴方はどうして彼女を死なせることができたんですか？　どうして彼女を埋めることができたんですか？」

彼女は泣きながら言った。「埋めなくて、どうするの？　明るくなったら、太陽にあの娘の顔を照らしてもらうとでもいうの？」

富童は怒鳴り始めた。「あんたはどうしてそんなことができたんです？　小茶はあんたのお付きでしょ？　彼女はあんたを本当の姉さんと思ってた。どうして救わなかったんです？　お嬢さんが出て行かなければ、あんたは彼女を連れて逃げることができたでしょ？　船はもう一人乗れますよ。どうして彼女を連れて来なかったんですか？」

彼女はいままでこれほどの富童を見たことがなかった。こころの中で思った、お前は使用人なのに、よくこうも私にものを言うのね？　そして冷ややかに言った。「私が彼女を埋めなければ一体どうなるの？　お前は彼女がお前に嫁ぐことができるとでも思うの？」

富童は泣き始めた。「黛雲姉さん、おいらと小茶はいままでずっと貴方を本当の姉と思ってきましたが、貴方はよくもそんなことができますね？　貴方はどうしてこんな無慈悲なんですか？」

彼女は彼を激しく叱ろうとした。使用人の身で、よくこのように私を怒らせるものだ。だが口を開く前に、突然川の中にドボンという音がした。顔を上げたとき、すでに富童の姿はなかった。船はたちまち川の中で揺れ始めた。彼女は鋭く叫んだ。「富童！　富童！」

富童の声が水面を滑って聞こえた。

「おいらを咎めないで、おいらは貴方をみていられません。小茶を探しに戻ります……」

急な流れが小船を推していた。船はしばしば岸壁にぶつかり、彼女は驚いて大声をあげたが、戻ってくるのは彼女自身の声だけだった。彼女は慌てて懐の汀子を手放し、富童が投げ出した竹棹を摑んだ。富童の声は聞こえず、ただ吠えたける川の音が聞こえた。彼女は慌てて船を安定させたかった。だがいままで川の流れとつきあったことはなく、船の漕ぎ方も知らないのだ。

流れはさらに急になった。船はあちこちの岩にぶつかった。彼女は立っていられず、船に倒れ込んだ。何かを思いつくまでもなく、船は転覆した。彼女は川に落ちるとき、一声叫んだ。「汀子」

その後、彼女の脳裏には、ただ汀子だけがあった。

二五・地獄の第三：山路の狂走

丁子桃《ディン・ズータオ》は山道を見ていた。駆け回る自分を見ていた。

道は曲がりくねり、両脇は背の低い植物が生え、デコボコの石がたまに両側から挟んでいる。一目見渡すと、勝手に投げ出された一本の帯のように、ねじれて伸び、樹林の奥へと続いている。一人の男が彼女の耳元で休まず命令を下している。黛雲《ダイユン》よ、お前は必ず……黛雲よ、お前は絶対に……その声は彼女のこころをかき乱した。

いま彼女は知った。この黛雲は、間違いなく自分のことだ。

彼女の父は『紅楼夢』の中の黛玉と湘雲が好きだった。黛玉の賢さと湘雲の実直さ、娘がこの二つを持てば幸せになれる。父はこの二人から一文字ずつとって、娘に黛雲と名付けた。父は書籍を収集するのが趣味で、文字を書き絵を描くのが好きだった。自宅の東側には大きな部屋が三間あり、ほぼすべて父の書斎だった。その中の一つは父が字を書き絵を描くための部屋だった。父が字を書くときはいつも長々と彼女を呼んだ。「雲児《ユンアル》……来てくれ、墨をすってくれ」黛雲は父の易水硯〔中国八代名硯の一つで、河北省易県産出〕を手に取って鑑賞するのが気に入っていた。黄色のようで黄色ではなく、緑のようで緑でもない。表面に将棋をさす二人が描かれている。手で触るとすべすべした感触で冷たい。けれど、彼女は墨をするのは好きではなかった。手が痺れる上、毎回必ず服が汚れるのだ。母は父が娘に墨をすらせることに反対だった。母はこれは姨娘《イーニアン》の仕事だと考え、娘は刺繍室だけにいてほしかった。母は娘に自分のレベルまで刺繍の技術を学ばせたかったのだ。だが父はそれでも彼女を呼びたかった。父は言った。「我が家の雲児は墨をするのが上手い。濃淡が絶妙だ。雲児が墨をすりさえすれば、私の字も私の絵も格調がでてくる」そう言い終わると、父はさらに続けた。「やはり前回のあの曹素功の墨〔清代に安徽省の曹素功が作成し高い評価を得た〕を使おう」

だが、駆け回っていると、彼女の耳元で語りかける人は父親ではなかった。父はいつも語気が柔らかく親しみやすかったが、いまの声は強引で横暴に聞こえた。

山路は異常に暗かった。月が出ていないばかりか、星さえ一つも見えない。黒雲は際限なくひろがり、雲の重なりもはっきり見えない。黛雲は子を背負い、時に歩き、時に走った。道を見る必要はなかった。彼女の足は道の所在を分かっていた。

何もない夜だったが、上空で何者かがずっと話していた。まるで彼女に進むべき道を教えているかのようだ。声は言った。望楼に入ると、階段の下に壊れた木製トレサリーが積まれているから、それをどけるとその後ろに小さなドアがある。それが私の祖父が当時掘った抜け道だ。抜け道は山の背後に通じている。お前が抜け道から出ると、その出口にはチガヤがはえている。チガヤを過ぎると、茶園だ。茶園を横切り、二本のクスノキを探すのだ。クスノキの後ろには垣根が続いている。垣根の塀を乗り越え、南に一〇歩行くと、石の小道を見いだすことができる。道はスロープ状に巡っている。お前は道に沿って行きなさい。近道を探してはいけない。両側のデコボコな石が足を傷つけるかも知れないから。小道は山の麓に通じているから、お前はその道に沿って急ぐんだ。道が曲がっていればお前も曲がり、道が林の中に入ればお前も入る。道が上ればお前も上る。道から離れず、ずっと最後まで走るんだ。道の最終点は川で、富童《フートン》はそこでお前を待っている。早い方がいい。夜が明けてもし捕まったら、お前と息子はおそらく二人とも命はないだろう。

それは舅の陸子樵《ルー・ズーチアオ》の指示だった。彼は厳しく決然としていて、反論を許さなかった。

山は決して静寂ではなかった。種々の奇妙な声が彼女の周りで喚き立てていた。彼女が通り過ぎると、時折群れをなした鳥が一斉に驚いて飛び交った。夜にはその鳥の羽ばたく音が大空に響き渡った。だが彼女はもうその鳥に対する恐怖はなくなっていた。その奇妙な声よりもっと大きな恐怖が彼女を圧倒していたのだ。

　彼女は走った。必死に走った。分かっていたのだ、捕まれば間違いなく命を落とす。彼女の両親と家族全員の悲しげな顔付き、さらに彼らの号泣、悲鳴、そして夜間村人が詳細に語った彼らの惨死の様子、それらが鞭打つように彼女をせき立て、走らせた。数か月前、彼女は両親と一緒に且忍盧《チエレンルー》の食堂で食事をした。財産はすでにすべて差し出し、使用人はみな解散して実家に戻り、家の中にはほとんど何も残っていなかった。彼ら一家は自炊し、母のために長寿の麵を作った。だが父は言った。一家全員が一緒に座り、自宅の且忍盧で食事ができる、これは何よりの幸せだ。且忍盧を建てたのは彼女の祖父だった。家を建てた当初、裏手に住む遠縁の伯父が、高く建てすぎるといって、何度もやって来ては騒ぎたてた。一度の騒ぎにつき、祖父は梁《はり》を一回ノコギリで切った。一週間に続けて三回ノコギリで切った。一族のほかの人たちは見るに見かねて、一緒になって彼女の家を助けようと思った。だが祖父は言った。且《か》つ譲り且つ忍ぶんだ、隣近所を怨んではいけない、ましてやみな同じ胡《フー》一族の人間だ。家が建つと、祖父は「且忍盧」と名付けた。その家は低くなったが、生活は益々よくなった。一方、高い梁の大きな家の遠縁の伯父の家では、三人の息子が財産のために殴り合いの喧嘩になり、争いは数年も続き、さらに一生に及んで、かえって家は潰れてしまった。彼女の父は言った。ほら、忍ぶことができることこそ幸せなんだ。且忍盧には彼女の家族一〇人近くが住んでいた。彼女が町に出て学校に上がる前は、ずっとそこで暮らしていた。そこは彼女の人生で最もこころ温まる場所だった。

思いもかけずその食事が終わって数日も経たぬうちに、彼女と家族は生と死を分かつことになった。彼女は思った。お父さん、貴方は祖父の言葉を聞いて、且つ譲り且つ忍ぶ生涯を送ったけれど、その結果はどうなりました？　こんなに多くの方法を使っても、やはり銃殺され、さらに母と二娘《アルニアン》と兄嫁も巻き添えになり、家族全員が貴方の且つ忍び且つ譲る生き方のために死んだのです。貴方のこの忍ぶって、どんな意味があったのでしょう？

彼女のこころはすでに、自分の考えによって徹底的に打ち砕かれた。

水音が耳元に徐々に伝わってきた。その瞬間、彼女は水の匂いを嗅いだ感じがした。その後、川の流れが目に入った。さらに富童の姿があった。

このときの彼女はすっかり疲れ果てていた。だが彼女は歩みを止められなかった。まるで彼女のいまある命は駆け回るためにあるかのようだった。彼女は水を目にし、自分は川辺に着いていることを知った。止まらなければという意識はあったが、自分の足はいうことをきかない。彼女はよろめきながら、まっすぐ川に走って行った。

富童が飛び出して彼女を止めた。富童は叫んだ。「どうしました？　黛雲姉さん！　どこに行くつもりです？」

第六章

二六．人生は忙しくはないがひどく疲れる

青林《チンリン》の最も忙しい時期は過ぎた。会社の江夏《ジアンシア》地区の不動産プロジェクトはすでに確かな目算がたった。適切な価格で土地を購入し、団地の計画書も提出ずみで、各方面との話もすべて順調にすすんだ。将来、彼らはこの土地を開発し佛祖峰《フォーズーフォン》とよぶことになる。

着工前に、社長の劉小川《リウ・シアオチュワン》が視察に来た。彼は青林の仕事ぶりに十分満足の様子だった。視察のときは青林の説明を聞きながらしきりに頷き、しばしば肩を叩き、青林と並んで歩いた。そうした親密な態度で賛同と称賛を示したのだが、かえって青林にとって不自由さが増えることになった。

昼に湯遜湖《タンシュンフー》〔武漢市の東湖開発区〕の湖畔で魚丸《ユーワン》〔淡水魚をサツマイモなどと練って球状にして茹でたもの〕を食べた。そこの魚丸は肉が柔らかく塩味のスープは淡白で極めて美味しい。劉小川は丼一杯の魚丸を平らげると、気分が高揚

し、青少年時代の昔話の大演説を始めた。以前はよく友達数人と部隊のジープをこっそり運転して、鳥を捕まえに来たもんだ。もっと昔は、このあたりは誰も住んでなくて、全くの荒涼とした原野だったそうだ。佛祖峰に村落ができたのは、明清以降のことだ。ある年、大洪水が起きて、人々は不意をつかれて闇雲に四方に逃げた。この地まで逃げてきて水が突然引いたのは、地形が高いからだが、当時の人たちは知能が低く、即座にここは幸福の地だと考えて、ここに定住したんだ。武漢人は幸福と佛様とは切り離さないから、呼び方がいろいろ変わっているうちに佛祖峰と呼ぶようになった。佛祖がいて、護ってくれるのはもとより有り難いことだからな。でももっと大切なのは、僕たちのあらゆることは地に足をつけなければいけない、だから幸福の地は佛祖よりも重要なんだ。

皆は彼の話を聞いて頷いた。青林も頷いたが、内心思った。全く関係ないことだ、これこそ間違いなくいい加減な話だ。青林は劉小川の性格をわきまえていた。武漢軍管区の大きな敷地内で育ったから、これまで思い通りに成長してきた背景があり、彼はいつまでも自信を持っているのだ。大風呂敷を広げるのはこの種の人間にありがちなことだ。こうした自由気ままな心理感覚は、自分には一生かけても持ち得ないと青林は思った。

だが、青林はとうとう楽な気分になった。

彼は劉小川と同じ飛行機で南方に戻った。武漢に長く滞在していたので、妻と子供のことを思った。仕事と母親のために彼女たちのそばに長くいてやれないことを、内心少しは気にしていた。劉小川はそのことを見抜き、笑って言った。「これからの日は長いんだ。僕の父は六〇で退職し、手続きを終えて家に戻ったその日に、嬉しそうに言ったよ。ようやく妻と一緒に愉しく暮らすことができるって。その結果は、一緒に暮らして二十数年、二人だけの生活だ。父は後になって、何の面白みもなくなったと感じた。さらにこうも言ってたよ、幸いにも以前はいつも離れていた。そうでなければ、一人の女性と連れだって日々を送ること五、六〇年、そう考えたら人生の価値は何だろうと感じる、って。ほら、これが経験者の最も尊い思いだよ」

青林は笑った。この劉《リウ》おじさんの話は面白いと思った。

青林は自宅に留まり一週間が過ぎた。朝、本社に出勤してすぐ帰ってくる。彼が担当する仕事がそこにはないので、出社しても知り合いと四方山話をしてさっさと帰宅した。余った時間は息子の塾の送り迎えをしてやり、夜には妻とともに映画を見たり街を散歩したりした。母と息子は二人とも愉しげだった。彼は自分の生活はこのように満足なものなのだと思った。武漢で身体を横たえている母親は、どの一日もずっと同じなのだ。ゆっくりと、青林の辛い不安も和らいでいった。母親にはもう未来はない。待つこと、そして母には生きていてほしい。彼の孝行心は、あるいはこうしたことができるだけなのだ。

青林はずっと極めてリアリストだった。自分でも徹底してそう考えていた。両手に何も持たずにこの世界で生きるには、リアリストでなければどうしてこの実利を追求する社会で生きていけるだろうか？　リアリストであるが故に、こうした満足が得られるのだ。

ただ時おり、彼は劉小川が話していた彼の父親の人生には価値があるかどうかの話を思い出していた。彼は思った。あの話は正しい。人生は忙しくはないがひどく疲れる。

ちょうどそのとき、クラスメイトだった龍忠勇《ロン・ジョンヨン》から電話があった。湖北省西部で極めて特色ある地主の大邸宅が発見された、いまは中国民間の資産家の建築調査をしており、三人の大学院生を連れて見に行きたい、君は時間があるか、一緒に行かないか、と言う。

クラスメイトはみな同業者で、それぞれ会社や建築事務所に散っていた。中には研究を続けている者も数人いて、大学に留まっていた。龍忠勇は博士課程を修了し、大学に残っていた。プロジェクトを作成する際は、クラスメイトのあいだでアイデアを出し合ったり国際的に著名な研究者を紹介したりして、付き合いはとても多かった。龍忠勇と青林は四年間のルームメイトで、二人の関係は殊更深かった。青林はプロジェクトがあるときはいつも、電話で龍忠勇の意見を聞いていた。いま自分はまさに時間がある。その上いささか無聊でもある。そこで彼はよく考えもせず、二つ返事で、もちろん行く、湖北に来る以上、途中の一切は僕が持つ、と言った。大学の教師などと比べれば、青林が思うに、自分の経済的条件の方がずっといいだろう。

彼らが約束した合流地点は湖北省西側の恩施州《エンシー》にある許家坪《シュージアピン》空港だった。青林は細心だった。約束の半日前に恩施州に到着し、彼らが行く予定の大邸宅は利川《リーチュワン》県にあることを調べ上げ、自分でもびっくりした。利川県の印象は、これ以上貧しくなりようがないほどの貧しい場所だった。彼が昔住んでいた家の隣人の男性は、かつて知識青年として田舎に入り、利川に行った。そこの住人は貧しく、ジャガイモを主食としていると、その隣人の男が話していた。そのような貧しい地に、どうして資産家の人がいたのだろう？　しかも豪邸だと？　彼は不思議に思わざるをえなかった。

青林は恩施州で知り合いを探してジープを一台借り、利川に長距離電話をかけて招待所《ジャオダイスオ》〔企業や学校などが設置している宿泊所〕を予約した。山に入る道は何度も確認して、略図さえ描いた。こうしたことをすべて終え、彼は再びジープで空港に迎えに行った。

飛行機は遅れ、龍忠勇一行は夜八時になろうかというときにやっと到着した。迎えの車が来ており、その車がずっと使えて、しかも宿もすでに予約してあると言われて、龍忠勇はすぐさま喜んで言った。「僕は分かってるんだ。君がいさえすれば、僕らは闇雲に飛び回るハエのように、当てずっぽうにあちこち歩き回ることはないんだ。どれだけ困ったことがあっても、君に頼めばＯＫだ」

青林はそのような話を聞くのが好きだった。一行を車に乗せ、笑いながら言った。「もう着いたと思ってはダメだよ。ここは山間地帯だ。山が連なっていて、僕らはもっと山奥に入っていかなければならない。山道が走りやすければ、夜食には間に合うけど、走りにくいと、夜半に着くことができるか分からない」

この話を聞いて数人の学生は黙ってしまった。

道は進むのが大変だった。車窓の外は一面漆黒の闇だ。たまに一つ二つ人家があり、灯火は豆粒のように見える。車のライトが照らすところは遠くも近くも山だらけだった。彼らの小さなジープは、まるで波頭逆巻く山間を上下に揺れ動いているようだった。

ある学生が怖じけづいて尋ねた。「龍《ロン》先生、先生はお金持ちがここに住みに来たと確信しているのでしょうか？　その上、この地に豪邸を建てたって？」

龍忠勇は答えた。「この世界では、人がいればどんなことでもあり得るんだよ」

彼の話は正しい、青林は思った。

二七．柏楊垻の大水井

翌朝早くジープで出発し、彼らは初めて本当にはっきりと目にした。最初の夜に山の中の果てしない道を走ったときは、山の輪郭は海のうねりのように、一波ごとにどこまでか分からぬ遠方に退いているように見えた。だが、山はそれほど高くはなく、山頂も尖っていなかった。それで山奥深くに来ていると感じさせないのだ。周囲を見渡せば、狭苦しい感じもしない。農家の畑と家屋は、過不足なくその景色の中に収まっている。淡白で静寂だ。想像の中の牧歌的な田園風景の郷村はきっとこのようなものなのだろう。

街を出ると、人の姿を見ることはなくなった。山裾に耕地があちこちに切り開かれ、春から夏に移る時期特有の青緑色が溢れていた。たまたま山裾に寄り添うように土でできた家があった。家のそばには菜園が、その周辺にはまばらに樹木があった。樹木はばらばらに生長しており、空き地を勝手に探して根を下ろしたようだった。

彼らは車を停めて車からおり、タバコを吸いながら、道ばたに暫く立っていた。青林《チンリン》が言った。

「僕は長年熱心に働いて、たくさんの風景を見てきたから、自分ではもう十分見飽きたと思っていたけど、今日は意外にもこの自然の環境に感動したよ」

龍忠勇《ロン・ジョンヨン》も言った。「そうだよな。こういう素朴で未開な地は、きっと千年も変わっていない」

昨日質問をした学生は相変わらず疑問を抱いていた。「先生、これこそが農村ですね。農村はこうなんだって、ご存じでしたか？　未開で貧しいために、自然の一部分になっている。お金持ちがここに来るはずはないでしょう？」

龍忠勇は言った。「見れば分かるよ。一度見ればびっくりするさ。この場所には僕は感じるものがある。その感じで言えば、金持ちが豪邸を建てようとしたら、きっとここが気に入るよ。中国の金持ちは、カネを持ってあちこち移動するのは好まず、深く根を下ろす。根を下ろしたところ、そこが彼の故郷だ。ひどく貧しいところ、たとえば水は足りず樹木は少なく、生活に不便なところなら、金持ちは進んで住もうとは思わない。だがここは、立地がすごくいい。衝立になる幾重もの山々があり、それに十分な水源のある生活がある。ただ少し遠いだけだ。金持ちは遠くても構わないものだ。むしろ辺鄙《へんぴ》なところであればあるほど気に入るのだ。財産を隠しやすいからだ。同時に、辺鄙な田舎の一族はとても質素で、王法よりも家法を重んじ、役所よりも宗法を恐れるから、扱いやすく相手にしやすい。自分で軍隊をもてば、そこに駐屯して護ることができる。敵対する家があったとしても、探し出すのは簡単なことではない。言ってみれば、これは奥深い絶好の隠棲の地ともいえるんだ」

　学生はまだ信じがたいと疑っていた。だが青林は龍忠勇の話には道理があると思った。ただ彼は考えた。これは一つの大邸宅にすぎない、似たような郷村の邸宅を、彼は湖北の多くの郷村で見たことがあった。

　彼らの目的地は柏楊垻《バイヤンバー》鎮で、探しているのは「大水井《ダーシュイジン》」と呼ばれる邸宅だった。それは奇妙な名前だ。噂によると、その家族はかつて土匪《どひ》の襲撃に遭い、水源がないために投降するしかなかったという。土匪が去ってから、彼らは近くに井戸を一つ掘り、その周囲を家族の前庭とし、一族の頭目は壁に「大水井」という三文字を書いた。それからは、人々はそこを「大水井」と呼んだ。

　彼らは車上ではずっと南北の民間の豪邸の違いについて話し合った。富が民間に隠されていることこそ国家の強さの基本であるとか、伝統的な民家はいかに自然と調和することを学んだかとか、民間の建築に必ずある中国的な文化の特徴について、などなど。龍忠勇は言った。いまこれらはみなくなってしまった。建築家のいない時代に、我々の建築は自然を畏敬し、自然と一体化して自然の中の有機的な一部分となって、初めて長く残っていけることも知っていたんだ。だがいまは、ほとんどすべての郷村の新建築は自然に対して戦いを挑む姿勢を見せている。こうも言える。私はお前よりずっと優れているから、私はお前よりもさらに輝き、偉いのだ、と。こうした建築には、立派な退場の場面はない。自然の力には打ち勝てないのだから。

　青林は龍忠勇のこの議論に新鮮さを感じた。彼は一言付け加えた。「これは以前先生がいつも強調していたことだ。普通の住宅について言えば、地味であるべきだ、できるだけ地味であるべきだ、ということだ。これは民家だけではなく人生についてもいえる。地味に生きて自然に任せれば、初めて永らえられるということだ」

ある学生が質問した。「呉《ウー》先生の言われる、永らえられるって命のことですか？」

この言葉に青林は返事に詰まった。彼は数十秒黙った後、応えた。「たぶんそうだと思う」

三人の学生は声を出して笑った。青林は彼らの笑いの意味は何なのかと思った。

ぼろぼろに古ぼけた大水井が、ついに彼らの眼前に現れた。青林はジープを道ばたに停め、一行はその少しも目立たぬ大邸宅に向かって歩いて行った。彼らはその家屋に何の魅力も見いだせなかった。正門は四五度傾いて開いている。龍忠勇が言った。南方の家屋は風水を重んじるから、この門の向きはきっと山を避け水に向いて開いているんだ。

正門の上の方には額があり、「青蓮美蔭」の四文字が書いてある。青林が言った。「この家は李《リー》という姓に違いないな〔青蓮は李白の号〕」

龍忠勇が笑って言った。「文人とは交わっていたが、皇族に取り合うことはなかったというわけだな、この家はとても文化程度が高かったことが分かる」

一人の学生が笑いながら言った。「唐王朝〔唐は李淵が建国した李氏王朝〕はやはり遠すぎます。どんなに交わろうとしても届きませんよ」

別の学生がその話に割って入った。「あの李白も唐時代ではなかったっけ？　何で遠いって思わなかったのかな？」

三人目の学生が口を開いた。「ということは、李白の名声は李氏王朝の名声より大きく、人はより栄誉な感じを抱いたんだな」

一行は笑いながら中に歩いて行った。フェンスの埃や室内の雰囲気は、どれもここには永らく人が住んでいないことを表していた。門番の老人がいたので、彼らは手招きして、大学の建築学を研究している教師だと説明した。だが老人は何の反応もせず、ただ素朴な笑みを浮かべて一行を中に入れた。ここは普段いつも訪れる人はいないらしく、たまたま訪問者がいたのだ。一行はむしろ愉しんで、その老人に案内してもらおうと思った。

邸内の奥深くに入ると、部屋が次の部屋に繋がり、中庭がもう一つの中庭に連なっていた。誰もが益々不思議に思った。一回りしてきたとき、龍忠勇が言った。「これは一〇〇年の邸宅なんかじゃないな。間違いなく地主の荘園だよ。君たち、この独特な風格を見たまえ、少なくとも二〇〇年以上たっている。建物からも、何代もの王朝の痕跡を見いだすことができる」

青林も不思議に思った。彼ら一行が歩いて祖廟に着いたとき、その思いはすでに驚きに変わった。徽派〔白い壁と黒い瓦、馬頭の形を特徴とする。徽州を中心とした古い建築様式〕の風格のある門は、向かいに聳える山の頂きと遥かに相い呼応している。そして祖廟内の雰囲気は、より一層彼らに、この南方の地主の荘園は計り知れない価値があると意識させた。建物の連なったところ、庇《ひさし》から廊下、ドアや窓など、上から下まで、点も面も、すべてが凝りに凝っている。その凝りようは、中国の裕福な南方の家族が自分の文化伝統に対して敬意を表していることを示していた。

三人の学生は中庭を数えていた。すでに二十数個まで数えた。部屋と建物は数えられないほどだ。どこも時間の経過による衰えが目立ったが、当時の豪華さは精緻な木彫りの花窓や色彩豊かな庇の一つひとつから見て取れた。一人の学生が叫んだ。「本当だ。この柱、なんとハクサイの意匠を使っている。ハクサイの意匠を柱にするなんて、なんて大胆なことだ。この中国と西洋の合体は、じつに格調高いな」

龍忠勇は言った。「これはめずらしいことではない。民間の人たちは家を建てるとき、金儲けの縁起をかつぐんだ。ハクサイは百財《バイツァイ》に通じるから、木彫りの上にハクサイが多く見える。だが、民国時代は中国と西洋の合体はあまりスムーズにいかなかった。多くの土豪たちは西洋式の柱を真似したがったが、さりとて中国文明の根源を捨てたくはなかった。そこで、思い切って直接ハクサイを使ったのだ」

祖廟の外は、連なる山々が遠ざかっていくように見えた。だがこちらに向かってくるようでもある。

青林は自分には言うべき言葉が何もないことに気づいた。このような収穫があるとは全く思っていなかったのだ。だが彼が最も驚かされたのは、荘園の中にある二枚のついたてに深く刻まれた大きな文字だった。それは荘園全体の中で最も大きな二文字で、一つのついたてにただ一文字が大きく刻まれていた。一つは「忍」でもう一つは「耐」だ。一体どのような経歴と体験があってここの家族はこの二文字を思いつき、彼らの人生の究極の道理としたのだろうか？

青林は自分が何かに触れているように感じた。だがそれが何かはっきりしない。摑みようがないのだ。両の手は厚く濃い雲の塊の中で、明らかに何かを摑んだようなのに、空っぽなのだ。

龍忠勇は鎮に残ると決めた。彼は学生を連れて、この荘園の全体を細部まで、構造だけでなく戸や窓まで、それに壁画、対聯《ついれん》、扁額等々、簡単にいえば、建築から文化までの一つの事例として、完璧な測量と図面の作成と、それに基づいた解析をおこなうのだ。龍忠勇が言った。「中国人は江南には荘園があるとずっと思っていたが、江南の地以外の南方の荘園は、みなあまりはっきり知られてないようだ。これは僕が今度書く本の内容なんだ」

青林が言った。「そうだな。特に中央南部は中国の腹部にあたる、ここにはどのような豪華な扉の荘園があるのか、まだ本当に調べられていないんだ」

龍忠勇が言った。「でも遺跡はかなり見たことがある。ただ、僕がいま興味を抱くのは、それぞれの家族がどのように繁栄し、どのように滅んだか、その過程を解明すれば、おそらく中国の建築史を解明するのにさらに役立つだろうということなんだ。逆にいえば、こうした建築史は、その興隆と衰退の過程をはっきり解明すれば、それは正しく中国史のターニングポイントと本当の発展の軌跡を解明するのに役立つだろう、ってことだ」

青林は笑って言った。「ほほう、にわかにまじめになって、驚かすなよ」

三人の学生も笑った。その中の一人が言った。「先生の講義はいつもこうなんです。話が始まるや、すぐ深い内容に入るんで、僕らは頭がぼーっとしてしまうんだ」

龍忠勇はもともとまじめな顔付きだったが、このときは一層まじめな顔になった。彼は言った。「建築は単なる芸術ではない。それは人が使うものだ。そして荘園は家庭と自然や社会などとのそれぞれの関係の更なる合体なのだ。それの興った理由、繁栄の過程、そして衰退に至る一部始終、それらはみな社会変化と密接な関係がある。我々は荘園の建築を正しく解明しなければならず、真実の歴史をもたなければならない。たとえ書物に描かれたことと完全に違っても、我々は建築それ自体が提供するデータに基づいて当時の歴史を確認するしかないのだ」

青林はまた笑った。「君は現場で学生に講義しようってわけだね」

学生たちがわっと笑った。龍忠勇も笑いだすしかなかった。

二八・ある家族の物語

午後、友人が彼らのためにある人家を探してきた。その家の老人は若かったころ、大水井《ダーシュイジン》荘園の家僕で、近くの山の麓に住んでいるという。彼ら一行はその経緯を聞いて、すぐに興味が湧き訪れたいと思った。特に龍忠勇《ロン・ジョンヨン》は立て続けに言った。事情を知っているこうした人の話は、極めて重要なんだ。

老人は向《シアン》という名で、かなりの年寄りだった。昔の出来事は彼にとって単なる追憶ではなく、自分で自分を顧みながら長く語ることだった。訪問者に対して、彼は幾分嬉しそうだった。彼は愛用の長いキセルを取り出し、是非にと訪問者に数回吸わせた。青林《チンリン》はその長いキセルが竹製で、随分古いために黒光りしていると見て取った。キセルの先端は細く微かに上に反っており、金属のカバーには魚の鱗が彫られ、精緻な作りで高い身分の持ち物と思われた。そして、キセルの吸い口には浅緑色の玉がはめ込まれていた。その玉の色は長い時間のくすみがなく、いまもしっとりとした輝きを見せている。向老人が言った。このキセルはな、あの当時、財産没収の際に工作隊の隊長からもらったものなんだ。高貴な訪問者でないと、取り出して吸ってみるなど、せんことだ。この品はな、恐らくいまなら千元はするんじゃないか。

龍忠勇が言った。「もし当時の地主の家の物なら、恐らく一万元はくだらないだろう」

向老人は息子に向かって言った。「よく聞きな、これは貴重なものだと先生が言われたぞ、今後よくしまっておくんだ」

向老人の言葉は方言がひどく、話の過程も混乱していた。龍忠勇は貴州人なので、こうした西南地方の共通語の語調に詳しく、聞き取るのに苦労はしなかった。青林は武漢で育ったので、おおよそのことは聞いて理解できた。だが、龍忠勇の三人の院生は大変だった。この三人の若者は山東人、遼寧人、もう一人は福建人だった。教員の龍忠勇が、彼らのために通訳をする羽目になった。そのため、老人と話す時間は特に長引いた。

向老人は言った。李《リー》家のことを話すとなると、三〇〇年は遡らなければならないな。李という名の二人の兄弟がいてな、湖南から四川に入ったんだ。ここはむかし四川省東部でな、奉節《フォンジエ》〔重慶の東部にある地名〕の管理じゃった。この二人の兄弟は、黄《ファン》という名の地主を手伝って働いておった。兄は有能で頭が良く、徐々に会計担当になり、それに加えて自分も小規模の商売を始めた。時が経ってな、彼らの商売は雇い主を凌ぐほどになったんだ。そしてな、自分たちが雇い主になった。この荘園の一番古い建物は、黄家の屋敷だった。二人の兄弟はカネを貯めて、子供を学校へ行かせたんだ。学校を卒業すれば役人になりおる、以前はそういうものじゃった。役人になれば、さらにカネが入ってきて、家業は益々栄えた。人が多いと羽振りがよくなるよな、これはどう言えばいいんかな？　つまり、カネのある者は何人も妻を娶る。妻が多いと子供も多いので、みな大所帯になりおる。一族が会を開くと、わっと集まり、所帯を持ち家族を背負い、一〇〇人以上にもなった。家族が増えると、住む家屋が足りなくなるわな。だがな、カネがあればなーんも恐れることなどなくて、新しく家を建てればいいってわけだ。代々家を建てていって、家屋は連なって区画を作り、荘園となった。李家も四川省東部の資産家になってだ、付近の四方数里の土地はみな彼の家の畑じゃったんだ。

なぜ大水井と呼ばれたか、って？　当時はな、人は貧しく土匪が多かった。四川省東部は毎年土匪に悩まされとった。土匪が通ったところ、カネのある家はどこも金品を奪われてたんだ。だがな、我々の昔からの雇い主は決して土匪を恐れなかった。祖廟があるじゃろ。君たちは見たんかね？　壁が厚かっただろ？　高い位置にあっただろ？　一〇八つの銃眼に、一〇八人の立派な男を派遣して護らせたんだ。一人に一つの銃眼だ。どんな土匪もやっつけたんだぞ。土匪はな、何回か襲ってきたんだが、手出しはできないと知らされた。その後、あるときな、賀《ホー》という名の男が軍隊を率いてわしたちを襲った。あれは民国時代だったな。あのころ、わしはまだ小さくてな、親父は射撃手じゃった。親父の話ではな、数日包囲されたんだが、打ち破られることはなかった。ところがだ、祖廟の水が尽きてしもうたんだ。一族の長はわしらの雇い主で、李蓋五《リー・ガイウー》といいおった。彼は仕方なく単身談判に出向いたぞ。その賀という軍人に少なくないカネを送った。賀という男もな、物事が分かる男で、カネを受け取って出て行きおった。彼らが去った後で、一族の長は井戸を掘ることを決めたんじゃ。水さえあれば、もっと多くの軍隊が来ても、何も恐れることなぞなかろうが。壁の字を見たかね？　大水井という三文字、あれは雇い主の李蓋五が書いたんじゃ。字は大きく、じつに堂々とした字だ。

　だがな、彼は知らなかった、解放〔一九四九年の中華人民共和国の建国をさす〕ってことを。彼の家の壁を高く厚く建ててもな、意味はなかったんじゃ。李家一族は、大地主も小地主もことごとく批判されて悲惨な目にあった。あんたたちが行ったあの荘園はな、李亮清《リー・リアンチン》旦那の家じゃった。兄弟の一番上の男で、夫婦とも銃殺されたよ。三男は建物から飛び降りたんだ。あのころ、わしは二〇歳を過ぎたばかり、あの家の小作人で、そりゃ貧しかったよ。けどな、わしは積極分子ではなかった。李家の人はわしらによくしてくれたし、わしの母さんは騒ぎに行くのを許さなかったんだ。でもな、家の土地売買契約書を燃やすのにはわしも参加したぞ。母さんが契約書はよく燃えると言ったからな。わしらはそのときから、自分のために畑を耕すようになったんじゃよ。

わしらの雇い主の李蓋五は頭がよく、清匪反覇〔解放前後、土匪を征伐し地主に反対する運動〕の時期にはな、積極分子になった。聞くところ、彼はその後、万県《ワンシエン》で土地改革の隊長になった。彼はこの災難を逃れられると思ったのだな。ところが、無理に農民協会〔中国共産党の指導のもとに組織され、民兵を編成した〕に呼び戻され、批判闘争に参加させられた。県政府はな、逃亡はないと保証し、吊し上げや銃殺は許さん規定じゃった。農民協会は県政府の意見を聞いたんだが、彼を憎む人も多く、彼一家を荘園内に閉じ込め外出は許さんこととなった。打たず殺さず、だが食料は与えない。県政府にそんな規定はなかった。彼らは食料がなく、むざむざ生きながら餓死していった。二人の娘も一緒に餓死したんだ。前世にどんな罪を犯したか知らんがな、現世で報いを受けたんだな。

向老人が中断しながら李家の物語を話し終えたとき、すでにとっぷりと日は暮れていた。

向老人の最後の言葉は、こうして李家はなくなった、だった。

その後はただ老人がタバコを吸う音だけが聞こえた。

青林は哀しみでいっぱいになった。世の中にかくも残酷なことがあるのかと、荘園の中の大きな「忍」と「耐」の文字を思い出していた。激動の歳月、この二文字は少しも役立つことはなかったのだ。

三人の学生はため息をついた。龍忠勇が学生たちに言った。「政権の交代、政権の基盤を安定させるには、これは必然的過程だったってことを、多くの人が認めている。ただ、こうした残酷さは必要だったのか、我々は一度自問する必要があるな」

青林は思った。そうなのだ。これほどの残酷さは必要あるまい。もし理性的に事を行えば、もっと良いやり方があったはずだ。

前もってこうした内容に触れる機会が余りに少なかったせいか、歴史の進み具合に対してほとんど無知だった。この家族の物語が彼らに与えた驚きは、荘園が与えた驚きよりさらにより一層強烈だった。

県城に戻る途中、彼らはずっと無言だった。誰もが考え事をしているか、頭が空っぽであるかのようだった。

夕食は県城でとった。龍忠勇は明日鎮に移ると決めた。彼は言った。「南方の荘園だが、南方といっても余りにも広大だ。僕が言うのは長江中上流の南方地帯のことだ。この一帯は、大規模の荘園はそれほど多くない。なかでも山西や江南と比べたら、ほんとに小物なんだ。だがここの辺鄙な土地、特に隠れた森林の中には、突然来歴の不明な大邸宅が現れて本当にびっくりさせられる。それにこのあたりの荘園主の身分がいつも疑惑を抱かせるし、建築材料の来歴も怪しいものがある。毎回こうした南方を歩いていると、いつも神秘的な感じになるんだよ。まるで邸宅と荘園の背後には、言葉では言いあらわせない秘密があるみたいなんだ。今日僕らが見てきたように、恩施《エンシー》は十分辺鄙なところで、利川《リーチュワン》はさらに辺鄙だ。そしてさらに辺鄙な柏楊《バイヤン》鎮には、なんと大水井のような規模の荘園があった。とても不思議だ。一本の柱が九本の梁をつけているのを見たか？　なんと巧みな、なんと上手い使い方なんだ」

食事中、彼らはこうしたことを話し合った。

一人の学生が言った。「先生、先生は神秘的なと言いましたが、時代の変遷と世の中の無常のことですか？」

龍忠勇が応えた。「世の中は確かに無常だ。だが、神秘は確かに存在する。僕は昔、四川省東部の陳《チエン》家の荘園に行ったことがある。規模の大きさは大水井と比べものにならない。荘園全体にはどんな排水系統も見つからなかったが、一〇〇年ものあいだ、どんなに大雨が降っても、荘園内には水は一度も溜まらなかった。僕はこうしたことを見て、確かに神秘的な感じになった」

青林がちょうど言葉を挟もうとしたとき、携帯が鳴った。社長の劉小川《リウ・シアオチュワン》からだった。劉小川は、いま父親に付きそって重慶で友人を訪れることになっているが、突然急用が生じて、すぐアメリカに飛ばなければならないと言った。しかも小川の兄夫婦はまだヨーロッパに行っており、三日後にならないと戻ることができない。劉小川は青林が恩施州にいることを知っており、急いで重慶に来て父親の面倒をみることはできないかと訊いた。彼は言った。「親父を今回連れ出すのも大変だった、やっと出てきたんだ。何もしないで戻るわけにはいかない。本来この地で人を探して親父の世話をさせればいいのだが、親父は君がいいと言うんだ。どうだろう、親父を見ていてくれないか？　親父は君が気に入っている。思うに、君はちょうど近くにいるんじゃないか？　そうならば、来てほしいんだ」

青林は返事をした。いまは確かに利川にいる。でも、許家坪《シュージアピン》空港から重慶に飛ぶ便の詳細が分からない、もし武漢に急いで戻っていると、恐らく二日はかかってしまう。劉小川が言った。「そんな回り道をすることはない。利川から来ればもっと便利だ。親父はもともと四川省東部に行くんだ。運転手に明日親父を万州《ワンジョウ》〔一九九八年に万県は万州となった〕に送らせるから、君は良ければ朝早く車で来てほしい。二〇〇キロもないから、半日で着く。兄夫婦は二、三日中に戻るから、君はまた利川にもどればいい」

青林は少し考えて言った。「分かりました」

青林はこれからの行動を手短かに龍忠勇に伝えた。龍忠勇は言った。「安心して君の仕事に取りかかれよ。僕らは鎮でどっちみち数日は滞在するんだ。図面を作るという緻密な仕事だ。君は社長になって長年たつから、たぶんこういう仕事はできんでしょう」

青林は笑って言った。「僕が何の社長だって？　見てたろ、我が社長にひとたび呼び出されれば、出稼ぎとしてはすぐおそばに駆けつけるんだ」

二九．万州で焼き魚を食べる

青林《チンリン》は午後、万州《ワンジョウ》国際ホテルのロビーで劉晋源《リウ・ジンユエン》に会った。劉晋源は本来赤ら顔の男だったが、このときは赤さがさらに深まって見えた。途中の疲労のためか、あるいは興奮しているためだろう。青林は握手をしたとき、相変わらず彼の力強さを感じた。

劉晋源が言った。「青林、君に私に付き添ってもらうよう頼んだのは私なんだ。私は小川《シアオチユワン》に言った。もし私の付き添いに誰かを探そうとするなら、私は青林がいい。小川は孝行息子だ。きっと君を探してくると言ったよ。君がこんなに早くやって来るとは思わなかった。私のような老人に付き添うのは、なんと言っても面倒なことだ。君の仕事に邪魔ではないだろうね？」

青林が応じた。「そんなことはありません。劉《リウ》おじさんに付き添えるのは、僕の光栄とするところです」

劉晋源が言った。「小川から聞いたのだが、お母さんは身体がよくないのかね？」

青林が答えた。「確かにそうなんです。植物状態のようですが、気持ちは落ち着いています。家政婦に母の面倒をみさせています」

「そうか。これも小川から聞いたのだが、君は父親が早くに亡くなり、母親が育ててくれたそうだね。大変だったろう。君は母上を大事にしなければいけないよ」

青林はやや気落ちした表情を浮かべ、その後言った。「母のためにしたことが、母の病を生んだのかも知れません」

劉晋源が言った。「そんなふうに考えてはいかん。親孝行の君の気持ちさえあれば、両親は分かっているものだよ。君の母親は病で周囲のことは分からなくても、きっとこころの中では分かっているよ」

「はい。そう望んでいます。劉社長から聞きましたが、貴方は昔ここで戦ったことがあるのですね？」

「そうだよ、ひどい戦いだった。土匪包囲戦だ。あの厳しさは、鄧小平《ドン・シアオピン》も当時言っていた、これはもう一つの淮海戦役《ホワイハイせんえき》〔一九四八—四九年。国共内戦時の三大戦役の一つ〕だと。これについては、これからゆっくり君に話すよ」

青林は笑って言った。「分かりました。これまでお疲れ様です。まず休んでください。ほどなくご一緒に食事にしましょう。ここの焼き魚は最高だと言われています。僕に任せてください」

「おう、君がそう言うので、腹がもう鳴り始めたぞ。小川の母親は、巫渓《ウーシー》〔重慶市の東北に位置する県で焼き魚料理で有名〕の女で、焼き魚の作り方が上手かった。当時、彼女はそのコツを我が家の家政婦に教えた。その家政婦はここの女で、頭がよく、繊細でもあり、母親よりも上手だよ」

劉晋源は話しながら、頭を揺すり目を閉じ、焼き魚の味を思い出しているようだった。青林はその姿を見ておかしかった。彼も焼き魚が好きで、以前母親がよく作ってくれた。母は作るときに言っていた。市場で売ってる花椒より私が使っている方がずっといいと。

彼は母のことを思っていた。母はもう意識が戻るかどうかは分からない。だが戻るのなら、きっと母親にまた焼き魚を作ってもらおう。

日が暮れかかっていた。青林は劉晋源もしっかり休息したと思い、食事をしに出ましょうと言った。二人は一緒にホテルを出た。道の周辺は各種のレストランが並んでいる。三峡ダムが万州の半分近くを水底に沈め、どこもみなガヤガヤと騒がしかったが、レストランは少しの寂れた感じもない。

劉晋源は感動して言った。「世の中はじつに変わったな。以前はこんなに多くのレストランなどなかった。この道は知ってるが、街の光景は馴染みの感じが全くしない」

青林が言った。「現在、街はみな一〇年で大きな変化があり、五年で小さな変化があります。貴方はこの地を離れて何年になりますか?」

「四〇年だ」

青林は笑って言った。「それでは締めて、四回の大変化と八回の小変化ですね」

劉晋源は言った。「そんなに何度も変わるものかね。大小便ではあるまいし?」

青林は大笑いして言った。「劉おじさん、悪いユーモアですね」

劉晋源自身も笑い出した。彼はまじめ一方の生涯を送ってきた。退役後は何もすることがなく、性格も徐々に変化した。彼は思った。この世界は私を不要な存在とみなし、私は自暴自棄になってはいないだろうか?

ある交差点にさしかかったとき、劉晋源は立ち止まり、あるビルを見つめて指さしながら言った。

「ここは以前、軍分区の病院があったところだ。小川はここで生まれたんだ。ああ、あいつも五〇を過ぎたか。我々はどうしたら年をとらずにいられるかね?」

「劉社長はなんとここで生まれたんですね。劉おじさん、昔をどうぞ懐かしんでください。僕はついでに社長の秘密を探ります。会社に戻れば大きな出世のネタになることでしょう」

「お尻丸出しの子供だったよ、探すべきどんな秘密があるかね？　医者が両足を摑んで、パンパンと奴のお尻を叩いていたよ」

彼はそう言い、青林は笑い出した。劉晋源も笑い出した。彼の笑い声は大きく、道行く人たちはちらちらと流し目で彼を見ていた。

青林は焼き魚専門の小さな店を見つけ、一人で店内に入って中を確かめ、出てくると劉晋源に言った。「この店はとっても清潔です。如何でしょう？」

「君のその言葉は、小川の母親にそっくりだ。彼女は生涯にわたって、私に一番多く言った言葉は、清潔に、だった」

青林は笑って言った。「僕の母と妻も同じです」

劉晋源も笑った。「この世の女はみな同じだ。彼女らの話がくどいのは煩わしいが、彼女らがいなければ、日々の生活はどうにも過ごせない」

「そうですね。貴方の体験は僕よりずっと深刻だったに違いありません」

焼き魚店は大きくはなく、店内には花椒とトウガラシの香りが充満し、店主がかん高い声で生粋の万州語を話している。思いつくまま心を込めて呼びかけた。「お二人さん、窓際の席へどうぞ。ご老人にはあの場所が広々として、足も伸ばせて気持ちがいいし、それに街の様子も見えますから」

青林と劉晋源は店主が指し示した場所に席をとった。劉晋源は感じ入ったように言った。「どこもかしこも変わったな。だがここの雰囲気はやはり温かみがあって馴染みがある。万県《ワンシエン》人はやはり前と同じように、親切さが行き届いているな」

青林が言った。「貴方はこの地で何年暮らしたのですか？」

劉晋源が応えた。「一〇年近くになるな。あのころは、我が人生で一番充実した日々だった。新中国が成立したばかり、内戦は終わり、土匪も壊滅し、社会は安定しており、平和だった。給料も使うに十分あった。家では子供が三人、二男一女、どれも元気で健康な子たちで、それに妻と家政婦、一家六人だったよ。最大の戦いというのは、ハラハラさせられた二人の男の子、特に小川との戦いだったなあ。そうした僅かな日々こそ、以前我々が戦線に行ったときの最大の願いだった。部隊に到着するや、班長は言ったものだ、共産主義とは何か？　それは妻と子供と暖かいオンドル、つまり幸福な満ち足りた生活だとな。そう思わない人は一人もいなかっただろう」

青林は笑い出した。「それが貴方たちの当時の理想でしたか？　じつに面白いです」

劉晋源も笑い出した。「そうなんだ。まるで当時のエネルギーは、帰宅して愉しく暮らす、ってことだった。君は本当に全人類を解放するため、って考えてるかね？　街の知識分子はそう考えるかも知れない。だがな、我々の多くは農民なんだ。村を出て直接前線に赴く。革命に参加する理由は、愉しく暮らしたいから、地主に虐められたくないからだ。私は兵隊になるとき、両親に言ったよ。日本人を敗走させ、家に戻って愉しく暮らす。その後、また言った。国民党を壊滅させて、家に帰って愉しく暮らす。さらにその後、また言ったんだ。土匪を消滅させ、家に帰って愉しく暮らす。朝鮮戦争になり、やはり言った。アメリカ野郎を追い出し、家に帰って愉しく暮らす。その結果、愉しい日々はやって来たが、父親は行ってしまい、母親も亡くなった。老いた両親はいなくなったんだ。家にも帰りたいとは思わん」

青林は劉晋源の話を聞いておかしそうに笑った。

劉晋源は言った。「君たち若者は、こんな話はおかしいかね？　四川省東部の匪賊討伐に、我々が派遣したのは主力部隊だった。討伐が終わると、今度は朝鮮に行った。そして一年後、負傷して帰国した。家はここにあり、仕事もここですることになった。上層部は故郷に戻って仕事をさせてくれず、この地に留まるしかなかった。五〇年代末になってようやく武漢に異動となったんだ」

青林は言った。「本当に長い時間でしたね。貴方がこの地に思い入れがあるのは当然です。でも、幾つかの害虫どもには、主力部隊を発動する必要がありましたか？」

劉晋源は言った。「うん、君は本当にこの地が分かってないね。周りを見てごらん。山また山だろう。土匪はこの山の中で一〇〇年以上も盤踞《ばんきょ》していて、それほど戦いやすい相手ではないんだ。以前の日本人や国民党との戦いでは、どちらも奴らは明るい場所にいて、私らは暗い場所にいたので、私らのやりたい戦い方で奴らと戦った。土匪との戦いでは、それが反対になるんだ。私らは明るい場所で、奴らは暗い場所だ。奴らは地形を熟知し、また居残った国民党の軍隊も合流し、それに当地の金持ちが育てた民団〔地主が育てた地方の武装組織〕も加わった。あの戦いは、じつに難しかった。初めのうちは経験不足で、私らは少なからず酷い目に遭ったもんだよ」

青林は聞いているうちに強く興味を覚えた。「で、貴方がたはどう戦ったのですか？」

「古くからのやり方さ、群衆を動かしたのだ。一般大衆に話した、みなさんを土匪の親戚や友達や同郷人だと見なしても、こちら側に加われば、我々は追及しない。我々は正規軍で、数百万の国民党軍も壊滅させたのだから、この害虫どもを片付けられないはずはないだろう？　土匪を消滅させ、みな愉しく暮らすのだ。そう言ったよ。一般大衆は、その通りと考えた。人はみな同じ、誰も愉しく暮らしたいのだ。新中国が成立したばかりで、民心は共産党に向かっていた。だから、土匪が猖《しょう》獗《けつ》を極めていたが、私らに内部情報を知らせてくれる人はどこにもいて阻止できない。さらに奴らをよく知る人が、どう奴らと戦えばいいかを伝えてくれる。諺に、強竜は地上の蛇をやっつけられない、と言うだろう。もし私らが強い竜なら、奴らは地上の蛇だ。だがな、我々はどうにかしてたった数か月で、地上の蛇を悉《ことごと》くきれいに消滅させた。清朝時代から、四川省東部の土匪は毎年人民を虐めていた。その後は中国のどこにも土匪はいない。五〇年以上も土匪の爪痕は絶えているし、大衆はそれから太平の生活を送っている。それは誰がもたらしたものか？　一般大衆ははっきりと分かっているよ」

　青林は粛然として尊敬の念を抱いた。「少しお酒を召し上がりませんか？　僕にお酒をつがせてください。貴方の代の奮闘がなければ、我々の現在の幸せな生活はありません」

　劉晋源は愉しくなった。日頃こうした話をよくするのだが、周りには聞く人がいないのだ。いま、青林は聞き続けるだけでなく、彼の考えを受け入れたのだ。これは滅多にあることではない。劉晋源は言った。「血圧が高くて、医者に酒は飲むなと言われてる。でもな、君のこの真心に接して、私はまさに酒を飲んだ気分だ。今時の若者は我々が当時どのように歩んできたかなど、理解できない。それは魂を揺さぶられるものなんだ！　私の何人もの戦友は何十年ものあいだ弾丸が降り注ぐ中でも死ななかったが、この地で亡くなった。共和国がすでに成立したのに、幸せな生活を一日も送らず、突如亡くなった。日本人と戦っているときは、誰もが国に殉じるつもりだった。だから、あのころ身近の戦友が一人また一人と亡くなっても、どんな哀しみも感じなかった。彼らは抗日の英雄だから、称賛に値する。だが、この地では、不意打ちをくらって死ぬことがあり、途中で待ち伏せに遭遇して死ぬこともある。さらに土匪に捕まり拷問の後に死ぬこともある。私がこの地で流した涙は抗日のときより多かった。なぜか？　なぜなら、彼らはすでに幸せの生活のドア近くまで来ており、片一方の足はもうドアの中に入っていたのに、身体は入っていなかったからだ。こうした死は本当にこころが傷むんだ。だから、私はとりわけ土匪が憎い。奴らをとっ捕まえて一人ずつ銃殺できないのが残念だ」

青林は密かに驚いた。「貴方は人を殺したことはありますか？」

劉晋源は自慢げに言った。「もちろんだ！　大きな戦いでは言うまでもない。この地だけでも、殺した数は少なくない。ある土匪団が我々の現物農業税を徴収するグループを襲って、何人もの人民を殺した。小川の母親もその襲撃の中で、危うく命を落とすところだったんだ。その土匪を捕まえてから、私はその頭目をこの手で撃ち殺した。小川の母親は山間の窪地から戦地病院に送られ、幸いにも救援に出向いていた部隊の中に、一人医学の分かる戦士がいて首尾良く緊急処置をしてくれた。そうでなければ、小川はまずこの世に生まれてこなかった。言うのも妙だが、その戦士は私が北方の山奥の林の中から連れてきて革命に参加させた男だ。それでこの地の老人たちは、これは善行が良い結果をもたらす福報だと言ったもんだ」

　青林は当時の四川省東部の匪賊討伐については、全く知らなかった。過去の戦争についても、より多くは映画やテレビや本からいくらかの知識を得ただけだった。いま劉晋源の話を直接聞いて受けた感銘は、随分と異なっていた。老人の言葉の中にこもる憤慨、感嘆、悲哀といった感情は、近くで拝聴して初めて心底感動するものなのだろう。青林は彼の戦場と彼の戦友の心情を頭の中で体験しようと努力したが、やはり想像することは難しいと思った。劉晋源の感情にいたっては、とても体験できるものではない。あらゆる未体験のことは、伝聞として傾聴するしかなかった。

　二人は魚を食べつつ雑談に興じた。そのとき劉小川が電話を寄こし、二人が道ばたの小さな店で焼き魚を食べ、匪賊討伐の話をしていると聞くと、電話の向こうで大笑いした。「父さんの相手には、青林が僕よりずっと頼りになるって、分かってたよ。彼は僕より父さんのそうした話を聞く忍耐力があるからね」

　劉晋源は面白くない。「お前はどうして忍耐力がないんだ？」

劉小川はまた電話で大笑いした。「父さん、僕は物心がついてからいままで、父さんの武勇伝を数十年も聞いてきたんだよ。もう聞き飽きたって気持ちになるのも無理ないでしょ?」

劉小川の声は大きく、小さなテーブルをはさんで青林にも聞こえて笑い出した。

劉晋源が今回万州に来たのは、李東水《リー・ドンシュイ》という人を訪ねるためだった。李はこの地の人間で、彼より数歳年配だった。劉晋源は説明した。この李さんはかつて劉の大家で、若いころは当時の土匪の秘密結社のメンバーだったことがあり、李三《リーサン》兄さんと呼ばれていた。解放前、地下の共産党にひっぱられて、四川省東部の遊撃隊の秘密連絡員になった。匪賊討伐のときに、劉晋源は彼の家に泊まった。彼は一帯の土匪の内情に詳しく、多くの情報を提供してくれた。もともと、工作隊の韓《ハン》という名の隊長が彼に入党を勧めようとしたが、思いもかけずその日、韓隊長は道の途中で土匪の不意打ちに遭って殺された。土匪討伐が終わってから、李東水と連絡は途絶えてしまった。最近になって、李さんの孫がネットで彼を捜しあてた。そこで、李さんは当時匪賊討伐に功績があったことを劉晋源に証明してほしいと言うのだ。それは李さんの生涯唯一の願いだという。そのときになって劉晋源は、彼が土匪としての経歴があったために、土地改革から「文革」まで多くの苦しみを体験したことを、初めて知った。劉晋源は直ちに了解し、自ら証明する文章を書いた。県政府がすでに彼らの資料を受け取り始めたが、話はなかなか進んでいないという。

劉晋源は言った。「この申し出は必ず私が受けなければならない。私らはどちらも老いた。閻魔殿の獄卒はいつも我が家の出入口でうろついている。奴らが私を手招きしているのが見える。だがな、君らは何回となく私を見逃してくれた、今回ももう暫く待ってくれ。君たちの閻魔殿には私一人がいないが、私は一つ仕事をなしとげたら君らとともに行くから。考えてもみたまえ、私がもし彼を助けなければ、彼は一生無実の罪を負って生きることになるんだ。正直な話、彼は九〇を超えているはずだ。生涯濡れ衣を負ってこの年齢まで生きてこられたのは、間違いなく執念あってのことなのだ。小川は私のおこないは大きな善行だと言って、わざわざ付いてきてくれた。もし会社に緊急の用事が生じることがなければ、彼はきっと私から離れることはなかったはずだ」

青林は名状しがたい感動を覚えた。人は老いる。すべての名誉や利益は影が薄くなり、さらに何の意味もなくなる。あるいはそんなとき、人を思いやるこころだけが、何よりも大事なのだ。

三〇・青林はその瞬間気持ちを動かされる

青林《チンリン》が最初の晩の取り決め通り、翌朝、劉晋源《リウ・ジンユエン》と会うために食堂に行くと、思いもよらず劉晋源はすでに外出していた。朝早く、彼は運転手に頼んで周辺を回ってきており、太白岩《タイバイイエン》にも行ってきた。劉晋源が言った。「三峡ダムの建設で、万県《ワンシエン》の半分は水底に沈んだが、幸い太白岩はまだ残っていた」

青林が尋ねた。「太白岩って、何ですか？」

「もともと西岩《シーイエン》と言われていたが、李白が来てそこで酒を飲み碁を打ったので、結局それから人々は西岩を太白岩と呼ぶようになったんだ」

「ああ、そういうことですか。やはり文人はすごいな」

「土匪の討伐では、じつに多くの戦士が亡くなった。それなのに、どこの山でもいいので英雄山と呼ぶ人はいない。文人は何首か詩をものしただけで、我々の英雄より永く名を残すんだ」

青林は笑い出した。「そんなことに拘る必要はないです。文人は行ったところどこでも書きます。貴方がたは有名になるかどうかなど、全く気にしておらず、利益を求めることさえしません。だから、貴方がたこそ英雄で、文人たちは英雄ではありません」

劉晋源は親指を突き出して言った。「君という男は分かっているね。うちの小川《シアオチユワン》より優秀だ。小川は言うんだ、これは文化だ、文化だから永く名を残せる、父さんは不満でも承服しなきゃ、とな。私はまだじつに不満だよ。だが、君の言うことに私は承服する。それは正しい。私ら英雄は文人の求めることと同じではないからな。私らはこころから人民のために働く、有名になるかどうかなど気にしていない」

「貴方はやはり立派な英雄で、思想レベルが高い方です。いまの人たちはとてもそう考えません。少なからぬ役人もまた、そう考えないでしょう」

劉晋源は嘆いた。「社会は変わった。だから、私らも老いたんだな」

朝食後、二人はすぐ白馬坡《バイマーポー》と呼ばれるところへ行った。劉晋源が言った。私にはここで亡くなった戦友が何人もいて、墓もその地に建てたから、一度参拝したいのだ。二人は運転手に前もって道を尋ねてみたが、半日走っても相変わらず探せなかった。当地の人に尋ねると、白馬坡はとっくになくなったと言う。道路建設にともなって白馬坡も爆破されてなくなった。だが、何人もの見知らぬ農民が、烈士の墓はきっと爆破されてはいないはずだ、と言った。烈士は自分たちの恩人と分かっていたのだ。以前は毎年、農民や学生たちが参拝に行っていたと言う。道路建設の前に、墓は移転したが、どこに移転したのかは分からなくなった。だが、どこに移転されても、参拝する人はきっと多いことだろう。

劉晋源は辛い思いだった。もっと人を探して尋ねたかった。青林が言った。「時間があまりありません。あの見知らぬ農民たちの話を聞かれたでしょう？　大衆はよく分かっています。彼らは恩人です。毎年名もない農民と学生たちが墓に参拝しています。彼らはみんなのこころの中に生きています」

劉晋源は心底思った。青林の話は確かに納得のいくものだ。たとえ自分と観点が違っても、話す内容はどれも理に適っており、受け入れることのできるものだ。

彼はそれ以上話さず、自分の考えに拘泥《こうでい》しなかった。ただ、周囲の高山に向かって、黙って頭《こうべ》を垂れた。「老韓《ラオハン》、小戴《シアオダイ》、それに戦友各位、私は最後に君たちに代わって白馬坡にお礼を申し上げる。あの当時君たちを収容し、安息を与えてくれたことにお礼を申し上げる。いまはもう白馬坡は山里の道路に替わってしまい、道は平らで幅広く、みなさんが出入りするのに便利になった。まもなく、私らはまた会おう。君らは言っていた、勝利したら、私ら何人かで山に登り李白のように酒を酌み交わし、碁を打とう、と。私はまだ覚えてる、私が行くときは二瓶の瀘州老窖《ルージョウラオジアオ》〔四〇ページ参照〕を携えて行くだろう」

青林は突然涙が溢れるのを覚えた。

彼はなぜか、どうしていいか分からない感覚になった。

劉晋源のような立派な軍人に対して、青林はこれまでずっと特段の感情は持っていなかった。敬服に値する対象とは言えず、面倒な人とも言えない。ただ、彼らを老人として接するだけだった。たとえ劉晋源でも、青林がいつも表す尊敬の念は、彼が社長の父親だからだ。青林の遠慮深さは真心から出たものではなかった。この世では虚偽と見せかけの姿を多く目にし、何事も思いのままにいかないものと思ってきた。だがこのとき、突然このような誠のこころに接しこころを開かれた思いだった。それは真心から出たものだ。青林は自分がその瞬間気持ちが動かされたと思った。

この老人はある崇高な観念を彼のこころに強く抱かせた。彼は考えた。劉晋源のような人物を僕はまじめに理解するべきではないだろうか？

三一・塵埃は塵埃

響水鎮《シアンシュイ》に到着したのは、すでに昼時だった。響水鎮から李東水《リー・ドンシュイ》老人の家までは、まだかなりの山路があった。もともと、青林《チンリン》は軍分区から車を出してもらい、老人をホテルに迎える、あるいは、鎮の食堂を予約して老人に来てもらい、食事をしながら話し合うことを考えていた。だがこれらはいずれも劉晋源《リウ・ジンユエン》に却下された。彼が軍分区に依頼したくないのは、すでに現役を退いて何年も経っており、その上、息子と娘がいるのに、部隊に何かを頼むことなどできないという理由だった。また、晋源はこうも言った。李東水はずっと年上で、何年ものあいだ苦労を重ねてきて、身体も良くないに違いないから、本来は自分から会いに出向くべきなんだ。青林と運転手は彼の考えには逆らえず、従うことにした。

　李東水の孫が道案内をするために鎮までやって来た。祖父はもう外を歩くことはできなくなっており、父は腰と足を怪我しているのでこんなに遠くまで歩けない、そう孫は言った。彼は重慶で臨時工をしていて、わざわざ休暇をとって戻ってきたのだった。ネットカフェでネット友達を通して劉晋源と連絡をとったのだ。李東水は四代が同じ家で生活しており、道案内にやって来たのは孫ではあったが、年齢は青林に近かった。

　一〇〇メートルほど離れたところで、車は入っていけなくなった。劉晋源は車を降りて歩いた。土の道は狭いが、平坦だった。劉晋源は数歩歩くと言った。「足がこうした土の道に接すると、じつに気持ちがいい」

青林は笑った。「貴方は昔を懐かしんでいるのですね。僕は小さいころから歩いたのは大通りだから、足には何の感覚もありません」

劉晋源が言った。「このことについては、君は我が家の小川《シアオチュワン》と同じだね。土の道は足にいいということが分かってない」

李東水の家は赤レンガの作りで、山裾の周辺に繁る樹木の緑に浮かび上がってとても目立って見えた。遠くから、痩せて弱々しい老人がドアに寄りかかってじっとこちらを見ている。

李東水の孫が老人を指さして言った。「あれが祖父です。朝早くからずっと戸口に立って貴方を待っているのです」

劉晋源は思わず歩みを早めた。すぐ近くまで来るとほとんど小走りになった。青林は事故がおきないかと心配で、彼を支えた。二人の老人は顔を合わせると一言も言葉を交わさず、抱き合った。李東水はウーウーと泣き声を発した。その声はひどく不明瞭で、言葉はなかなか聞き取れない。

「劉《リウ》政治委員、ああたが会いに来てくれる、わしゃ、思ってもいましぇんでした。ほんに」

劉晋源もまた嗚咽をもらした。「兄さん、私もまた会えるとは思えませんでした。兄さん、お変わりになって、あの当時の李三《リーサン》兄さんがなんということだ！」

李東水が言った。「年じゃよ。劉政治委員の迫力は、いじぇんと変わらんな」

劉晋源が言った。「私も年ですよ！」

李家の母屋には老若男女、多くの人が集まっており、誰もが目頭を熱くした。青林と李東水の孫は、それぞれ古い籐椅子に座った二人の老人を支えた。李東水の孫が一人ずつ紹介した。中に村の支部書記もいた。

一人の老人が杖をつきながら、お茶を捧げ持って進みでると言った。「劉政治委員、あたしは毛仔《マオザイ》です。あの当時、一四でしたが、貴方はあたしに字を教えてくださった」

劉晋源はちょっと驚き、思い出したように言った。「ああ、毛仔か。言ってくれなかったら分からんかった。あんた、幾つになった？　馬口洞《マーコウドン》〔貴州省安順市にある〕の戦いではあんたの父さんがあんたを私のところに寄こしてくれた、そうだったな？」

毛仔と呼ばれた老人は言った。「その通りで。あの戦いはうちらの完勝でしたね。髪の毛一本も失わず、馬口洞の数百人もの土匪を残らずとっ捕まえた」

劉晋源が言った。「あれはみんな、あんたの父さんの考えの賜《たまもの》だった」

李東水の孫が毛仔を指さしながら言った。「劉政治委員、これは私の父です。もうすぐ七〇になります」

劉晋源が言った。「あのころは、あんたは足が速かったんで、我々に手紙を送ってくれた、一晩で幾つも山を越えてな。いまはどうなんだい？」

毛仔が言った。「以前は道が悪くて、トラクターに乗っていて、車がひっくり返りひどい落ち方をしました」

青林は彼らが日常の話ばかりをして終わらないことを心配し、村の支部書記に言った。「李《リー》おじいさんの件、もう済みましたか？　劉政治委員が証明書を書き、今回また自ら足を運んで訪問したんです。問題はないでしょう？」

村の支部書記が言った。「問題はありません、全く。劉政治委員はここ四川省東部の匪賊討伐では有名な方です。彼が自ら書いた証明書があれば、全く問題はないです。区政府は名誉回復だけでなく、賞状を出すでしょう。上司は、李三おじさんに毎月手当を支給する、って言っています。幾らかは、我々には分かりませんが。李三おじさんには何の罪もなく、罪があるのは我々です」

李東水が言った。「君らには関係ないこった。君らは年も若いし、何も分からんじゃろ。あのころのことは、どう言うても伝わらんわい。うん、もう言わんわ」

劉晋源が言った。「当時何で私を探してくれなかったんです？　私は万県《ワンシエン》にいたんだ」

毛仔が応じた。「万県に行きました。そしたら、貴方は朝鮮戦争に行かれていると聞きました。その後、また行ったのですが、貴方は重傷を負って面会謝絶でした。その後は行くことができなくなりました。県政府に入ることはできず、父の無罪を証明できる人はおりません。以前は道が悪くて、山を下りるのはとても大変でした。その後、あたしは足を悪くしてしまいまして、父はもういいと言ったのです」

劉晋源は長いため息をついた。「私はもともと君の父親がこのような苦難を受けているなど、思いもしなかったよ。全く思わなかったんだ。東水は当地では有名な李三兄さんで、我が党の秘密連絡員でもあると、当時私は知っておった。彼は信頼できたから、土匪討伐の際、私らは彼の家に泊まったことがある。彼は土匪でないばかりか、土匪討伐の英雄でもある。彼の手助けがなければ、私らの当地の土匪討伐はあれほど順調にいかなかった。私らは容易に馬口洞を攻略し、洞の中にいた数百人の土匪を逮捕できた、これは李三兄さんが教えてくれたやり方だった。あの戦いは私が指揮して戦ったのだから、私こそ証明できる。さらに、毛仔がいる。当時、夜中に幾つも山を越え、私らに情報をもたらしてくれて、そのおかげで食糧徴収隊は襲撃を免れることができたんだ。君たち、知っとるかね？　その一つの伝言が数人の命を救ったのだよ。君たちの村では、これからはしっかり二人の英雄老人を世話しなければいけない、彼らに少しでも辛い思いをさせてはいけない」

村の数人の職員は忙しげに頷きあった。

李東水はまた嗚咽し始めた。「劉政治委員、ああたの言葉を聞いて、わしゃの人生も意味あるものになります。こん世の中、あんた一人がわしゃを英雄と、認めてくれさえすれば、わしゃは救われる」

彼の子と孫たちもまた涙を拭った。

青林はこうした場面に堪らない思いがして、部屋を出た。小道に沿って行くと、外は山ばかり、山の背後もまた山だった。人はこの自然の中では、塵埃《じんあい》みたいな小さな存在なのだ。指折り数えてみると、李東水の屈辱は五〇年の長きにわたっている。彼の子も孫も、彼のために影響を受けてきた。この世界で人間らしく生きようとしても、人生の数知れぬ機会を失ってきた。だが現在、慰労の言葉と「英雄」の二文字を正式に手にしただけで、大きなすべての屈辱は雲散霧消したのだ。

運転手が近くを歩いていた。青林は近づいていき、タバコを一本もらった。運転手が、老人たちの話はどんな具合かと訊いた。青林は状況を説明し、暫くは感慨に浸った。運転手が言った。「彼って、一般の人でしょう？　それなら、あんたは彼に何してやれるんです？　裁判に訴える？　巨額の賠償？　五〇年を取り戻して、もう一度やりなおす？　どれもできませんよね」

青林は笑った。「それはできないね」

笑い終わって考えた。それは仕方がないのだ。そう、塵埃は塵埃だから、忘却すべきか否かの事柄は、須《すべから》く忘却するしかないのだ。

三二・且忍廬？

その日、李《リー》家は大宴会を開いた。中庭に五台のテーブルを設置し、付近の名の知れた村民が少なからず集まった。それは極めて大きな祝い事だった。青林《チンリン》も招かれて上座に就いた。彼は黙って食べながら、がやがやと騒がしい人々の話を聞いていた。その中の数人は八〇歳以上の老人たちで、当時の四川省東部の土匪討伐が話題になると、彼らはみな多くの出来事を話すことができた。その出来事の中心人物はいつも劉晋源《リウ・ジンユエン》だった。そのことは、劉晋源を大いに興奮させた。彼はいままでにないほど何杯もの酒を飲んだ。

青林は自分の責任が重大だと思った。劉晋源に酒を続けさせてはいけない。きっぱりとした態度で、相手がさらに酒を勧めるのを止めなければならない。青林は言った。「これは社長が私に与えた任務です。そうしないと、私はクビになりますから」

皆はクビになるのは大変なことと思ったが、やはり英雄と一緒に酒を飲むのは滅多にないことだからと言って、何度も酒を勧めた。人々が自分を英雄だと言うのを劉晋源は聞き入れなかったが、耳に入ると力が湧き、さらにもう一杯飲むのだった。たとえ一杯だけとはいっても中庭の五台のテーブルに集う数十人がくれば大変な量になる。青林はとっさに都会人の奥の手を持ち出すしかなかった。つまり、劉晋源の焼酎をこっそりとミネラルウオーターに替えたのだ。劉晋源は飲んだが、すり替わっているとは全く気づかない。

酒の合間に、劉晋源が突然言った。「いま、ある男を思い出したぞ。あの胡凌雲《フー・リンユン》はその後どうして話が出ないんだ？　当時、彼は酒を飲んで倒れてしまい、若者たちにからかわれていたんだよな」

　そのテーブルの人はみな何も知らず、呆然として互いに顔を見合わせた。

口を開いたのはやはり毛仔《マオザイ》だった。「ああ、思い出しましたよ。重慶から戻ってきたあの大学生ですね？　貴方が報告を書くのを手伝ったあの人でしょ？　我が家に何日も泊まったことがあり、あたしのベッドで眠り、あたしに識字教科書をくれました」

　劉晋源が言った。「そうなんだ。彼の父親は昔外国に留学したことがあって、書画が好きで、家には本が多かったとか言っておった。私は、書物好きを連れて彼の家に見に行くと言ったんだ。だけど、朝鮮戦争から戻って以降は彼に会うことはなかった。仕事が忙しく、彼のことを思い出すこともなくなった。今日ここに来て、酒を飲んでいるうちに思い出したんだ。彼は文章がうまかったので、将来は作家になれると私は言った。みんなは彼を笑いものにして、彼に酒を練習させ、彼と一緒に山頂に行って酒を飲み碁を打つ。そうすれば、その山は凌雲峰《リンユンフォン》と呼ばれるぞ、と言っていた。そう呼んでみると、これは太白岩《タイパイイエン》よりも響きがいいな」

　毛仔がふと一言呟いた。「彼はとっくに亡くなりました」

　劉晋源は驚いた。「どうして亡くなったんだ？　まだ若かったのに」

　毛仔が言った。「土匪討伐が終わり、彼は県政府に残って職員になりました。土地改革のときに、彼の家は地主に分類され、大変なことになりました。彼の妹は彼宛の伝言を人に託して、急いで家に戻り両親を街に連れ出してほしいと伝えました。聞いたところでは、彼はその夜のうちに家に急ぎましたが、道半ばで撃ち殺されたそうです」

　劉晋源はさらに驚いた。「ええ？　それはなんということだ！」

一人の老人が話した。「うん、わしはそのことを聞いたことがあるぞ。その子はたぶん胡水蕩《フーシュイダン》の地主の胡《フー》家の一番上の子だろう。ある工作隊の同志が重慶に戻って正月を迎えようと、ここまで来て雪に降られたことがあったんだ。車は走りにくく、我が家で二日ほど休んだ。彼のバッグには何もなく、ただ本が入っていた。わしはおかしいと思った。山里から出てきたというのに、何でこんなに多くの本が買えるのか。訊いてみると、結局彼は、本は胡水蕩の地主の胡の家の物だと言った。地主の胡は蔵書が趣味だったそうだ。幾つもの部屋はみな本ばかりで、村人たちは本を焼くのに数日はかかったそうだ。とても多くの灰ができて、農民は持って行って畑の肥料にしたっていうんだ。その工作隊員は読書人で、本は捨てがたくて何冊か盗んできたと言ってた。わしに見せてくれたよ、表紙に押された印は、おかしな名前で、何か且忍廬《チエレンルー》とかいった」

青林は突然ドキリとした。

「且忍廬」という名前は初めてではない。どこで聞いたことがあったのだろう？　すぐには思い出せなかったが、こころはたちまち乱れ、額に汗が噴き出した。この三文字は自分とどんな関係があるのか？　自分の何と関わるのだろう？　その名を耳にしたとたん、なぜ鼓動がこれほど激しくなるのか？

青林は慌てて尋ねた。「何という廬ですか？　貴方がいま言ったのは何という廬ですか？」

先の老人が言った。「数十年前のことじゃ。当時わしも分からんかったんで、わざわざ彼に訊いた、それはどんな炉《ルー》〔廬と炉は同音で炉はストーブ〕か？　火を燃やすストーブのことか？　ってな。工作隊の同志は言っとった。胡家の老人は教養があって、何か大変なことに遭ったらしばし忍び且つ譲歩しろと主張したので、且忍廬と呼ばれたそうだ。火を燃やす炉子《ストーブ》ではないんだ。胡家の屋敷のプレートだよ」

青林はさらに尋ねたかったが、テーブルの話題は別のことに移っていた。

人々が家路につくとき、すでに日は暮れ始めていた。青林は劉晋源の疲労を考え、背当てを枕にし、車の後部座席で横になってもらった。彼らは道すがら話もせず、ホテルに戻ったときはすでに一〇時近かった。

劉晋源を休ませてから、青林は劉小川《リウ・シアオチュワン》に電話をし、今日一日の状況を伝えた。ミネラルウオーターを焼酎の替わりに出したことも話した。劉小川は言った。君は親父が気づかなかったと思うのかい？　彼は数十年酒を飲んできたから、はっきり分かってたんだよ。思うに、彼は自分でもう飲めないと知っていたから、君を詰《なじ》ることはしなかったんだ。若いころだと、誰かが酒を換えたりしたら、ひどく怒鳴り散らしたもんだ。

青林が言った。「僕は何かあって怒られるよりも、何かが起きてはいけないと思ったんです。ひどく緊張しましたよ」

劉小川が言った。「君は正しいよ。もしお酒を換えたことを親父がこっそり認めたとすれば、彼は自分からもう飲めないと分かっていたことになる。でも面子《めんつ》は保たなければならない。親父はそういう人間なんだ。明日はホテルで休ませてくれよ。どこにも行く必要はない。昔の部下が何人か会いたいと言ってきたら、ホテルまで来させればいい。招待費用は親父の部屋につけておいて、運転手に支払い時にまとめて払わせるよ」

話し終わってから、再び言った。兄の劉小安《リウ・シアオアン》はいま帰国途中で、武漢では時差ボケだから、万《ワン》州《ジョウ》に着くのは明後日になるという。青林は、年配の人にはそうすることがより適切だろうと思った。そこで、安心してください、しっかりやりますから、と言った。

その後、青林は妻に電話し、一日の出来事を簡単に伝えた。妻は面倒くさそうに聞き、ただ早く戻ってきてほしい、数日前のような日々が懐かしいと言った。青林は笑い、もし毎日があのようなら、君の夫はダメになるさ、と応じた。その後、冬紅《ドンホン》に電話し、母親の様子を訊いた。冬紅は、いままでと何の変わりもありません、母上は相変わらず毎日人事不省で、全く何の変化もありません、と言った。

　これは青林の想像したことでもあった。

　一日ずっと忙しくして、青林自身も疲労困憊だった。入浴後、彼はベッドに横になり、うとうと眠ろうとしていると、且忍廬の三文字がまた脳裏に浮かんできた。それと同時に大水井《ダーシュイジン》のついたてにあったあの巨大な「忍」と「耐」の文字も浮かんできた。これらの文字にどれほどの生存哲学があり、どれほどの意味が含まれているのだろう？

　夜中、青林は突如母親の夢を見た。母は正門を指さしながら、この正門は且忍廬と違うよ、と言っている。彼はハッと目が覚めた。

　まさか？　青林は考えた。まさか聞き間違えたのだろうか？　初めに母が口にしたのはこの数文字だったか？　もう一つは、何という堂《タン》だったか？

　青林はもう眠れなくなった。母親が発病する前の様々な奇妙なことが、また一つひとつ目に浮かぶ。正門について、謝朓《しゃちょう》の詩について、鬼谷子、山を下るの図〔三六ページ参照〕の花瓶について、さらには彼女の父親は絵を描くのが趣味だったこと、そして紫色の緞子の掛け布団、等々。

　母が無意識のうちに語ったこうした短い言葉は、その背後に何があるのだろう？　そうか、母は恐れているのだ。財産を没収しに誰かが来ることを恐れている。まさか母には何かとてつもない体験があったのではないか？　幸いなことは、現実に且忍廬という家があることだ。最も重要なことは、母親自らが言った言葉で、その発音は当地の方言と似ていることだ。

青林は苦しい胸の内を抱いて夜が明けるのを待った。

劉晋源は約束した時間に食堂までやって来なかった。青林は心配になり、彼の部屋に急いだ。ドア口で運転手に会った。運転手が言った。「ご老人は昨夜お疲れになって、今日は朝早く街に出ることはなく、起床されたくもありません。私、朝食をお部屋に届けました。そしてご老人に言いました、安心してお休みください、と。ご挨拶したいという昔の部下には、私電話しまして、午後来るように言いました」

青林は言った。「それでいい。昨日は僕もひどく疲れたよ。僕たち二人も休もう。そうだ、あの李東水《リー・ドンシュイ》の孫の電話は分かるかい?」

「分かります。彼にご用ですか?」

「少し尋ねたいことがあるんだ」

青林が電話をしたとき、李東水の孫はちょうど重慶に戻る途中だった。彼は自分もよく分からない、幼いころは聞いたことがない、と言った。だが、彼は何とか探してあげますと言った。青林は暫く彼からの返事を待った。半時間以上たって、李東水の孫が電話を寄こした。村のあの且忍廬を口にした老人もはっきりしない、どれもたまたま道行く人から聞いた話だという。しかも胡水蕩は五〇年代にダム工事の際、埋没してしまった。村人はその後どこへ行ったか分からないという。

こうした知らせに、青林はひどく落ち込んだ。

三三・是正は過度にやる

午後はずっと、前後して三つのグループが劉晋源《リウ・ジンユエン》に挨拶にやって来た。後から来た二グループは偶然一緒になると、一目でお互い知り合いと分かり、すぐ話が始まった。青林《チンリン》はずっとその場にいて、お客の送迎をし、お湯をつぐなどにつとめた。来たのはみな老人で、多くは昔を懐かしんでいる。徐々に青林も話の手がかりを見いだし、たまに一言ふたこと言葉を挟んで尋ねたりした。

馬《マー》という老人は、かつて劉晋源の部下だったが、後に軍から離れ、ある組織の指導者になった。だが反右派闘争の最中に地位を剝奪された。劉晋源を見ると、両の目に涙が溢れ、立て続けに言った。「老首長、最初からあんたの言うことを聞いて部隊に残っていれば、わしはこんな目に遭わずに済んだんだ」

劉晋源が言った。「おうおう、私は最初から、あんたは色恋を重んじて友人を軽んじてると叱ったわけではないんだ。一人の女子学生のために、自分の前途をそっくり犠牲にした。その結果はどうなった？　あんたはひどい目に遭って、女子学生はあんたと結婚しなかった。あんたの先妻は一生あんたに付いてきたんじゃないのかね？」

馬老人はばつが悪そうに言った。「わしはあんたが結婚したのは女子学生だったし、老呉《ラオウー》も女子学生と結婚してるのを見て、こころの中であんたたちと同じにと思ったんだ」

劉晋源は言った。「私ら二人は故郷でも娶らなかった。あんたはどうや？　子供もあんたのあいだに二人産んだのに、あんたはまだほかの女を手に入れようとした。あんたは当然の報いだよ」

馬老人は涙声になった。「確かに当然だ。自ら招いたんだ」

劉晋源が言った。「幸いなことにあんたも名誉回復され、給与も地位も復活したんだから、比べてはいけないよ。あの土匪の手で殺された人たちに比べれば、あんたはまだ生きている。老呉と比べてもずっと幸運というべきだ」

馬老人が言った。「そのように考えれば確かにそうだな。上と比べれば足りず、下と比べればましだ、ってことだ」

劉晋源は言った。「私は比べてはいけないと言ってるんだよ。私があんたより役職が高いからって、それがどうなんだ？　いまはあんたと同じ一般大衆になったんだ。どっちが長生きするか、ってことだよ」

二人は話しながら笑い出した。

話の主な内容は昔の思い出だった。彼らの話題にあがる人の多くは、すでに亡くなっていた。そこでしばしば感嘆とため息の声があがった。

老人たちが昔話に興じているとき、青林のもとに龍忠勇《ロン・ジョンヨン》から電話があった。彼らは後一日で図表の制作が終わる、青林に戻ってこられるかと訊いてきた。龍《ロン》は言った。今回の収穫は予想以上だった。もし青林が柏楊垻《バイヤンバー》に戻れるなら、およそ何時ごろになるだろうか、その後の計画をしっかりたてたいのだ。というのも、大学に故郷が四川省東部にある文学博士がいて、彼の大学院生にメールを送ったところ、彼の故郷の周辺に非常に特徴のある大邸宅があり、数十年ものあいだほとんど破壊されていないという。特別な公的保護は受けていない。なぜならその家は薄暗くて気味が悪く、地元の人間は幽霊の館と見なして誰も中に入ろうとしないから、その学生は「幽霊荘園」と呼んでいる。それに加えて、辺鄙な山間に位置していて、地元の政府にも管理する人がいないため、ずっとその場で荒れ果てている。噂では、その邸宅の望楼は開平の望楼〔開平は広東省の市で、防衛と居住を兼ね備えた特色ある建築様式で世界遺産〕と同じではなく、非常に四川省東部の特徴がある。もし車が使えれば、距離は遠いとはいえず、一日はかからずに着くだろう。何人かの文学青年たちも、幽霊の二文字を聞いて、行きたがっている。彼はもうそこへ行った気持ちになっており、行程が遠くなければ、一度行くのもいい。というわけで、青林の車を借りたいのだ。

　青林も「幽霊」の二文字に興味をそそられた。彼はすぐ、戻っていけると返事した。戻る具体的な時間は、夜にまた連絡する、と伝えた。電話を切り、青林は考えた。この機会にひょっとして且忍盧《チエレンルー》の事情を知っている人を探せるかも知れない。

　夕食は、ホテルに設定した。青林は集まった老人たちと話をつけた。老人たちは地元だから勘定をもつと言った。だが、社長がすでに費用はこちらでもつように言付けていた。それは青林の責任だった。そうしないと社長から僕が咎められることになるんです。そう説明すると、老人たちも納得した。

　劉晋源は言った。「君たち、わざわざ私に会いに来てくれたうえ、何回かの食事代、まさか私から払わそうとしてないよな？　あの当時命をかけて革命に参じてくれた君たちがいなかったら、私は今日まで生きられなかった、そうだろ？」言い終わるとさらに続けた。「じつは私もまた息子のカネを使って、息子に親孝行させている。小川《シアオチュワン》だ、君たちも、みんな分かっとるよな。君たちのどの家が奴に物を壊されたりガラスをたたき壊されたりしたんだい？　奴はここ数年の借金を、今回一気に弁償することになるんだ」

　その話に皆はハハハと大笑いした。青林も笑った。「なんと社長はそのころは悪いことばかりしてましたね」

劉晋源が言った。「小川が六、七歳のころは、まさに子供の王様だった。悪戯ばかりで、誰もがゲンコを食らわしたいほどだった」

老人たちは次々に言った。一つ諺がありますよ、悪戯好きであればあるほど、出世する、と。

劉晋源はため息をついた。「そうかも知れんな。母親は昔、彼を寵愛してて、言ってたよ、我が家では将来あの子が一番出世するわよ、ってな。母親の見方は私より確かだ」

ある老人が言った。「彭姐《ポンジエ》はあのころ大変だったなあ。土匪討伐のとき、劉政治委員は毎日家に帰れなかった。小安《シアオアン》はたった二、三歳で、まだ農民の家に置かれてた。彼女は食糧の徴収に忙しく、識字班を組織したり、夜間学校をやりくりしたり、みんなに新中国の話をしたり。農民たちはその話を特に喜んで、多くの土匪は彼女が教え諭して立ち直らせたものだ」

別の老人が言った。「あのころは、安坪《アンピン》あたりで土匪の暴動があって、わしらは少なからず殺されたんだ。奴らは二番目の暴動を準備しておって、わしと彭姐はまさにそのあたりで食糧を徴収していたんだ。幸い、李蓋五《リー・ガイウー》が王《ワン》部長に土匪の情報を伝えて、大部隊が事前に斉岳《チーユエ》山に駆けつけてな、一網打尽に片付けた。そのころ、わしは仕事を始めたばかりで、ひどく驚いたもんだ。彭姐は道中ずっとわしらを励ましてくれたんだ」

青林は突然李蓋五という名を耳にし、急ぎ訊ねた。「それって、大水井《ダーシュイジン》の李蓋五ですか？」

劉晋源はいささか驚いた。「君、何で彼を知ってるんだ？」

青林は自分が龍忠勇一行とわざわざ利川《リーチュワン》に行き南方の民間の大邸宅を実地調査したことを話し、大水井の状況を説明した。さらに彼らが聞いた李《リー》家に関することも幾らか話した。何人かの老人は熱心に耳を傾け、たまに質問をした。青林は言った。「僕は二日前にあそこから来たのです。李氏家族の荘園はいまも保存されていますが、ただ子孫がいなくなりました。噂では李蓋五はその後悲惨な死を迎えたそうです。僕は不思議なんです、彼は味方なのに、何で見逃されなかったんでしょう？」

数人の老人たちは声もでなかった。

劉晋源はしばし沈黙していたが、やっと口を開いた。「四川省東部の土地改革に私は参加していないが、その過程はみな知っているぞ。度を越しておって、多くの死んではいけない人が死んだと話に聞いたことがある。そのうちの何人かは、私も知っている人だった。私らが土匪討伐をしているとき、手を貸してくれた。それに陸子樵《ルー・ズーチアオ》だ、彼も死ぬべきではなかった。当時彼らは共産党を擁護し、新政府を支持していたんだからな」

馬老人が言った。「そうなんだ。陸子樵と李蓋五は二人とも功績があった。食糧徴収のときには、李蓋五は至るところで演説して、食糧を国に提供するよう訴えてた。陸子樵も倉庫の食糧の半分以上を拠出した。わしらは当時、上層部が彼らを保護するべきだと思っとったよ。だが、彼らが死んだなんぞ、思いもしなかった。陸子樵は自殺したというが、それはさらに惨《むご》いことだ」

青林が言った。「では、なぜ貴方がたは現場の乱れたおこないを容認できたんですか？」

老人たちはみな長いため息をついた。

馬老人が言った。「現場の農民は気性が激しくて、すぐ制御ができなくなっちまった。工作組だって正常な判断ができなかった。一時期はどう処理すればいいか分からずじまいで、その結果だよ、農民と一緒になっちまって、制御できなくなっちまったんだ」

もう一人の老人が言った。「実際、以前の四川省東部では資産家が多かったから、土地改革が限度を越えなかったら、恐らくいまはこんなに困窮しなかっただろう」

劉晋源の考えは違った。彼は言った。「是正は過度にやる必要があるんだ。そうでないと、彼らをどうやって抑えることができるかね？　あのころ、状況は余りにも複雑だったからな」

青林が言った。「僕はやはり理解できません。あのころ、貴方がたはおよそ地主はすべて打倒の対象だったのでしょうか？　地主は本当にそんなに悪かったのですか？」

馬老人は言った。「わしらではなく、当地の農民じゃよ。わしらにとって問題は、制止ができないことだった。現在の価値観では、君らは当然、善悪の判断ができるだろう。だがな、当時の社会状況は険悪で、かつ混乱していたんだ。わしらが四川省東部に来る前、ここではほとんどすべての県城は土匪に占領されていたんだよ。この地はわしらのものだが、わしらは守る側で、奴らは攻める側だった。わしらの何人が殺されたか？　誰が彼らを支持してたのか？　さらに言えば、わしらに何年も戦いをしかけてきたが、土地改革をしたことなんぞ、誰もないんだ。法律もなく、もちろん万事は法律に従うべきだと言う人もおらんかった。みんなは会を開き、誰かがこいつは殺すべきだと言えば、殺した。あるいは、ある人物は悪者だ殺すべきだと意見が上がってくると、土地改革の組長は殺すことに決めた。現場の執政者は、自分でも訳が分からず、レベルが低かったというわけだな。貧乏人のために話すこと、為すことだけを考えて、貧乏人のこうした行動は正しいかどうかなど、あまり考えなかったんだ」

劉晋源も言った。「これは一度練習をしてから始めるというわけにはいかない。当時は誰も、貧乏人はなぜ貧乏か、貧乏人の中になぜゴロツキや浮浪者がいるのか、分析できる人はいなかった。さらに、どの金持ちがよい金持ちで、どれが悪い金持ちか、言える人もいなかった。すべては、現実があるだけだった。その上、土匪討伐が終わっても、殺す気持ちは褪せてないのだから、鎮圧こそが最も簡単で有効なやり方だと思われた。いまとは違うんだ。いまは村で会を開き集団討議して誰かを殺すことになったと言っても、そんな簡単にはいかない。社会はすでに進歩したからだ。だが、当時は誰も分からんかった。だから、すぐ限度を越してしまった。ひとたび限度を越すと、まるっきりブレーキの効かない車で、こんがらがった状態になる。上から無闇に殺してはいけないという命令が来たときには、すでに少なからず殺していた。君も大邸宅を幾つも見たのだろう？　金持ちはどんなに富んでいたか、君はすでに知っている。だが、貧乏人はどんなに貧乏だったかは決して知らない。食べ物や着る物のない人が、なんと多かったことか！　貧乏人だけが、どんな社会であろうと、金持ちの財産を自分のものにし、地主の土地を自分の土地にしていいのだ。許されていさえすれば、誰だって自らすすんでそうするのだ。この世界で人のこころはみな同じだ」

　何人かの老人はしきりに頷き、そうだ、あの当時厳しい手段を用いなければ、あの金持ちたちを抑えることはできなかった、と言った。彼らには金があり、銃があり、民団を持ち、集めれば軍隊になる。まして、さらに潜伏している国民党と密かに繋がっていたんだ。土匪の討伐が終わっても、身を隠した破壊者は依然としてとても多かった。土地改革のおかげで、奴らの主要な仲間と支持者をすべて壊滅し、その上奴らを怯えあがらせたのだ。社会の安定の代価は極めて深刻だったが、重要なことは安定だ。四川省東部でいつごろ土匪が少なくなったか？　討伐が終わってからも、もともと分散し諦めぬ土匪はまだ残っていた。中には正規軍が撤退するのを待って、再び攻め入ろうとする者もいた。だが、土地改革が終わってからは、全くいなくなった。死んだ人もいれば、拘束されて身動きとれない人もいた。それからの五十数年は、一般大衆は匪賊の被害のない生活を送っているのだ。

　青林はこの老人たちの話を聞いて、口を挟めなかった。

　彼は黙っていた。彼らの話と自分の考えは同じではない、そう感じていた。

　青林は建築学を学んだ。思考の先にあるのは、常に生身の人間だ。人はどう便利な生活を送るか、どう快適な生活を送るか、どう独立を保持するか、どうプライバシーを保つか、どう自由を獲得するか、どう自由を生み出すか、どのような総合的環境の中で快適さを感受するか。人は良質な居住空間を手にしてからは、何を求めるのだろう。人は自分の住居と外の空間とが関わるところで生活するものだ。彼はいままで、たとえば国の問題を考えたことはなかった。その広大で遥かな問題は、彼にとって非現実的なもの、実感できないことだった。だから、彼らに反論する言葉が一言も出てこなかったのだ。

劉晋源はどうやら青林の考えていることを察し、青林を見つめながら言った。「君たち平和な時代に育った人間には、私らの心情を理解する術はない。なぜなら、君たちは国のために武装闘争をしたことがないからだ。君たちの現在の生活は、私らが若いころに一戦また一戦たたかって、命との交換で作られたものだ。あのころは、一歩外に出れば、生きて戻れるか全く分からなかったものなんだ」

青林は頷いた。「貴方の仰ることはその通りです。僕たちは実感することができません。でも……」

彼は「でも」と言ってすぐ、やはり言わない方がいいと思った。時に話を通じさせようと気を配っても、実際はさらに大きな障害を作ることになるからだ。

青林はすぐ話を変えた。「ホテルの料理はじつに美味い。四川料理は本当にどんな作り方でも美味しいな」

話し終わって密かに考えた。これこそまさに「今日の天気はハッハッハッ〔自分の考えを明確に表明せずお茶を濁す言葉。魯迅のエッセイ「読書ノート（二）」などによる〕」だ。

第七章

三四・地獄の第四：西側の塀のカンナのもとで

丁子桃《ディン・ズータオ》はすでに疲れ果てていた。彼女は自分がすでに四階に上がっていることを、はっきりと目にした。前に比べれば、ここにはぼんやりと微かな光が幾つか差していた。

彼女ははっきりと認めた。片目でも確認できる。これは西側の塀だ。

それは三知堂《サンジータン》の花園の西塀だった。この高く長く続く西塀を、彼女はこれ以上ないと言えるほどよく知っていた。塀は延々と数百メートル続き、山に沿って下っている。塀を築いている石は大きく分厚い。石の繋ぎ目にはどこも青草がはえている。塀の半ばにある銃眼が一つひとつはっきり見える。西塀の角の望楼も彼女の視野に入っていた。彼女の舅は特にその望楼の屋上に四角い亭を建てた。その亭の屋根の角は反り返っている。それは見る人に、風に吹かれ景色に溶けこんだ亭という感じを与えた。だが、彼女は知っていた。亭の中央に小さな砲台が置いてあるのだ。当時、匪賊の攻撃から護る際、この砲台は極めて威力を発揮した。

西塀の下は暗い影に包まれていた。塀に密集したツタはどれもすでに枯れている。塀のそばにあるカンナの群れの炎のような赤い花も、すでに萎れて枯れた杭となり、あたかも息も絶え絶えに寒さに耐えているかのようだ。

彼女が初めて陸《ルー》家の三知堂に足を踏み入れたのは何年だったか、記憶になかった。生まれたときにすでに三知堂を知っていた気がする。それは父親の存在のためだ。三知堂は彼女の家よりさらに山奥にあった。だが、父は毎年そこに行っていた。遠くからも、高いところに立つ三知堂を眺めることができ、西塀は山の半分を巡っているように見える、と父は言った。三知堂の花園はその高い塀の中にあった。

塀の隅の望楼も地元の人が好んで指さしながら話していたものだ。ずっと以前、山に覃《タン》という名の土匪がいた。部下は多く強い勢力を持っており、彼が襲うと決めた村はどこも、対抗できる人はいなかった。けれども、覃が三知堂を襲ったとき、望楼の火砲によって塀の外にとどめ置かれた。土匪は近づくことができないばかりか、覃という頭目は望楼からの一撃で爆死した。三知堂の高い塀の中には幾つ中庭があるのか、幾つ部屋があるのか、誰も分からなかった。後に彼女が陸家に嫁入りしても、はっきりしなかった。

彼女を連れて行ったのは父親だった。父の胡如匀《フー・ルーユン》と三知堂主人の陸子樵《ルー・ズーチアオ》は、かつて一緒に日本に留学したことがあった。陸子樵は帰国後、すぐ辛亥革命に加わり、その後政治に携わり、退職してから故郷に戻った。一方、彼女の父親は、子は父の業を継ぐべしで、帰国後は祖父の塩井の商売を引き受け、さらに田舎の家族の一一〇畝〔一畝は約六六六平方メートル（六・六六アール）〕の畑を管理することになった。

時間ができると、友人を招き、詩を吟じ賦《ふ》を作り、書を蒐め画を得て、風流人を気取るところがあった。

父親は道の途中で、彼女に語りかけた。三知堂は陸さんの祖父が建てたものだ。その祖父は清朝で役人になった。「三知《サンジー》」は、楊震〔後漢前期の政治家。『後漢書』の楊震伝によると、かつての部下から賄賂を贈られた楊震が「天知、神知、我知、子知」と言った故事による。「子」は「汝《なんじ》」の意。一般に「神知」は「地知」となって流布している〕の言った「天知、神知、我知、子知」からとった。彼は子孫と世間に対して、自分は一生役人を務め、まともな人として仕事も十分潔癖であったと表明したかった。天知、地知、我知の後、彼は「子知」を落としたんだ。彼女は父に尋ねた。なぜ知の一つを落としたの？　父親はため息をついて言った。彼の先祖はアヘンの販売で身を立てたので、人の噂は恐ろしい。そこで彼は考えた、すでに天知はあり、また神知もある。我知があれば十分で、子知は必要ない。そう父は言うとまたため息をついた。「いまの世の中、四知を守ろうとする人などいるだろうか？」

丁子桃は一瞬、父親が長いため息をついたときの表情を思い出した。

そのときだった。陸家の次男の陸仲文《ルー・ジョンウェン》が彼女を連れて散歩し、花園の西塀の下にやって来た。西塀は山に沿って黒い石の埋まった階段を一歩ずつ上っていた。塀には銃眼があり、そのどれにも火薬の痕跡があった。近づいて見下ろすと、山の麓の田園と家屋がすべて見渡せた。

西塀のそばの一角に、カンナの群れが鮮やかな赤い花を咲かせている。

彼女は言った。「伯母から聞いたけど、カンナはお釈迦さまの足の指から流れた血なので、ほかとは違う赤い色なんですって」陸仲文は彼女を見つめながら笑った。笑い終わると言った。「弱き植は自ら持せず、芳しき根は誰の為に好《よ》きか？　晩秋を経た幹に非ずと雖も、丹き心自ら保つ。〔原文は「弱植不自持、芳根為誰好？　雖非九秋幹、丹心中自保」〕。君が思ったのは血で、僕が思ったのは詩だよ。誰の詩か知ってるかい？」「分からないわ」「南宋の大家朱熹《しゅき》だよ。渠《かれ》に問う哪《いずこ》より如許《かくのごと》き清きを得るか、源頭有りて活水来たるためなり〔原文は「問渠哪得清如許、為有源頭活水来」〕。これも朱熹だ」彼女は言った。「これも私は知りません。中学で何を学んだのかしら?」陸仲文はまた笑い出した。その笑い声に彼女はこころを打たれた。

彼ら二人の愛情は、このときに芽生えたといえる。それからは、西塀は二人がよく行く場所になった。塀が尽きたところの望楼に聳える小さな亭は、二人がしばし休むところになった。小型の火砲はまだ存在していた。二人は時折砲台に坐り、またよく亭の手すりにもたれ、風に吹かれながら、詩を吟じ、陸仲文の吹くハーモニカを聞いた。

けれど、いま、陸仲文は?

丁子桃は思わず叫び出した。「仲文、貴方はどこ?」

彼女の声は西塀の銃眼に吸い取られたように、周囲の風だけが聞こえた。何の返答もない。

そうして、そのとき彼女は自分の姿を目にした。黛雲《ダイユン》と呼ばれる自分が、ちょうどカンナの花の群れに跪いている。

彼女はまさに一つの穴の中に土を被せているところだ。

穴の中には二人の人間が横たわっている。一人は小茶《シアオチャー》だ。彼女が実家から陸家に連れてきた女の子で、もう一人は紫平《ズーピン》だった。紫平はもともと曾祖母の世話をしていたが、彼女が陸家に嫁いでからは、外祖父が紫平を彼女の下につけた。小茶と紫平は肩を並べて一つの穴に横たわっている。穴はやや小さく、二人は身体をひねった姿勢で横たわっており、きつきつの状態だ。彼女は小茶がこのように窮屈なのは忍びなかった。小茶をひき上げ、紫平を改めて横たえ、小茶を紫平の身体の上に置いた。

空はとっぷり暮れていた。彼女は穴の周辺の土を寄せ集め、二人の上に一摑みずつかけていった。まずは小茶の足首から先にかけ、それから身体全体にかけていった。小茶の顔を覆おうとして、彼女は耐えきれず手を伸ばして小茶の顔をそっと撫ぜた。その瞬間、小茶はまだ息をしていることに気づき、思わず叫んだ。「小茶！　小茶！　目を覚まして私と一緒に行こう。慧媛《フェイユエン》は行かないことになったのよ。小茶、私はお前を見捨てられない」

小茶に反応はなかった。小茶は一〇歳のとき、すでに彼女と一緒だった。彼女の家の小間使いで、その上遊び相手だった。彼女が陸家に嫁いだとき、小茶は嫁の付き人として従って来たのだ。何年ものあいだ、彼女が小茶と呼べば、いつも小茶の澄んだ返答の声があった。だが、いまこのとき、小茶はもう彼女の相手ではなくなっていた。どんなに叫んでも、小茶は無言なのだ。その無言に対して、彼女は両手で土を掬い何度もかけてやるしかなかった。彼女は小茶の体に土をかけながら、不満げに言った。「小茶、お前はそっと私に付いて行くべきなのよ。富童《フートン》が川辺で待ってるの。船にはまだ一人乗れるから」

小茶が彼女に別れを言いにやって来た。そのとき、彼女はお酒を飲んだばかりだった。小茶は彼女の近くに来て言った。「お姉さま、私、お供ができなくなりました。どうか私を覚えておいてください。いつの日か家に帰られたら、私を掘り出して柩に入れ、私の母のそばに埋めてください」彼女は了解し、小茶をしかと抱き、感情を抑えられずに泣いた。小茶も泣いた。戸口のところで紫平が叫んでいた。「小茶、一緒にあの世に行こうよ」小茶はやっと彼女の手を離し、一人で出て行った。

彼女たちが再び会ったとき、小茶と紫平はすでに肩を並べてカンナの群れの下の穴に横たわっていたのだ。

彼女は最後に両手に盛った土を均しく小茶の顔にかけた。小茶の表情を見ることはできず、髪が乱れているかどうかも見ることはできなかった。涙はなかった。哀しみさえもなくなっていた。

それは彼女が陸家の花園で埋めた最後の穴だった。彼女は分かっていたのだ。行かねばならぬと。彼女は部屋に戻り、汀子《ティンズー》を背負い籠に入れ、籠の上面を布で覆い、再び籠を背負った。突如、彼女はベッドの脇にあるブレスレットに気がついた。それは小茶の誕生日に贈ったものだった。小茶が行ってしまう前にそっと彼女に返しておこうと考えた。彼女は急いでブレスレットを持って、再び花園に行った。

花園は至るところ、盛り土があった。暗闇の中、死のような静寂だ。虫の鳴き声はなく、草花や樹木さえどれも死に絶えたかのようだ。この花園は、もう死の園になっている、彼女はそう思った。

彼女は西塀のカンナの下まで行き、腰をおろし、土を掘り返し、ブレスレットを小茶の手の上に置いた。月光はなかったが、彼女は園いっぱいの新たな盛り土をはっきりと見ることができた。彼女は身を翻し、花園のすべての盛り土に深々と一礼してから、望楼に入った。彼女は思った。私はどうしたってもうここへは戻れないだろう。小茶、ごめんなさい。私は永遠に三知堂を忘れなければならない、永遠にもう戻らない。

十数分後、彼女は望楼の最下層の階段の後ろにある抜け道から走り出た。洞穴の外は茶畑で、洞穴の出入口は何列もの密集したお茶の木の背後にあり、周囲は一面雑草が繁り、極めて分かりにくかった。さらに数分して、彼女は老いたクスノキを見つけた。垣根を乗り越え、十数歩歩くと、小道が現れた。そうして、彼女はその小道を駆けだした。

三五・地獄の第五：花園の中の柩のない埋葬

そうなのだ。丁子桃《ディン・ズータオ》ははっきりと分かった。自分はすでに五階に着いている。

いまは来た道を戻っているところだと、彼女はすでに分かっていた。目にするものが益々多くなるのだ。それぞれの出来事の細かな場面、情景の雰囲気、人の表情、そしてすべての人の話し声を、彼女はどれも明瞭にとらえていた。

彼女の舅の陸子樵《ルー・ズーチアオ》はかつて言ったことがあった。人は生まれたとき、その魂は元気満々だ。しかし、生きていく過程で、どこかで魂を見失う。見つけられないと、もう魂をなくしたことになる。彼は死んだと見なされるが、じつはそうではない。彼は向き直り、一つずつこぼれ落ちた魂を拾って戻って行く。拾って戻ることができれば、悟りを開くことができる。生まれ変わったときには、良い人のところに行けるだろう。拾って戻れないと、これは難しいことになる。次の一生はブタやイヌになることもあるんだ。

彼女は考えた。私は魂を一つずつみな拾って戻ればいいのだ。私の次の一生では良い人のところに行きたい。生きながら塗《と》炭《たん》の苦しみはもう厭だ。

彼女はいま花園に着いた。園の中に立って号泣している黛雲《ダイユン》が目に入った。彼女は黛雲が向き合っている方向に目をやった。その光景に、彼女は気が動転した。

そのとき、花園は静まりかえっていた。至るところに穴があり、穴の周辺には新しい盛り土がある。陸《ルー》家の人間が自分のために掘った穴だ。自分のために盛った土だ。彼らは穴を掘り終わり、土を盛り終わると、お互い何も語らず、別れの挨拶もせず、ただ各自仰向けになって早くから準備したヒ素を飲んだ。そうして自ら穴の中に横たわった。

ナツメの木の下にある穴に横たわるのは、舅と姑《しゅうとめ》だった。二人と離れていないところにバラの花壇があった。花壇の中にも穴があり、その中に横たわるのは三姨太《サンイータイ》〔陸子樵の三番目の妻、妾〕だ。東の塀の竹林には、浅い穴があった。長く患っていた長男の伯文《ボーウェン》が自分で掘ったものだ。彼は力がなく、穴をしっかり掘れず、そこに身体を横たえていた。彼は言っていた。柩はなくても、竹がお供してくれれば、それもまっとうな死だ。父方のおばの穴は長男の隣にあった。彼女は言っていた。「私には子供がいません。伯文は私の孝行息子になると話し合いました。私は伯文の隣がいい」

池の傍らの穴は一番深い。執事の老魏《ラオウェイ》の穴だった。呉媽《ウーマー》は彼から遠くない穴だった。彼女は曾祖母と姑の身の回りの世話をしており、一緒に冥土に行きましょう、生きていても意味がありませんから、と言った。

花園のどの隅にも深い窪みがあった。どの窪みにも彼女がよく知る人が横たわっていた。家族全員だ。彼らは一緒に死ぬことを選んだのだ。舅は言っていた。お前はしっかり土を掴んでかけるのだ。明日の朝の太陽に私らの顔を照らさせてはいけない。

月はなく、雲もない。部屋の明かりはすべて消えていた。地面の色と樹木の陰影が溶け合って区別がなくなっていた。花園には風はそよとも吹かない。春の気配はあるが、冬はまだ立ち去ってはいない。園の中の動植物は、みな縮こまっている。音もなく、息もなく、色も味もない世界なのだ。

彼女は土で埋め始めた。どの穴の傍らにも土を掘った器具があり、彼女が用意する必要はなかった。彼女は我を忘れて土を穴の中にかけていった。舅と姑、それに曾祖母の穴は深く掘ってある。老魏が手伝って掘ったのだ。老魏は掘りながら言った。「陸旦那、あたしは貴方がたお二人と一緒に死ぬ、しかも全く同じ形で死ぬのは、あたしの幸せとするところでございます。あたしの両親にはこんな幸運はなかったです」老魏の母親は実家に戻る途中、土匪に襲われて亡くなっていた。一方、父親は河南省から品物を届けに戻る途中で、日本兵に捕まり、牢獄で亡くなっていた。二人とも遺体の行方さえ分からなかった。老魏は曾祖母の穴を自分の近くに掘り、曾祖母を横たえるときに言った。「これからは恐れることなどございません。あたしが近くにいて、貴方をお護りします」

姑はずっと泣いていた。彼女は休みなく言った。「私は柩がないのは厭よ。母は言っていたもの、柩のない埋葬は転生できない、って」

舅はヒ素を飲み終え、穴の中に身を横たえながら、彼女を叱った。「お前、生きていたいなら、村はずれの老麻《ラオマー》を誑《たぶら》かして寝ろ。奴は前に言ってたぞ、俺は何も要らない、ただお前と家にある高級ベッドがほしいだけだ、ってな。奴のところへ行け。転生だと？　お前はどこに転生するんだ？」

姑は身震いすると、ヒ素を一気に飲んだ。彼女は舅の近くに身を横たえ、スカーフで顔を覆った。

土をかける作業は、もともと彼女と夫の妹である慧媛《フェイユエン》が完成させることになっていた。ところが、彼女が慧媛を呼びに行ったとき、彼女はもう口から白い泡を吹き、自分の部屋に倒れていた。彼女は驚いて叫び声をあげ、懸命に彼女を揺り動かしながら呼びかけた。慧媛は微かに目を開き、言った。「父も母も死ぬんですもの、私も生きていたくない。みんなをこんな目に遭わせたのは私なの。私は金点《ジンディエン》に何も言ってないけど、金点が陸家を怨んでいるのは私のせいなの、私は一人では生きられない。お義姉さん、私を父と母の近くに埋めてください。私は地下で両親と兄に仕えます」

彼女はとっさに言葉が出なかった。何か言いたくて、言葉が口元まで出かかったが、やはり何も言わずに、言葉を飲み込んだ。

彼女は慧媛を花園に連れて行った。舅と姑の穴から数メートル離れた月亮門は慧媛が一番好きな場所だった。慧媛はよくクラスメイトを連れてそこで芝居をしたものだった。月亮門は慧媛が登場して見得を切るところなのだ。彼女が穴を掘っているとき、慧媛はまだ息をしていた。慧媛は言った。「お義姉さん、私のために穴を掘ってくださって有り難う」

彼女はそれには応えず、ただ意識して力を込め穴を掘った。どこからそんな力が出てくるのか分からなかった。まるで早く掘り終わりたいかのようだ。彼女が慧媛を穴の中に入れるとき、慧媛の顔はすでに冷たかった。彼女はスカーフをほどいて、慧媛の顔に掛けてやった。

その夜、彼女は幾つの穴に土をかけたか分からなかった。かつて家の中は朝から晩まで小さな声が絶えなかったが、いまは全く消え果てていた。かつてのあの笑顔や悲しそうな顔、口を歪めた顔や重々しく無表情な顔、そして陰鬱な顔は、このときすべて同じ顔に変わっていた。

こうした夜を過ごして、彼女は思った。貴方がたは私がまだ生きていると思っていますか？

最後に、彼女は西塀に行った。

彼女はこれから紫平《ズーピン》と小茶《シアオチャー》を埋葬する。これは紫平の最後の願いだった。紫平は言っていた。「先にあの人たちを埋葬して、あたしは最後にしてください。万一時間が間に合わなければ、あたしのことは構わないでください。屍が野ざらしになっても、あたしはいいのです。死はどれも同じで、野ざらしになったからといって何でしょう？」紫平の妹の紫燕《ズーイエン》は山の南の坡頂《ボーディン》村に住む陳《チエン》旦那の母親のお手伝いだった。財産が没収され、陳旦那一家は銃殺された。村人たちは争って陳家のお手伝いを連行した。村の組長は紫燕を欲しがった。彼の家の次男は知能が低く、紫燕を彼の嫁にした。ある日、紫平が山を越えて妹を訪ね、戻ってくると言った。「あんな風に生きるのなら、死んだ方がましだわ」

彼女は紫平の言葉を理解した。紫平のような人間にとって、死こそ生きる道だと分かっていた。前に、彼女の父の二娘《アルニアン》が同じことを話したことがあった。二娘はこう言ったのだ。「私たちの唯一の生きる道は進んで死ぬことです。そうしないと、生きていてもずっと辛い目に遭うことになる」進んで死ぬと決めるのは容易くはない。その話し合いは、朝早く全員が祖廟で吊し上げられるという知らせが来たときから始まった。だが、決めたことを行動にうつすのは難しくはない。皆は黙ったまま、粛々と自分が決めたことを完成させた。

彼女は紫平の義侠心を懐かしんだ。また小茶のためにも、たとえ時間が緊迫し、どんなことが起きようとも、彼女らを土に葬らねばならなかった。もともと、柩のない埋葬は大きな屈辱である。もし土を満遍なくかけないと、彼女らにとって、命を繋ぐことになり、それはまた大きな不公平であるに違いない。

舅の求めに従って、彼女はすでにすべての穴の埋葬をすませ、全身の力をほぼ使い果たした。そのとき、穴の中に横たわる紫平と小茶が身を寄せ合っているのを見て、彼女は思わず力が抜け、地面に跪いた。

彼女とともに成長した小茶、いつもすぐそばにいた小茶は、いま、月の光のない夜、彼女自らの手で土をかけられた。これからは、彼女の呼びかけに返事はかえってこないのだ。

三六・地獄の第六：最後の晩餐

丁子桃《ディン・ズータオ》は六階に上がった。歩くのも辛い。いま、彼女は自分が地獄へ落ちたのは当然だと思っている。彼女はなぜ、花園で自分用の穴を掘らなかったのか？　なぜ、自らの手で彼らを一人また一人埋葬しなければならなかったのか？

光線がさらに少し明るくなった。天国に近づいたのか、それとも人間社会に近づいたのか、分からない。いずれにしても、彼女の目がとらえるものは徐々に多くなってきた。

何人かのぼんやりした人影が視界に入ってきた。彼女は一人ずつ数えた。九人、いや一〇人いる。その人々の顔が次第にはっきりとしてきた。彼らは無表情に彼女を眺めている。そして、彼女は自分の姿も見届けた。

それは彼女がよく知る小さな食堂だった。その食堂と食糧庫はそれほど離れていない。通路を隔てて台所がある。台所の背後は中庭になっており、使用人たちの家屋があった。彼女が陸《ルー》家に嫁いで来たとき、多くはそこで食事をした。一家はいつもテーブル二台で食事をする。年長者の一卓と若輩者の一卓だ。正月を迎えると、老いも若きも戻ってくるので、小さな食堂では座りきれず、大食堂を使った。大食堂には同時に八台のテーブルを置くことができた。一度の食事はまるで一場の京劇のようで、この上なく賑やかになった。

いまは旧正月の後。陸家の四人の子供のうち、長男と娘は家におり、次男と三男は外に出ていた。このときの主人の席には曾祖母が座り、舅と姑が彼女の両脇に座る。父方のおばと三姨太《サンイータイ》はそれぞれ舅と姑のそばに座る。そして身体の弱い長男の陸伯文《ルー・ボーウェン》は父方のおばのすぐ近くに座る。この六つの位置はどんなときも変わらなかった。この六人はいつも家にいるからだ。そのほかは、好きに席をとった。

いま、小食堂に大テーブルが置かれている。家にいるすべての人間が生気のない顔で集まっていた。家に大事件が起きたのだ。壊滅的な出来事だ。

舅の長いヒゲは休みなく震えていた。舅は役所を退官して故郷にもどってから、ヒゲは白くなった。彼女は、舅がひとたび激怒すると、舅のヒゲが自然と震えることを知っていた。これは頬の奥にある骨が怒っているのではないかと思うほどだった。

姑は悲しそうな顔で舅の近くに座っている。彼女はか弱い女で、一生舅の言うことに付き従っていた。彼女はいつも言っていた。「貴方は嫁いだのだから、貴方の命は夫のものなのよ」曾祖母は舅の継母だった。すでに老いており、陸家で生きていくしかなかった。いままで通り黒いビロード帽を被り、一言も発しない。三姨太は無表情のままだ。彼女は生きていたいのだが、自分には生きていく場所はないことが分かっていた。父方のおばは表情にいつも変化がない。彼女は結婚一か月で、夫は四川省を出て抗日戦に加わり、前線で亡くなった。それで実家に戻ったのだ。一日多く生きるか早く死ぬか、それはどうでもいいと思っている。病みがちの長兄は相変わらずこそこそして見《み》窄《すぼ》らしい。長い髪を垂らした夫の妹の慧媛《フェイユエン》だけが、髪を振り乱し、疑いの表情を見せていた。普段はテーブルにはいない執事の老魏《ラオウェイ》も座っている。以前の使用人は数十人いたが、新中国が成立すると、解散になった。行く先のない人と陸家に必要な人が数人残った。いま家にいるのは、呉媽《ウーマー》と紫平《ズーピン》、それに小茶《シアオチャー》だ。彼女らはこのとき何も仕事はなく、一様に悲しげな顔で傍らに立っている。

長ヒゲの舅は厳粛な顔のまま、沈んだ声で話した。「みんなも見ただろう。坡南《ボーナン》と坡北《ボーベイ》の資産家たちは、辱めを受け苦難の末、ほとんどがやはり死んだ。死ななかった者は見るも無惨な生き様だ。それにだ、黛雲《ダイユン》の実家のことも、私らはみな知っとる。彼女の父親は家業を継いで店を開いただけで、書の収蔵を好み、自分でも字を書き絵を描いた。人に対しては温厚で、何事にも忍を大事にした。黛雲の兄はまだ政府のために働いており、あちこちで食糧調達をし、我が家も最後の一粒まで拠出した。その結果はどうなったか？　凌雲《リンユン》は両親を救おうと戻る途中で、凶弾に倒れた。両親は救われず、自ら命を絶った。黛雲、泣くな。泣いても何にもならん。私ら陸家はこの地で何代も先祖の名を高めてきたが、この陸子樵《ルー・ズーチアオ》の代でこの栄光を護ることはできない。面子を失うこともできない。まして今回のような仕打ちを受けるわけにはいかない。私はむしろ自分から死んだ方がましだ」

姑が真っ先に泣き出した。姑は言った。「孫の汀子《ティンズー》はどうなるの？　あの子はまだ満二歳になってないわ。あなた、仲文《ジョンウェン》に何と言えばいいの？」

舅は言った。「汀子は死なせてはいかん。黛雲は汀子を連れて、それと慧媛も、今晩逃げろ。お前たちにここからどう離れるか教えよう。私はすでに富童《フートン》に川辺でお前たちを待つよう命じてある。船はとても小さく二、三人しか乗れない。川の水は速くて危険だし、大きな船は通れない。そのほかの者は、死を望む者は私と死のう。死を望まない者は、それぞれここから離れる道を考えるんだ」

老魏が言った。「もう外には見張りがいて、ここから離れるのは誰も難しいです。離れずに、この家で何人かが死んだら、死なずに残った者は行き場がなくなってしまいます」

三姨太も涙を拭いながら言った。「死んでも面子はなくなるんじゃないの？　私たちの死体が乱崗《ルワンガン》〔火葬せず棺に入れ埋葬した墓場〕に引きずっていかれて、イヌの餌食にされるのは耐えられない」

舅は言った。「三知堂《サンジータン》から離れたくても、船はなく、逃げることはできんのだ。私は考えてある。私とともに行きたい者は、それぞれ花園に場所を見つけて穴を掘れ。黛雲、慧媛、お前たちは夜のうちにみんなを埋めてから出て行くんだ。土に入れば掘り出すことはできない。それは大きな禁忌だからな。誰もそんなことはできないだろう。私と行動をともにしたくない者は、自分で何とか生きる道を探すんだ」

夫の妹の慧媛が言った。「父さんも母さんも亡くなったら、私は生きていても仕方ないわ」

舅は彼女を相手にせず、黛雲に向かって言った。「お前は慧媛を連れて、まず仲文の二舅《アルジウ》〔母方の二番目のおじ〕の家まで逃げろ。彼らはお前たちを上海まで送ってくれるはずだ。お前はお前の従兄を訪ねろ。彼は仲文とずっと昵懇《じっこん》の仲だから、きっとお前が香港に行き仲文と出逢う手助けをしてくれるだろう。仲文にはお前たちを連れて英国に行き、四爸《スーバー》〔父方の四番目のおじ〕を訪ねろと言うんだ。イギリスで何か仕事を探せ、何でもいい。そして、彼に伝えるんだ。戻ってくるな、この家はもうなくなった、とな。いつか慧媛に良い人が見つかれば、お前はわが陸家にもいいことをしてくれたことになる」

曾祖母が言った。「私はあの世に行く」

三姨太が言った。「柩もないのに、どうやってあの世に行くの？」

舅は顔をこわばらせ、低い声で言った。「柩のない埋葬だ！」

姑の泣き声が大きくなった。「私は柩のない埋葬は厭よ。そんな埋葬では来世があるわけないもの」

舅が叱責した。「お前、まだ来世などを思っているのか？　お前はこの世に生まれて何をしたんだ？」

姑はまた泣き出した。長男の伯文はずっと無言だったが、このとき、口を開いた。「母さん、父さんの言うことが正しいよ。前村、後村そして僕らの村、三知堂より勢力もカネもない家は、みんな生きるも死ぬもひどい目に遭った。我が陸家は何代もこの地で有名な顔の利く家柄なんだ。父さんはその上体面を大事にし、気骨のある人だ。あんな辱めを受けるわけにはいかない。僕は残念だよ。一人病気になって、少しも家のために働くことができない。僕ができるのは、父さんに付いて一緒に行くことだ。僕らの陸家を笑いものにはさせない」

舅は言った。「長男は立派だ。そう決めたぞ。出ていく者は、それぞれそれなりの服に着替えるんだ」

何人かの使用人が泣き出した。舅は彼らに手を振り、言った。「出て行きたい者はすぐ行くんだ。外の奴らはお前たちを連れて行こうと待ってるんだぞ」

呉媽が忍び泣くように言った。「あたしは陸家に来て長くなります。奴らには誰だって我慢できません。奴らもあたしを許してくれないです。あたしは奥さんと一緒に行きます。地下でまたお食事のお世話をいたします」

紫平が泣きながら言った。「ご隠居さん、あたしも貴方と行きます。あたしは村の東はずれの墩子《ドゥンズー》があたしを欲しがってるって知ってます。彼は五体満足、それなりの男です。だけど、あたし、批判集会で西村《シーツン》の岳《ユエ》じいさんを殴ったのを見ました。じいさんを殴るなんて残忍です。こんな男と一緒は厭です」

三姨太が言った。「小茶、あんた二禿《アルトゥー》のところに行かされるんだよ。あの男と一緒になりたいかい?」

小茶は頭を振って、泣きながら言った。「あたし、あの男と一緒になりません。厭です」

三姨太が言った。「あんたがあの男と一緒になったら、あの無鉄砲の富童はきっと戻ってきてあの男と命がけでやりあうよ。富童はあの男をやっつけられるかしら？　あの男は村では積極分子だ。あんたが死にたくないなら、富童は間違いなく死ぬね」

黛雲が腹立たしげに言った。「姨娘《イーニアン》、貴方はどうしてそんな言い方ができるの？　小茶は娘よ、どうして死ななきゃならないの？」

小茶は泣いた。どうしていいか分からぬまま、言った。「姨娘の言うことは正しいわ。あたしがもし二禿に嫁いだら、富童はきっと我慢しない。あの人はとても二禿には敵わない。あたしはこの世から去ります。あたしが去れば、彼らは二人とも諦めるわ」

舅の顔はさらに厳しさが加わった。彼は言った。「みんな私の後に続くのなら、それもいいだろう。何も泣くことはない。これは私らの運命だ。中には命を大事にして面子をなくす者もいるが、我が陸家の人間は、誰もが面子を大事にして命は二の次だ」

彼女のこころは乱れに乱れ、どうすればいいか分からない。やがて、顔をあげ舅に向かって言った。「お父さま、私もみなさんと一緒に行きたいです」

舅が言った。「黙りなさい！　お前は私らを埋めてから、汀子と慧媛を連れて逃げるんだ。私がお前を残すのは、お前の胡家《フー》にも人を残すことになるからだ。冥土でお前の両親に出逢ったら、私がしっかりと説明する。お前が我が家の汀子をしっかり育てれば、我が陸家も血が繋がることになるんだ」

彼女は震え始めた。突然背中に激しい痛みが走った。それは彼女の家が批判され吊し上げにあった日、家から逃げ出したときに、誰かに銃身で叩かれたところだった。彼女は言った。「お父さま、私はとても怖いのです。死が怖いのではありません。生きるのが怖いのです」

舅が言った。「老魏、酒を持って来い」

老魏が持ってきたのは瀘州老窖《ルージョウラオジアオ》〔四〇ページ参照〕だった。舅が言った。「飲みなさい。三杯も飲めば気持ちも大きくなる。それから汀子を連れて部屋に戻るんだ。花園に話し声がなくなったら、出てきなさい。みんなを埋め終わったら、お前は功徳を積んだことになる」

彼女は舅の言葉に逆らう勇気はなかった。酒の瓶を受け取り、蓋を開け、大きく口を開けてグイグイと流し込んだ。思い切り飲んだので、思わず激しく咳き込んだ。小茶がやって来て背中を叩いてくれた。彼女は何度か咳き込み、また飲み続けた。

一口飲むと、また咳き込んだ。老魏が酒瓶を取り上げて言った。「もういい、十分ですよ。飲み過ぎると酔うから。酔い潰れて、意識がとぶとまずいですよ」

そのときになって、舅がテーブルを指さして言った。「みんな食事にしよう。たらふく食べるんだ、首尾よく旅立ちができるように」

これが陸家の最後の晩餐だった。呉媽が家に残っている食材をほとんどすべて料理してテーブルにのせた。互いにこれから連れだって行くので、いまは主人と使用人の区別はないと分かっているようだった。皆は黙ったまま囲んで座った。話す人は誰もおらず、咀嚼する音が急に大きく聞こえ始めた。

不安と圧迫感が食堂を覆っていた。極くか細い声の中に細い泣き声が混ざっている。泣き声が大きくなると、舅が大きく目をむいて抑えた。泣き声はたちどころに静まった。

三七・地獄の第七：伝言が届く

丁子桃《ディン・ズータオ》はひどく恐れながら七階に上った。ずっと続くこころの痛みは、少しずつ落ち着いてきた。意識がぼんやりし始めていた。目にするすべては知っているようであり、見知らぬようでもある。自分はその世界に加わっているが、かけ離れてもいるようだ。

その知らせが届いたのは、空がまだ明けやらぬときだった。忙しく正門を叩く人がいた。その物音で汀子《ティンズー》がびっくりして目を覚ました。汀子は声を出して泣き始めた。彼女は慌てて身を起こし、汀子を抱きかかえて小便をさせた。そのとき、正門を開ける音が聞こえた。陸《ルー》家の正門はじつは小さい作りで、高い塀にまるで穴のようについている。人間が二人肩を並べて入るほどしかない。中に入ると広々とした庭があり、草木が青々と繁茂している。外を行く者はよほど注意しないと全く気付かない。この小さな門の中こそ、豪族の邸宅なのだ。陸家の先祖はかつて専らアヘンを販売していた。苗を植え、商品化し、販売する大規模な生産ラインがあった。山の茶畑に以前は一面にケシを植えていたのだ。アヘン販売で一家をなしたので、陸家の先祖はその事業を控え始めるときに、細心の注意を払った。陸子樵《ルー・ズーチアオ》の祖父が役人になってからは、続けてケシ園を茶畑に変えていき、彼女の舅である陸子樵の代になって、陸家はアヘンの販売からすっかり足を洗い、名望ある家柄になっていた。

　門は単扉で、表面は朱塗り、門環はなく、突き出た木材が門の取っ手になっているだけだった。木材の取っ手は長い期間触れられて、すべすべと黒光りしている。門板は分厚く、門が開くとき、重々しいギーギーという音がした。舅の陸子樵は言った。大地主の家の門はこういう響きを出すべきなんだ。門は大きくなくてもいいが、門の音は迫力が必要だ。客が門に入るとき、その音を聞けば、どのような人物が入ってきたか分かるのだ。

　我が家はこうではなかった、と丁子桃は思った。彼女の家の且忍廬《チエレンルー》の門はこれより大きく、よく見られる邸宅と同じで、両開きだった。黒塗りで、門環があった。彼女はむかし父に尋ねたことがあった。どうして我が家の門と陸家の門の開き方は全く違うの？　父は答えた。我が家の先祖はずっと読書人だから、我々は自分を隠す必要はないんだ。我々は何も疚《やま》しいことはない。だから、ただみんなと同じようにしていればいいんだ。実際、この世で最も人に注目されないのは、みんなと同じ人たちだ。こうしてこそ、一番安全なのだ。

　ここまで思い出して、丁子桃はこころの中で冷ややかに笑った。彼女は思った。どのような方法で控えめに暮らしても、貴方たちはみな良い死に方をしなかったのではないか。

　正門を開けたのは執事の老魏《ラオウェイ》だった。彼女は窓を僅かに開けて、何事かと見ようとした。

　老魏は言った。「こんなに早く人の家に来て一体誰をお捜しかね？」

　来たのは隣村の陳波三《チェン・ボーサン》という若者だった。「母さんに早いうちに行かなくちゃダメだと言われたんだ。おいらは陳波三だ。魏《ウェイ》お爺さん、あなたは覚えてるはずです。三年前、母さんが山で落石に当たったとき、陸旦那が母さんを助けてくれて、県城まで送って治療してくれました。陸旦那がいなければ、おいらは今頃母親のいない子供です」

　老魏が言った。「そのことは覚えとるぞ。お前さん、こんなに早く来たのはそのときのお礼のためではないだろう？」

　陳波三が言った。「緊急事なんです。大変な緊急事だ。おいらは母さんから、必ず自分で陸旦那に伝えなさいと言われて来ました」

「陸旦那はまだ起きてない。お前、まず私に言いなさい。陸旦那を起こすべきかどうか、私が決めるから」

　陳波三は焦った。「ほんとに大変なことなんだ。母さんが昨夜おいらにこちらに行って来いと言った。その後で、やはり陸家の静かな眠りを妨げてはいけない、と言った。でも、遅れると機会を失ってしまうんです」

「どんな話なんだ？」

「母さんの話です。母さんから何度も言われた、必ず自分で陸旦那に伝えるようにって。母さんは陸家の恩情に報いたいんです」

老魏は陳波三をじろりと見てから言った。「お前さん悪い人ではないな、少し待っててくれ」

数分後、老魏は陳波三を中に請じ入れた。

彼女は過去を顧みなかった。また好事の徒でもない。同時に彼女は陸家のしきたりもわきまえていた。知るべきことは知らせ、知るべきでないことは訊ねることはしない。まして、彼女は眠くて仕方がなかった。一か月以上、ほとんど熟睡していない。夜な夜な両親の悲惨な叫び声と二娘《アルニアン》の罵倒の声、それに兄を撃ち殺す銃声が聞こえるような気がするのだ。

空が明けやらぬころ、彼女は小茶《シアオチャー》に起こされた。小茶は慌てた様子で、旦那さまがみんな書斎に来るようにと申しています、と言った。こんなに早くそうするのは、何か重大事が起きたに違いない。

彼女はそそくさと身支度をし、小茶に汀子を抱くように言い、ともに急いだ。

書斎の中は重々しい雰囲気だった。重々しいのは、舅の陸子樵の顔が青ざめ、ヒゲは誰かがわざと操っているかのように震えているからだ。彼はあちこち歩き回り、一言も発しない。一方姑の方は泣き顔で、哀しみの表情そのものだ。

彼女の心臓はドキドキと高鳴り始めた。すぐに思い至ったのは、夫の陸仲文《ルー・ジョンウェン》に何か事件があったのではないかということだった。陸仲文は香港に行って数か月たち、一か月少し前に手紙が届いた後、全く音沙汰がなかった。家族全員、彼が無事かどうか分からず、心配していた。

夫の妹の慧媛《フェイユエン》が最後に入ってきた。彼女は口をとんがらせて言った。「こんなに早く、寒いし、お父さん、何なのかしら？」

彼女は慧媛の裾を引っ張り、小声で言った。「貴方の二番目のお兄さんが、事故を起こしたのかも知れないわ」

慧媛が言った。「義姉さん、安心して。兄はとっても頭が良い人よ。事故を起こすなんてありえないわ」

彼女は少しこころが安らいだ。こうした話を聞くのは嬉しかった。

舅がついに歩みを止めた。彼は集まった人たちをぐるりと見渡し、ようやく低く沈んだ声で言った。「みんなも察することができようが、我が家に大事件が起きた。今朝早く、知らせが届いた。明日、明後日、村では我が家を闘争の標的にする、ということだ。陸家はここらでは最大の資産家だし、その上私は国民党政府で役人をしていたことがある。批判しなければ民の怒りを抑えることはできないと言うんだ。一週間は吊し上げが続くだろう。家族はみな出なければならない。付近の村の農民も、批判大会に参加するように求められているということだ」

部屋の中はたちどころにシーンとなった。奇妙な静けさだ。一人ひとりの心臓の鼓動が聞き取れるほどの静けさだ。その上、その鼓動の軽重緩急から、どの鼓動が誰のものかが聞き取れるほどだった。

彼女はたちどころに力が抜けた。こうした場面は、体験したことがあった。同じような舞台に立って、ただ死を求める気持ちがあった。生きていようとすれば、どれほどの決意が必要になるか分からない。

時が静止したようだった。だが静止の中でも時はひっそりと流れている。最後に意外にも呉媽《ウーマー》がまず口を開いた。彼女は声を震わせて言った。「まず、朝ご飯を食べましょう、もう冷めてしまった」

話し合いは朝食のテーブルから始まった。真っ先に口を開いたのは慧媛だった。「お父さん、私は天灯《ティエンドン》にされる〔衣服を剝ぎ取り麻布を巻き油に漬け、頭を下にして木の棒に縛り付け、火を放つ旧時の極刑〕のは厭よ」

言い終わると、隣に座る黛雲《ダイユン》に視線を移した。その場にいる人は誰もが黛雲を見つめた。黛雲はたちどころに滂沱の涙を流した。伝えられたところによると、彼女の二娘と兄嫁は「天灯」にされ、悲惨な叫びを三日三晩続け、その後どこに行ったか分からなかった。乱崗に捨てられたと言う人もいれば、川に投げられたと言う人もいた。

舅が言った。「お前を天灯にさせるわけにはいかん。だがな、もしもお前が吊し上げに遭うことになったら、どうする?」

慧媛ははっきりと言った。「私は死んだ方がましです」

慧媛の言葉はその場にいる人を震え上がらせた。

舅が言った。「うむ。それが正しい。いま、私らが相談すべきは、吊し上げを食って、まだ生きていくチャンスはあるのか、ということだ。もしないのなら、私らはどんな死に方を選ぶべきか。吊し上げられて死ぬか、それとも……」

彼はそこで言葉を切った。その眼光は老魏に向かい、話の続きを促すかのようだった。

老魏は頭を垂れて言ったが、歯切れは悪かった。「旦那さまのお考えは、……そのお考えは……みんなは吊し上げで死にたいか、それとも自分で方法を探して死にたいか?」

舅は言った。「そういうことだ。私らは幸い、知らせてくれる人がいた。だから、私らは生き延びることができるかどうか、はっきりさせる時間ができた。もし生き延びられれば、もちろんいいことだ。生き延びられなければ、私らはどうやって死ぬか、自分ではっきりと選ばなければならない」

黛雲が言った。「村の年寄りも若者も、お父さまは善人そのものだと、すでに連名で手紙を書いたのではなかったですか？　お父さまは清朝打倒時には功績があったし、山間部の遊撃隊には薬を送り、匪賊討伐のあいだは解放軍を率いて山に入り大刀会〔清末から民国初めにかけて存在した民間の武装組織〕を瓦解させ、食糧調達でも一番多く拠出しました。それに、上層部はすでに、陸家は吊し上げにしないと同意しているのではないですか？」

老魏が言った。「だがな、新たな組長が認めないので、それは役に立たなくなった」

慧媛が言った。「どうして新組長はみんなの意見を聞かないの？」

舅が慧媛をじろりと見つめ、言った。「それは王四《ワン・スー》の息子だからだ」

誰もが驚きの声をあげた。そして、その視線はみな慧媛に注がれた。

黛雲は心臓が激しく鼓動を打ち始めた。彼女は小茶と相互に目を合わせた。小茶は彼女に向かってそっと頭を振った。彼女は小茶のこころを理解し、軽く頷きかえした。

慧媛が鋭い声で叫び始めた。「みんな、私が何をしたっていうの？　あれは彼のしたことよ。私は何も言ったことはないわ」

三姨太《サンイータイ》が言った。「貴方、金点《ジンディエン》に言ったんじゃないの、彼の父親はなぜ死んだか、なぜ家を出て行ったかって？　こういう状況になって、敵《かたき》を討とうと家に戻ってきたのよ」

老魏が言った。「あの子、恩義に背いたね。なんと言っても、陸家があの子を育てたのに！」

舅は顔をこわばらせ、鋭い声で言った。「どんな人かは関係ない、これは運命なんだ！」

もともとこの家から王四はとっくに忘れられていた。まさにこのとき、すべての人の目の前に厭でも彼の顔が浮かんだ。

それは何年も前のことである。

あのころ、陸子樵はまだ若かった。執事の老魏もまだ若かった。陸氏一族は祖廟を建て替えたいと思っていた。一族の長老が、その件を陸子樵と執事の魏にやらせることにした。二人は風水先生に来てもらった。風水先生は丸一日方位を鑑定し、その後で、付近のどの地が一番適しているかを二人に告げた。その土地とは王四家の地だった。王四の祖父は以前、陸家の曾祖父を護って行動をともにし、陸家に続いてこの地に住み着いた。良田一八畝も、王四の祖父が護衛してくれた功績に対して当初の曾祖父が進呈したものだった。陸子樵は、これはうまく進む話だと考えた。だが、老魏が王四のところに出向き、陸家が二畝の地を加えて交換したい、あるいは高値でその地を買い取りたいと話すと、王四は首を縦に振らなかった。祖父も父も生前に、この地は命をかけて手にしたもので、王《ワン》家のルーツだと言っていた、と言うのだった。そして、現在彼の家族もこの地を頼って生活している、とも言った。何日も話し合ったが、埒《らち》があかない。そこで陸子樵が自ら出て行ったが、やはり王四は承諾しなかった。陸子樵は当時まだ役人であり、世間的に面子が立たず、腹を立てた。件の王四も強情で、はからずも腹を立てていた。そこで交渉は決裂し、硬直したままになった。

　陸子樵と老魏が問題解決のために何か良い方法はないかと考えているとき、ある事件が起きた。王四には、五歳と三歳の二人の娘がいた。妻のお腹にはさらに一人いた。ある日、大雨になり、その後、山津波が起きた。王四の妻は産気づき、お産婆が大雨をものともせずに駆けつけたが、難産になっていた。お産婆は子供を取り上げる勇気がなく、王四に急いで街に連れて行き、西洋医者を探すように言った。街に入る幾つかの川は水が溢れ、そこを通り抜けられるのは村では陸家の馬車だけだった。しかも馬車には幌がついているので風雨を防ぐことができる。王四は仕方なく、三知堂《サンジータン》まで走って執事の老魏を訪ねた。老魏はきっぱりと返答した。馬車を貸すのは問題ない、だがその前に売り地の一件を解決するのが先だ、と言った。王四は依然として承諾せず、頭を振って戻っていった。戻ってから遠回しに、お産婆に子供を取り上げてくれと言った。お産婆は、それはできない、人の命が危ない、と何度も繰り返した。その上、あんたは何をためらってるの、まず人を救うのが肝腎でしょ、二人の命は天よりも大事よ、と迫った。王四はそう言われて恐ろしくなり、再び急ぎ慌てて陸家に走り、慌ただしく契約書にサインし花押を書いた。老魏の方も約束を守り、すぐ御者に王四の指示通りに馬車を走らせるように命じた。ところが、思いもかけないことがおきた。王四の妻は道中ずっと悲鳴をあげながら病院に着き、子供は無事生まれたが、王四の妻は命を保つことができなかったのだ。医者は、あと半時間早ければ助かったのに、と言った。妻は亡くなり、先祖伝来の土地は持って行かれ、王四は自分を失って暴れた。土地を売った金を持ち、子供たちを引き連れ、どこかへ姿を消した。陸家は土地を手に入れたが、王四の妻が亡くなったので、その地は人の死と関わって不吉と思われ、その地に祖廟を建てようとは願わなくなった。

　二、三年後、ある人が一人の男の子を陸家に届けに来た。王四という男に言われて届けに来たのだと言った。子供の身体には紙のメモが挟んであり、そこには「私に代わってこの子を育ててくれれば、貸し借りなしだ」と書かれていた。老魏は急いで王四本人のことを訊ねた。その男は言った。亡くなりました、病死でした。老魏は驚いた。さらに娘はどうしたかと聞いた。男は言った。見たことがありません。とっくに売られたんでしょう。このことは陸家に大きな衝撃を与え、老魏は死ぬほど悔やんだ。事ここに至っては、その子を育てるしかないと陸子樵は決めた。そして、今後はあの一八畝はあの子のものだ、と言った。その子は王金点《ワン・ジンディエン》と呼ばれ、陸家で大きくなっていった。具体的に世話をしたのは老魏と呉媽だった。老魏はこころに疚しさを感じており、金点をしっかり世話した。陸家の子が私塾に上がると、金点も一緒に学んだ。私塾が終わり、陸家の子が街に出て中学で学ぶと、金点はやっと作男たちにまざって仕事につき始めた。もともと、何のもめごともなかったのだ。だが、二年前のある日、金点は誰にも一言も告げず、突然いなくなった。どこに行ったか分からない。

三姨太は、慧媛が金点に両家のあいだに起きたことを話したためだ、と言った。そう言う理由は、陸家の妻が前の日に慧媛が金点に近づかないように警告しておこうと、陸家と王四家のあいだに生じたことを縷々《るる》説明した。その結果、数日後に金点は出て行った、と言うのだ。だが、慧媛はずっと認めなかった。陸子樵は誰も咎めることはせず、この件で皆が話し合うことを禁じた。そして、一八畝の畑は残しておいて金点に返す、とだけ言った。

けれど、いま、金点は彼独自のやり方で戻ってきたのだ。

長い沈黙の時間が流れた。

慧媛は堪えられず、大声で叫び始めた。「私が王金点に会いに行くわ。陸家は彼に対してどうだったか、彼は分かってくれるはずよ」

舅は慧媛を一喝した。「黙っていろ。座れ！　一歩も外に出てはいかん。私らの陸家に、お前が出て行く必要のある何があるというのだ？　私らの陸家は、いつ王家の人間に助けを求めたというのだ？」

三姨太が小声で言った。「死が目前に迫ってもまだ何かと偉そうにしてる」

舅の声はさらに大きくなった。「お前も黙ってろ！」

何度となく発せられた怒鳴り声に、人々のこころは震えあがった。

その日の朝食は長かった。食べ終わっても誰も立ち去らない。まるまる一日、皆は話し合っていた。今回、生き延びるチャンスはあるのだろうか。もしないのなら、どうするべきなのか。

西村《シーツン》の范《ファン》家は、全員大邸宅から追い出され、牛小屋に住まわされた。屋敷は倉庫に使われた。北坡《ベイポー》の劉《リウ》家の屋敷には、七、八家族の人が勝手に住みこんだ。母屋と左右の家屋には見知らぬ人が住み、劉家の家族は使用人の部屋に閉じ込められ、出入りにも難癖をつけられた。当時は彼らを見るとへいこら腰をかがめていた人たちが、彼らを踏みつけて暮らし始めている。山の南の坡頂《ポーディン》村の陳《チェン》家は、四代が同じ家屋に住んでいたが、老人と弱者数人を残して亡くなり、残された者は村外れの土地廟の中に追い出され、物乞いをして暮らしている。村のゴロツキ数人が彼らの家屋と娘を分け合った。さらに彼らの親戚、胡水蕩《フーシュイダン》の胡如匀《フー・ルーユン》家は、もとより言うまでもなかった。黛雲以外に、生きている人はいなくなった。店と部屋は自ずとほかの名前に変わり、家の中にあった書画と書籍は数日間燃え続けた。燃え終わった黒い灰は次々と担がれて畑の肥料となった。

村や山のあちこちに住んでいた人たちのその後について、皆の考えが一致した。もし吊し上げに引き出されれば、生きて戻ることは不可能だ。たとえ生きて戻ってきても、死よりさらに受け入れ難い目に遭う。

話し合いの終わりは舅の言葉だった。「生きていけないなら死だ。どのみち自ら死を選ぶのは、他人に殴られ吊し上げられての死よりいいだろう」

この言葉は決定的だった。女性たちは声を出して泣き始めた。その日、重い雰囲気をどうにか耐えてきたが、かえってこの長くまた短い泣き声で、雰囲気は随分と和らいだようだった。

すでに日が落ちるころだった。冬はもう終わりを告げたが、春の歩みはゆっくりだ。夕日はあたかも早春の寒気に凍結されて、熱を発することができないようだ。そこで、この日の夜はことのほか寒く感じられるのだった。

第八章

三八・この後ろ姿はなぜ見覚えが……

いま、劉晋源《リウ・ジンユエン》は三峡遊覧船のへさきに立っている。

彼の傍らには長男の劉小安《リウ・シアオアン》がいた。劉小安の妻は船室から出てこない。川風が暖かく頬を撫で、何ともいえぬ気持ちの良さだ。風は以前のような風だが、船は以前のような船ではない。甲板はなくなり、船べりもなくなって、船室の中に通路があるだけだ。幸い、へさきは開放されていた。そうでもないと、と劉晋源は思った。これは船とは呼べず、人を中に閉じ込めている潜水艦と大して違わないのではないか？

彼は岸にいる青林《チンリン》の徐々に遠ざかる後ろ姿を眺めていた。見れば見るほど見覚えがある感じがする。この感じはずっと昔のもので、とっくに忘れていた感覚が、いま突然浮かんできたのだ。劉晋源は、なぜこうした感覚があるのだろうと思った。

劉小安が言った。「父さん、船室に入ろう」

劉晋源が応えた。「いや、万州《ワンジョウ》をもっと見ていたい、これが最後だからな。もうチャンスはないだろう」

「そんな縁起でもないこと言わないで。いまは交通の便がとてもいいんだから」

劉晋源は応えなかった。彼はこれが最後だと分かっていた。

劉小安夫婦が万州に着いたとき、劉晋源はすでに万州に滞在して四日目だった。

劉小安は万州の小学校に数年間通った。そのころ、万州は万県《ワンシエン》と呼ばれていた〔一〇九ページ参照〕。彼は自分でも万県には強い思いがあると思っている。飛行機に乗ってから、昔のことを思い出しとても懐かしかった。ところが、到着してみると周囲は大小の叫び声が満ちあふれ、全く見知らぬ場所のように変わっていた。自分がかつてここに住んでいたとは全く思えない。彼は車を運転し、妻を連れて半日街の中を巡った。戻ってくると、言った。以前の痕跡が残っている数か所があって、昔を思い出すことができたよ。ただ、ここに来る前に少しずつ温めていた懐かしい思い出は、見知らぬ情景によってすっかり砕かれてしまった。

劉晋源は彼のその呟きを冷ややかに聞いていた。青林はその傍らで笑っていた。

青林はもともと、劉小安の到着した翌日に万州を離れ、大水井《ダーシュイジン》に直行する計画だった。龍忠勇《ロン・ジョンヨン》たちを乗せて、だらだら道を四川省東部に行こうとしていた。ところが、出発前に龍忠勇から電話があり、父親が危篤で戻らなければならないから、四川省東部には行けなくなった、と言ってきた。一行は青林の車を待っているわけにはいかず、すでに飛行場に向かう長距離バスに乗っていた。

劉晋源が言った。「そういうことなら、急がなくてもいいな?」

青林が応えた。「そうですね」

劉小安が言った。「それではここで、我々数人の年寄りのお相手をしてくれよ。また父さんの話す英雄戦闘物語を聞いてほしいね。君がいないと、僕に聞き役が回ってくるから」

青林は大笑いした。「でも僕は劉《リウ》おじさんが話す当時の物語の数々を聞きたいですよ。とっても面白いと思います。四川省東部の匪賊討伐などは、ここに来る前は、その歴史を全く分かっていませんでした。それに、なぜ彼らの世代と僕らの考え方はこんなに大きな違いがあるのかも、分かりました」

劉小安も笑った。「君は初めてだから、新鮮さがあるんだよ。僕なんてもう五〇年も聞いてきたんだぜ。まるで生まれるとすぐ、抗日戦争、その後も戦闘、その後は匪賊討伐で、現在に至ってるんだ。その上、僕自身がいつも話の中で歴史的人物になる。父さんが話しているときは、いつも言うんだ。あのときは劉小安はどうしてたか、とか、劉小川《リウ・シアオチュワン》はどうだったか、なんてね。そうでしょう?」

この話にはさすがの劉晋源も笑った。彼が過去の話をするときは、確かに二人の息子を引き合いに出して話の内容を印象づけた。

劉小安が言った。「話は戻るけど、父さんは年とってから、怒りっぽい性格が随分良くなった。以前は、僕のこうした話は父さんの前ではできなかったよ。いま、父さんはずっと優しくなったね。僕は思うんだが、この優しいという言葉は、老人にはぴったりするね」

劉小安の仕事ぶりは決して理に適ってはいなかったが、一緒に仕事をすると人を愉しくさせるような人間だ。青林が会社に入ったとき、劉小安はまだ事務室の責任者だった。青林が彼の部下として雑多な仕事をしていたとき、何度彼のやった損失を埋めてやったか知れないが、穴を埋めた後は何も言わなかった。そのため、劉小安は一貫して青林に親しみを抱いていた。後に青林はプロジェクト部に異動になり、その後程なく、劉小川が兄の劉小安に家に戻り専ら両親の世話をしてほしいと告げた。

劉晋源はいつも劉小安に不満だった。長男としてもっと気概を持ってほしいと思うのだ。だが、劉小安は生まれつき進取の精神を持ち合わせていなかった。以前下放しなかったのは「文革」で授業がなく、家にいるのを退屈に感じて、誰にも頼まず軍隊に入ったからだ。そのころ、高校生が軍隊に入ると、豊富な教養がある人間に分類されて、容易に重要任務に抜擢された。だが、劉小安は愛を貫くために抜擢を願わず、その場で退役し、劉晋源夫婦の怒りを買った。劉小川は密かに言ったものだ。美女を射止めたのなら、まだ理解できる。だけど、兄さんがみつけた僕の兄嫁は、きれいではないし、何の才覚もなく、ただ飲み食いと遊びが好きな享楽派だ。そうでなければ、劉小安の資格と経歴をもってすれば、今頃は将軍になってるかもな。

青林は劉小川の言うことはその通りだと思った。ある年に、劉小安と一緒に北京へ出張したことがあり、二人は小さなレストランでビールを飲んだ。青林はとっさに思い切って、劉小安に人生をどう考えているのかと尋ねた。劉小安は理路整然と話しだした。「僕は気持ちよく気楽に生きたいんだ。人生は色々な生き方ができる。父のようにひたすら昇進を願ったり、弟のようにひたすら金儲けを考える、でも、そんなことだけではないだろ？　僕の妻は人生観が僕と一致してるんだ。だから、そのような人と日々を過ごせるのは、とても快適なんだ。こんなに年月が経ってみて、事実は僕が正しいと証明しているよ。僕の妻は確かに小銭にはうるさいが、絶対、僕に生活を犠牲にしてまで命がけで出世してとか、命がけでカネを稼いで、などと求めることがない。劉小川の妻を見てごらん。まるで銀行に何億元か貯金がないと、生活もままならないみたいだ。今度は僕の妻を見てごらん。彼女は気楽だよ。食べて飲んで遊べればOKだ。どのような人生もじつはみな小さな人生で、どのような人も一番多く過ごすのは小さな一日なんだ。だから、小さな人生は小さな一日とバランスがとれて、初めて一番気楽な愉しい人生となるんだ」

青林はそのころまだ結婚していなかった。劉小安の結婚相手に対する考え方は、彼に大きなヒントとなった。だが、同時にこうも思った。自分のような貧しい子供は、劉小安のような自信をもつことはできない。彼はとにかく頑張るしかない。だが、彼はわきまえてもいた。つまり、頑張って家族が暖衣飽食の暮らしができれば、それでいいのだ。

万州という街に、劉小安夫婦はもとより留まることはできなかった。二人はヨーロッパから戻ってきたばかりで、ヨーロッパの花咲き乱れ、清潔できれいな街をたっぷりと堪能してから、万州の街を見ると、あまりにも大きな違いがあった。とりわけ劉小安の妻はくどくどと、野暮ったい万州にどこか見るべきものはあるの？　と言った。その言葉を聞いて劉晋源の顔色が変わった。そういうときは、どうやら機転のきく青林の出番だった。彼は言った。「この地に来たのは、遊覧ではなくて、昔を懐かしむためですよ。昔を懐かしむって、現代人の生活の中でとっても大切なことです。そのヨーロッパの街の姿は数百年変わらない、これもじつは後生の人に懐かしむ思いを提供しますから」

劉晋源が言った。「つまり、そういうことだ」

劉小安が今回は父親の考えに同意した。「彼女は放っとこう。ここには愛着がないんだ」

この地に愛着があるはずの劉小安は万州のガイド役にはなれず、自分は前に住んでいた土地の再訪なんだと言うしかなかった。だが、当地には彼がまだ知っている旧友はほとんどいない。それに、ある土地に対する感情は、旧友を懐かしみ、その上旧友と会うという現実が重なって、初めて愛着が湧き離れがたくなるものだ。劉小安が万州を離れたのは、まだ小学三年のときだった。離れれば気持ちは薄れる。年も若く、気持ちが薄れるのも早かった。彼はこの地の同級生とほとんど付き合いはなく、一人のクラスメイトの名さえ全く覚えていない。そのため、彼はホテルに一泊しただけで、もう家に帰ると言いだした。

　家に帰るのは、青林も大賛成だった。劉晋源はこの地で為すべきことと会うべき人とは、ほぼすべてやり終わった。これ以上いても意味はない、確かに家に帰った方がいいと感じていた。だが、劉晋源はもっとこの地に滞在していたかった。こうしてホテルに泊まり、散歩をし、この地の空気を呼吸する、それはとても気持ちがいい。じつは彼には口に出せないことがあった。続けて数日もあちこち出歩き、話をし、彼はひどく疲れていた。彼は休息する必要があった。だが、劉晋源は従来、自分の弱さを他人に見せることをひどく嫌っていた。

　そこで、青林はある考えを提案した。彼は言った。今回この地に来たのは人に会ったり見たりするためでした。来た道を戻る必要は全くないですし、ここにずっといるのも、あまり面白くありません。一番いいのは万州から三峡遊覧船に乗ってそのまま武漢に戻るんです。道中ずっと船上で休めますし、ダム建設後の三峡を眺めることができます。三峡の新しい風景は、全く昔に劣りませんよ。

　青林には自分なりの計算があった。彼はこの地に滞在し続けたくはなかったが、劉晋源はここ数日興奮と感動で、体力の消耗が激しく、青林は彼の疲労を見て取っていた。暫く休息をとらず、すぐにでも車と飛行機に乗って戻るとすれば、身体が耐えられない恐れがある。社長は劉晋源を劉小安にあずければいいと言ったが、万一何かあった場合、自分も不安になるし責任も感じる。同時に、青林には気にかかることがまだあった。つまり、劉小安が着いてすぐ自分が万州から出ていくと、劉晋源は青林がやって来て相手をしたのは、ただ仕事上の任務を完遂するためなのだと思うだろうと心配したのだ。船に乗るなら、状況は一変する。船上でも休息はとれるし、それはよりよい休息になるだろう。

劉晋源は即座に同意した。もし劉小安が言い出した提案なら、彼はきっと劉小安が来る前にとっくにそのやり方を思いついていたと思うだろう。ここからも、彼は長男をよく思っていないが故に反対することが分かる。だがいまは、この案は青林が提案したのだ。彼は青林の表情からも、青林のこころからの提案であり、劉小安と相談してのものではないことが読み取れた。そこで、彼はすぐに同意したのだった。その上、彼は本心から青林のその考えが気に入った。休息が取れるうえに、気分よく家に戻れる。さらに、もう一度三峡を見ることができるのだ。

劉小安にいたっては、彼は喜んで声をあげるところだった。もともと彼はその考えで妻を説得し、時差があるにもかかわらずこの地に直行したのだ。到着してからは、すぐに提案するチャンスが作れなかった。彼は父や弟が自分たち夫婦は三峡を愉しむためにやって来たと思うのではないかと心配したからだ。劉小安は、実際三峡を愉しめると言って妻を説得したにすぎなかった。三峡を愉しむためなら、彼にはチャンスがたくさんあった。だが、彼は、父も弟もきっとそうは理解しないだろうと分かっていた。そのため、彼の妻は着くやいなや小声で彼に、早くその提案をするようにせっついたが、結局彼は言い出すチャンスを失っていたのだった。

ところがいま、青林は極めて自然に彼に替わって口に出し、しかも彼の父親は意外にもあっさりと同意した。彼ら二人の考えは彼の初志と完全に合致していたのだ。劉小安はすぐに思いいたった。青林という男は本当に相手の身になって考えることができ、まるで自分のこころの中の考えすべてが読みとれるようだ。かつて青林と仕事をしていたとき、お互いともに過ごすのはとても気持ちがいいと感じていたが、いまその思いはさらに強くなった。

青林は二人のために一切を手配し、彼らが乗船するまで行動をともにした。手を振りながら、二人の乗った船が波止場を離れるのを見送った。それから運転手と二人手分けして車を運転し、それぞれ帰途についた。

劉晋源は劉小安と船から青林を見送った。青林の後ろ姿と彼の歩く姿は、益々目に焼き付いた。けれど、なぜこれほど見覚え感があるのか、彼はどうしても思いつかなかった。

劉晋源が言った。「お前のところのあの若者は、ほんとにいい奴だ。私と最もこころが通じ合っている感じだ。彼はいつも私が知っているある人物を思い出させるんだが、誰だったか思い出せない」

劉小安が応じた。「彼はもう若くない、もうすぐ四〇ですよ。会社に入ったばかりのとき、彼は僕の部下でした。あのころは本当に若かったな。だが、青林という男は、生まれつき仕事ができる男だ。そうでなければ、小川があんなに早く抜擢することはなかったでしょうね」

劉晋源が言った。「彼は人の身になって考えることを心得ている。これは本当に容易くできることではないぞ」

劉小安が言った。「言ってみれば、彼のような貧困家庭で育った子供は、小さいころから人の目の色を窺うのに長けている。いい年になって、それがいまは自然にできるんだ。運命を変えようと、我々よりもずっと努力している」

劉晋源は蔑むように言った。「ふん、自分で努力しないことを、かえって父と母がお前たちに与えた良すぎた条件のせいにしているな」

劉小安が言った。「それは確かに原因の一つですね。だって、僕たちは両親の有り難さを享受してもいいってことでしょう？　僕たちはどんな努力も全く必要ないし、僕たちを軽くみる人はいままでいなかった。僕のようなこうした生活様式を選んだことを、父さんは僕に感謝するべきですね。だって、僕は父さんの威光で出世したいとは思わないから、父さんは気楽でしょう。そうでないと、父さんも多くの人に頭を下げることになるんじゃないかな？」

　劉小安は笑顔で言いながら、劉晋源を支えて船室に戻った。船室のドアに足を踏み入れた途端、劉晋源は突如何かに思い至った感じがして、急ぎ訊ねた。「青林は何という姓だ？　私は訊くのを忘れておった」

　劉小安が応えた。「姓は呉《ウー》です。父親は早くに亡くなったそうです」

　劉晋源はドキッとし、急き立てられるように言った。「彼の姓は呉か？　彼の父親は何という名前だ？　何をしていた人なんだ？」

　劉小安は笑った。「僕が知るわけないよ。ただ、母親一人で育てられ、その母親はいま人事不省の病にかかっているそうです。今度、父さんが自分で訊いてみるといい」

　劉晋源はそれ以上言わなかった。彼はただ考えていた。なんと呉という姓なのか、どうりでよく知った男に思える。まさか……ベッドに横になり、劉晋源は懸命に思い出そうとした。益々青林はあの男に似ていると思える。歩く姿、話し方、それにかもしだす雰囲気、どれも似ているのだ。さらに重要なことは、青林と一緒にいるとあのよく知った男と一緒にいるような温かみを感じる。青林は果たしてあの男の息子なのだろうか？

　劉晋源は、家に戻ってから自分で訊いてみる機会を作ろうと思った。

三九．確かに彼の父親に会ったのか？

劉晋源《リウ・ジンユエン》は万州《ワンジョウ》から戻ると、とりわけ気分がよかった。退職後の長いあいだは、彼を相手にする人がほとんどいなかった。彼はよく、自分が命の危険を冒したのは無駄骨のように感じていた。大事を為しとげたと見なす人はいないのではないか。ところが、今回万州に行ったことで、こころのわだかまりが解けた。彼ははっきり納得することができた。自分が一生を通して選択したことは、どれも正しかった。自分たちがかつておこなったことは、人々に忘れられていないばかりか、一般大衆にとって伝説にさえなっている。人々はみな覚えていた。そればかりか、子や孫に話して伝わっている。さらに重要なのは、彼が山間の郷村をあちこち歩き回ったあいだ、当時人々が求めていた安寧をこの目で確かめられたことだ。ほとんどすべての一般大衆が言っていた。この地は古くから土匪の襲来が途切れることがなく、毎年土匪による損害があった。彼らが匪賊討伐に出向き、当地の大衆は五十年来もう土匪の襲来はなくなった。これはじつに価値あることだ、そう劉晋源は思った。この上何を気にかける必要があるだろう？　あの地で壮絶な犠牲となった戦友たちを思い、私は八十数歳まで生き、この年齢になってまだかつての地を再訪できた。私にはため息をつくべきことなど何もない。私はこれ以上ないほど幸運な男だ。

こうした愉快な心情を抱きながら、彼は毎朝の散歩を再開した。歩き終わると、刀削麵屋〔四九ページ参照〕に入り刀削麵を食べた。静かで単調な生活が、また始まったのだ。

次第に涼しくなるころ、劉小川《リウ・シアオチュワン》が電話を寄こした。秋が深まると、武漢は冷える。父さんを連れて南方に行き冬を越そう。劉晋源は言った。「お前、あの青林《チンリン》を私のところに派遣してくれ。彼に訊きたいことがあるんだ」

劉小川は笑って言った。「何か問題でもあるの？　父さんはまた彼に戦闘物語を話してあげるといいよ。どっちみち彼も聞きたがってるから」

劉晋源は思った。お前は何も知らん！

その日の朝は、涼しさが増した。劉晋源は薄手のセーターを羽織って公園に行き、腕を伸ばし、足を突っ張り、一〇分もしないうちに帰り始めた。こうした屈伸運動に費やす時間は、最近益々短くなってきた。以前は半時間も費やしてから家に戻ったものだ。いまは、やって来ると数回適当におこなって、もう家に戻る。彼は自分でも苦笑した。まるで公園に行く目的は、刀削麵を食べに行くためであるかのようだ。刀削麵によって、故郷に対する思いが益々強くなった。いつごろ戻れるのだろう、とまで考えた。

その日、彼は意外にも老起《ラオチー》と出逢った。二人はともに喜んだ。

老起は言った。暫く故郷に戻っていたが、寒くなったんで、すぐこっちにやって来た。劉晋源が言った。「こっちも寒いよ」

老起が言った。「こっちはどこにも緑があるから、寒さを感じない。外出して歩くのだってできる。娘の家には暖房があるから、部屋も寒くない。故郷では全く外出できないよ」

劉晋源は笑って言った。「いま老いぼれたちは渡り鳥だな。寒くなるや南に下る」

「そうだとも」

「私の両親はこんな幸せな生活は送れなかった」

老起が笑って言った。「彼らはどんな社会にいたのか？　我らはどんな社会にいるのか？　昔、両親は気になることがあって手紙を出すと一か月はかかったが、いまは違う。一秒で着いちゃう。それに携帯がある。昔、私の村にはどこも電話がなかったけんど、いまではほとんどの若者がみな携帯をもっとる。昔は考えられんかったよ。貴方の息子さんは車も持っとる。私の娘婿は、数年後に車を買いたいなどと言っとる。考えるに恐ろしいこった。地主でも、当時こんな生活は送れんかった。そう思いませんか？」

「そうでしょうね？　私の孫は言うんですよ、情報を送りたいなら、メールを出せばすぐすむでしょ、と。孫は私らを愚かだと叱るんですよ」

　この話は以前したことがあった。今回また話すと、老起は今度も大笑いした。両手で麺を持ってきた店主も、やはりプッと吹き出した。いまの子供はじつに幼稚だと彼らは思った。昔の彼らなら一〇歳になれば、だいたい大人の仕事をさせられたものだった。

　店主が言った。「でも、こうした高級な話をしてはいけませんよ。大都会に座って刀削麺を食べているだけでも、私の小さいころは考えもできなかったんですから」

　故郷の話をし、故郷の麺を食べ、幾つもの話に笑い、誰もが愉しかった。これが幸福な生活なのだ、この幸福は、あの当時戦闘をしているときは思いもつかなかったことだ、と劉晋源は思った。現実はとっくに彼の予想を超えている。彼の人生はとても納得のいくものだった。

　店を出ると、一陣の風が吹いた。

　老起が言った。「南方の秋は、たった一度の雨ですぐやって来おる」

　劉晋源は突っ走ってきた自転車を身をよじって避け、言った。「ここは一番気持ちがいい、まさに秋だ。本当に秋は……」

　その言葉が終わらぬうちに、自転車が背後の車を避けようとして、劉晋源に向かって突っ込んできた。劉晋源はとっさに木の後ろに避け、自転車はさっと通り過ぎていった。

老起は驚き、慌てて尋ねた。「兄さん、大丈夫ですか？」

劉晋源は手で腰を支えながら言った。「若造めが、乱暴すぎるぞ。避けようにも避けられん。腰をちょっと痛めてしまった」

老起は急ぎ劉晋源に近づき支えながら言った。「試してみて、歩けますか？　車を呼びましょうか？」

劉晋源は歩けるか試みて、大丈夫だと思った。だが数歩歩いて、やはりおかしいと分かった。老起は手を離すことができず、しっかり劉晋源を支えて言った。「病院にいきましょうか？」

「驚かすようなことは言うなよ、少し休めば大丈夫だ。家は近いし」

老起は忙しげに言った。「ゆっくりと歩けるなら、私が支えて帰りましょう。もし無理なら、道端で暫く休みましょう」

劉晋源は笑って言った。「その必要はないですよ。歩いて帰ります。心配なら、家までついて来てくれますか。私の家を覚えてもらうことにもなるから」

劉晋源が老起に支えてもらい家に着いたとき、劉小安《リウ・シアオアン》夫婦は早朝ダンスからまだ戻ってきていなかった。劉晋源はソファにもたれ、言った。「少し休めば大丈夫だ」

老起が言った。「お茶でもいれましょうか？」

劉晋源は頷いた。「面倒をおかけしますね」

「私ら同郷人ですよ。何でもありません」

お茶をいれると、老起は座った。「貴方に暫く付いているのは、どのみち何でもないです。私も安心したいですから」

「それは有り難い。雑談でもしましょうか。時に一人でいると、退屈でたまらないもんです」

劉晋源の机には写真が数枚並べてあった。老起は適当に眺めていた。「貴方は軍装姿だと、颯爽としていますね」

「当時は確かに颯爽としていたこともあったな。いまは年取ってしまった。哀しいもんですよ。自転車を避けようとして、自分から歩けなくなったんだ。ほんとに廃品だね」

「回想録を書いてるんですか？」

「いや、ただ暇なので、少し整理したくてね。四川省東部に行って戻ってきたばかりなんですよ。あそこは私が戦ったところでしてね」

老起は机の上の一枚の写真に引きつけられた。彼は思わず手に取って仔細に見つめた。

劉晋源が言った。「それは当時四川省東部で匪賊討伐をしたときの、戦友たちとの記念写真ですよ」

老起は突然その中の一人を不思議そうに指さしながら言った。「この男は医者ですか？」

劉晋源はいくらか怪訝そうに彼を見ながら言った。「あのときはまだ医者ではなかったけれど、後になって病院に入った。良い医者でしたよ」

老起の声は震えていた。「姓は董《ドン》ではないですか？」

劉晋源は首を横に振った。「董ではなく、呉《ウー》でしたね。私と同郷でした。彼は私が山奥の森の中から連れ出したんですよ」

老起はいささか失望して言った。「呉ですか？　董ではないんですね？」

「どうして？　知ってる人なんですか？」

「なぜ私の従兄に似てるんだろうな？　ほんと、よく似てるわ」

劉晋源は笑った。「似ている人って、多いもんですよ」

「彼の家族を知ってますか？　どこで仕事をしてます？　電話はありますか？」

「昔、彼の家に行ったとき、母親はすでに亡くなっていました。一人父親だけがいて、薬草を採っていた。それで、彼は少し医学が分かっていたんだな。あの年は中国が成立したばかりだった。その後……」

老起は話を遮り、思わず叫んだ。「貴方は彼の父親に会ったんですね？　確かに彼の父親でしたか？」

「確かですよ。私は山間で土匪に出逢ってしまい、傷を負って道に迷い、倒れていたんです。私を救ってくれたのは彼ら親子でした。私は彼の家で半月近く暮らしたんです。山から出るときに傷はまだ治っていなくて、彼の父親が彼に私を送るように言ったんです。そうして私は呉家名《ウー・ジアミン》を軍隊に連れて行った。あれは確か、新中国が成立したばかりのころだったなあ」

老起はさらに失望し、一声うなった。

劉晋源が言った。「従兄はどうしたんです？」

「はぐれたんですよ。いま、どこにいることやら」

「はぐれたのは、いつのこと？」

「一九四八年だった。彼は医学部を卒業してた。上海で数年過ごしたことがあり、腕は確かだった。もともと家に戻って診療所を開くつもりだったんだ。故郷に戻る途中で、私が呼び止めた。家に事件が起きた、分かるでしょ？　彼の家は地主だった。両親は二人とも亡くなったんだが、父親が死の直前にたった一言、止めよ、と言った。私にはその意味が分かった。彼が私に言ったのは、従兄をこちらに来させるな、止めてくれ、だったのだ」

劉晋源はため息をついた。「本当に大変でしたね。でも、こんなに長くはぐれたままとはなあ。あのころは戦争で世の中は乱れていたから、亡くなっていないか心配だ。考えてみても、もし生きていれば、新中国が成立してもう何年もたつのに、彼はどうして家に戻らないのだろう？　戻らないってことは、戻れなくなってるんだ」

「いや、そうではない。いまも彼の家の死は冤罪だったと言う人はいないんだ。家には誰もいなくなり、彼に何ができるだろう？　そうだ、貴方はさきほど、彼は何という名だと言った？」

「彼の名前は呉家名《ウー・ジアミン》で、国家の家に名前の名だ」

老起はまた驚いた。「呉家名ですって？　これって、家はないし名前もないという意味ではないですか？」〔呉は無と同音〕

劉晋源はあっけにとられた。呉家名を知って何年も経つが、いままでそんな形で彼の名前を理解したことはなかった。暫くして我に返り、長いため息をついた。「言ってみれば、家名も亡くなって何年にもなる。交通事故死だったんだ。本当に残念だ」

老起が今度は呆然となった。彼はぼそぼそと言った。「死んだって？　まさか、死んだ？」

話しているうちに、老起は慌てて帰ることになった。彼は数日後従兄の写真を持って来るから、劉晋源の戦友と同一人物か、確かめてほしいと言った。

その日の夜、劉晋源は夢を見た。

夢の中で、彼は山を登っていた。荷物は重く、動けない。ぼんやりした意識の中で、人間が二人現れ、彼を担ぎ、まっすぐ小さな小屋まで連れて行った。彼ははっきりと分かった。二人は老呉《ラオウー》と、もう一人は老呉の息子の呉家名だ。彼は言った。君たちが私を助けてくれたのだ。二人は何も言わず、ただ目を見開いて彼を眺め、怪訝そうな笑顔を浮かべている。それは二つの全く違う顔だった。

目付きなど全く似たところがないように見える。突然、ある声が爆発物のように彼の耳元に響いた。

「あんたは確かに彼の父親に会ったことがあるのか?」

彼はそこで夢から覚めた。

彼はこころを落ち着けて思い出そうとした。詳細を思い出すのだ。考えに考え、彼はある疑問に突き当たった。

彼は追われていた自分を思い出した。その後負傷し、道に迷い、出血がひどく、意識を失った。意識が戻ると、木材の小屋の中にいた。彼を救ってくれたのは、奥深い山林に住む父とその息子だった。薬草を採集する農民で、長年山間に住んでいる。彼はそこで半月近く滞在した。傷は全快していなかったが、急ぎ軍隊に戻るため、日を早めて山を下った。父親は彼の傷がまだ治っていないのを見て、息子に付き従わせた。彼がその息子の名前を尋ねたとき、息子は一瞬口ごもり、自分の名は呉家名だと言った。彼が応えたときの表情も瞬間的に劉晋源の脳裏に浮かんだ。さらに、呉家名は山を出てから、父親のことをほとんど話さず、親族を訪れた話さえしなかった。その上、彼は漢方医学ができたが、西洋医学のレベルも高かった。それほど学んでいないのに、手術もこなすことができた。当時院長は劉晋源に会うと、貴方は我々に優秀な医者を送ってくれた、彼はプロだと言った。こうしたことを、いままで詳細に考えたことはなかったが、いまは確かに分からないことが幾つもあると思った。彼は考えた。あの二人は本当に親子なのだろうか? 確かに、呉家名の経歴には甚だ疑問が多い。

こう考えた結果、彼は老起に電話をするべきだと思った。

劉晋源は受話器を取ろうと手を伸ばしたとき、外はまだ暗いことに気づいた。こんな早くに騒がせてはいけないと思い、手を引っ込めた。そのとき、尿意を催し、トイレに行こうと思った。ところが、暫く身体を支えていたのに、意外にもそのとき支えきれなくなった。彼は自分に腹を立てた。一生英雄だったこの俺が、小便もままならぬわけはあるまい？　そこで彼はベッドの縁に力をこめ、急にぐいと身体を支えたが、なんと滑って落ちてしまった。

四〇・一人の人生はこうして終わった

朝、起床した劉小安《リウ・シアオアン》は、父親の部屋のドアがまだ閉まっていることに気づき、今日はどうして散歩に行かないのだろうと思った。腰がまだ痛むのかも知れない。ドアを開けてびっくりした。劉晋源《リウ・ジンユエン》の身体はベッドの下に落ち、両足はまだベッドにかかっている。

劉小安は大きな叫び声をあげ、急いで電話をして救急車を呼んだ。

病院に担ぎ込まれた劉晋源はずっと意識が戻らなかった。家中の老いも若きも急ぎ駆けつけた。これは彼の厄年なのだ、医者の言葉と表情から、誰もが彼は長くはないと知った。少し年をとれば、みな嘆いて言う。「七三と八四は厄年で、閻魔様がお呼びでなくても自分から冥土に行く」

一週間後、劉晋源は息を引き取った。すべてはあまりにも突然だったので、三人の兄妹は哀しみに沈んだ。彼らはずっと、父親は身体が極めて丈夫だから、一〇〇歳まで生きるだろうと思っていたからだ。劉小安は号泣し始めた。孫たちは誰もが理解しがたいというように彼らを眺めていた。人が死ぬのは自然であり、老いれば必ずそのときが来るのに、どうしてこうなるのか。劉小安は前日父親が腰部を挫傷したのに病院に行かせなかったことを悔やんだ。病院にいれば、ベッドから滑り落ちることにはならなかったはずだ。また、夜に少し注意をするべきだったとも後悔した。あんな形で亡くなる筈はなかった。父の部屋の様子ははからずも少しも聞きとることができなかったのだ。

劉小川《リウ・シアオチュワン》はしばし涙を流し、劉小安の肩を叩いて言った。「兄さんもこころを尽くしたんだ、みんな分かってるよ。どうにもできないことだったんだ」そう話してから、また続けた。「父さんの家は公舎だから、返却しなければならない。これは兄さんと義姉さんにお願いするよ。僕が深圳《シェンジェン》に父さんのために買った別荘があるので、これからは兄さん夫婦で住んでよ」

追悼会は二日後に開かれた。一族が各地から集まり、すぐに戻っていった。準備時間は短かったにもかかわらず、会は盛大だった。

劉晋源のかつての戦友でまだ健在な人はもう多くはなかった。生きていても、会いにやって来ることができる人は何人も残っていない。だが、すでに自分ではよく動けないにもかかわらずやって来た人がいた。車椅子に乗ってまで二人の戦友がやって来たのだ。劉小安たち兄妹三人は参会者を知っており、彼らと父のあれこれを話していた。車椅子の年配者が言った。「君の父親は随分儲けたな。私は三〇年車椅子だが、彼はあちこち出かけることができたからな。ましてや、少なくとも三回以上、九死に一生をえたことがあったんだ。誰よりも運が強い男で、あの閻魔様も一度呼びに来て帰って行ったわけだ、そうだろう?」

すると劉晋源の若い孫が言った。「彼が一度呼びに来ても関係ないんだよ、お爺さんは直接ゲーム・オーバーになったんだから」

その老人はいつも車椅子で無聊をかこっていたが、ここでその孫にゲームを教えられるとは予想もできず、すぐに言葉を補った。「それでは、彼はほかの人より数滴多く血を流したんだな」〔血を多く使い果たすと復活できない中国のゲームがある〕

この話を聞いて劉小安は泣き笑いになった。考えると、そういうことなのだ。兄妹三人がずっと抱いていた気がかりと哀しみは、そのとき幾らか軽くなった。

青林《チンリン》はもともと深圳にいた。知らせを聞いて大変驚き、慌ただしく戻って追悼会に参加した。彼は劉晋源がこれほど早く世を去るとは全く考えていなかった。彼は手に瀘州老窖《ルージョウラオジアオ》〔四〇ページ参照〕を二瓶提げたまま、劉小川に言った。「劉《リウ》おじさんはご自分で前もって分かっていたのでしょうか？　そうでなければ、どうしてわざわざ四川省東部に行ったのでしょう？」

そう言いながら、彼は劉晋源が白馬坡《バイマーポー》で戦友たちを称えた話の内容を、劉小川に話して聞かせた。それから二瓶を差し出して言った。「どうか劉おじさんにはこれを捧げてください。彼は戦友たちと約束したことがあるのです」

劉小川が言った。「有り難う、青林。こんなに心配りをしてくれて、本当に有り難う。君が言ってくれなかったら、僕は父さんにそんな願いがあったことなど、分からなかったよ。ひょっとして、父さんには予感があったのかも知れない。でも、僕はよかったと思っているんだ。時宜を得て父さんは亡くなったのだから」

青林が言った。「僕もよかったです。ご老人の最後の一時期に、ご一緒に旅ができました。僕は多くのことを学びました。これは本当にお世辞ではありません」

四川省東部の李東水《リー・ドンシュイ》の孫も駆けつけてきた。彼の祖父と父は二人とも動くことができず、彼は全家族を代表して哀悼の意と崇敬の念を表しに来ました、と言った。青林は彼を見てすぐ且忍廬《チエレンルー》を思い出し、彼が正月に帰省したときにいろいろ話をきいてもらうことにした。

一人の人生はこうして終わった。

青林は葬儀場から離れるとき、劉晋源の若い孫が車椅子の老人とゲームについて熱く話し合っているところを目にした。二人の顔には僅かな哀しみもなかった。まるで亡くなった人は二人にとって全く関係ないかのようだ。青林は思った。人生はなんと興味深いものか。

　追悼会には、さらにもう一人いた。彼はポケットに一枚の写真をしのばせ、劉晋源にお別れの言葉を語るとき、顔中涙に濡れていた。彼は言った。兄さんよ、どうしてこんなに早く行ってしまうんだ、考えられない。また兄さんと一緒に刀削麵を食べたかったし、従兄の写真を見てほしかった。従兄が貴方の戦友であったのか、私は知りたかったよ。

　男は老起《ラオチー》だった。追悼会の会場に彼を知る人は一人もいなかった。老起は黙々とやって来て、寂しげに一人で帰って行った。

第九章

四一・地獄の第八‥私を死なせて！

丁子桃《ディン・ズータオ》はついに八階までやって来た。彼女はもともと心身とも疲れを感じていたが、いまは疲労困憊だった。

あたりは依然として暗くぼんやりしており、どこまで続いているのかも分からない。微かな光が相変わらず点滅している。彼女は思わず座りこんだ。そのときである。彼女は自分の姿を見届けた。泣いている黛雲《ダイユン》を見たのだ。

黛雲の声が、針のように丁子桃の耳に突き刺さった。彼女は泣きながら叫んでいた。「私を死なせて！　私を死なせてよ！」

老魏《ラオウェイ》と富童《フートン》がしっかりと黛雲を抑え、静まらせようとしていた。だが、黛雲は休みなく暴れた。

その動作は壁に頭を突きあてたがっているようだ。

黛雲の泣き声の中に、別の泣き声がもっとはっきりした声で加わった。汀子《ティンズー》だった。彼は慧媛《フェイユエン》に抱かれ、力一杯両足を突っ張って、黛雲の方に両手を差し出して泣き叫んでいた。

小茶《シアオチャー》も目を真っ赤にして、いまにも泣き出しそうだ。彼女は黛雲の周囲を巡りながら、休みなく叫び続けた。「お嬢さま、ダメですよ、そんなことしては。汀子はまだ小さく、母親が必要です。お嬢さま、ダメです」

だが、黛雲は物の怪に憑かれたように、その叫び声は益々激しくなった。老魏と富童の二人の男では抑えきれなくなった。

部屋の外がひとしきり騒々しい。そのとき、陸子樵《ルー・ズーチアオ》が入ってきた。小茶が忙しく叫んだ。「お嬢さま、旦那さまが来ました！　お嬢さま、静かになさってください。旦那さまのお考えを聞きましょう」

黛雲は誰の声も耳に入らず、何も考えず泣き叫んでいる。まるで正気を失ってしまったようだ。舅の陸子樵が黛雲の前まで行き、彼女の頬めがけて二発殴った。部屋の中に俄に女の驚きの声があがった。

黛雲の泣き声は止まった。彼女は舅を睨みつけた。その目には憤怒の色が満ちていた。舅は言った。

「お前に死ぬ資格はあるのか？　お前の胡《フー》家はお前しか残っとらんのだぞ。お前の両親はお前を生かすために、非常な苦労をしたんだ。なのに、まだ死にたいのか？　この部屋のすべての人が死んでも、お前だけは死んではいかんのだ」

黛雲は言った。「私はただ生きていたくないです。どうすればいいのですか？」

舅が応じた。「お前は生きたくなくても生きるのだ。どんな形でもいい、たとえブタになりイヌになっても、お前は生きていかねばならんのだ。これはお前の運命だ！」

黛雲は泣いた。「私は死んで彼らに見せてやります」

舅が応じた。「彼らは間違いなく見ようとはせん。お前が死んでもイヌが一匹死ぬようなものだ。お前の家はみんな死んだ、それなのに気に留めた人がいたか？」

黛雲はまた暴れ出した。だが、暴れる力は随分弱まった。

舅は表情をこわばらせた。しばし冷たい視線を投げかけながら言った。「老魏、富童、彼女を放してやれ。彼女が死にたいと言っている以上、死なせてやれ。彼女が死にきれるか見てやろう」

老魏と富童は黛雲から手を放した。黛雲は顔をあげ、目を見張って舅を見つめた。その目には絶望と憎悪が宿っていた。そして、彼女は壁に向かって頭を突き立てて行った。老魏が彼女をぎゅっと摑み、衣服がビリリと裂かれる音がした。そして黛雲は壁に突っ込んだ。

部屋に鋭い悲鳴があがった。小茶は大声で叫びながら突進した。彼女は泣いた。「旦那さま、こんなこと、いけません」

舅は近寄ろうとはせず、ただ冷ややかに老魏に向かって言った。「医者が裏にいるから、呼んでこい。彼女に雲南白薬〔雲南省特産の止血、解毒剤〕を塗ってやれ」そう言うと出ていった。

部屋の喧噪は瞬く間に静まった。汀子の泣き声も止んでいた。汀子は何が起きたのか分からず、周囲をキョロキョロ見渡し、突然慧媛のヘアピンをひょいと摑み、カタカタと笑い出した。

丁子桃はこの場面に驚かされた。彼女は思わず手を伸ばして額を触ってみた。

その細い傷跡を手でなぞると、思った。そうだ、この傷はあの日から残っているのだ。

四二・地獄の第九：この命には一体どんな意味が

いまはすでに九階だ。丁子桃《ディン・ズータオ》は黙って数えている。嬉しささえ込み上げてくる。彼女はすでに半分を歩いてきたのだ。もう半分歩けば、出ることができる。そうすれば太陽を見ることができるだろうか？　丁子桃は突然思った。陽の光は自分にとってとても重要なのだ。もうどのくらい太陽を見ていないことか？

その後、彼女は老魏《ラオウェイ》を目にした。

ちょうど夕暮れどきで、暗く寒い。陽の光はなく、北風がビュービューと吹いている。午後になって、空はさらにどんより暗くなった。老魏が忙しげな足取りで、慌てて正門をくぐった。相変わらず以前から変わらぬ灰色の綿入れのガウンを着ている。丁子桃は思い出した。あの綿入れのガウンは肩の部分に継ぎ当てがあるはずだ。老魏は以前、ハハハと笑いながら言ったものだ。これは土匪が銃剣で破ったものだが、身体が傷つくことはなかった。後に主人がカネを出して質屋から買い戻してくれた。このガウンは縁起がいいんだ。老魏の笑い声が、突然耳元で響いた。

老魏は黛雲《ダイユン》の部屋の前にやって来た。ドアをノックしようとして、また手を引っ込めた。彼はしばし躊躇し、踵を返してそそくさと別の中庭に行き、ある部屋のドアの前に立った。

丁子桃ははっきりと見た。それは彼女の舅である陸子樵《ルー・ズーチアオ》の書斎だ。

舅の陸子樵は対聯を書いているところだった。毎年冬になると、彼は対聯を山ほど書き、春節になると村の農民に好きな対聯を選ばせた。丁子桃は、舅が使っている硯と毛筆は父の胡如匀《フー・ルーユン》が贈呈したものだということまで分かった。二人は昔のクラスメイトで、いまは親戚関係になっている。毎年舅の誕生日に、父は書画や文房四宝〔紙、墨、筆、硯の文房具〕をお祝い品として贈っていた。舅の陸子樵はからかって言ったことがある。君のこうした贈り物は、たとえ山に行ったとしても、おそらく必ず私のところに届くことになるな。父自身も笑って言った。たぶんそうだろうね。

老魏がドアを押す音は非常に重々しく、陸子樵の持つ筆先が少し揺れた。老魏は部屋に入ると即座に跪いた。頭を床につけて、震える声で言った。「旦那さま、大事件が起きました。大変なことでございます」

陸子樵の筆が手から落ちた。彼は身体を動かすことなく、振り返りもせず、一言問うた。「何事だ？」だが、彼の声も震え始めていた。

老魏が言った。「旦那さまの親戚、黛雲のご両親、それに家族全員が、みな亡くなりました。昨日のことでございます」

陸子樵は立ち上がった。振り返ってほとんど床に腹ばいになっている老魏を目にし、驚き訝る表情になった。その後、荒々しい声で言った。「どう死んだんだ？」

老魏が応えた。「とても言えません。旦那さまも知る必要はございませんです。あの人たちはいなくなったと知れば、それで十分でございます。旦那さま、何はどうあれ、黛雲を守ってください。でないと、胡《フー》家は途絶えてしまいます」

陸子樵は力なくよろめくように椅子に座りなおした。そして小声で言った。「誰にも話すんじゃないぞ」

だが、その知らせはあっという間に伝わり、夜になるころには、全員が知るところとなった。

黛雲の母親の刺繍工房は財産没収のときになくなっており、刺繍品もとっくに差し出していた。最後に工房を離れた刺繍職人が消息を知らせに来た。それによると、黛雲の両親は息子の凌雲《リンユン》が家に戻る途中で撃ち殺されたことを知ると、自分が息子を殺したようなものだと言って、生きる意欲を全くなくしてしまった。黛雲の母親は自殺を二度試みた。一度は首を吊ったが、二娘《アルニアン》に発見され、人が駆けつけて下ろされた。もう一度は井戸に飛び込むことを考え、やはり救い出されて死にそこなった。その結果、やはり批判大会に引き出された。大会は何度も開かれ、彼らは引き出されて銃殺された。ある人の話では、大会を開くとき、銃殺名簿にはもともと彼らの名があったという。その名簿には二娘と兄嫁の名は載っていなかった。なぜか知らぬが、騒ぎが起こり、それを抑えられる人はおらず、最後には川に投げ入れられた。投げ入れられる前に、彼女たちはまだ息があったという。

黛雲はその知らせを聞いて倒れてしまった。彼女は泣き崩れて意識を失った。意識が戻ると泣き、泣き疲れてまた意識を失った。幸い、陸子樵がその知らせを聞きつけ、黛雲はとても受け止められないと思い、即座に老魏に命じて医者を家に待機させていた。あたかもこうしたときが来ることを待っていたかのようだった。

全員が黛雲につられて泣いた。小茶《シアオチャー》の泣き声はあまりにも泣いたためかすれはてた。小茶の母親は黛雲の母が成都から連れて来たのだった。この地で嫁入りし、ある年実家に戻る途中、洪水に遭い船が転覆して二人の息子は溺死した。小茶だけが救助され、そのときから彼女は孤児になった。黛雲の母は、小茶が祖父母の家で辛い日々をすごしているのを目の当たりにして、抱いて家に連れて帰り、黛雲のお供をさせた。そのとき、小茶はたった三歳ちょっとだった。それからは胡家で成長し、黛雲の両親を自分の両親と思うほどだった。黛雲の母親は初め小茶を刺繍職人にしたかったが、小茶は黛雲と一緒にいたいと願い、一方黛雲も小茶と離れたくなかった。黛雲が嫁入りするとき、小茶も黛雲のお供として陸《ルー》家に行くと言い張った。かくして、黛雲の母は小茶の言う通りにするしかなかった。

全く事情の分からぬ汀子《ティンズー》は、家の中の出来事を理解できず、母親と小茶を求めて、騒いでいた。小茶は仕方なく片手で汀子を抱き、もう一方の手で黛雲の面倒を見ようとし、自分でも哀しみのあまりワンワン泣いた。

家の中はどこもみな混乱していた。老魏は一晩中あれこれ切り盛りするのに忙しく、翌日夜が明けるころには、顔が黒ずんでいた。

その夜の陸子樵も、同じく一晩中寝付けなかった。彼は書斎で何度も歩き回り、たまに椅子に座り、文房具を手に取ってじっと見つめていた。机の上の幾つもの文具は、みな彼のクラスメイトでいまは親戚になっている胡如匀が贈ってくれたものだった。だがこの人物は、一夜にして罪人になり、さらに一夜にして悲惨な死をとげたのだ。

朝食の時間になっても、黛雲は出てこなかった。老魏が言った。医者の意見で彼女に薬を飲ませ、眠らせました。そうでもしないと、目覚めてすぐに壊れてしまうかも知れません。昨日は一日中騒がしく、彼女の体力も持たなくなっています。いっそ眠らせておいた方がいいでしょう。

陸子樵は言った。「そのようにしなさい。何が起きるか分からんからな。もしもあちらの批判大会がまだ終了していなくて、黛雲を探して家にまで追っ手が来るようだと、面倒だ。今日の午後、黛雲が起きていても寝ていても、何とかして彼女を馬車に乗せるんだ。彼女を街の西外れの空き家に滞在させなさい。あそこはあまり知られていない。慧媛《フェイユエン》も一緒に行くんだ。小茶も子供を連れて行って、彼女たちの世話をしなさい。情勢がいつまでもよくない場合は、何とかして上海に行き、上海から香港に行って仲文《ジョンウェン》を訪ねるんだ。もし情勢が好転したら、また戻ってこい。この期間中は、富童《フートン》も向こうへ行って、門番の老楊《ラオヤン》と時間を決めて交代だ、日夜どちらかが起きているんだぞ」

三姨太《サンイータイ》が言った。「私も田舎に残りたくないです。私も出て行きたい。あの家はあの当時私のために買ったものですもの。私は街には詳しいから、行っても不便はないわ。それに、小茶の替わりに汀子を抱いていられます」

陸子樵は怒った。「このときになって、お前はまだ何を言っとるんだ？」

慧媛が言った。「私は行きません。お父さんお母さんと一緒にいたいんです。それに我が家は革命家庭で、お父さんは功績もあげていて、上ではもう父さんを批判の対象にしないと同意しているので、我が家は安全です。私は街に行きたくないわ」

陸子樵は慧媛をじろりと一目見て言った。「これはお前が言って決まることではないんだ」

三姨太が言った。「慧媛が行かないなら、私が行きますよ。それに、何か事があれば、私は慧媛よりうまく対応できますでしょ？」

陸子樵が言った。「慧媛は必ずここから出なければならん。すべての状況が収まってから、戻ってこい」

慧媛はきっぱりと言った。「お父さんお母さんが街に行くときは、私も行きます。どっちにしても、私はお二人から離れません。お二人が安全なら、私に何か起きるはずはないですし、お二人にもしも何かが起きたときにいなかったら、私は良心のないことになります」

陸子樵は慧媛を探るように一目見つめ、長いため息をついた。そのとき、老魏が言った。「旦那さま、もしいま黛雲を街に送り、彼女が意識を取り戻して騒ぎだしたら、どういたしましょう？

小茶と富童だけでは手に負えないのではと思いますが」

　陸子樵が今回は妥協した。彼はしばし決しかねていたが、やっと言った。「それでは数日待とう。黛雲に意識を取り戻してもらおう。みんな分かってくれ。胡家は黛雲一人だけが残された。この陸子樵は自分の命をかけてでも、彼女の命を守らねばならん。どんなときも、みんなは彼女を見守ってくれ」

　テーブルについていた人は黙ったまま、みなただ頷いていた。部屋の中はいまにも爆発しそうな重苦しさが漂っていた。

　あの日のことを丁子桃はすべて思い出していた。みぞおちに激痛が頻繁に走った。自分の気持ちをどう表現すればいいのか分からない。彼女は考えた。貴方がたは私を生かしてくれた。そして私は確かに生きている。でも、私がこうして生きているのは、死んだと同じではないか？　その上、私が生きているのは、胡家と、あるいは陸家と、どんな関係がまだあるというのだろう？　貴方がたはいなくなってしまった。私が胡家の人か陸家の人かなど、誰が気にするだろう？　貴方がたは私の命を守ってくれたが、私自身でさえ私は何者なのか分からない。この命には一体どんな意味があるというの？

　このときの丁子桃には、もう涙は全くなかった。この世に、涙は最も役立たぬものなのだ。

四三・地獄の第一〇：兄さんどこにいる？

　現在、丁子桃《ディン・ズータオ》はすでに一〇階に着いている。彼女は自分が希望を見いだしていると思った。だが、その希望の中に満ちあふれているものが、彼女を絶望の淵に立たせている。自分は誰なのか、どんな人生を歩いてきたのか、彼女は分かっている。だが同時に、自分は誰なのか、なぜこうした歩みをしたのかを忘れても、未だに生きていられる。彼女は思った。舅が少しの迷いもなく死を選んだのも無理はない。もともと、死こそ最も気楽な、最も簡単なことなのだ。

丁子桃が目にするものは徐々に増えていき、苦しみも薄らいでいった。よく知っている名前と馴染みのある顔は、一人また一人飛び出てくる。だが、これらはどれも、もはや驚くことではない。「凌雲《リンユン》」の二文字を耳にしたとき、ああ、これは私の兄で、胡凌雲《フー・リンユン》だ、と思った。そうなのだ、凌雲兄さん。私はずっとそう呼んでいた。けれど、彼がどのような姿だったか、彼女はもう思い出せなかった。

すべてはこうして明瞭に姿を現した。

富童《フートン》は一晩かけて急いで街から戻ってきたとき、真っ先に会ったのは小茶《シアオチャー》だった。彼は小茶に、凌雲に会ったときの話をした。彼が凌雲を坊ちゃんと呼ぶと、凌雲からもうそう呼ぶのは止めてくれ、凌雲兄さんと呼べばいい、と言われた。凌雲兄さんは忠県《ジョンシエン》に行き土地改革に参加するつもりだった。ところが、両親が批判の対象になったという噂がたち、とても驚いた。さらに、凌雲兄さんはすぐ家に戻って両親を街に連れ出して、黛雲《ダイユン》お嬢さんを安心させるのだ、と言った。さらに、もし仲文《ジョンウエン》坊ちゃんが戻ってこなかったら、黛雲お嬢さんも街に連れ出して、実家の人と一緒に正月を祝ってもらう、と言っていた。

小茶はほっと一息ついて、即座にこの良い知らせを黛雲に伝えた。

空はことのほかどんよりしている。老魏《ラオウェイ》が言った。この具合だと雪になるな。しかも、今年の雪は小雪のはずはないぞ。雪の降る前に正月の必需品を揃えておかねば。そのときになってお客が来ても、困らないようにな。
三姨太《サンイータイ》が言った。いまは土地改革でみな慌ただしく、戦々恐々としているから、いままでのように暇でやることもなくあちこち出かけるなんてことはないわよ。黛雲は彼女の言うことは正しいと思った。老魏が言った。人が来ようと来なかろうと、陸《ルー》家は準備しておくのだ。陸家はどんなときも礼を欠いてはいけない。これは陸旦那の決めた規則だ。

夜半に、馬の飼育係が突如走って老魏のもとにやって来た。誰かが外で一言、あんたのところの嫁さんの兄さんが昨晩撃ち殺された、って叫んでました。飼育係は服を羽織って廏舎の外に飛び出し、誰が叫んだのかを知ろうとしたが、人影は見えなかった。いささか恐ろしくなって、すぐにその話を老魏に伝えたのだ。

老魏はその知らせに驚いた。黛雲が富童を街に行かせ、彼女の兄を探して急ぎ家に戻り両親を街に連れ出す計画は、老魏が手配した馬車でおこなった。富童はその結果を持ち帰り、黛雲の兄は了解してすぐ戻って行ったと言った。まさか……老魏は空が明けるのを待って主人の陸子樵《ルー・ズーチアオ》に伝えた。

陸子樵は飛び上がって驚いた。胡《フー》家には凌雲が唯一の成人男性だから、彼に何かあれば、間違いなく両親はショックで受け止められない。陸子樵は言った。「お前は急いで富童を連れて事の真相を聞いて来るんだ。もし本当なら、まず誰にも言わず、戻ってきて私に伝えなさい」老魏は、分かりましたと答え、慌てて富童を呼び早々に出ていった。

午後になって、老魏は戻ってきて報告した。胡凌雲は夕食を食べ終わるとすぐ一人のクラスメイトに声をかけ、ともに胡水蕩《フーシュイダン》に向かった。家から四キロほど離れた山の麓で不意打ちを食らった。二人とも亡くなり、相手は生き証人を残さなかった。どんな人間が彼らを撃ったのか、まだ分からない。だが、彼の家も息子が戻る途中に亡くなったことを知っている。二人の遺体は胡水蕩に送られず、しばし近くの寺院にあずけられたという。老魏は言った。「黛雲に知らせましょうか？」

陸子樵は長いため息をついた。「彼女の両親がすでに知っているのなら、伝えないわけにはいかんだろう？　そうしないと、黛雲は私を怪しむだろう。お前、まず小茶に伝えなさい。そして小茶から彼女に伝えさせるんだ。私がもう知っていることは言わんでおけよ」

小茶は夕食前にその知らせを聞いた。彼女はじっと耐え忍び、黛雲が食べ終わるのを待って、その訃報を伝えた。黛雲はその瞬間、茫然自失となった。舅と姑の部屋に駆け込み、事実なのか証拠を求めた。舅の陸子樵はしばし沈黙し、ようやく口を開いた。「私もたったいま老魏から聞いたところだ。本当に考えられんことだ。老魏によれば、お前の両親はもう知っているそうだ」

黛雲はこのとき初めて涙が噴き出した。彼女は一言も話さず、振り向いて歩き出した。陸子樵が言った。「どこへ行くんだ？」

黛雲はそれには応えなかった。彼女は何も考えず正門まで歩いた。老魏が飛んで来て彼女を捕まえた。「ダメです。こんなに遅く、出てはいけません」

黛雲は鋭い声で言った。「兄さんに会いに行くの」

家の中にいる人はみな、彼女の鋭い声に驚かされた。老いも若きも一団となって正門のある中庭に駆けつけ、老魏の側に立って黛雲を出て行かせなかった。老魏が言った。「凌雲坊ちゃんが食らったのは、不意打ちで、誰の仕業か、まだはっきりしとりません。いま、あの辺は危険です。明日の昼間に行ってはどうです？」

黛雲が応えた。「今日、行きたいの。私はどうしても今日、凌雲兄さんに会いたいの」

最後に現れたのは陸子樵だった。彼は厳しい声で言った。「老魏、門をしっかり閉じろ。今日は一人も出てはいかん」彼はそう言うと、踵を返して立ち去った。

黛雲は力なくその場に座り込んでしまった。彼女は泣いた。「凌雲兄さん、どこにいるの？ 兄さんを殺害したのは、この私。私が兄さんに家へ戻るよう伝えなければ、兄さんは死ななかった。ああ、兄さん、ああ」

その日の夜、黛雲の哀しみの泣き声を聞きながら、陸子樵は一通の手紙を書いた。次男の陸仲文には暫く香港にいて家には戻らぬこと、末息子の陸叔文《ルー・シューウェン》には早くイギリスへ行き勉強するように伝えた。そして、彼の自筆の手紙が届かない限り、絶対に戻ってきてはいけないことも付け加えた。

第一〇章

四四・青林は読み始める

春節になっても、青林《チンリン》は南方に戻らなかった。母はすでに眠り続けて二年以上になる。母の存在は、青林にとって益々神秘的だった。母の顔にはどこも動きがなく、生きていても生きていないのと同じだが、心臓は正常で、飲食も問題ない。ただ、時おり呼吸が速まったり緩やかになったりすることがある。まるで母には母だけの世界があり、その世界で歩いたり座ったりし、その重要度と緊急度は母の世界の住人だけが知っているようなのだ。青林は母の最愛の息子ではあるが、母の世界の外に存在しているにすぎない。

何とか青林は考えた。あるいはこれは母の生命の一つの必然的過程なのかも知れない。母の行ったところは、ほかの人が誰も行くことのできないところなのかも知れない。母は別のある方式で生きているに過ぎないのだ。さらに言えば、母の生き方は自分のような凡庸な人には理解し難い。重要なのはむしろ、この世に母独自の息吹がありさえすれば、彼のこころは安らかだということだ。

　そう考えてから、母はいま決して病なのではなく、ある秘密の状態で存在しているのだと青林は考えた。彼は息子に電話し、おばあちゃんは宇宙人みたいで、とっても神秘的だ、と言った。息子は信じず、ほとんど飛んで来ておばあちゃんが本当はどのように神秘的なのか見に来そうだった。青林の妻は叱りつけた。中学生にとって、勉強が第一だ。休みの日でも、その時間はほとんど塾に行ってる。

　青林はずっと考えていた。やはりできるだけ多くの時間を使って母に付き添うべきだ。いつか母は一瞬でも快復するかも知れないではないか？　そして、母が意識を取り戻したとき、最初に目にするのは自分でなければならない。母を元気づける最高の存在は自分しかいないのだ。

　冬紅《ドンホン》は年末三〇日の昼に出ていった。彼女は大晦日の料理をこさえ、さらに春節のあいだの食べ物も一通り揃えた。彼女はすでに青林に、今年は実家に戻らなければならない、母上の世話をするためで、もう正月に二年も戻っていないので両親は機嫌を悪くしている、と話していた。だが出ていく前に、彼女は申し訳なく思い、元宵節〔旧暦の一月十五日〕が過ぎたらすぐに戻ってきますと何度も言った。青林は言った。「大丈夫だよ、安心して帰りなさい。僕一人で何とかできるから。正月三日から、友達が来て付き合ってくれるはずだしね。毎晩、友達の家の家政婦もやって来て母の世話を手伝ってくれるはずなんだ。安心していいよ」

　冬、外は冷たい風が吹いているが、良い天気だ。母の部屋は南向きの窓から斜めの陽の光が差し込み、暖房があって室内はどこも暖かい。午後、青林は母を窓の前まで連れだして座らせ、母の身体にウールのショールを掛けてやった。妻が買った正月の贈り物だ。青林の妻は姑と一緒の生活は望まないが、しばしばこうした細かな心遣いで青林の歓心を買った。姑と嫁は天敵だ。ましてや母親は家政婦をしていたに過ぎず、社会的地位はまるでない。女性は地位やカネの力を重要視するものだと、青林はよく分かっていた。だから、彼は妻のそうした振る舞いを気にしなかった。時おり夫の歓心を買う些細な行いをし、あわせて夫が春節には母の世話をするに任せる、それは女性として、すでに十分賢いことといえる。この世の中、どんな人も地位やカネの力をあてにして生きていると考えるべきだ、青林はそう考えていた。

　青林は本を一冊選び、母のそばに坐って読んだ。部屋の外の花や樹木は、すでにかなり寂しげだ。もともと母に花や野菜を植えてもらうために用意した庭には、冬紅によって様々な野菜が植えられていた。だが、冬になって野菜はもうなくなり、野菜畑も冬紅によって悉く一度掘り返されていた。青林は頭を下げて本を読みながら、考えた。もし春になって、母の意識が戻り、母自ら野菜を植えたりしたら、どんなに素晴らしいことか。そう思いながら、言った。「母さん、良くなるのを待ってるよ。あの幾つもの野菜園でトマトを植えてよ。僕はトマトタマゴ炒めが一番好きなんだ」

　実際、青林が一番好きな食べ物はトマトタマゴ炒めのタマゴだった。トマトのあの酸っぱい味は好きではない。だが、父はいつもトマトを食べなさい、栄養があるからと言っていた。そんなとき、母はいつもこっそり助け船を出し、父に隠れて青林に替わってトマトを食べた。幼き日々、両親の見ている中ではしゃいでいた情景を思い出し、青林は思わずため息をついた。もし両親がいまも健康で生きており、自分で購入したこの大きな家にともに住んでいたら、彼の人生はどんなにか素晴らしく満ち足りていたことだろう。

　そう考えながら、青林は父のノートを思い出した。彼は自分の部屋に戻り、例の古い革製トランクを提げて母の部屋に戻った。彼はトランクを掲げて母の前に行き、言った。「母さん、もう一度見てよ。このトランク、まだ覚えてる？　これ、父さんのだよ。母さんは父さんをとっても愛してたこと、僕は覚えてるよ。母さん、思い出せるはずだけどな？」

　母は依然として反応がない。彼は考えた。どんなことがあっても、やはり彼ら二人を理解しなければいけない。たとえ受け入れがたい事実がその中に含まれていようとも、彼らは永遠に彼が最も愛する父と母なのだ。

　こうして、この春の暖かい日に、青林は再び父の古い記録を読み始めた。

四五．父は菫という名なのでは？

　青林《チンリン》はノートの一ページ目を開いた。

　それは一九四八年夏から始まっていた。ペンのインクもすでに滲み始め、文字もあまりはっきりしなくなっている。青林は父の書体をよく知っているわけではない。ただ父が母に与えた十数文字のメモを見たことがあるだけだった。だが、彼はその文字の行間から父の息吹を感じた。これは間違いなく父の書いたものだ。

　父の記述はどれも短かった。日付のあるものも、ないものもある。さらに多いのは、ただ年だけや季節だけを書き、すぐ記述になっているものだ。その記述には慌ただしささえあった。青林は考えた。父は医者だったから、たぶん長文を書くのは苦手なのだ。

◆一九四八年七月一五日

帰宅。黄河を越える。もうすぐ父と母に会えると思うと、甚だ興奮する。母は目が悪く、いつも手を伸ばして僕の顔を撫でる。その手は粗いが気持ちがいい。父は手紙で言ってきた。必ず街に診療所を開く、西洋のような手術ができる診療所で、老若男女の病を治すのだ。家屋はもう選んである。従弟の小起《シアオチー》が助手だ。小起は二舅《アルジウ》〔母方の二番目のおじ〕の薬局で育ったので、多くの薬草を知っているから、きっと助けてくれるだろう。

世は乱れているから、どこも生きていくのは大変だ。父の言うことを聞きなさい、と父は言った。我が董《ドン》家の人間は、村人たちに多く助けてもらった。我が息子が卒業して戻ってきて診療所を開くことこそ、村人たちに対する恩返しだ。教会の神父が西洋医を招いて母の病を治してくれてから、父は西洋医学を信じるようになった。父の言うことは正しい。世は乱れているから、どこも大変だ。それなら家に帰り、一緒に家を護っていこう。


董家の人間？　青林は最初の一文を読んで呆然となった。父は呉《ウー》姓ではなかったのか？　なぜに董？

青林はほとんど頭が真っ白になった。頭の中で考えの筋道が一瞬混乱した。

◆七月二一日
青天の霹靂《へきれき》だ！　もう生きたくなくなった！

数日前、山の麓で小起と出逢い、私をしきりに引き止めようとした。彼は泣きながら、私の両親と姉、それに祖父と祖母もみな亡くなったと言った。私は家に帰れない。帰れば必ず死だ。父は息を引きとる前、最後の言葉は、止めよ、だったという。誰もその意味は分からない、小起は分かっている。

ああ、なんということか！　なぜなのだ、なぜに一家全員が揃って死んだのだ？　彼らは死に、私は一体どう一人で生きるのか？　小起は泣き叫ぶように言った。貴方の両親のためにも、貴方は死んではいけません。どんなに遠くても逃げられるだけ逃げてください。貴方の董家を絶やさせてはいけません。

小起の言うことは正しい。だがいまから私は家のない人間になってしまったのか？

こころは乱れるばかり。ここ数日どのように過ごしたのか分からない。今夜は簡易旅館に泊まっている。明日はどこに泊まる？　私はもう行けるところがなくなってしまった。


この日の文は短く、字も乱れている。文は中途で途切れ、切れ切れの感じだ。何か所も万年筆で用紙が破られ、涙の痕が点々としている。字を書いた者の悲痛で複雑な心情が、紙面に出ている。

青林は驚いた。

数行の文字の背後に巨大な情報量が眠っている。一体何が起きて、家族全員がまとまって死に絶えたのか？　その上、息子は家に戻ってはいけない、戻れば死が待っている。土匪か、それとも戦争か？　さらにあるいは何かの言いがかりか、一家壊滅の陰謀か？　青林は頭が混乱した。それにしても小起とは一体誰か？　父の従弟か？　以前どうして父がその名を言うのを聞いたことがなかったのだろう？

青林は突然恐ろしさを感じた。彼は立ち上がり、歩き回り、ノートを読み続けるべきか考えようとした。すでに外は暗くなっている。青林は母を一度トイレに連れて行き、再び籐椅子に戻って坐らせた。青林は言った。「母さん、父さんの姓は董だって知ってたの？　知ってた？」

母から返事はない。

大晦日の晩、青林と母は二人で食事した。丁子桃《ディン・ズータオ》の料理は銀魚蛋羹《インユーダンゴン》（シラウオとタマゴを調味料を加えて蒸した料理）だ。青林は必ず母に十分な栄養をつけてもらいたいと考えていた。そうすることで母の体に抵抗力をつけ、ほかの病に罹らぬようにするのだ。こうすれば、母はある日突然意識を取り戻すかも知れない。青林は医者に訊いたことがあった。医者は答えた。その可能性はゼロではありません。

青林は母に銀魚蛋羹を食べさせた。無表情のまま咀嚼する母を見ていると、辛い思いがつのった。彼は言った。「母さん、来年の正月には僕をこんな惨めな思いにさせないでよ。母さんはきっとよくなる。母さんは毎日魚料理と肉料理を食べさせてくれるって、約束したでしょう。僕はもう長いあいだ母さんの料理を食べてないんだ」

ここまで話して、青林は思わず涙を流した。彼は涙を拭うことはせず、涙の流れるままに任せた。この年の大晦日の夕食は、青林にとって一番忘れがたい味となった。それはほかならぬこの涙の味だった。

夕食後、青林は客間のテレビをつけ、母にはその前のソファに座らせてテレビを見させた。新年の親睦交流会は毎年代わり映えなく、きらびやかな画面と金切り声の騒々しさだ。その絶え間ない笑い声と愉しそうな歌声にも、母は少しも興味を示すことがなかった。青林は母に付き合ってしばし坐っていたが、無聊を感じ、自らふざけて言った。「母さんは最近テレビ鑑賞のレベルが上がったね。新年交流会も珍しくなくなった。僕と一緒だよ。僕も新年交流会なんて少しも見たくないや」

彼は独り言を言いながら、あっさりとテレビを切り、母を支えて母の寝室に戻った。
再び坐りなおし、父のノートを手に読み続けると、その記載はすでに秋に入っていた。

◆一九四八年秋

時間が分からない。いまは山奥に住んでいる。秋も深まった。

猟師の呉《ウー》爺さんは親切な人だ。彼が言うところによると、薬草を採って戻ってくると、私が岩の上に倒れていた。彼は、私が生きているのか死んでいるのか分からないので、近づいて叫んだ。私は反応がなかった。彼は私の頭を撫で、私が高熱を出しており、訳の分からぬことを言って、父と母を呼んでいるのに気づいた。そこで、彼は私を背負って家まで運んでくれたのだ。

いまは呉爺さんのところに滞在している。呉爺さんは、私は少なくとも五日間昏睡状態だったと言っている。意識が戻ってから、また数日ぼんやり横になっていた。幸い、爺さんは薬草を何年も採集しており、その用い方をよく知っている。彼は、私を助けなかったら、私は死んでいた、と言う。私はただ自分から死にたいと思っている。

呉爺さんは私の気持ちが分かっているらしい。この山にいて、誰にも知られず生きているのは、死と大して違わない、と言った。

この話は私のこころを打った。死のうにも死ねないなら、生きてみよう。

呉爺さんは言った。寒波が来る前に、急いで山を下りなさい。雪が山を覆ったら、もう外に出られなくなる。五架山《ウージアシャン》〔山西省陽泉市〕を越えれば、もう河南省との省ざかいだ。

だが、私はどこに行けばいいのだろう？　呉爺さんは私が黙っているのを見て、続けた。行くところがないならここにいなさい。樹木に覆われた深い山奥で、周辺の数十キロは誰もおらん。わしも年だから、一緒に暮らすのもいい。呉爺さんは私に何という姓かと尋ねた。私は何姓と言えばいいのだろう？　私は、好きに呼んでください、と言った。

　呉爺さんは私を見つめ、言った。良かろう。それなら、わしの姓を名乗りなさい。わしがお前の命を救ったのだから、息子を得たということだ。天も私に報いてくれたことになる。

　それならそうしよう。死んだことにして生きよう。死んでしまった以上、どんなことでも耐えられる。

◆一九四八年　まだ晩秋

　一一月に入ったはずだ。今日、私は外に出た。呉爺さんの家は山の洞窟口に建てられている。洞窟の両側に数区切りの小さな菜園が作られている。石が積まれ、その狭いところに、幾らか野菜が植えられ、さらに私の知らない植物がある。きっと薬草だろう。菜園は崖にピタリと繋がり、水が上から流れている。竹筒が一本斜めに立てかけられ、まっすぐ洞窟口にある石臼の中に流れ込んでいる。呉爺さんは言った。山では、水さえあれば餓死はしないもんだ。洞窟の数メートル先は、断崖だ。だが、林の中に入るには、山壁に沿って八六段の石の階段を下らなければならない。呉爺さんは銃を持ち、獲物を撃たねばならないと言って出ていった。山の冬は長く、食べ物を十分備えておく必要がある。私は元気になったばかりで、呉爺さんは、私の足はまだ崖を下るには力不足だと言って、私を同行させなかった。

　お昼時、石に坐って陽の光を浴びていると、意外にも暖かい。何も考える勇気がない。一度《ひとたび》何かを考えると死のこころが芽生える。

　万年筆のインクがもうすぐなくなる。書けるところまで書こう。

今日は雨だ。なんとも無聊の日。父と母のことを思うと全身が痛む。ベッドで眠ったまま起きたくない。寝ているうちに死ぬのもいい方法だ。

呉爺さんはもう一一月だと言ったが、本当にそうか。彼も記憶ははっきりしないが、これはどうでもいいことだ。随分冷えている。呉爺さんは言った。数日も経たずに雪になるぞ。

◆一九四八年冬

たぶん一二月になった。正月が過ぎたかも知れない。呉爺さんは言った。時間を知ってどんな意味があるんだ？　天気次第でメシを食うだけだ、暑い寒いは自然に分かる。その言葉も正しい。

雪になった。呉爺さんと二人で、ドアの前の雪を掃いて崖の下へ落とした。そうしないと、氷結してもっと面倒になる。

何事もなし。呉爺さんが私に薬草を教えてくれる。以前、私は彼に伝えていた。私は医学を学んだ、そして父と母が死んでしまい、自分もこれ以上生きていたくないのだ、と。爺さんは、家に何かあったなと察していたよ、と言った。

今日、呉爺さんが話してくれた。それによると、彼が山に入ったときは四二歳だった。その年、彼の両親は殺害された。彼は敵《かたき》をとり、妻と子供を連れて逃げ出したが、子供はその途中で亡くなった。初めの数年は妻もついてきて、よく町に行って山の産物を売り、小物と交換したりした。その後、妻は亡くなり、出かけるのが億劫になった。春暖かいころ、薬草を採りに山に入り、夜、休みに来る人から塩をもらえれば、それでいい。呉爺さんは、一人で山にいることに慣れて、静かに暮らしたいのだ、と言った。

そういうことだったのか。私もその生き方に慣れたいものだ。

雪が深い。坂道を歩き、振り返ると、自分の足跡だけ。ヤマバトを一羽捕まえ、掴んで歩いているとき、思わずその目に哀しみが宿っていることに気づく。放そうと思ったが、呉爺さんに収穫ゼロと思わせたくないとも思った。そこで持ち帰った。

◆一九四九年正月

よく分からないが、もう新年になったと推測する。だが、実際は推測などしなくてもいい、何年かはどうでもいい。中断のない無間地獄みたいなものだ。

大雪だ。ほぼドアが開かない。部屋で丸くなっている。呉爺さんは寝ている。眠る際、何もすることがなく、長く眠ることに慣れるのだ、と言った。長く眠るとはどういうことか、それはゆっくりと死ぬのを学ぶことだろう。

呉爺さんは笑いながら言ったが、笑いの中に諦念があった。練習が必要な死は、良い死と言えるだろう。だが、父と母はどうだったか？　一生働きづめで、一生善行したが、良い死は迎えなかった。

もう考えるのは止《よ》す。考えると全身が疼《いた》む。

ここまで書いて、明らかにインクが切れたのだ。最後の「疼」の字は下の点二つが書かれていない。

青林は涙が溢れていた。この哀しく孤独な人が、間違いなく自分の父親なのだ。彼は内心の痛みを感じた。息子として、なんといままで知らなかったことばかりだ。父が世を去ったとき、彼は小学校にあがったばかりだった。父親の思い出は、父が両手で彼の脇を支えて、一回また一回と彼を放り上げて高い高いしてくれたことだった。彼は声を出して笑い、父も大笑いした。彼の記憶の中の父は、一貫して快活で満面に笑みを浮かべていた。その父がかつて苦難のときを過ごしたと思い至ることなど、どうしてできようか？

青林は胸をえぐるような痛みを感じた。いままで経験しなかった痛みだ。その痛みの鋭さは、母が突然罹った病が彼にもたらした痛みより激しいとさえいえた。

彼は父の日記を閉じ、気持ちを落ち着けた。

四六・生活はまた始まる

友達が紹介してくれた家政婦がやって来た。母を入浴させて着替えさせ、それから母を眠りにつかせる。母は従順で、すべて人に任せている。ベッドに横になると、母はすぐ目を閉じる。すべてはひっそりとして声もない。

青林《チンリン》は自分もシャワーを浴びた。大晦日には自分をきれいに洗わなければならない。これは幼いころからの母の教えだった。あのころ、入浴条件は劣悪で、青林は今日のように毎日風呂に入るなど考えられなかった。家のトイレは極めて小さいしゃがみ式だった。風呂に入ろうと思えば、部屋に大きな木製のたらいを用意し、熱い湯を混ぜ合わせた。寒い時期には、母はさらにプラスチック製の覆いを用意して、暖かい空気が逃げるのを防いだ。あのころの入浴といえば、週に一回だけだった。

　青林はバスローブをまとって母親の部屋に戻った。彼は父のノートをすべてまたトランクに詰め、母親のベッドの脇に行き、語りかけた。「母さん、父さんの身の上を知ってるの？　父さんにはとっても重く悲惨な経歴があったってこと、知ってるの？　どうしていままで僕に話してくれなかったの？　よもや母さんも知らないことはないよね？　まさか父さんは母さんにすら言わなかったのかな？」

　青林の問いかける言葉は独り言に過ぎず、丁子桃《ディン・ズータオ》は目を閉じたまま、顔に何一つ変化は現れない。そこには青林が欲しかった回答はないのだった。

　青林は長いため息をつき、すべてのノートを抱えて自分の部屋に戻った。

早くも日は暮れていた。無数の人家の灯火と微かに聞こえる愉しげな声が、その日の夜を賑わいの溢れた雰囲気にしていた。暖かく、気持ちの良い夜だ。青林は窓際に立ったが、こころには多くの解けない縺れがあった。父の家は結局どうなったのだろう？

　彼は改めてノートに戻った。

日記の後の連続した数枚に木の葉が挟まっていた。青林は木に関して詳しく知らない。父親が木の葉を挟んだのはどういう意味か分からないし、木の葉の中に人知れぬ謎があるのかも分からない。彼は木の葉をつまみ、光源にかざしてみた。どの木の葉もそうしてみたが、細い筋を除いて何もない。

最後のページに乱雑な見取り図が描かれていた。見取り図を描いたのは別のペンだ。その線はある方向とルートを示している。青林にはその意味するところが分からなかった。

そのページの裏に、ページ全体に大きく文字が書かれていた。生活はまた始まる！

感嘆符号の後、太くなぞってある。明らかにこのときの父は、心境に変化があったのだ。青林の心境もこれを見て元気づいた。どんなことが父親を元気づけたのだろうか、まさか母親と会ったことなのでは？　愛が父の心境を変えたのだろうか？

青林は二冊目の日記を探し出した。書かれた時間はもう一九五〇年だ。

青林は指折り日数を数えてみた。父の最初の日記からは一年半の時間がたっている。まさか父はこのあいだずっと人の世から隔絶した山にいたわけではないだろう？　いま父は山から出ようとしているのだろうか？

◆一九五〇年

今日は大晦日だ。佳節に遭う毎に倍《ますます》親《しん》を思う〔原文は「毎逢佳節倍思親」。王維の七言絶句「九月九日山東の兄妹を憶う」の承句〕。

日記を続けることにする。これは私が文字を習った後に、父が私に必ず実行するように勧めたことだ。父は私に毎日の自分の出来事と心情を書くように言った。年をとってから、自分が何をしてきたかよく分かるから、と。いま彼は遥か彼方に旅だっていて、私に残してくれたのは、この習慣だけだ。私はきっと書き続ける。毎日忙しく、書けない日もあるが、時間ができたときに追記すればいい。

私の復活はいつごろ始まったのだろう？

正確に言えば、あの日山で劉《リウ》政治委員に出逢ったことだ。私は石だと思ったが、なんと一人の人間だった。男は少し体を動かし、私はつまずいて転んだ。ちょうど斜面のところで、私はうっかりして転倒し、数メートルも転がって落ちた。山にはすでに雪があり、薄い雪が男を覆っていた。呉《ウー》爺さんははっきり見てとり、大声で言った。人だ！

　男は重傷を負っており、昏睡状態だった。応急手当をしながら、呉爺さんは言った。この男は全身に銃の傷があるから、土匪でなければ兵隊さんだろう。わしらに面倒を引き起こさないともかぎらんな。私は言った。それでも救いましょう、そうしないと今夜は持たないです。

　呉爺さんは私の意見に従った。私たちは男を担いで家に戻った。男が意識を取り戻したのは数日後だった。彼は疑い深い目で私たちを見つめた。呉爺さんが言った。安心しな、ここは山の中で、わしら二人だけだ。どうやらあんたは匪賊ではなく兵隊だね、わしらはあんたを救出し、あんたが快復するのを待っていたんだ。決してわしらに面倒を起こさんでくれ。男は話す力もなく、黙って聞いていた。

　数日が経ち、男は快復してきて言った。君たちはずっと山暮らしか？　呉爺さんが答えた。そうだ、数十年もな。男は言った。君たちは世の中が変わったことを知らないな。呉爺さんが答えた。そんなことに関わって何になる、どんな世の中でも暮らしていくことだ。すると男は言った。中華民国はもう潰れて、蔣介石は台湾の小島に逃げ去った。いまは中華人民共和国、共産党の天下で、毛主席が権力を握っている。新中国になってもう一か月以上だ。私は解放軍の政治委員で、帰省して親族の喪に駆けつける途中に、土匪に出逢ってしまった。私は彼らに傷を負わされ、その上道に迷った。君たちは私を救ってくれたので、まさしく功労者だ。政府はきっと君たちに感謝するだろう。

彼の話は私を大いに驚かせた。洞窟の数日は、世の千年、この話は本当だと、初めて知った。呉爺さんは言った。どこの党や何の軍でもわしには関係ないわい。

けれども、私は彼の話す外の出来事を聞きたかった。彼は明らかによく知っていた。彼は言った。君のような若さで、一生山にいる意味はあるのかね？　私は応えた。生きているだけで意味があります。意味などなくともいいんです。

彼はそれ以上何も言わなかったが、夜眠りにつく際、突然言った。君は学校に行ったことがあるな、物腰が落ち着いて品があるのは、見て分かる。私は何と返事すればいいか分からなかった。そのとき呉爺さんが話に割って入った。わしの息子はもちろん勉強したことがある。母親が亡くなって、初めて山に入ってわしとともに過ごしてるんだ。

男は黙っていた。だが、それから数日続けて私に、知識があるなら尚更山で一生を無駄に過ごしてはいけない、と言った。さらに、私を連れて山を出て、新中国を建設したい、とも言った。これからは民主的な平和な社会になる、もう戦争はなく、飢餓もない、金持ちが貧乏人を圧迫することもない。人々には読む本があり、仕事があり、みな平等で、誰もが自由なんだ。

こうした話を聞いて、私はこころが動かされざるをえなかった。これは私がかつて夢に描いた国なのだ。

呉爺さんは密かに私に勧めた。あれは誠実な男だ、嘘を言っているようには見えない。お前はわしと一緒だと、先は知れたものだ。彼と出ていったらどうだ。将来を何とか頑張れば、お前の両親にも申し訳ができる。

彼は一〇日ほど山に滞在し、体はまだ全快していなかったが、山から出ることになり、再度私に一緒に出ていこうと言った。呉爺さんは言った。息子よ、お前は彼を送って行け。彼はまだ全快していないから、途中で面倒をみる人が必要になる。お前もついでに外の様子がどんなか見てこい。よければそこにとどまれ、ダメなら戻ってこい。

実際、私はすでに彼の言葉にこころ動かされていた。ただ呉爺さんはすでに老境に入っており、彼を一人残すのは仁義に欠ける。劉政治委員は言った。お爺さんも一緒に山を下って、町に住み、政府にお爺さんの世話をさせよう。だが、呉爺さんは、わしはもう山に住み慣れているからと、ウンとは言わなかった。

こうして、私は劉政治委員について山から出た。彼は私を軍隊に連れて行った。私は養成班に入り、その後解放軍の一員になった。私は皆に告げた。私は呉家名《ウー・ジアミン》であります。父は深い山中に一人で暮らす薬草農民で、母は早くに亡くなりました。私の保証人は劉政治委員であります。

この名前がどんなに哀しいものか、私だけが知っている。そうして、私のあの所謂故郷に、永遠に戻ることはないだろうし、あの名前を永遠に口に出して言うこともないだろう。これからも私の後の世代にあの場所を知られることは絶対ないだろう。

明日は春節だ。私は父と母に告げよう。どうか地下でゆっくり休んでください。僕は貴方がたお二人のために頑張ります。

なんと、父親の名前はこうしてできたのだ。そして、父親は自分には家はなく、名もない人であることを暗に言っているのだ。青林は思った。父はこのような辛さに耐えていた、しかも死ぬまでそれは続いたのだ。

この長い日記には日にちの表記がない。筆跡とインクの色からは、父が少しずつ少しずつ書いたことが見て取れた。父は非常に緊張した条件下で時間を作り書いたに違いない。

山奥で静かに暮らしていた人が、突然軍人になる、青林は自分ならすぐに切り替えることはできないと思った。だが、当時の父はどうやって適応したのだろう？

考えた後で、自分が父の出来事を追ったのは数時間に過ぎないが、一方父が費やしたのは数年間だったことに気づいた。開かれた時間は、多くの解けなかったことを容易なことに変えることができる。時間には最強の解消力があり、すべての強力な感情を平凡なものに変え、強固な決心を軟弱なものに変えることができるのだ。このことを、青林は理解した。

◆一九五〇年春（五月補記）

南へ向かう。南へ。

部隊は四川省東部の匪賊討伐の命を受け、一路南方への急行軍となった。身の回りの物は六キロを超えてはいけない。幸い私はもともと何もない。南方の山は北方の山と全く違う。ジメジメして暗く、雨ばかり。数日降り続き、掛け布団はどれも湿ってしまった。

道沿いには村があり、人々はこころから歓迎してくれて、我々に土匪の横暴を訴えてきた。彼らの熱い訴えは私を感動させた。私たちはいままで一度も住民に迷惑行為をしていない。出向く前に庭や道を清掃した。私は以前、解放軍がこういうことをするとは想像できなかった。私が劉政治委員と山から出たのはとても正しい選択だったと、いま分かる。過去のすべては過ぎ去ればいいのだ。私は人生を新たに始めなければならない。これからの人生は私の過去ときっぱりと関係を絶つことだ。私は永遠にもう戻ることはしない。自分の過去を永遠に葬るのだ。

四川省東部の土匪は極めて凶暴だった。こちらに来る前、上官は動員令の中で語った。四川と湖北、四川と湖南、四川と貴州に接する四川省東部の三大匪賊がもたらす災害は、最も激しい。大量の国民党敗走部隊が奴らに混入している。だが、どんなに凶暴でも我らの正規軍の攻撃には耐えられない。新中国は奴らを壊滅して、初めて本当の平和が訪れる。私の戦友の中には、大がかりな戦闘を経験した者がたくさんいる。彼らは言っている。こうした虫けらのような土匪をやっつけるのは戦闘とは言えない。だが、実際は土匪には地の利があり、戦いはとても困難を伴った。

ここで私を山から出してくれた劉政治委員について書いておく。

劉政治委員は軍分区の人で、淮海戦役〔一二一ページ参照〕時に彼が率いる中隊に私を配属してくれた。その上、私の属した中隊長に私を宜しくと紹介した。彼は言った。君たち中隊に一人の有能者を届けるよ。呉《ウー》くんは診察ができるから、君たちがちょっとした病や痛み、害虫に刺されたり蛇に噛まれたりすることがあったら、彼は医者だからね。中隊長は大いに嬉しがり、私を中隊所属にしてくれた。戦友はみな私を歓迎してくれた。みな南方の山林に恐れを抱いている。

道中、薬草を発見すると私は注意を払い、幾つかを採取した。雨の日に薬草を煮て皆に飲ませて湿疹の予防とした。これはどれも呉爺さんが教えてくれたことだ。道中ずっと、私たちの中隊は病人が最も少なかった。中隊長は専ら私の薬草採取を手伝うために二人の兵士を指名し、薬草は大事な時期に役立つ、と言った。

匪賊の根城である山寨の攻略に、劉政治委員は極めて経験豊富だ。私たちはみな彼に感服した。ある日、馬口洞《マーコウドン》〔一二四ページ参照〕を攻めたときのことだ。入口は高く、岩壁は分厚く、加えて国民党の残留兵らが力を貸していた。奴らは確かに洞を護る経験が豊富だった。我が中隊は何度も時間をかけ、策を練って攻めたが攻めきれなかった。その結果、劉政治委員がやって来た。彼は付近を一通り見回り、また柵で囲まれた村に入り村人数人に質問をした。そして、私たちに夜中に石洞の下で稲わらを積み上げ、夜が明けたら火を点けるように言った。そのとき、私はそのやり方は問題だと思った。なぜなら、これほど厚い山石は火で攻め入ることができるはずがないからだ。洞口を護る土匪もたぶん同じ考えだった。私たちが稲わらを積み上げていると、奴らは上から嘲笑していた。実際は、火が燃え上がると、風が起きた。風は濃煙と細かな炎とともに洞の中に吹き込んでいった。ほどなくして、中から煙にむせぶ咳や雑多な叫び声が聞こえてきた。半時間後、劉政治委員が私たちに稲わらの火を消し、皆に湿った布で顔を覆って、そのまま攻め込むよう命じた。洞内の人間はほとんど戦闘力がなく、私たちは極めて素早く洞に入り、洞内のすべての土匪を生きたまま捕まえた。じつは、劉政治委員は、洞口に沿って多くの干しトウガラシが風に吹かれて天日干しになっていることを発見した。一束の干しトウガラシに火がつきさえすれば、ほかの束にも次々に燃え広がる。また、村民たちは彼に、当地の風はたいてい洞内に向かって吹くことを伝えていた。劉政治委員は言った。たとえ奴らがトウガラシを好んでも、目や鼻を刺激するトウガラシの風には耐えられない。この作戦はじつに理に適っており、彼には敬服せずにはいられない。

父の日記は相変わらず断続的に書かれていた。やはり細かな日付はない。字も乱れ、慌ただしく万年筆を使っているのが分かる。幾つかの記事は鉛筆を使ってまで書かれ、字は依然としてはっきりせず、判別が難しい。

だが、青林は両手が震えるほどこころ動かされた。

四川省東部の匪賊討伐？　彼はつい先日四川省東部に行き、その戦闘の有様を聞いたばかりだった。そして、劉政治委員のことだが、当地の人たちが劉晋源《リウ・ジンユエン》をまさに劉政治委員と呼んでいた。

まさか……この劉政治委員は劉晋源なのか？　日記に出てくる馬口洞という名は、確かに彼も聞いたことがあった。トウガラシを燻す？　ああ、これはまさにあの李東水《リー・ドンシュイ》が劉晋源に教えた手ではないのか？　彼らはこのことを話すとき、いつまでも大笑いしていた。

この発見は大いなる驚きだった。彼の父親は、まさか劉晋源の部下だったのか？

青林はすぐに劉小川《リウ・シアオチュワン》に電話をかけたが、小川の携帯は切れていた。ちょうど大晦日なので、きっと社長は面倒な用件を避けているのだ。彼は考えを変え、劉小安《リウ・シアオアン》に電話をかけたが、こちらも切れていた。青林はそのとき気づいた。父親が亡くなって最初の正月だから、きっと彼らは静かに過ごしているのだ。さらに言えば、このことは電話では伝えきれない。数日後に直接会って話すしかないだろう。

◆一九五〇年夏から秋（補記）

土匪の猖獗は、私たちも予想できないことだった。初め、私たちは櫛型の隊形で戦力を集中させ、奴らの気勢をほぼ打ちのめした。ところが、アメリカ帝国主義が朝鮮を侵略して戦争が起こり、デマがとびかった。第三次世界大戦が始まり、国民党がすぐ戻ってくる、そこで匪賊に勢いがついたというのだ。

数日前、食糧調達隊が土匪の待ち伏せに遭い、私たちは命を受けて救出に向かった。残念なことに隊長はすでに命を落としていた。そして、二人の女性同志が重傷を負っていた。近くに医者はいないので、中隊長は私に応急処置を命じた。私は全力を尽くして彼女たちに緊急処置を施した。西洋医学、漢方の薬草、すべてを試みた。その上自ら彼女たちを軍分区の野戦病院に送り届けた。私は主治医に彼女たちの傷の状況を詳細に伝えてから、休息に入った。私たちは山路を一晩駆け回ったが、このときは目が開けられぬほど睡魔に襲われた。

全く思いもかけぬことだったが、私を眠りから起こしたのは劉政治委員だった。なんと、負傷した二人のうちの一人は、彼の妻なのだ。劉政治委員は言った。君は私を救ってくれたうえに、今度は私の妻を救ってくれた。我が家は君に借りができた。

院長は劉政治委員に、私の処置は極めて当を得ていた、と言った。もし私が現場で施した処置がうまくなかったら、彼女たちのような重傷者は、また一晩中揺られたこともあり、助かるのは難しかったと言う。私が上海で学んだのはまさしく外科だということを、彼らに伝えていなかった。私は仁済病院〔上海交通大学附属の病院〕で実習生をしていたとき、外科の先生からしばしば褒められたことがあった。劉政治委員は私のことを、部隊の民間医者で、薬草に詳しい、と言った。だが、院長は私が専門的訓練を受けていることを見抜いていた。彼はこっそり私に言った。君が薬草だけを簡単に使える人ではないことを私は分かっている。病院はいま人手が足りないので、よければ病院に残ってくれないか？　私は少し躊躇した。そして、やはり自分は数年かけて学んだ専門知識を無駄にするのは惜しいと思い、残りたい意思を伝えた。院長はすぐ劉政治委員に私が軍分区の病院に残ることを求めた。劉政治委員は即座に了解した。さらに、私が病院に入れるように、上級組織に足を運び何度も詳しく説明してくれた。彼にはどれほど感謝していいか分からない。

運命とはこのように奇異なものだ。こうして、私は医者になり、自分が学んだ専門の仕事に戻った。こうした大きな方向転換は、たった三日間のうちに成った。私は部隊に戻って自分の行李を持ち、病院に来て到着手続きをおこなった。中隊の戦友が全員私を見送りに来てくれた。彼らは呼び方を改めて、私を呉医師と呼びさえした。あの場面は万感胸に迫った。私が彼らと過ごしたのは半年足らずにすぎないが、命をかけた友情が結ばれた。

　送り届けた二人の女性負傷者の症状に対しては私が詳しいため、院長は彼女たちの治療を私に手伝うように言った。院長は外国留学の経験があり、その治療技術は素晴らしかった。私は彼から多くのことを学ぶことができた。彼は私に共産党員かと訊き、私はまだ違うと応えた。だが、劉政治委員は私を革命の隊列に入れてくれ、しっかり働いて入党を勝ち取るように求めた。彼は共産党員で、抗日戦争時に入党したと言った。彼はさらに、君が進歩向上するよう手助けするよ、と言ってくれた。

　病院の辛さは部隊すら超えていた。戦闘のないとき、部隊では比較的自由な時間があったが、ここでは、いつも何かしら忙しい。だが、私はこうした忙しさが気に入っている。こころを平静にしてくれるのだ。

　一〇日ほど経ち、二人の女性は快復してきた。劉政治委員の奥さんは率直な人で、彭《ポン》姉さんと呼びなさい、みなさんそう呼んでいるからと私に言った。一方、もう一人の小厳《シアオイエン》は師範学校の出で、性格はおおらかで気さくだ。私が彼女たちを救ったからかも知れないが、私たちはすぐ良き知り合いになり、気持ちの上ではほかの誰よりも幾らか親しい感情が芽生えた。彼女たちがさらに少し快復すると、私たちは友達同士になった。これはなんと貴重な友情であることか、まるで生死を共にした友情だ。

小厳の傷は彭姉さんより深かった。彼女は身に三発の銃弾を浴びていた。一つは肺をかすり、一つは肩を貫き、さらにもう一つは太股を貫き骨に達していた。

彭姉さんが退院する日、小厳はまだ起き上がれなかった。私は玄関まで彼女を背負って行きたかったが、少しでも動くと彼女の足はひどく痛んだ。彭姉さんは断固として小厳がベッドから下りることを許さなかった。彼女たちは別れるとき、二人とも泣いていた。

小厳はじっとしていられない人だ。彼女はベッドから下りることができてからは、足を引きずりながら病院内であれこれ手助けしている。時には負傷者に字を教えている。この女性は本当に可愛い。

私はいま、ある一つの感情を抱いている。病室に行き小厳の姿がないと、がっかりするのだ。これは愛なのだろうか？

私たちは本当にお互い愛し合っている。神に感謝だ。私は人を愛することはできないと思っていたが、この女性が何の気兼ねもなく私の周りで愉しげに笑い歌をうたうとき、私はやはりこころを動かされる。彼女は私より四歳年下で成都の人だ。さらに、私はなんとなく分かっている。私が彼女を愛するより前から、彼女は私を愛し始めていた。

私はいままで、私の人生には愉しみや幸せといったことは存在しないものだと思っていた。だが、小厳が現れて、私は知らされた。なんと私は愉しんでもいいし、幸せになってもいいのだ。

今夜、彼女を胸に抱いた。私は彼女にキスをした。自分でも怖いほど幸せだ。彼女もこれほどの幸せはないわと言った。神よ、あなたは私に対するこれまでの仕打ちを埋め合わせてくれているのですか？

土匪はずっと敗走し続けている。部隊はずっと貴州省の境界まで攻め込んでいる。

一一月、四川省東部の土匪はほぼ壊滅した。生活はどうにか安定した。私は院長に従って、軍分区の病院に留まっている。一方、劉政治委員は部隊を率いて北上し、朝鮮に行った。彼が朝鮮に行ったので、いつ会うことができるか分からない。彼の出発前、私は小厳と見送りに行った。彼は私たちに彭姉さんの世話を託した。そして、もし私が前線で戦死したら、君たち二人は妻と子供をよろしく頼む、と言った。彼らにはすでに息子が一人いた。恐らく二、三歳だろう。

彼の話を聞いて、私はもう少しで涙をこぼすところだった。一方、小厳はその場で声を出して泣いた。彼は私が知り合った最も偉大で私欲のない共産党員だ。

劉政治委員は私たち二人の姿を見て、たちまち笑って言った。私は運が強いから、死ぬわけがない。戻って来たら君たち二人の結婚立会人になるよ。私たち二人はすぐに応じた。きっとですよ。私たちは貴方が戻って来て婚礼を取り仕切ってくださることを、必ず待っています。

青林は日記を読んで、底知れぬ感動を覚えた。だが僅かな失望も同時に抱いた。もともと父の初恋は母ではなかったのだ。だが、またこうも考えた。母は六〇年代初めに結婚した、と言っていた気がする。父は外見も内面も優れており、それに医者でもある。後ろ盾になる両親はいない上に、仲人口もない、そのような時代に、彼はどのようにして母のような教養のない女性と結婚したのだろう？　考えても普通ではないと思った。

この長い記録にも、日にちの記載がない。依然として彼は断続的に書いていったらしい。次の文章とのあいだに、かなり隔たった時間があると思える。

四七・無名氏

夜はもう更けた。青林《チンリン》は睡魔に襲われ、明日また読もうとした。だが、日記を閉じようとしたとき、突然自分の名前が目に入った。時に万年筆で、時に鉛筆で書かれた乱れた日記の中で、「青林」という二文字が突然飛び出し、二本の釘のように直接青林の目に突き刺さった。睡魔は一気に霧消した。どういうことなのだろう？　青林は思った。青林が生まれた年より一〇年以上も前に、どうして彼の名前が出てくるのだろう？

◆一九五二年春

立春になった。だが、まだ寒い。小厳《シアオイエン》は両親を見舞いに成都に戻って行き、まだ戻ってこない。出発前、彼女は私たちのことを両親に伝えたいと言った。私は、もし君の両親が賛成してくれたら、私たちは先に婚約できないかな、と言った。彼女は私が性急だと言って笑ったが、了解してくれた。ああ、私は彼女を抱いて天にも昇りたい思いだ。

彼女の出発を見送ったときは、私のこころは張り裂けんばかりだった。彼女を思うこと、私の毎日の生活は、彼女への思いだけが占めていた。

小厳に対する思いが、日に日に強くなる。彼女に会えない日は、私にとって本当に苦痛だ。

このところ、私たち数人の医者は田舎まで出張診察に派遣されている。私たちが来たことを、田舎の人たちはとても歓迎してくれた。どの村も一番いい家を私たちのために空けてくれた。今日は雨で、夕暮れ時に、数人の村民が一人の病人を担いできた。彼女はほとんど息がなくなりかけていた。村民が言った。永谷《ヨングー》河から救いだしてきた。どんな人か分からないが、まだ亡くなっていないと思う。県城に送ると間に合わないかも知れないので、ここに送り届ける、と。

私は直ちに応急処置をおこなった。彼女は全身に傷を負っており、あちこちに肉が飛び出ていた。岩にぶつかったようだ。足にも骨折があった。彼女はずっと昏睡状態で、たまに「釘子《ディンズー》」と呟いた。応急措置をとったが、傷の状態は極めて重く、病院に送る必要がある、さもなくば治る見込みはないと思った。皆も私の意見に同意した。そこで、夜になって私たちは院長に電話して指示を仰ぎ、車を探して、その日のうちに彼女を病院に届けた。

彼女は誰なのか、どこの人か、仕方なく「無名氏《ウーミンシー》」とした。私はこの三個の字を書いたとき、一瞬ドキリとなった。名前の中の二文字は私と同じ発音なのだ（無と呉は同音）。

小厳はやっと戻って来た。そして両親の同意も持ち帰った。私はなんと喜びに溢れたことか。これによって私はまた家庭をもつ人間になるのだ。私たちは国慶節に婚約すると決めた。

なんと素晴らしい未来か！　私は程なく家庭をもつのだ。私の未来の子供、女であれば朴珍《ピアオジェン》、男であれば青林と名付けよう。父の名の「朴青《ピアオチン》」と母の名の「珍林《ジェンリン》」からもらうのだ。父よ母よ、私はこうしたやり方で貴方がたを記念します。

なんと、自分の名前の由来はここにあるのかと、青林は思った。いままで、父も母も話してくれたことはなかった。父親が健在のとき、彼はまだ小さく、この話題に言及したことはなかった。また母親は、お前の名前は父がつけたのだと言うだけだった。青林はずっと自分の名前が気に入っていた。ただとても詩的だと感じていたが、いままでその由来を訊ねたことはなかった。

いま、彼は知った。なんと彼の人生は、祖父と祖母に繫がっているのだ。それは父親の一番深い思いと記憶なのだ。私の祖父は董朴青《ドン・ピアオチン》、祖母は珍林《ジェンリン》だ。これまで、家族という概念がなかった青林は、この瞬間、自分はある一つの場所の人々、歴史の奥深いところの人々と、親密な血縁関係があることを自覚した。自分の一本の血管は、見ることができず触ることもできない膨大な体系に連なっている。彼らの血は通い合い、しかも流れ始めている。

青林は血が騒いでいるのを感じた。彼はその後の一ページを開いた。

そこはまだ一九五二年春の記録だった。母親の名前も現れた。彼はそろそろ謎の真相に近づいていると意識した。

姜《ジアン》医師に勤務を替わってもらい、小厳とともに彭《ポン》姉さんに会いに行った。私たちは一五キロ近くを歩いた。

私たちは彭姉さんに、この秋に婚約したいと伝えた。そして、劉《リウ》政治委員が帰国してから結婚す

るとも伝えた。彭姉さんはとても喜び、必ずしっかりと準備しなければ、と言った。私は劉政治委員が山から連れ出してくれ、小厳は彭姉さんと生死をともにした仲だ。彼らはほとんど私と小厳の親戚のようなものだ。

彭姉さんが言った。数日前、朝鮮から戻ってきた同志が、劉政治委員からの手紙を持ってきてくれた。それによると、あちらではすべてが順調で、生活は苦しいが、負傷はしていない、という。私たちはその知らせを聞いて、とても嬉しかった。彭姉さんは私に、父親を婚約式に参加させるために山に行って連れてくるかと訊いた。私は一時返答に窮した。そして、彼女が言っているのは呉《ウー》爺さんのことだと思い至り、言った。道は大変遠いし、私は病院を離れられません。それに年寄りを一人で来させるのは、とても心配です。なので、やはり結婚してから、小厳を連れて家に戻り父に会わせることにします。彭姉さんは言った。あなたの言うことは筋が通っているわ。

呉爺さんはどこにいるのだろう？　まだ山の中だろうか？　私は心配だ。住所はなく、誰が彼を知っているのかも分からない。手紙を書くことさえ方法がない。結婚後必ず一度山に戻ろう。彼がいなければ、今日の私はいないのだから。私は必ずあの老人を一度訪ねなければならない。私は彼によく仕え、死後も丁重に葬らねばならない。

昨日、彭姉さんのところから病院に戻ると、数人の村人が木製ベッドを担いで馬車に乗せていた。近づいて尋ねると、救助されたあの無名氏の女性が亡くなったのだという。

院長はもともと、彼女は長くはもたないだろうと言っていたので、その知らせに私は驚かなかった。だが、私は念のために馬車に近づいて仔細に検査をした。突然、私は彼女の手の指が僅かに震えたことに気づいた。その僅かな震えで、彼女にはまだ命の兆しがあると私は確信した。私は言った。死なせてはいけない、彼女はまだ生きている。

　彼女は本当に生き返った。なんと幸いなことだろう！　看護師の小何《シアオホー》によれば、彼女は夜半に軽く一つため息をもらし、早朝にはまぶたが動くのが見えたという。村民が病院に担ぎこんで以来、彼女の昏睡状態はほぼ半月に及んでいた。

　彼女の身体の外傷はみなすでにかさぶた状態になっているが、骨折した足はまだ石膏で固められている。意識を取り戻したとき、彼女の顔は恐怖でいっぱいだった。あらゆる人の問いかけにも、茫然自失のようだった。看護師の小何が言うには、何村の人か、年は幾つか、何という名前かと訊ねても、彼女は分からないと応えるだけだったそうだ。

　見たところ、彼女は記憶喪失なのだ。皆は彼女の発音から当地の人間に違いないと推測している。

　今日は病院内で騒ぎがあった。なんと騒ぎの声は無名氏の病室からだ。たぶん、同室の何人かが彼女の記憶喪失を知ったのだろう。彼女たちは、あなたは永谷河から救い出されたのだから、河の中にいたときから思い出していけばいい、と言ったのだ。その結果、彼女は数分間考え、正常さを失い始めた。彼女の金切り声がその場の人たちを驚かせた。私は彼女に安定剤を与え、皆には彼女にこれ以上質問しないように注意した。彼女に過去を思い出させるには、恐らく時間が必要なのだ。

　午後、無名氏の病歴を書いた。名前を尋ねたが、彼女は全く記憶がない。私はただ一言だけ、少しも思い出せないの？　と言った。彼女の顔は直ちに恐怖でいっぱいになった。その表情は、哀れそのものだった。

　何はともあれ、やはり彼女には名前が必要だ。彼女が昏睡状態の中でかつて休みなく「釘子」と言っていたことを思い出した。この二文字は彼女にとってとても重要なのだろう。これは彼女の過去と何らかの関連がある。そこで、私は彼女にこの二文字を名前に使うことを提案した。彼女は頷いた。窓の外には桃の木がちょうど花を咲かせている。私は「丁子桃《ディン・ズータオ》」の三文字を書き記した。私は言った。君が自分の名前を思い出すまでは、この名前を使っていいかな？　彼女はこれにも頷いた。

彼女は言葉が少ないが、その眼にはある名状しがたい哀しみ、とても重く深い哀しみが宿っている。彼女の記憶喪失は強烈な刺激を受けたためであるらしい。その刺激があまりにも重いために、彼女は本能的に過去を思い出すことを拒絶しているのではないか？　もしもそうなら、私はかえって彼女が羨ましい。

夜、小厳は仕事があり、私は病院で当直だ。丁子桃の病歴を検討しているとき、私は突然奇妙な考えを抱いた。彼女の手のひらや足の裏、それに皮膚や髪の質から見て、彼女は貧困家庭の出ではない。甚だしくは、彼女の爪さえきれいに切りそろえてある。では、彼女は一体どんな人なのだろうか？

この地方一帯はちょうど土地改革が進められているが、まさか？

彼女の眼光を思い出すと、ナイフのように鋭く、私のこころにまっすぐ飛び込んで、私が久しく隠していた痛みを挑発する。ひょっとして、私と丁子桃は、同じく天涯に淪落《りんらく》する人〔原文は「同是天涯淪落人」。白居易「琵琶行」の中の句で、この句に続いて「相逢何必会相識」＝偶然逢うと嘗ての知り合いでなくても同じ感情が湧く〕なのか？

青林は母親の出現にこころが震えた。なんと母は父とこのような経緯で知り合ったのだ。母は意外にも九死に一生をえた経験があったことになる。そして、はからずも記憶を失った。この時点で青林は初めて理解した。小さいころ、父が何度も繰り返して言っていたのも無理はない。父は言っていた、お前は絶対に母さんにはよくしてやるんだ、母さんの一生は大変な一生なんだ、母さんは特別なんだ、と。

だが、父の言う「まさか?」の文字につけられた「?」マークは、一体何の意味なのだろう? つまるところ、この世に起きたどのような事情が、彼の両親にかくも特別な邂逅をもたらしたのだろう? その上、彼らは意識してか否か、ほとんど人に知られることがないほどその事情を深く隠している。

且忍盧《チエレンルー》の三文字が、このとき突然何の前触れもなく立ち現れた。父の記録によれば、母の家は明らかに四川省東部にあった。では、且忍盧は母にとってどのような場所なのだろう? まさか母の実家なのではないか? 且忍盧は胡《フー》という名前だ。この胡地主は書画を収蔵していた。一方母は、私の父はいつも「鬼谷子、山を下るの図〔三六ページ参照〕」の絵を描いていた、と言っていた。これはどんなにか奇妙な符合だろう?

青林は再び飛び上がった。

四八・驚き慌てる青林

驚かされたことを、青林《チンリン》ははっきりと自覚した。彼を驚かせたのは、父と母の経歴だ。彼は想像できなかった。父と母の人生はどうしてこのような曲折を経たのだろう? 二人がこれほど深く、この世に誰も知る人がいないほど深く隠していたことが、さらに想像できなかった。まるで二人は自分の前半生を日常の雑事の中に隠していたかのようだ。こうした隠しごとは、彼らがすべての他人に対していかに深刻な恐れを抱いていたかを暗示している。

無情と背信の絶えない時代に生きる個人は、どのような孤独と脆弱さに耐えねばならないのだろうか？　時代の微風は、あるいは彼らの人生の船を徹底的に転覆させることができるのだ。

彼はとにかく早急に父の日記を読み終えたいと思った。

◆一九五二年夏

劉《リウ》政治委員は結局やはり負傷し、国に送り届けられた。傷はかなり重かったが、幸いなことに、生命の危険はなかった。ただ、今回の新しい傷が古傷と交錯し、多くの重なりとなって、エネルギーを奪っていた。相当長いあいだは、少なくとも休養を主に過ごす必要があった。私はニンジン、キバナオウギ、ヤマイモにいくらかの薬草を加え、調味料を添え、煮てスープ状にし、彼に養生して英気を養ってもらった。彼は飲み終わると、心身ともに楽になったと言った。その言葉に、私もほっとする思いだった。

小厳《シアオイエン》が今日の午前、病院に来たが、私は診察で忙しくしていた。ちょうど一人の兵士が送られてきたのだ。ひどく腹部が痛み、私は盲腸炎と判断した。院長の許可を得て、午後に手術をすることにした。小厳はずっと私の事務室で本を読んでいた。その後、私たちは一緒に昼食を食べた。そのとき、小厳が言った。私たち、シーツは買わなくてもいいわ。私の同僚たちが一組プレゼントするって、言ってくれたわ。そう話すときの彼女は、恥ずかしそうなぎこちなさがあった。私は彼女のそうした姿が好きだ。

小厳が帰った後、彼女の愛読書の『紅楼夢』が私の事務室に忘れられてあった。

午後、手術を終えて事務室に戻ると、意外にも丁子桃《ディン・ズータオ》の姿があった。彼女は私の事務机の前で『紅楼夢』をぱらぱらめくり、「黛玉《ダイユー》」と声に出していた。これには本当にびっくりした。まさか彼女はこの本を読めるのだろうか？

私が戻ったのに気づき、彼女は慌てて本を放した。

私は一時考え、一字一句彼女に告げた。君が字を読めることを人に知られないように。たぶんそうした方が君にとって好都合だ。彼女はぼんやりと私を見ながら、曖昧に頷き、また首を振った。私は言った。ほかに意味はないんだよ。ただ病院は人が多く話が漏れるから、噂がたちやすい。君は来歴が不明なので、人の推測を呼びやすいんだよ。

このときは、彼女ははっきりと頷いた。

何の用かと尋ねると、彼女は、身体がだいぶよくなったので、病院で何か仕事をしたい、と言った。

私は分かったと応えた。だが、彼女が立ち去ってから、訳もなく鼓動が激しくなった。『紅楼夢』が読めるこの女性は、一体どんな人間なのだろう？　院長は今日わざわざ私に言った。何とか方法を考えて彼女の来歴をはっきりさせるか、さもなければ政府の収容部門に送り届けるかだ。私は内心の憶測を院長に告げるべきだろうか？　もし伝えたら、どのような結果が待っていることだろう？

私のこころは乱れた。ある種の謎めいた感覚が、彼女と私は同じ経歴の持ち主なのかも知れない、と告げている。

私は丁子桃に総務で臨時に働いてもらった。何人かの看護師が私に言った。彼女は仕事が速く、丁寧だ。でも、あまり話はせず、人とつきあうこともない。腹に何かがあり、少しも積極的に進歩しようとしない、よく解らない女だ。こういう経歴不明の人は我々の病院に残ってはいけない。

彼女たちの話を聞いて私は不安だった。

午後、子供を連れて診察に来ている彭《ポン》姉さんと出逢った。彼女はとても憔悴しているように見えた。いままでの家政婦が帰省してしまい、新しい人はまだ見つからず、負傷している劉政治委員も面倒をみなければならず、忙しくて大変だ、と言う。

今日、突然ある考えが浮かんだ。丁子桃は病院で働いてもらうより、むしろ劉政治委員の家に雇われて働く方がいい。病院と比べ、劉家に住み込みで働けば、もっといいだろう。そこで、私は思いきって事務室に行き、劉政治委員に電話をした。今日、彭姉さんに会いましたが、とってもお辛そうでした。家に家政婦がいなくなって大変でしょう？　劉政治委員は応じた。私もちょうどその件で困っている。新しく来てもらった女性は、二、三日働いたが、口数が多く、何でも外に漏らしてしまうと妻の彭が厭がるので、辞めてもらったんだ。そこで、私は提案した。いま仕事を探しているちょうどいい女性がいます。彼女のいいところはとても細やかで、きれい好き、しかも口数が少ないです。劉政治委員が応えた。私たちはまさしく無口な人を探しているんだ。私は続けた。それでは彼女を貴方の家に伺わせてまず働いてもらいましょう。ダメなようなら替えればいいでしょう。劉政治委員はそれでいいと言った。

午後、私は丁子桃に、劉政治委員宅で働くといい、と言った。私はまじめに説明した。劉政治委員宅では、生活は幾らか単調になるだろう。君の経歴に注目する人はいるはずもないしね。彼女は疑い深く私を見つめた。私の提案を思案しているようだった。私はさらに続けた。君がしっかり働けば、長く彼の家にいることもできる。劉政治委員と彭姉さんは君を護ってくれるはずだよ。彼女が私を見つめる眼には、相変わらずひどく疑っている様子が見られた。だが、彼女は頷いて同意した。貴方の言う通りにします。

私は深く一息ついた。もし私の推測が正しければ、これが彼女を護る最善のやり方だと思う。

青林は言葉が出ないほど驚いた。

彼は考えた。そういうことなら、劉政治委員は間違いなく劉晋源《リウ・ジンユエン》だ。劉小安《リウ・シアオアン》と劉小川《リウ・シアオチュワン》さえも母を知っているということではないか？　つまり、母は劉宅でなんとそのような存在だったのだ。

母が人の家政婦になる。このことに青林はずっとこころを傷めていた。だが、彼はまた父親の収入がない条件下、母親は無教養、しかも何かの生活技能もないから、家政婦になって働かなければ、彼ら母子は全く生活が成り立たないことが、よく分かっていた。彼は初め、父が他界した後、生活に迫られて母は仕方なく外で家政婦をしたのだと思っていた。だが、母は若いころにもうその仕事をしていたとは、思いもよらなかった。言ってみれば、母は一生家政婦をしたことになる。

青林の印象の中の父には、劉という名の年配の上司がいた。小さいころ、両親はたまに彼を連れて一緒に劉宅にお邪魔したことがあった。劉宅は洪山公園〔四六ページ参照〕から近かった。洪山公園の中にある施洋《シーヤン》烈士の墓は幼い青林に強い印象を残していた。そこの石段に座り、父親は施洋〔一八八九

—一九二三年。京漢鉄道総労働組合の法律顧問。軍閥に逮捕殺害された〕と林祥謙《リン・シアンチエン》〔一八九二—一九二三年。京漢鉄道総労働組合の指導者。軍閥に逮捕殺害された〕の物語を青林に話して聞かせた。そのときに、彼は世の中に弁護士と呼ばれる人がいることを知った。彼らは善人を援助し、悪人も援助する。別の立場に立って話をするのだ。

父親が亡くなってから、彼らと劉家とはもういかなる往来もなくなった。彼はいままで、母がかつて劉家の家政婦をしていたことは知らなかったし、劉晋源父子と自分の父親を関連させることもなかった。

いま、当時の父と母のことを誰に訊ねればいいかは分かった。だが、その人は、たったいま亡くなってしまったのだ。

青林はこころから後悔した。父の記録をもっと早く読むべきだったのだ。彼はあろうことか、父の日記を二年以上置きっぱなしにして、読むことはなかった。もし早く読んでいれば、劉晋源と四川省東部に行ったとき、多くのことを知ることができたはずだ。けれど、いま父の人生で最も重要な一人の人間と、肩を触れるほど近くですれ違ったのだ。

四九．私は丁子桃を娶りたい

青林《チンリン》は父の乱れた文字の記録を読み続けた。医学と患者に関するもの、政治運動と関わるもの、前妻の小厳《シアオイエン》についてのことなど、彼は素早く読んでいった。父の最初の妻である小厳は、一九六〇年冬、重篤な風邪から肺炎になり、昔の傷も悪化して緊急措置も間に合わず亡くなった。子供はなかった。

父は一九六三年に軍から離れて武漢に移った。まず、中医学院に勤め、その後本人の申請で病院に異動した。その間、人の紹介で、前後三回女性と会ったが、どれも意に沿わなかった。昔からの上司である劉晋源《リウ・ジンユエン》に挨拶に行き、母と出逢うことになる。

青林は再び詳細に父の日記を読んだ。

◆一九六三年夏

やっとのことで暇になり、時間を作って劉政治委員と彭《ポン》姉さんに挨拶に行った。彼らと同じ都市で暮らしているとは思いもかけないことだ。自分に身内がいるように感じる。

なんと、再び彼女に――丁子桃《ディン・ズータオ》に会った。あの永谷河《ヨングー》から救出された女だ。十年と少し、彼女はずっと劉政治委員の家で家政婦をしていたのだ。彼女を見たとき、思いがけず胸が高鳴った。彼女の平穏な生活ぶり、彼女の経歴を追及する人は誰もいないことを知って、確かに自分は正しいことをしたのだと思う。指折り数えると、彼女は三十数歳のはずだ。

劉政治委員と彭姉さんは、小厳が亡くなったことを聞いて同情してくれたが、それ以上に私の現在の生活について関心を寄せた。劉政治委員は丁子桃と私で新しい家庭を作らせたいのだ。彼は合いそうもない結婚話を進めようとしているが、私はそのことで胸がドキドキした。なぜだか知らぬが、この女性は私と幾らか縁があると思うのだ。さらに、この世で彼女を覚えているのは私しかいないし、彼女の経歴が不明で、彼女の身の上はそんなに簡単ではないことを知っているのは私しかいないのだ。

夜、寝ていると、丁子桃の顔がずっと目の前にちらついた。また、私たちは同じ天涯に淪落する人だということに思い至った。彼女はこの世で独り身だが、私とてそうではないと言えるだろうか？　翌日、劉政治委員に電話をし、私は家庭を持ちたくて堪らない、丁子桃を娶りたい、そう言った。

◆一九六三年秋

国慶節に、私たちは結婚した。結婚式は簡素にし、劉一家と一緒に食事をした。丁子桃は私と出ていくとき、とてもゆったり落ち着いていた。彼女はこころから私が好きなのだと分かった。これはとても嬉しい。私にとって、最も大切なことは、彼女を愛し護ることだ。

　家に入るとき、彼女は私に、何で私をお嫁さんにしたかったの、と訊いた。君がほかの誰かに嫁ぐと、僕は安心できないからだ、と私は答えた。彼女は私の考えを理解したようで、少し考えてから言った。私もほかの誰かに嫁ぐのは安心できないわ。私はその言葉から、彼女はこれ以上ないほど賢い女性だと分かった。私はさらに言った。これから僕たちは二人で一つの家族になるんだ。

　けれど、彼女は異常なほど恐れている。私は彼女の恐怖はどこから来るのか、分からない。どんなに慰めても、彼女は常にびくついている。こんなことは小厳にはなかったことだ。じつは、私はしっかりと考えている。彼女がどんな人でも、私は彼女のすべてを受け入れ、彼女を愛し護らなければならない。

　結婚後最初の日の朝、子桃《ズータオ》は朝食を作ってくれた。彼女の腕は一流だ。私は彼女に、全く新しい僕たちの生活が始まったんだ、と言った。すべてはうまくいってるし、これからは益々うまくいくはずだ。

　彼女の恐れはすでに明らかに大きく減少した。彼女は処女ではないと私が知っていることを恐れているのではあるまい？　その実、これは私の想像していたことだ。彼女が河に落ちたのは、偶然かも知れないが、彼女が思い出すことを拒むのには必ず理由があるはずだ。彼女に思い出せと言うと、途方もない苦痛が彼女を襲う。医者は、明らかに記憶を失う前に極めて大きなショックを受けた、と言っている。彼女の本能は過去を拒絶している。けれど、結局のところ何なのか、知る人はいない。誰かに強姦されたために河に飛び込んで自殺を図ったのか？　あるいは誰かと姦通したために一族の厳しい懲罰にあったのか？　同じくもう一つの可能性として、私と同じ、一人のまま生きたくはなかったのか？

分からない。

◆一九六四年春

子桃が妊娠したと言った。ああ、私にとってなんと重要な知らせであることか。両親よ、董《ドン》家には跡継ぎができました。けれども、我が両親よ、貴方がたには申し訳がたたないことですが、生まれてくる子供はもう董姓ではなくなります。血は董家の血ですが、子供は将来にわたって董家と関係がありません。子が成長しても、私は何があっても故郷はどこか伝えることはないでしょう。また、子に私の元の姓を与えることもないでしょう。私は子が永遠にこのことを知らずにいることを希望します。彼は武漢人で、姓は呉《ウー》、それで十分です。簡単な記憶であればあるほど、彼の気持ちは軽くなるはずです。

子桃のお腹はすでに大きくなった。だが、彼女の焦りは結婚時よりひどくなっている。毎日あれこれ疑い、いつも悪魔がいると思っている。私は仕方なく彼女を精神科の医者に診てもらった。医者は、記憶喪失の前に心的外傷を負ったためかも知れません、その心的外傷が彼女を苦しめているのです。もし思い出すことができれば、あるいは治療ができるでしょう、と言った。だが、子桃は思い出すことを拒んでいる。私は彼女にもっとよく考えてごらんと言う勇気はない。万一何かを思い出したために、彼女はさらに耐えられなくなるのではないか？　そこで、やはり自然のままに任せることにした。

毎日子桃を連れて散歩に出て教会に行く。ルルドの聖母像の前に立っていると、子桃があれは誰なのと訊く。私は話してやった。当初、人々が像に向かって「あなたは誰？」と尋ねたことがあるんだ、像は言った、「私は無原罪の御宿り」とね。子桃はその意味が分からなかったので、私は聖母の話をしてやり、さらに彼女の手の中に幾つか文字を書いた。彼女はどんな意味かと訊くので、私は、つまり原罪がないことだ、と言った。そしてさらに、この世界で僕と君は二人とも無原罪の御宿りなんだ、と伝えた。彼女は分かったようで分からないようでもあったが、私の言葉を覚えてくれた。そして翌日、私に言った。ルルドの聖母像を眺めながら、「私は無原罪の御宿り」と繰り返していると、こころがとても平穏になるの。

それでいい。私は彼女が平穏であることが必要だ。

子供がまもなく生まれる。子桃は最近食べる量が随分増えた。あらゆる家事を、彼女にやらせないことにした。私がどんなに彼女に感謝し、愛しているかを彼女に知らせたいのだ。私はもうすぐ四〇になるが、ついに父親になるのだ。私は子桃に言った。男の子であれ女の子であれ、私はすべての愛情で生まれてくる子供を愛するよ。男の子なら青林《チンリン》、女の子なら朴 珍《ピアオジェン》と名付けよう。子桃は賛成した。だが、彼女の恐怖心は依然として消えず、お産が近づくと、益々強くなった。毎日毎時、いつも病的な状態なので私は心配になる。初めのうち、ゆっくりと慰めると、彼女はまだ幾らか聞き入れた。いまになっては、慰めも無用になった。彼女は何を恐れているのか分からない。こうした日々は、私も辛い。

子桃に発作が始まったので、急いで彼女を病院に送った。彼女は全身が震えていた。あの恐怖心は形容のしようがない。どんな言葉で慰めても、彼女は自分をコントロールできない。産婦人科の李《リー》医師はよく知る同僚で、彼女のその怖がりようを目にして、彼女の近くに付き添うように私に言った。ところが思いもかけず、彼女は激しく怒りだし、無理に私を追い出した。

幸い子供は順調に生まれた。息子だ。その知らせは私を興奮させた。青林、青林、父さんは今日からお前をそう呼ぶよ。

退院のとき、李医師がこっそり私に言った。彼女は初産ではない。以前子供を産んだことがある、と。医師は、そのことを知っているかと訊いた。私はすぐ応えた。知っているし、彼女が以前結婚したことがあるのも知っている、私も結婚したことがある。

だが、実際私は大いに驚いた。それなら、彼女の子は？　まさか、私生児を産んだがために河に投げ込まれたのではあるまい？　それとも、彼女の夫は処刑されたのか？　私には知る術がない。彼女の恐怖は、出産の経験を私が知っていることを心配してのことなのだろうか？　彼女は意識下で自分の過去が人に知られることを恐れているのではないか？

夜、私は彼女に付き添い、言った。どんなことがあろうと、お前がどんな人であろうと、僕は君を愛しているし、君を護る。なぜって、君はもう僕の息子の母親だからね。

彼女はじっと私を見つめた。その目は安心してきたのか、それとも警戒心を高めたのか私には分からなかった。

子桃が思い出したくない昔のことは、私もひたすら彼女が思い出せないことを願っている。なぜなら、私も同じだからだ。とにかく、時間に私たちの過去を埋葬してもらいたい。いま、彼女には夫がいて私には妻がいる。そして私たちには息子が一人いる。私の賃金は私たち三人が生活するに足りる。こうして平凡に生活していければ、十分だ。

◆一九六五年冬

青林の成長は速い。いまはもう至るところを走り回ることができるようになった。彼が言葉を覚え始め、パパ、ママと呼ぶのを耳にすると、私たちは幸せいっぱいだ。結婚後の子桃は、いつも恐れと焦りの表情を見せていたが、青林が生まれてからは、良くなってきたようだ。彼女は一人の正常な妻であり正常な母親のように見える。毎日愉しそうに子供を連れ、私の生活の世話もしてくれる。私はもう彼女の不安な表情をほとんど見なくなった。

彼女の心境を変えたのは息子なのだろうか？　母の愛はじつに偉大だ。母の愛だけがすべてを治癒できるのだ。

◆一九六六年夏

運動は益々凶暴化している。外部で私を調査する際〔所属する内部と外部で思想性や経歴について調査すること。「内査外調」〕、劉政治委員が私のために証明してくれた。私と私の父親は山間の薬草農民で、貧農出身であり、私は革命に貢献した、とある。また、私の部隊での経歴が私を助けてくれた。それで、私は難なく調査を通り、しかも病院内の積極分子になった。

私はしっかりと自分を護らねばならない。自分をしっかりと護らなければ、子桃と青林をしっかり護ることはできないのだ。

◆一九六七年春

武漢はこのところ、さらに乱れている。私は不安でいっぱいだ。

私はこれ以上この記録を続けることはできない。私はいままでの筆記録を隠しておかねばならない。

◆一九六八年元旦

青林、私の息子よ。いま、お前宛に書いている。お前がこれを目にするとき、私はきっとこの世にはいない。それには秘密があるのだ。私が書き記すのは、日常を記録する習慣があるからにほかならない。決してお前に知らせるためではないのだ。実際、お前にはすべてを知らせない方がいいのかも知れない。いま、私はこの記録を破棄しようとは思わない。ただ希望することは、お前がこれを読むときは、大人になっているか、あるいは世の中が変わっていることだ。お前はこれを読み、びくついて怖がることもないだろう。

けれど、私はお前に伝えたいことがあるのだ。お前は我が家に何が起きたのかを永遠に探求してはいけない。故郷はどこかを知ってもいけない。私たちの家はもう誰もいなくなった。だから、そのすべてを無視することが、いいのだ。その場所には永遠に戻ってはいけないし、お前やお前の次の世代に知らせない。これは私が決めたことだ。お前の姓は呉《ウー》で、武漢生まれ、そして武漢で成長した。これだけで十分だ。

母親の身の上については、お前は恐らく一度考えることが必要だろう。お前の母親は四川省東部の永谷河で誰かに救出された。彼女の家にはまだ親族がいるかも知れない（お前には兄か姉がいるかも知れない）。私は、私たち二人がいなくなったら、お前には一人で暮らして欲しくない。もし母親の親族を探せたら、少なくともお前の生活は幾らか頼りにする人ができ、温かみが増えるだろう。

もちろん、こうした親族探しは、母親が亡くなってからするのが一番いい。なぜなら、お前がもし本当に誰かを探し出したり何かを見つけたりしたら、お前の母親は昔の記憶を呼び戻すことになるかも知れないからだ。昔の記憶を、彼女は全く受け入れることはできないだろう。だから、彼女が生きているあいだは、お前は軽率に訊き回ってはいけない。

息子よ、私はまだお前に言いたいことがある。たとえお前自身が事実を求めていく過程で、残酷なことを見つけたとしたら、必ず中断するか破棄すべきだ。この世の中、人に知られぬことは多い。それが一つ増えたからといって、関係ない。

過去を忘却する、これは人の命の中でとても大切な機能だ。これがあるから、私とお前の母親はこんなに長い年月を静かに送ることができた。忘却、これがお前の負担を軽減し、気楽に未来に向かっていけるのだ。

私はお前が気楽にそつなく一生を過ごしてほしい。お前の子供の代になれば、過去のすべては、跡形もなくなっている。

一九六七年春以降、父の記述は止まってしまった。一九六八年元旦になって、父は突然このような文を書いていた。しかも、専ら青林宛に書かれていた。その後、残されたノートの記載はすべて病例の研究だった。

いま、もうすぐ夜は明ける。青林は相変わらず少しの眠気もおきなかった。母の境遇が突然懸念された。そして、父の最後の文に、青林はどうすべきか呆然となった。

五〇・推測と疑問

青林《チンリン》は自分の好奇心をコントロールできなかった。

彼はやはり、自分の両親に結局何が起こったのか知りたいと思った。頭の中ですぐ消え去ってしまうことを心配し、ノートパソコンを開いた。画面を見ながら、父が書き残した重要な内容を書き留めていった。それと同時に、自分の推測と疑問を書き出した。

推測

一．父を山から連れ出した劉《リウ》政治委員は、間違いなく劉晋源《リウ・ジンユエン》。

二．父は上海で医学院に学んだことがある。学んだのは西洋医学。家庭の事故で（どのような事故か？　土地改革運動と関係があるのか？）、単身山奥に隠れた。山の中で劉政治委員を救出、彼の勧めで山を出て軍に加わり、軍に従って四川省東部に入り匪賊討伐に参加。四川省東部にいる期間に病院に配属となる。

三．母は四川省東部の人。四川省東部の永谷河《ヨングー》から救出された。また、医者である父から手当をうけた。母の誕生日は母が救出された日だ。母の名は父が命名。「釘子《ディンズー》」は母が意識不明のときに叫んだ二文字。

四．母の記憶喪失は、来歴不明。母は貧困家庭の人ではないらしい。且つ文字を知っている可能性がある。『紅楼夢』を読んだことがある。（自注：母は謝朓の詩を知っている。鬼谷子、山を下るの図〔三六ページ参照〕も知っている）

五．母は父の紹介で劉家の家政婦になる。父の記述では、母を護るために父はこの選択をしたらしい。

疑問

一．母はかつてたまたま「且忍廬《チエレンルー》」と言ったことがあるが、四川省東部の胡水蕩《フーシュイダン》という名の村に、一家族の家があり、且忍廬と呼ばれ、蔵書がとても多い。これは母と関係あるのか？

二．家には胡凌雲《フー・リンユン》という息子がいた。重慶で大学に学んだ。撃ち殺された。彼には一人の妹がいた。

三．母の名の丁子桃《ディン・ズータオ》は父が付けた以上、母の以前の姓は丁《ディン》であるとは限らない。母の姓はもともと胡《フー》なのか？

四．母は記憶喪失の前に、生活の中に「釘子」と密接な関係のある人あるいは事柄がある。

五．母の父は絵を描いた？　少なくとも「鬼谷子、山を下るの図」を描いたことがある。

六．母の実家は貧困のはずはなく、彼女の掛け布団は真っ赤で紫地ではなかった。母は学校に行ったことがある？

七．母は刺繍がうまい。かつて銃尻で殴られたことがある。
八．母の実家には小茶《シアオチャー》という母についていた人がいる。（小間使いか？）

青林はこうした手がかり項目を書いて整理しているとき、益々この背後には極めて複雑な事情があると思った。その事情は母の失われた記憶の中に、また父の意識的な隠蔽と曖昧な推測の中に隠されている。

青林は考えた。これらすべてをはっきりさせるべきではないか？　父は彼が知ることを望んでいなかったが、やはり知るべきだと思った。彼には父の生活にどのようなことが起きたのか、母の生活にどのようなことが起きたのか、はっきりさせる権利がある。

青林は何度も比較した。父の側は、ほとんど糸口がない。父の姓は董《ドン》だ。董《ドン》・朴青《ピアオチン》と珍林《ジェンリン》、これは祖父と祖母の名だ。父には母方の従弟の小起《シアオチー》がいた。それ以外はすべてよく分からない。黄河以北は広大で、青林は自分には手の下しようがないと感じた。父は極力自分の記憶を打ち消そうとし、後の人に知られまいとしている。父は当時の自分と以前の生活を断固として切り分けている。

それに比べてみれば、母の糸口は多くなっていると思える。さらに重要なことは、母は生きているということだ。もし彼が母の境遇を知ることができ、母の親族を探すこともできれば、あるいは母を呼び覚ますことができるかも知れない。母はもともと強い人だから、自分の過去を受け入れることができると青林は思った。いまはどんな時代だろうか？　以前のことなど、一笑に付すことができよう。青林はそう考えた。

そこで、これから調べる必要のあることがはっきりしてきた。

一．永谷河は探し出さなければならない。

二．かつて胡水蕩に住んでいた人をできるだけ探し出す。

三．胡水蕩と永谷河はどのような地理関係なのか？

四．劉小安《リウ・シアオアン》と劉小川《リウ・シアオチュワン》は母のちょっとしたエピソードを知っているだろうか？　たとえばどんな人が彼女を訪ねてきたか、あるいは彼女は無意識のうちにふと何かを漏らしたか？
（ずっと昔のことで、二人はまだ小さく、何の記憶もないかも知れない）

五．最も重要なことは、且忍廬を知っている人を探し出すことだ。

こうしたことを書き終え、青林は長いため息をついた。

第一一章

五一・地獄の第一一：私は兄を訪ねる

実家にはもう一人もいなくなった。しかも嫁ぎ先もほとんど皆いなくなり、三知堂《サンジータン》では、自分だけが何とか生きている。丁子桃《ディン・ズータオ》はいま、そうはっきり分かった。彼女は思った。それなら、私は独りぼっち、生きていて何になるのだ？ 私は皆が亡くなるのを見ていた。汀子《ティンズー》も亡くなった。私は夫の陸仲文《ルー・ジョンウェン》に何と言い訳すればいいのだろう？

ここまで考えたとき、彼女は背中が痛み始めたのを感じた。しかも、痛みはかなりひどいのだ。彼女を叩いた銃尻は、力強く重かった。しかも、彼女を叩いた人は、彼女もよく知る男だった。

その人物の顔が瞬時に浮かんできた。

そうなのだ。二人は知り合いだった。彼は彼女の家の裏に住んでいた。幼いころはともに遊んだこともある。彼の家は彼女の家を憎んでいた。その憎しみの原因はこうだ。以前彼の家はとても裕福だったが、祖父が亡くなってから数人の兄弟が独立して言い争いを始め、その後落ちぶれていった。彼らは土地のほとんどすべてを売って現金に換え、家屋も売り払った。兄弟の数家族は使用人が住んでいた裏庭にある部屋にぎゅう詰めに住むことになった。

丁子桃は覚えている。父は彼の家の土地を買わなかった。父は言っていた。あの土地はどんなに安くても私らは買わない。うちの祖先と彼らには怨恨があり、私らはこの怨恨を続けてはいけない。けれども、と丁子桃は考える。お父さん、貴方は間違っているわ、貴方が彼らより裕福な生活をしていれば、この怨恨は自動的にずっと続くのよ。

ここまで考えると、背中は益々激しい痛みに襲われ、思わず身体を横たえた。

丁子桃が横になったとき、ベッドに横たわる黛雲《ダイユン》が見えた。彼女はすすり泣いており、時に大声でうなり声をあげている。

小茶《シアオチャー》が走ってやって来た。「お嬢さま、少し我慢してください。お医者さんがもうすぐ来ますから」

黛雲は相変わらず泣き続けている。小茶が言った。「お嬢さま、どうなさったのです？　旦那さまも奥様も大丈夫でしょう？」

黛雲は泣きながら言った。「どうして大丈夫なの？　父も母も本当にかわいそう。悪いことは何もしてないのに、どうしてこんなふうに扱われなければならないの？」

小茶は急いで言った。「お嬢さま、はっきりと仰ってください。旦那さまと奥様は私にとって育てて頂いた恩があります。お二人はどうなのでしょう？」

黛雲は黙っていた。ちょうどそのとき、老魏《ラオウェイ》が医者を連れてやって来た。小茶がそっと黛雲の衣服をめくり、思わず驚きの声をあげた。「まあー！　お嬢さま、これはどうなさったのですか？」

黛雲の背中は赤く腫れて黒ずんだところもあり、それがまっすぐ肩甲骨まで伸びている。医者は言った。「これは何で叩かれたのですか？」

黛雲が応えた。「銃尻です。彼らは銃尻で叩いたのです」

医者が訊ねた。「なんだって、こんなにひどい手を下したんだ？」

黛雲が応えた。「分かりません」そう言いながら、また泣き始めた。

舅の陸子樵《ルー・ズーチアオ》が部屋の外から質問した。「街の病院まで送った方がいいか？」

医者が返答した。「行かなくて大丈夫です。薬を塗っておきますから、数日経てば良くなるはずです」

黛雲は背中に薬を塗られ、小茶が掛け布団を彼女の体に掛けてやった。寒くなってきた。小茶が、火鉢をおこしましょう、と言った。

夜になって、老魏が舅の陸子樵と姑を連れて見舞いにやって来た。黛雲が言った。「明日早く私は街に行きます。馬車を用意してください」

姑はいささか気分を害して言った。「貴方が街に行く？　うちの孫の汀子は誰が見るの？」

黛雲が応えた。「汀子を連れて街に行きます。小茶が私と一緒です」

舅が言った。「街に行ってどうするんだ？」

黛雲が応えた。「凌雲《リンユン》兄さんを訪ねます。兄さんに父と母を街に連れて行ってもらうのです。父と母はもう批判されて、これ以上耐えられません」

舅が言った。「彼は戻ってきても何の役にもたたんぞ。こんなときに彼を危険にさらしてはいかん」

黛雲が言った。「父が言いました。凌雲兄さんには何か手があるはずだって。兄さんはいまも公務員ですから」

舅が言った。「私はお前の父親と若いころに知り合ったが、彼はインテリだ。何事も良い方に考えるんだ。いままで社会情勢に対して正しい判断をしたことがない。お前はやはり出ていくな。部屋にいればもっと安全だ。まして、お前は傷を負っているんだから」

黛雲が言った。「父と母はどうするおつもりですか？　これは父と母が私とちゃんと相談したことなんです。私は今日逃げ出す、これは父と母が考え出した手なんです。私は批判大会で、両親と関係を絶つ、って言いました」

小茶はびっくりし、思わず叫んだ。「お嬢さま、一体、何をお考えですか！」

黛雲は泣きだした。「その上、私は二人を殴りました。二娘《アルニアン》にはひどく罵られた」

小茶はさらに驚いた。「お嬢さま、どうしてそんなことを？」

黛雲が応えた。「父が私にそうしろって言ったのよ」

舅の陸子樵は暫く黙っていた。そして言った。「お前の両親は大変だったな。苦肉の策を考え出したんだ。みんなの前で両親を殴らせてでも、お前を逃がそうとしたんだ。私は二人にこころから感謝せねばならん。もしどうしてもお前の兄さんを訪ねたいのなら、お前自身は行ってはならんぞ。傷を負ってるし、道はとても遠い。行くのが遅くなってもまずい。ここは富童《フートン》にひとっ走り行かせよう。老魏、寒くなって夜が明けるのは遅いから、明日富童を早めに呼んで、明るくなる前に出発させ、夜には戻ってこられるようにするんだ」

老魏はすぐに応じた。「かしこまりました。旦那さまの言う通りにします」

舅は続けた。「お前は富童にどんな話をさせるのか、お前自身が富童に説明しなさい」

黛雲が言った。「私も話す言葉は少ないのです。両親は耐えられないほど批判されたので、兄に戻ってきて両親を街に連れて行ってほしい、と言うだけです」

舅が言った。「老魏、お前が富童に話しなさい。もし凌雲の仕事が忙しくて戻ってくることができないなら、無理しないように」

黛雲が言った。「兄はとっても親思いですから、きっと戻ってきて両親を救ってくれます」

舅の陸子樵は一つ長いため息をつき、老魏の後から出ていった。

冷たい風が窓の隙間から部屋に吹き込み、小茶が火鉢の中に炭を加えた。黛雲の背中がまた痛み出した。彼女はベッドに腹ばいになって、低いうめき声をあげた。

その年は冬が長く、山頂にはうっすら雪が積もり、陰鬱な天気が続いた。太陽が顔を出しても、寒さは変わらず骨身に染みた。丁子桃は突然故郷のことを思い出した。故郷の冬はいつもこんな感じだった。その寒さは、絶え間なく皮膚まで浸透した。

ちょうどこのとき、やはり刺すような寒風があり、まさに彼女の皮膚を鋭く傷つけたのだった。

五二・地獄の第一二：慌てふためいた走行

丁子桃《ディン・ズータオ》はゆっくりと歩いていた。時に自分はいま歩いているというより、攀じ上っているのだと感じた。すでに一二階だ。

時折襲ってくる背中の痛みとともに、丁子桃はあの日の逃避行を思い出した。

批判大会は祖廟で開かれていた。入口の左右にスローガンが張り出されている。一方には、地主を倒し租税は払わず。もう一方は、農民はもう血の汗流さず。

彼女は休みなく低い声で例の工作組の男に切々と訴えた。私の舅は陸子樵《ルー・ズーチアオ》で、辛亥革命に参加したことがあり、匪賊討伐にも功績がありました。新聞社にも彼の記録があります。いま、私はもう自分の両親と闘って、彼らとははっきり敵味方の線を引いています。その上、家にあるすべての賃貸借契約書を持ち出してきました。私は新中国の政府を支持しています。でも、私の子供はまだ小さいので、子供を見るために家に帰らなければならないのです。

彼女は最後まで何度も言った。工作組の男は彼女を見ながら、少し考え、ようやく言った。「陸子樵は知ってるよ。匪賊討伐のときには、彼の行動は大変よかった。お前が陸《ルー》家の嫁なら、戻っていいぞ」

黛雲《ダイユン》はさっと駆けだした。心臓が激しく高鳴り、批判を受けている家族を振り返って一目見ることさえできなかった。

村の出入口に着くころ、銃を持った二人の男に出逢った。男たちは彼女を捕まえ、一人が荒々しい声で怒鳴った。「お前、逃げる気か?」

黛雲は驚いて足の力が抜け、その場に座り込みそうになった。だが、その怒鳴った男は胡小四《フー・シアオスー》だ。彼女の家の裏に住む遠縁にあたる老四《ラオスー》だ。家を建てたため、彼女の家と感情のもつれがあった。彼の家が没落すると、子供たちの中には匪賊に加わる者、他人の家の作男になる者もいた。黛雲の家では彼らを雇わなかった。黛雲の父が、彼らとはどんないざこざも持ちたくない、と言ったからだ。

黛雲が言った。「工作組の男は私に行けと言ったわ。我が家の子は小さいから、私は帰って子の面倒を見なければならないのよ」

胡小四は荒々しい声で怒鳴り続けた。「批判大会は終わってないんだぞ。出ていくなど許さん」

黛雲が言った。「私の舅の陸子樵は進歩的地主で、新聞に載ったことがあります。私の息子は彼の孫です。やっと一歳になったばかりで、母親がいないとダメなんです」

胡小四は叱り飛ばした。「お前のところの陸家は大地主だから、いずれ批判の対象だ。いま俺たち貧乏人は、解放されて立ち上がったんだ。お前、分からんのか？」

黛雲は言った。「あなたのところの土地はもともと我が家よりずっと多かったです」

胡小四は銃を掲げ、彼女に面と向かって言った。「お前、まだ逆らうのか？」

そばにいる男が彼を少し引っ張り、言った。「工作組の同志が同意した以上、彼女は行かせてやれよ。女一人だ、お前が言い争ってもしょうがないぞ」

胡小四は少し考え、銃を放し、怒鳴った。「失せろ！」

彼女はこれ以上話すことなく、素早く歩き出した。数歩歩いたところで、背中に激しい一撃をくらった。あっとよろめいた彼女は、その場に倒れ込んだ。

立ち上がらぬうちに、彼女は背中にまた一撃をくらった。そのときの感触で、殴ったのは銃尻だと思った。彼女は振り返り、泣きながら胡小四に言った。「どうして私を殴るのよ？　腕があるなら私を銃殺すればいいでしょ」

もう一人の男が胡小四を祖廟の方へ引っ張って行った。胡小四は振り向いて言った。「そのうち、お前の家族を銃殺してやるぞ。いいか、俺の爺さんは昔、お前の家族全員の銃殺を考えていたんだ」

黛雲はうなだれて立ち去った。郷村の小道をふらつきながら走った。走りながら、泣いた。連なる山に向かって時折大声で叫んだ。その叫びは痛ましく、また恐れおののくものだった。

冬の日の生気のない景色と黛雲の慌てふためく走行とが、相互に照らし出された。この道は何度となく通ったことがあるが、いままでこれほど長い道だと感じたことは一度もなかった。

丁子桃は見てはっきりと分かった。このとき以降、二度と家に帰る道に足を踏み入れることはなかったのだ。

五三・地獄の第一三：すべては灰燼に

これは丁子桃《ディン・ズータオ》が何よりも耐えられない記憶だ。

あの一シーンがあるがために、彼女のこころは自分に対する怨恨でいっぱいになる。いま、そのシーンは彼女の眼前にあからさまに開示された。彼女はこころが震え、手も激しく震えた。左手で右手を押さえたが、相変わらず手の震えは収まらない。彼女は分かっていた。この手は永遠に自分の犯した罪悪を記憶していることだろう。

祖廟の外の標語がはっきりと目に焼きついた。一方、祖廟内の柱にも、いたるところに標語が貼ってあった。赤い紙に黒い字だ。苦あれば苦を訴えよ、地主を打倒せよ！　冤あれば冤罪を晴らせ、我に良田を返せ！

胡水蕩《フーシュイダン》の三家の地主とその家族は、老いも若きも、みな頭を垂れて壇上に立っていた。その中に黛雲《ダイユン》もいた。告発大会だった。人々は次々と壇上に上がり、地主三家の罪悪を告発した。

黛雲を告発する順番になったとき、黛雲は突如顔をあげ、工作組の責任者に言った。「私は少し発言してもいいでしょうか？」

工作組の男たちは疑い深い眼を黛雲に向けた。黛雲は慌ただしく話した。「匪賊討伐のとき、私は街にいて勉強中でして、文字学習班に参加したことがあります。私は革命的進歩青年です。子供を産むために、実家に戻っているのです」

工作組の男が言った。「お前は何を言いたいんだ？」

黛雲は昔からの使用人に合図を送り、三個の木製の箱を運ばせた。

黛雲は言った。「私は地主階級が封建的に搾取した土地所有制を撤廃することを支持します。また、土地を農民に返すことも支持します。私は私の両親とはっきり敵味方の線を引きます。そしていまからこの地主家庭との関係をきっぱり絶ち、すべての関係を清算します。私は行動をもってみなさんを支持します」

壇の下から拍手し始める人がいた。その拍手が黛雲に勇気を与え、声が大きくなった。「これが我が家の土地売買契約書と賃貸借契約書のすべてです。いま、私はみなさんの前で、この書類をすべて焼きます。これからは、胡如匀《フー・ルーユン》家の土地はすべて土地耕作者の所有になります。胡如匀家の人間はみな、すべての農民と同じ、畑に出て働かなければなりません」

会場の人たちは、まずあっけにとられた。突如、また拍手が起き、歓呼する人や何やら叫ぶ人も現れた。その騒々しさの中で、火がつけられた。火花が会場を照らし出した。立ち上がる火花に連れて濃密な香りがした。かぐわしい香りだ。そこで、会場はさらに騒がしくなった。

突然、問いただす大きな声がした。「何だ、こんな強い匂いは？　毒なんじゃないか？　誰かが私らを毒殺しようとしてるのか？」

火を消そうとする者さえ現れた。黛雲も何がなんだか、どこからこの香りが来るのか分からなかった。彼女は視線を父親に投げかけた。胡如匀は震えながら言った。「毒ではない、違うんだ。政府の朱肉には銀朱と香りの出る花を混ぜてあるので、香るんだ」

彼の声はか細く、会場の人たちにははっきり聞こえなかった。

黛雲はそこで大声でまた説明した。「毒などではありません。政府の契約書には判を押すんです。判の朱肉には香りの出る花が混ぜてあり、だから燃やすと煙が香るんです」

いま、何年来の、そして何人分の賃貸借契約書が燃えているのか、黛雲は知らない。彼女は一度も見たことがないのだ。彼女の祖父や曾祖父のサインと花押までもがあるのかも知れない。このときを最後に、こうしたものはこの世に存在しなくなるのだ。

会場のあちこちからひそひそ話がもちあがり、再び拍手が起こった。スローガンを叫ぶ者もいた。工作組の男たちに笑みが浮かんだ。

黛雲が続けた。「胡如匀という地主は、食べ飲み道楽に打ち興じ、字を書き絵を描くだけ、しかも家には妾さえ囲っています。ですから、私は革命的同志の皆さんに、妾を彼女の故郷に送り返すよう希望します。胡如匀には地主階級の堕落した生活をこれ以上送らせてはいけません。農民と同じ生活を送るべきなんです」

再び拍手がわき起こった。そのとき、胡《フー》家の二娘《アルニアン》が黛雲の前に飛んで来て叫び出した。「私は胡家に嫁いで二〇年以上になるのよ。貴方、私をこれからどこに送るのよ？　貴方人間としてこんなに良心に悖《もと》ることしてはダメでしょ。それに、家と関係を絶つって、それでも人間なの？　貴方のご両親は貴方を人でなしに育てたってこと？」

黛雲は顔をこわばらせて何も言わず、突然、手を伸ばして二娘の顔にビンタを食らわせた。会場は一瞬静まりかえった。突如、「いいぞお！」と叫ぶ人がいた。

その声に誘発されて、無数の人が叫んだ。「いいぞお！　もっと殴れ！」

黛雲は会場を気にせず、話し続けた。「貴方は我が家では妾として、働きもせず、何一つ不足のない恵まれた生活を何年もしてきたけど、いまは新社会になったのよ。それなのに、まだそんな生活を続ける気なの？　貴方は早いうちに急いで故郷に戻りなさい！」

二娘はぼんやりと黛雲を見ていたが、突如泣き叫びだした。「あんたには、怒りが収まらないわ。あんたは地獄に落ちる！　閻魔様はあんたを放っておかないよ！」泣きながら、黛雲の父親に向き直り、大声で泣き叫んだ。「これが貴方の寵愛する娘の姿よ。彼女は貴方もバカにしてるのよ」

黛雲の父親は頭を低くして、二娘が無理に押すのに任せていた。黛雲は力一杯に二娘を引き離し、手で猛然と父親を一押しした。父親はその場でよろめき、座り込んだ。さらに彼女は二娘もぐいと一押しした。二娘もぐらついて座りこんだ。黛雲は腰をかがめて父親の襟元を摑み、大声で言った。

「立て！　貴方は人民の審判を受け入れなさい」

胡如匀は立ち上がった。頭を垂れ、全身ぶるぶる震えている。

黛雲は堂々と壇上の前面に立ち、続けた。「私はもうここに来る前に、地主の胡如匀に作男と雇用人を解放するよう要求しました。また、地主の胡如匀夫婦には作男が住んでいた部屋に移り、我が家の部屋を明け渡して村に寄与するよう要求しました。我が家にはたくさん本がありますから、これからはここを学校にして、貧しい人たちの子供もみな勉強できるように提案します」

工作組の男が真っ先に拍手をし、そこから会場一杯に広がった。黛雲は突如腕をあげると、大声で叫んだ。「地主を打倒せよ！　土地は農民に返せ！」

黛雲の父親と母親、それに壇上のすべての人がみな手を掲げ、彼女にあわせてスローガンを叫んだ。二娘だけが白目をむいて座ったまま黛雲を見つめ、ぶつぶつと何かを呟いていた。

燃えさかる土地売買契約書と賃貸借契約書はすでに灰燼《かいじん》に帰した。残った香りがまだ祖廟の上空に渦巻いている。ドアから出る人がいて、突如風が吹き込み、砕けた黒い灰が巻き上がった。壇上のすべての人の頭や肩に無数の黒い灰が舞い降りた。

黛雲は工作組の男に壇上から下りるよう言われた。男は言った。「あんたがしたことは正しい。我々はあんたの革命的態度を強く歓迎する。あんたはもう再び壇上に上がる必要はないぞ」

黛雲は壇上から下り、振り返って見た。壇上の両親は驚きのあまり体を震わせている。母親の髷は解けてしまい、白髪の交ざった髪が首に掛かっている。一方の父親はいつのまにか綿入れの右の角が破られて穴が開き、綿が一筋現れて冷風になびき、父親の震えに合わせて一緒に震えている。彼らは頭を垂れ、何も見る勇気はなく、会場に響き渡る怒号の中で身を震わせている。

これが、彼女に残っている父と母の最後の姿だった。

五四・地獄の第一四：父も母もお前が頼りだ

丁子桃《ディン・ズータオ》は光が見えた。

光は定かではなく、点いたり消えたりする。まるで空中を舞う黒片か、降りしきる雪のようだ。彼女は思った。神さま、もう私は苦しみから解放されるのでしょうか？　ここを出て行ってからは、どうなるのでしょう？　父の綿入れは新しいのに換えたでしょうか？　母はまだ怒っているでしょうか？　特に二娘《アルニアン》は、もしもまた会ったら、殴り返してくるでしょうか？　突如、彼女は思い出した。父も母もすでに亡くなった、二娘も亡くなったのだ。ここを出て行ってから、誰に話すべきだろう？　彼女はこのすべてを話したい、それこそ彼女の本心ではないか？

その日は雨だった。秋が終わり、冬になった。山は冷えるのが早い。どこも寒々としている。

家が傾いたとはいっても、母の誕生日はやはり祝いの日だ。黛雲《ダイユン》はそのために且忍廬《チエレンルー》に戻った。家はひっそりとしていた。使用人はみな帰してしまい、誰もいない敷地内はいっそうもの哀しい。

黛雲は父親に訊ねた。「凌雲《リンユン》兄さんは戻ってこないの？」

父親が答えた。「伝言が戻ってきて、数日会議があって休みがとれないそうだ」

母親も言った。「忙しいのよ。公務員の仕事は大変だから」

その日の長寿麺は二娘と兄嫁が二人で作った。食べ始める前に、突然家まで訪ねて来た人がいた。かつて家にいた作男の小二《シアオアル》だった。小二が言った。「工作組から言われて通知を伝えに来たぞ。明日からあんたの家の批判大会を開くから、明日は誰も勝手に出ていくな」

黛雲が忙しげに言った。「どうして我が家を批判するの？　私の兄は街の公務員よ」

小二が応えた。「工作組の通知だ。地主はみんな批判される。家族全員、行くんだ。胡《フー》家の祖廟だぞ」

黛雲の父が言った。「娘が戻ってきたのは、母親の誕生日を祝うためなんだ。明日早く戻って行く」

小二が言った。「娘はいい時に戻ってきた。娘はお嬢さんを卒業して若奥さんになってんだろ？　ちょうどいいから一緒に批判大会に参加しろ」

小二の口の利き方は傲慢そのもので、その話の内容だけではなく、思い上がった態度に家族全員が驚き呆れた。小二は胡家の作男として十数年、いつもおとなしく力仕事をしていた。だが家を出て一か月足らず、会ってみるとこの態度だ。

黛雲が言った。「小二、あなた、どうしてそんなふうに話すの？」

小二が応えた。「おいらは解放されて立ち上がった農民だ。お前らは地主だ。同じ人間ではないから、同じ話はできないんだ。だけどな、おいら親切心でお前らに伝えてやろう。ここ数日は多めに食べなよ。批判大会は一日で終わらんからな」

「あなたは三知堂《サンジータン》の陸子樵《ルー・ズーチアオ》家を知ってるでしょ？　私の嫁ぎ先よ。我が家と陸子樵は親戚で、陸子樵は私の舅よ。県ではとっても重要な人なんだから」

「奴は地主か？」

「そうよ。でも革命に貢献したわ。匪賊討伐には手柄があったし。食糧調達でも一番多く拠出したのよ」

「お前の家より土地は多いのか？」

「もちろんよ。陸《ルー》家の年間租税は数千石よ」

「では待ってろよ。これからはもっと厳しく批判するぞ。明日、一人も出て行くな」

小二は話し終わると大手を振って立ち去った。黛雲の父が言った。「彼は手下だから、彼に言っても埒があかない」

母親の長寿麺は意外にも無言の家族の寂しい雰囲気の中で食べ終わった。

夜、黛雲は気持ちが塞いで寝付けなかった。今回実家に戻ったことを後悔した。壇上に立って批判されるのは、どんなことになるのだろう。明日はどんな場面に向き合うことになるのか、心配で堪らない。夫の家に戻れるかどうかは自分でも分からない。彼女は初めて自分には頼れることが何もないと感じた。

突然、部屋のドアをノックする人がいた。慌てて衣服を羽織ってベッドから下りた。やって来たのは父と母だった。二人はドアから入るとき、誰かが後をつけていないかを恐れるように、振り返ってあたりを見渡した。その顔にもおどおどした表情が現れている。黛雲は解せなかった。「お父さん、お母さん、どうしたの？」

黛雲の父はドアをしっかり閉め、二人は黛雲を引っ張って座らせた。父が言った。「黛雲よ、現在は我々にとって極めて不利な状況だ。私とお前の母さんは、もし街に行ければ、多分少しは安全だろう」

黛雲が言った。「もちろんよ。我が家は城門の外に数部屋あるではないですか？　お父さんとお母さんがそこに住めば、お兄さんもいつも家に帰ってお世話できるわ」

父が言った。「初めは、春節が終わって暖かくなってから、街に越そうと思っていた。だが、いまとなっては、もしも私とお前の母さんが批判されたら、きっと耐えられない。だから早めて移りたいのだ」

黛雲が応えた。「それが一番いいわ」

父が言った。「私と母さんは半日考えた。明日、お前は何とか抜けだして、お前の舅に頼んで至急人を街に行かせて兄さんを訪ねてもらうんだ。彼はいま、公務員だ。できるだけ早く私たちを迎えに家に戻ってきてほしいんだ。さもないと、私たちは恐らくここから離れられない」

母親は沈んだ顔で言った。「どんなふうに批判されるのか分からないから、私、とっても怖いのよ」

黛雲が言った。「あの人たち、私を行かせてくれるかしら？」

父が言った。「だから、私と母さんは相談に来たんだよ。明日、お前は壇上で私たちの誤りを暴いて、家にある土地売買契約書を燃やしてくれ」

黛雲は驚いた。「それはダメです。これから家に土地がなくなったら、どうするの？」

父が言った。「残しといても役立たん。兄さんは前回戻ってきたとき言ってたろう、これから地主はいなくなる、すべての土地は農民に返す、とな。いまは我々の命を護ることが大事なんだ。お前は土地売買契約書を燃やし、家を拠出して村の学校に使うと言いなさい。まだある、必ず父と母との関係を絶つんだ。お前が出て行くために、彼らにお前を信じさせるんだ」

黛雲は泣き始めた。「お父さん、お母さん、そんな話、私はとても言えないわ」

父が言った。「父さんと母さんを救いたいなら、そう言うしかないんだよ。そうだ、二娘も救わなければならん。彼女を故郷に帰すよう提案するんだ。兄さんは絶対に二娘を連れて街に入ることはしないはずだ。だが、彼女をここに残しておいてはダメだ。彼女は至急故郷に帰らせて、その後でまた彼女が街に来て我々と合流する。この話はいま彼女に話すわけにはいかない。彼女が戻ってから、私が彼女を迎えたとき、彼女に伝える。そうしないと、彼女は口数が多いし、それに知らない振りをするのが苦手だ。私は彼女が口を開いてしまうのが心配なんだ」

黛雲は依然として泣いた。「私にはとてもできないわ。二娘は私をひどく怨むでしょ」

父が言った。「これしかないんだ。仲文《ジョンウエン》が戻ってきてから、お前たちも街に移り住む。田舎にいてはならない。田舎にいることはできないんだ」

母が言った。「どうしようもないわ。貴方は早く逃げ出すことを考えて、早く兄さんを訪ねて私たちを迎えに戻ってきてちょうだい。私、一日だって耐えられないのよ。もしも街がまだ安全でなければ、私たちは成都の祖父の家に行くわ。黛雲、私たちはお前が頼りよ」

黛雲が言った。「家は本当に要らないの?」

父が応えた。「それは後で話そう。まず命が大事だ。黛雲よ、父さんと母さんはお前に頼んでいるんだぞ。明日、思い切らねばならないときは思い切るんだ。父さんと母さんを殴る必要があれば手を出して殴れ、私たちはお前を恨まんぞ。私たちはお前が出て行けることだけが大事なんだ。私たちは数日、耐えていなければならない。お前は急いで凌雲を訪ね、できるだけ早く私たちを連れて街に入れればそれでいいんだ。彼に来るよう頼むとき、一人で来させてはいけない。一番いいのは別の公務員と一緒に来ることだ。そうでないと、恐らく出てこられないからな」

黛雲は父親の話を受け入れた。

丸々一晩、彼女は考え続けた。明日の批判大会の対応の仕方次第で、逃げ出すことができる。彼女はこれほど大事なときが自分に訪れるとは、いままで一度も予想したことがなかった。仕方なく大声で人々に向かい、父と母との関係を絶ちます、と宣言する。そんなことを考えると、涙が止まらなかった。

このとき、丁子桃は極めて冷静だった。彼女は思った。両親の一生はどう過ごしたのだったか？　二人の頭脳はどうしてこれほど単純だったのか？　もともと彼らは上手く別れることも可能だったのに、この愚かな苦肉の策は彼ら自身の命を保証しなかったばかりか、兄の命まで巻き添えにしてしまった。彼女自身についていえば、生きてはいるものの、この上なく自己嫌悪に陥っている。

五五・地獄の第一五：私は陸家の人ですと言え

丁子桃《ディン・ズータオ》は依然として一滴の涙もなかった。あの凄惨な出来事により、とっくに彼女の神経はこれ以上ないほど麻痺していた。夫の両親は彼女が埋めたし、父と母もすでに亡くなった。兄と兄嫁の二人もすでにいない。それなのに、彼女は何のためにまだ生きているのか？　どうやって生きているのか？　どうやって生き続けられるのか？　死ねない原因は何なのか？　彼女には納得できないことばかりだった。

彼女がすでに一五階に到達したと意識したとき、かえってあらゆることが意味をなくしたように思えた。

こうしたことの数々を、彼女は誰に話せばいいというのだろう？　まだ知っている人はいるだろうか？　彼らのように死ねばいいのか、あるいは彼女自身のように生きていればもっといいのか、それさえもはっきりしないのだった。

三知堂《サンジータン》の花園の月亮門が彼女の眼前に現れた。

初め、彼女は陸仲文《ルー・ジョンウェン》と恋愛関係だったとき、月亮門の両側に寄りそって語り合うのが一番好きだった。二人がそれぞれ片側に寄りかかると、まるで湾曲した月亮門の両サイドが月を縁取るようになる。それから、二人はとりとめのない話を交わした。陸仲文はあるとき、彼女に長めの絹のスカーフを贈り、わざわざ香港の友人に頼んで買ったのだと言った。彼女がそのスカーフを着け、月亮門に寄り添って陸仲文と談笑している。風が起きると、スカーフは風に吹かれてなびいた。陸仲文が突如言った。「僕はスカーフが君の項《うなじ》になびく様子を見るのが好きなんだ」

時には、陸仲文を恋しく思うと、彼女は汀子《ティンズー》と小茶《シアオチャー》を連れ、長い回廊に沿って月亮門まで歩き遊んだ。彼女はよく汀子に話した。「覚えておきなさい。ここはお父さんが好きな場所よ」

その日の夕方、彼女は汀子を連れて月亮門の前で遊んだ。結局実家に戻るべきかを、小茶と相談していた。舅の陸子樵《ルー・ズーチアオ》が花園から歩いてやって来て、彼女たちの相談事を聞き、一言口を挟んだ。

「お前の母親は明日が誕生日だから、どんなに大変でも実家に戻らなければいけないよ。そうでないと、お前の両親はきっと、我が陸《ルー》家は礼儀知らずと思うだろう」

黛雲《ダイユン》が言った。「私、戻りたくないのではありません。ただ、汀子がここ数日ずっとお腹を壊していて、私、心配で……」

舅が彼女の話を遮って言った。「汀子は家に残しておき、小茶に世話させよう。お前は早く行って早く戻りなさい。お前の夫の母親がお前の母親のために新しい綿入れ靴を準備してある。彼女が自分で作ったものだ。持って行っておくれ」

黛雲は少し考えて言った。「母に替わってお義母さまにお礼申し上げます」

黛雲は夜のうちに荷物を整理し、翌日早く、老魏《ラオウェイ》のところを訪れて馬車を頼んだ。老魏が言った。「あれ、しまったなぁ。村の農民協会〔一〇七ページ参照〕が今日街でみんなのために正月用品を運ぶので、うちの馬車を使えって言ったんだ。陸旦那は、家の中の品物は村が必要とすればどれも優先して使ってもらえ、って言われたからな。どうするかね？」

黛雲はがっかりしたが、仕方がない。彼女は言った。「それなら歩いていくわ。幸いそれほど遠くないもの」

老魏が言った。「小道はいけません。大通りを行ってください。一、二時間余計にかかってもかまいません。より安全ですから」

出発のとき、黛雲は汀子にさよならと挨拶した。そのとき、舅の陸子樵が追いかけてきて言った。「黛雲、もし誰かがお前に面倒なことをしてきたら、奴らに言ってやりなさい、私たちは陸子樵の親戚ですと。途中、誰かに何か吹っかけられたら、そいつに言ってやりなさい、私は陸家の嫁です、とな」

黛雲は少しためらった。「それ、役に立ちますか？」

舅は冷ややかに笑った。「我が陸家はこの周辺に数百キロの土地があるんだ、確かな話だよ。県政府の公務員に、私を知らない人が何人いるかね？」

黛雲が言った。「でも、それはいつのことですか？　いまのことですね」

舅が言った。「じつはな、私が彼らのためにうち立てた多くの功績のおかげだ。この私の顔は、どちらかといえば彼ら政府がくれたものだ」

　このとき、丁子桃は思わず舅と同じように冷ややかに笑ってしまった。陸子樵はどれほど大きな顔をもっているの？　自分の命さえ失って、何が顔なの？　貴方のその傲慢さ、その凶暴さが、一家全員を貴方と一緒に死なせてしまった。貴方の傲慢さは一体何の役に立ったというの？　本当に一文の値打ちもないわ！

第一二章

五六．ああ、丁おばさんは君の母親か？

青林《チンリン》はずっといたたまれぬ思いで正月五日まで待ち、ようやく劉小安《リウ・シアオアン》と電話が通じた。

劉小安は言った。父が亡くなって初めての正月なので、誰も外出できなかった。みな安らぎを求め、父を驚かせたくもなかったのだ、と。

青林が言った。「僕はお宅にお邪魔したいのです。ご都合は如何でしょう？」

劉小安はいささか不思議に思った。「もちろん、君が是非とも来たいのなら、こちらは歓迎だよ。小川《シアオチュワン》もいるよ。君のところのプロジェクト、問題はないかね？」

「ないです。順調に進んでいます。じつは、私事があって、お二人と一度話がしたいのです。これは僕にはとても大切なことなんです」

「分かった。家に来いよ」

青林は母親を友人の家の家政婦に託し、両親の写真を一枚持ち、すぐ車ででかけた。春節期間で、道行く人は多いが、車はとても少なかった。至るところ煌びやかで、喜び祝う空気が壁を隔ててどの家からも、どの交差点からも溢れ出ていた。

一人で五日間を家で過ごしていた青林は、その華やかな雰囲気に染まることもなく、自分だけの感傷に浸っていた。

劉晋源《リウ・ジンユエン》の家はまだ返却されていなかった。劉小安と劉小川は客間に一台の細長い机を並べ、劉晋源の遺影が置かれていた。遺影は万州《ワンジョウ》で撮ったもので、劉晋源がこころから笑い、顔の色艶が笑顔を通してはっきりと見てとれる。遺影の両側にろうそくが点《とも》っている。

青林が部屋に入ると、まっ先に劉晋源の大きな写真が眼に入った。写真は青林がよく知る笑顔である。彼と同行した数日間に、父と劉晋源がかくも長い繋がりがあったとは知る由もなかった。青林は思わず熱い涙がこみ上げて、遺影の前に立ち尽くし、暫く呆然となった。

劉小川と劉小安は二人とも家にいた。小安がポンと彼の肩をたたいて言った。「座ってくれよ。今年は父の喪中なので、昔からのしきたりで我々は正月の挨拶に出られない。だからみんな家にいるんだよ。マージャンもやらなかった。父を驚かすわけにはいかないから。考えてみてくれよ、これが何とかいうしきたりっていうものだ」

青林も言った。「僕も家にいて、どこにも行きませんでした」

劉小川もやって来た。「君、一人で過ごしたのか？　妻子は戻ってこないの？」

青林が答えた。「そうです。妻の父も病気なので、子供を連れて実家に行き父をみるように言ったのです。我が家の家政婦が今年は実家で正月を過ごしたので、僕は家にいるしかなかったのです。

でも、滅多にないほど静かで、僕も一人でしっかり母についていようと思いました。お二人は劉《リウ》おじさんのお墓参りに行かなかったのですか？　もし行くなら、僕にも知らせてくれませんか？　あの方のお墓参りに行きたいのです」

劉小安が言った。「君のその心遣いは嬉しいよ。でも最初の一年は行ってはいけないことになっている。亡くなった者の魂はまだ墓地に彷徨っていて、遠くに行っていない。仮に魂を驚かせたら、父の道中は順調にいかないからね。この話、とっても面白いだろ。我々は信じないけど、やはり風習は尊重しないとね、家で偲んでいるしかないんだよ」

青林が言った。「そうですか。でも、楚の人間は魂の落ち着き場所を特に大切にします。僕は博物館で、楚の人間は墓の中の棺に穴を一つ設けて、死者の魂が自由に出入りできるようにしているという説明を見たことがあります。彼らの想像力は素晴らしいと思います」

劉小川が言った。「それは面白い。ところで、君が来たのはどんなことなんだい？」

青林は少しためらい、言った。「僕、一つお訊きしたいのです。お二人は呉家名《ウー・ジアミン》という名前の医師を知っていますか？」

劉小安が応えた。「もちろん知ってる。父はよく大げさに、呉《ウー》医師は私が山奥の林から連れ出してきたと言っていた」ここまで話すと、突然思い当たることがあり、「君はまさか……彼は君の何なんだ？」

「彼は僕の父です」

劉小川は驚き訝った。「何だって？　そうすると、君の母親は……」

「僕の母は丁子桃《ディン・ズータオ》という名前です」

青林はそう言いながら写真を取り出し、歩いて劉小川に手渡して訊ねた。「お二人は、この二人を知っていますか？」

劉小安も驚きの声を上げた。「おお、もちろん知ってる！　なんと君は彼らの息子か？」

青林は涙で声がつまり気味になった。「そうです」

劉小川は飛び上がって、青林をきつく抱きしめた。「驚きだよ、ほんとに考えられない。なんと、君は丁《ディン》おばさんの息子なんだ。兄弟よ、幸い私は君に失礼はしてないよね。でないと、とんでもない後悔をすることになる。私は君の母親の手で大きくなったんだよ」

劉小安は思うところがあって、言った。「ちょっと待って、思いだすから……道理で父がいつも言っていたよ、青林はよく親近感を抱かせる、知り合いの誰かにどこか似ている、って。それに、船にいるとき、父は君の姓は何というのかと訊いた。彼の姓は呉《ウー》だと応えると、とっても驚いていたよ。ああ、父は感じるところがあったんだ。父は初めて君と会った後で、君は誰かある人を思い出させるし、とてもいい気分にさせてくれると、いつも言ってた。私は君が呉医師の息子だとは夢にも思わなかったよ。だけど君はたしかに父親に似ているね」

劉小川も続けた。「いま、はっきりした。私も父はなぜ特に君を気に入っていたのかずっと不思議に思っていたけど、なんだ、そんなに長い縁があったのか。父はきっと、君の父親の何らかの雰囲気を君に感じていたんだな。知ってるかい？　君の父親は私の父の命を救ってくれただけでなく、母の命も救ってくれた。父と母は二人とも君の父親をとても信頼していたよ。一度病になると、君の父親が言うことだけを信じていた。君の父親は、私の両親にとって家族同様だったんだ。君の母親は言うまでもないよ。幼いころは、父も母も忙しく、我が家はほとんど君の母親が仕切っていたんだ。私の兄、私、それに妹、みな幼いころから君の母親と一緒だった。そのころ、父が呉医師の名をだすと、妹は言ったものだ、あたしあの人が大嫌いよ、丁おばさんを連れて行っちゃったから、ってね」

青林の目に光るものがあった。彼はむせび泣いた。「父が亡くなってから、母は住み込みの家政婦になり、外出はままなりませんでした。また、自分は地位が低いと思い、外の人と会いたくなかった。多分そのために、貴方がたと連絡を絶っていたのです。そのころ僕は小さくて何も知りませんでした」

劉小安が言った。「いま植物状態のようになっているのが、間違いなく丁おばさんなの？」

青林が沈んだ様子で言った。「そうです。母は身体は正常ですが、ただ意識が戻らないのです。僕はもともと親孝行をしたくて、金を全部使ってあの別荘を買ったのです。ところが、入居した一日目にこんなことになるなんて。僕は何が母にショックを与えたのか、さっぱり分かりません」

劉小川が言った。「ほんとに意外だな。青林、私は本当に思いもつかないよ。春節が終わったら、君の家に丁おばさんを見舞いに行くよ。我が家は正月の喪に服す期間なので、しきたりに従って他人の家に行くことはできないんだ。元宵節が過ぎたら、私はきっと君の母親に会いに行く」

劉小安が言った。「私も行く」

青林が応じた。「有り難うございます。お二人が現れて、母は嬉しくなってついには意識が戻るかも知れません。そうなったら、とっても素晴らしいです」

劉小川が言った。「どのようにして君は急にこうしたことに気づいたんだい？」

青林は父親のトランクにあったノートを見つけた経緯、そのノートに書かれていた内容を簡潔に説明した。だが、父親がなぜ山奥深く入ったかには触れなかった。父は自分のこうしたプライバシーを絶対誰にも知られたくなかったと、彼は考えていた。父はこのことに関するすべてを忘れたかったのだ。そこで、青林は父親と呉爺さんが劉晋源を救ったことから話し始めた。父親が劉晋源について山を出て兵士になったこと、また、母親が救出されてから記憶を失ったことまでを説明した。

ところで、丁子桃が記憶を失った件は、劉小安と劉小川は二人とも知らなかった。彼らの両親はあるいは丁子桃を尊重していたために、子供たちの前では触れなかった。あるいはまた、劉小安兄弟はそのころまだ幼く、そのようなことには全く注意が向かなかったのだろう。

最も重要なことは、と青林が言った。母が別荘に着いたその日に、その家がこれからは自分の家になると知ったとき、誰にも分からない言葉を不意に言ったことなんです。たとえば、且忍盧《チエレンルー》と言いだしました。それに、何々堂《タン》とも。竹を見ると、詩を一句口にしたんです。あまり人に知られていない詩人の謝朓の詩でした。そしてまた、母の身分とは不釣り合いな言葉も幾つか言いました。おかしいなと思いましたが、気にもしませんでした。けれど、昨年、劉おじさんについて四川省東部に行き、みなさんの雑談を聞いているとき、突如誰かが且忍盧と言うのを耳にしました。これにはとても驚くとともに不思議でした。いままた父の記録を読んで、母はそのあたりで救出されたことに気づきました。その上、父は生前、母の来歴についてすこぶる多くの憶測を抱いていました。母は貧困家庭の娘ではないと推測し、母は文字を識っていると思っていました。結婚後、母の多くの異常さについて、父はノートの中でも推測しています。何年ものあいだ、母はいつも焦りと恐怖を感じ、それに思い出すことを拒んでいました。医師は、記憶を失う前にきっと大きなショックを受けたことがあるに違いない、と言っています。これらは、春節のあいだ父の記録を読んで、初めて知ったことです。

劉家の兄弟は話を聞いて呆然となった。

劉小安が言った。「びっくりだな、全く奇妙な話だよ」

劉小川が言った。「全く思いもよらないな。彼女が記憶を失う前の事実は調べることはできないのか？」

青林が答えた。「分かりません。もしも母が記憶を失う前の経歴を探せれば、あるいは母の親戚を探せれば、母が意識を呼び覚ますのに役立つのではないか、とただそれだけを考えているんです。僕は母に意識を取り戻してほしいだけなんです」

劉小川が言った。「そうだね。彼女は記憶を失う前、家があり家族がいたはずだ。五〇年も過ぎたんだから、彼女の両親はもうこの世にいないだろうけど、兄弟姉妹のたぐいはいるかも知れない」

青林が言った。「父の記録には、母は以前子供を産んだことがあると書かれています。医師が父に伝えたのです。父は驚きました。でも、母自身は覚えていないのです」

劉小安が言った。「全くなあ。君はこれから自分のために兄か姉を探し出せるかも知れない。あの時代は、女性は子供を産むのが早かったから、一人だけとは限らない。もしもその子供を探せたら、きっと彼女の意識を呼び覚ませるだろう」

青林が言った。「みんな僕の勝手な妄想なんです。母が救出された河は永谷《ヨングー》河という名前だといまは分かっています。それに且忍盧というところも分かっています。僕は昔訊ねたことがあるんです。且忍盧は胡水蕩《フーシュイダン》というところにありました。その家にはたくさん本がありました。少なくともその家には胡凌雲《フー・リンユン》という息子がいて、重慶で大学に行きました。貴方がたの父上は彼を知っています。農民の言うことには、彼はある年、家に戻る途中で殺されたそうです。私の知っている手がかりはこれがすべてです。胡水蕩は数十年前、ダム建設のときになくなりました」

劉小川が言った。「君の母親は潜在意識ではまだ且忍盧を記憶しているよ。二つの可能性があると思うんだ。一つは、その場所は彼女の家があったのかも知れない、もちろん嫁ぎ先だった可能性もある。もう一つは、彼女はその場所でけがを負ったことがあるかも知れない。惜しいことに、父は亡くなってしまったからなあ。生きていれば、まだ君を手助けできたのに」

青林が言った。「そうですね。僕の父が昔抱いた多くの思いは、きっと正しかったのです。また、劉おじさんも幾つかのおかしなことに気づいていたかも知れません。僕はたとえば、母はとっても刺繍が得意で、しかも非常に上手なことに突然気づきました。でも、いままで母が刺繍をしたのを見たことはありませんでした」

劉小安と劉小川は互いに顔を見合わせ、昔、家にいたとき、丁おばさんが刺繍をしていた記憶はない、と次々に言った。

青林は長いため息をついた。「僕は本当に劉おじさんから話を聞くチャンスを逃してしまいました。おじさんは多くの事実を知らせてくれたでしょうに」

劉小安が言った。「テレビドラマを見ているようだな。君の家のことは、とっても興味深いな。人は記憶を失った後、潜在意識下で最も深く刻まれているのは、一番愛したところか、それとも一番恨んだところか、どちらだと思う？」

青林は少し考えて言った。「分かりません」

劉小川が言った。「一番恨んだところをよく覚えているだろうな。傷が深ければ、いつも復讐しようと思うだろうから」

劉小安が言った。「いや、私はお前と正反対だ。私はたぶん一番愛したところを覚えているだろう。それこそ生き続けていくことの活力になるからな」

劉小安は話し終わると自分から笑い、さらに言った。「この話は止そう。青林には判断しようがないからな」

青林は苦笑した。「たしかに判断は難しいです」

劉小川が言った。「君、これは是非とも調べてみるべきだ。君の母親のために、君自身のためにも指示を与えよう。君に長期休暇を与えてもいい。給料はいままで通りだ。今回の事実は、はっきりさせなさい。もし君の母親にまだ存命の親戚がいたとしても、彼女の意識を呼び覚ませるとは限らない。はっきり言うと、君の母親のことは私のことでもあるんだ。私は生まれて数日後には、彼女に寝かせてもらった。五年間そうだった。毎夜、いつも彼女が私をあやして眠らせてくれた。六歳になってから、妹が彼女と一緒に寝ることになり、私は一人で寝ることになった。私は彼女の作ったごはんを、一〇年にわたって食べていたんだ。私の嗜好は彼女が作り上げたものだ。でもあのころは若くて、いままで彼女にどんな経歴があるのかなんて、知らなかったよ」

劉小安も言った。「青林、このことは本当に考えられなかった。君の母親が我が家に来たとき、小川はまだ生まれていなかったし、私はたった三歳だった。母は負傷して、身体が悪い上に仕事が忙しかった。私たちはみな彼女について成長したんだ。彼女が出て行ったとき、私は中学にあがったところだった。あの日、帰宅して新しく来た家政婦の作る料理が不味いと言って、カンカンに腹を立てたもんだ」

劉小川が言った。「兄さんが怒ったことは、まだ覚えているよ。母が怒って、兄さんに新たな家政婦に謝れと言った。兄さんは謝らないと口答えしたんで、父さんが拳固を食らわして、やっと素直になった」

劉小安が言った。「そうなんだ。私は学校の寮に住むようになって、段々忘れていったな。その後、家に来た家政婦は、誰一人として一緒に暮らして家族のようになった人はいなかった。青林、君の父親は早くに亡くなり、母親もそのような病気だ。これからは、君は私らの兄弟だぞ。私が君にとって長男、小川は次兄、妹は君の姉だ。妹は今日ここにいたら、すぐにでも君を抱いて泣くだろう。君の母親が去ってから、彼女は私よりひどく騒いだんだ」

青林は、母がこの家庭でこのように重要な存在だったとは思いもよらなかった。劉家の兄妹と母がこれほどの深いつながりがあったなどとは、なおさらだ。暫くは涙が堰をきったように溢れ出た。

五七．晴雯は女の子です

元宵節が過ぎ、劉小安《リウ・シアオアン》と小川《シアオチュワン》兄弟は約束通り青林《チンリン》家にやって来た。だが現実は、二人がどんなに呼びかけ、昔のことを語りかけても、丁子桃《ディン・ズータオ》は依然として両の眼に光はなく、ぼんやりしたままだった。兄弟は辛かった。暫く嘆きため息をついたが、どうすることもできない。

劉小安が言った。「私たちの話は届かなかったのだろう」

青林が言った。「誰の話が届くというんだろう？」

劉小川が言った。「恐らく、彼女のこころに絡み棲んでる人か、あるいは彼女と当時関係していた人だろう。青林、彼女は子供を生んだことがある以上、昔は夫がいたのではないか、って言ったね。その人がもしもまだ生きていたら？」

青林が応えた。「もしも本当に生きていて、母の意識を呼び覚ますことができたら、僕は必ず面倒をみます。もしも親戚が誰一人見つからなかったら、どうなるのかな？　僕の母は永遠に意識が戻らないのかな？」

劉兄弟は返事がなかった。

じつは、兄弟は来る途中に、事の真相や親戚が見つかるかどうかに拘らず、丁おばさんが意識を取り戻す可能性はあまりないだろう、と話し合っていた。だが、彼らはその考えを口に出したくなかった。青林に希望はないと思わせたくなかったのだ。

青林はついでに自分の家を案内した。花瓶の前に来たとき、言った。「ここに画かれているのは何だかお分かりですか?」

劉小安が応えた。「分からないな。中国の古い絵はみんなこんな感じだ」

劉小川は細かに見てから応えた。「老子出関の図じゃないかな?」

青林が言った。「これは友人から贈られたものです。僕もこの絵が何を描いているのか全く知りませんでした。僕は中国絵画には一向に興味がありません。でも、母はこの花瓶を一目見るなり、鬼谷子、山を下るの図〔三六ページ参照〕だって言ったのです。僕が贈ってくれた友人にわざわざ訊いたら、かれも鬼谷子、山を下るの図だと言うんです。老子出関の図では、黒い牛に乗っていますが、一方の鬼谷子、山を下るの図では車に乗っていて、虎と豹がその車を牽いています。母はまた、父親が昔よく絵を描いていたと言っていました。母は完全に無意識でそうしたことを話したのです。僕が母に訊くと、母はぼんやりした表情を浮かべ、全く自分が何を話したか分からないのです」

劉小安が突然言った。「君の話を聞いて、突然思い出したよ。小学校で李白の「蜀道難」を暗記して書くとき、その中の〈蚕叢及魚鳧、開国何茫然（蚕叢と魚鳧と、開国　何ぞ茫然たる：蚕叢も魚鳧も蜀を開いたのは、なにぶん大昔のことではっきりしない）〉という句を、私は〈蚕叢及魚鳥〉と書いたところ、丁《ディン》おばさんが『この字は間違えています、〈蚕叢及魚鳧〉です、魚鳥ではありません』と言ったんだ。そのときは信じなかったけど、後でやはり私の方が間違っていたと分かったよ。彼女は間違いなく文字を知っているんだ」

青林が言った。「母が幾つか文字を知っていることは、僕も知っています。母は識字運動〔七〇ページ参照〕のときに学んだと言っていました。でも、滅多に見ないこんな字までは学ばなかったのではないかな？」

劉小川も何かを思い出したように言った。「君がそう言うので、思い出したことがあるよ。武漢に引っ越してから、友達が母親に美人画を贈ってくれた。そこには、〈こころは天より高く身は下賤なり、優雅で聡きは人に怨まれる〉〔『紅楼夢』第五回に出る言葉で、晴雯《チンウェン》を評した言葉。原文「心比天高身為下賤、風流霊巧招人怨」〕と書かれていた。母は、こんな娘の絵、私は知らないわ、と言った。そばで湯を注いでいた丁おばさんが、『晴雯は女の子で、とっても可愛いです』と言った。母は、晴雯て何？　晴雯って誰なの？　と訊いた。すると、丁おばさんはぼんやり母を見つめながら、言った。『私はよく知りません。でも、この娘は晴雯だと思います』。母はその後、その絵をとっておいた。私が高校に上がり、『紅楼夢』を読んだとき、突然発見したよ。この、こころ天より高く身は下賤の人は、確かに晴雯のことだった。つまり、君の母親は『紅楼夢』を読んだことがあるんだ。それも、絵に書かれた詩を見てすぐ誰のことか分かった、熟読したことがあるってことだよ」

青林は驚き、喜んで言った。「本当ですか？　本当にそんなことがあったんですか？　どの程度の学力があれば『紅楼夢』を熟読できるのですか？」

劉兄弟は少しずつ思い出していったが、丁子桃の経歴は二人にとってじつに大きな謎なのだった。

青林は考えた。この世には奇異に思われることがあり、僕たちの身辺を一瞬のうちに過ぎていく。僕たちはよくそうしたことに対して気にもとめない態度をとる。だが現実は、気にとめないそうした事実の背後に、大きな秘密が隠されているのかも知れない。

五八・きれいな飛檐の反り返り

青林《チンリン》は再び四川省東部にやって来た。

同行者は龍忠勇《ロン・ジョンヨン》。初夏のことだ。

青林は孝行息子ではあったが、人のことにあまり関心を示さない人間でもあった。ビジネス界に長くいて、この世に対してはプラグマティックで現実重視がすでに習慣になっていた。父親の記録を読んだときは、深くこころを奪われ、時間を使ってでもしっかり調査しようと思った。だが、暫く経つと、その考えは変わっていき、それほど大きなことではないとも思うのだった。まるで毎日が盆水のように、一日ごと彼の頭からばら撒かれていき、あの強烈な感情をむざむざ洗い流していくかのようなのだ。時間と労力を費やして、と青林は思った。自分の生活にとってどのような意味があるのだろう？　いわんや母親はもう老いている。どうやって意識を取り戻すことができるだろう？　仮に本当に親戚を探し出しても、みな見知らぬ人たちだから、無難に対応できないのではないか？　それに、父も知ってはいけないと書いていた。両親自らさえも思い出したくないことを、根掘り葉掘り自分が知らなければならない必要性は必ずしもないだろう。やはり、両親の考えに従おう。

時間は残酷だ。現実はさらに毒だ。それは一人の激情の持ち主を何事にも動じない現実的な功利主義者に変えることができる。青林がまさにそうだった。彼は考えた。重要なことは自分の仕事をそつなくおこなうことに集中し、いまの生活を無難に過ごしていくことだ。未来を見据え、過去は顧みるものではない。時間とともに歩き、時間に逆らうのではない。父親の記録は確かに強くそのことの重要性を語っていた。

そのように考えてから、青林は迅速に自分の考えをまとめた。父親のトランク同様、母のことはこころの隅にしまっておいた。

ところが、龍忠勇が介入し、突然彼は考えを改めさせられた。しかも、その介入は全く考えてもいないことだった。

龍忠勇は南方の荘園に関するシリーズ本を書きたいとずっと考えていた。長江中流域一帯の荘園は、彼のシリーズの重要な部分なのだ。以前は建築本体についての話が多かった。ところが、大水井《ダーシュイジン》の歴史的背景が突如彼にヒントを与えた。民間の建築、特に富豪の邸宅は、建築上の意義から見ると、実際新たな発見は難しい。ところがその背景、つまりその始まり、変遷、そして終焉までの歴史は、建築本体より価値があるに違いない。特に関心を呼ぶのは、半世紀以上にわたる社会のあり方の変化によって、ほとんどすべての南方の荘園は極めて短時間のうちに無人荘園になっていることだ。それらは、学校になり、倉庫になり、あるいは事務所になって完全に消滅した。そして、そこの住民たちはいなくなり、多くの荘園は廃墟状態で存在している。それらは時間によって打ち壊されたというよりも、社会状況によって打ち壊されたのだ。

龍忠勇は突如、これは非常に意味のあるテーマだと思った。つまり、長江中流域、たとえば四川省東部の険しい山に隠れた豪族の荘園は、ほとんど人に知られていない。その始まりと終焉は一体どのようだったのか？　外部の社会の変化は、どのように建築の風格と寿命に影響を与えたのか？これらの建築の寿命が短縮されたのは、建築資材だけではなく、多くは人為的要素に原因があったのだ。彼はこのテーマに甚だこころが躍った。もしこの考えで本を書くとすれば、荘園の図面を作るだけでは到底足りない。彼は幾つもの荘園をもっと深く理解する必要があった。かくして、論考が社会状況にまで及べば、彼の仕事量はそれまでより増加し、仕事のサイクルもずっと長くなる。

授業が始まると、龍忠勇は青林に電話をかけ、青林の会社は出版に対して幾らかの資金援助をしてくれるかと訊ねた。本の中に友人の青林の会社から資金援助があったと明記してもいいと言う。このシリーズ本の中で、まず最初に書く本を『四川省東部の荘園』とすると言った。

電話で龍忠勇が休みなくしゃべり続けているとき、青林のこころの奥底にしまっていたものが、電話から伝わる友人の熱い思いによって火がついたようだった。彼は突如ある思いが湧き出てきた。

「資金はまかしておけよ。友人の資金援助を明記するなんて、どうでもいい。僕には一つだけ条件がある、それは君と一緒に僕も行く、ってことだ」

龍忠勇は驚いて、思わず訊ねた。「どうして？　仕事は休めるのか？」

「ある調査をして手がかりを探すのを君には手伝ってほしいんだ。四川省東部で且忍廬《チエレンルー》という屋敷を探したい。でも、その屋敷はもう存在しない。いまはダムの底だ。でも、事情を知ってる人を探したいんだよ。もしよければ、四川省東部を探索するときの車は僕が提供する」

龍忠勇はそれを聞いて大いに喜んだ。「そんな条件なら大歓迎だ。こちらにとっても有り難いよ。君が一緒に行ってくれれば、僕たちは食と宿と車は心配しないですむ。それに、君は素人ではないのだから、もっと多くヒントを出してくれよ。それにしても、その屋敷を何で探したいんだい？」

「それは会ってから話そう」

出発の時間はすぐ決まり、重慶で会うことになった。劉《リウ・》小《シアオ》川《チュワン》が今回大いに力になってくれた。彼は即刻重慶支社に電話し、青林に一台のジープを用意すること、そしてジープを飛行場まで運び、青林に渡すように指示した。劉小川は青林に言った。「必要なことがあったら、どんなことでも構わず私に電話しなさい」

　ところが、出発直前に、劉小川が急に再び電話を寄こした。「青林、私は君より年長で、物事も君より知っている。君に言っておきたいんだ。もし探すのが難しかったら、諦める決断もありだよ。真相などは何がなんでも追い求める必要はない。世の中の多くは、どれも真相を明らかにできるわけではない。だから、容易さを求め手間を省いて生きている。これはいつだって人生の要諦だ」

　青林は電話を聞いてあっけにとられたが、話は聞き入れた。彼は気持ちを落ち着かせ、窓前に行くと長いあいだ考えた。

　龍忠勇の学生たちは授業があるので出かけられず、龍忠勇は一人でやって来た。青林と会うと、開口一番言った。「全く信じられないよな。卒業して何年も経って、僕たちはなんと一緒に専門の実地調査をしに行くんだぜ。君、きっと何か思いついたことがあるんじゃないか？　それとも、奥さんとやらかして、逃げ出したくなったのかな？」

　青林は笑って言った。「そうじゃないんだ。私事なんだ」

それから、父親の残した記録の中の母親の身の上に関する内容を、一通り詳細に龍忠勇に話した。

　龍忠勇は非常に興奮した。

「君はよくそんなに平静でいられるなあ？　春節からいままで待つことができたのも、もう僕には分からないよ。僕は君と一緒に探すよ！　これは僕の本よりずっと重要だ」

　青林は笑った。「それほどでもないよ。初めのうちは、僕もとてもこころを動かされた。落ち着いてから、よくよく考えたんだ。分かっても、あるいは分からなくても、どれほどの意味があるだろうか、ってね。父は忘れようと努力し、母は思い出すことを拒否した。二人はどうやら生涯をかけて抵抗したんだ。僕は、彼らには彼らなりの考えがきっとあったと思う」

龍忠勇が言った。「それは一体どんな考えなんだい？」

「世の中には結局のところ、記憶するに値しないことが幾つかある。あるいは、世の中には忘れ去るべき物事があり、忘れ去るべき人物がいるってことだよ」

龍忠勇は暫く返事をしなかった。ジープが重慶を出たころ、初めて口を開いた。「それはそうだ。ただ、物事や人物について、世の中には忘れてしまいたい人がいるけど、きっと記憶しておきたい人もいるよね」

青林は黙っていた。

彼らは万州《ワンジョウ》に留まらなかった。青林はかつて劉晋源《リウ・ジンユエン》とともに食べた焼き魚店で、龍忠勇に焼き魚をおごり、その後まっすぐ李東水《リー・ドンシュイ》の家までジープを走らせた。

高齢の李東水はベッドに横たわったまま、起き上がれなくなっていた。息子の毛仔《マオザイ》が何度も語った。父はただ胡水蕩《フーシュイダン》という名を聞いたことがあるだけで、且忍廬は全く知らないのです。所詮、かなり遠くもあり、以前は交通が不便だったこともあって、それほど情報は伝わって来ませんでした。

毛仔は最初に且忍廬を口にした老人宅に彼らを連れて行った。その老人も繰り返し語った。通りかかった工作隊の男が且忍廬と言ったのを聞いただけで、そのほかは少しも知らないのです。そのときは火をたく炉子《ストーブ》かと思い〔一二九ページ参照〕、且忍廬とはおかしな名だと感じて、特に訊ねたことがあり、それで覚えているだけなんです。そうでなければ、とても覚えていられません。

情報の糸は、これで途切れた。

龍忠勇が言った。「ぜひとも、当時胡水蕩にいた人を探す必要がある。さらに、胡水蕩の人間はどこに移ったのかをはっきりさせなければならないな」

青林が応じた。「一つの考えだが、僕らは県城に戻って、档案《とうあん》〔個人の経歴などの情報記録〕で当時胡水蕩の人がどこに移ったかを調べてみよう」

龍忠勇が応えた。「五〇年代のことだから、記録はないかも知れないな？」

「もう一つ考えがある。永谷《ヨングー》河を探して、河に沿って遡るんだ。母は当時、その川から救出されたんだ。川の両岸に、何か発見があるんじゃないかな？　河はほとんど四川省東部の奥地を流れているので、もし古い荘園とか古い建築物があれば、ついでに探訪しよう」

「それはいい考えだ。一挙両得だな」

彼らは響水《シアンシュイ》鎮で一晩休み、翌日、正午前に永谷河に着いた。

青林はもともと河に沿って遡る計画だったが、理論上は合理的で簡単だったが、実際は難しかった。川沿いにはほとんど道がなく、くねくねと回り道を行くしかなかった。しばしば山を越え谷を横切った。ずっと斜面がだらだらと続いていると、突如、奇峰絶壁が現れ、山また山かと思うと、谷が続くのだ。道すがら、青林は龍忠勇に、この一帯でおこなわれた匪賊討伐の出来事を話した。

龍忠勇は車外の山河を眺めながら、嘆いた。「この地に匪賊が多かったのはよく分かる。木が多く草が生え、土があり水がある。土地を耕して作物を植えれば、自給自足だ。身を隠すのは容易で、逃げ込むのも難しくない」

「君の意見は、当時土匪になるのは気楽だったたってこと？」

「きっと貧乏人より暮らしが楽だったに違いない。そうでなければ、匪賊の害はなかっただろう」

「確かに。どんなことも、個別の案件から離れてある現象になると、必ず深刻な歴史的背景があるもんだな」

二人は度々立ち止まり、村落に出逢うたびに、村に入って訊ねた。道沿いで会う老人は多かったが、回答はどれも、知らない、だった。彼らは河の両岸を何日も歩き回り、数百年も経つ古い家屋を見た。規模は大きくないが、破損が相当進んでいた。且忍廬については、知る人はほとんどいなかった。青林は疑問に思った。あちこち訊ねたあげく、且忍廬はもともと存在していなかったのではないかと感じた。聞き間違えたのだろうか？　そう彼は自問までしてみた。

四川省東部の奥地では、多くの村がどこも静かだった。人が少ないためだろうか、すこぶる活気に乏しかった。アブラナは収穫を終え、わせのトウモロコシが植えられて、小さな苗はまだ生えそろっていない。畑の青緑色はまだ淡くみえた。村があるところは、樹木が一団となって濃い緑をなし、田園生活の静謐《せいひつ》さがそこに隠されているように見えた。

龍忠勇はため息をついてばかりいた。嘆きの方が賞嘆よりずっと多かった。賞嘆は自然に対して、嘆きは世事に対してだった。彼は休みなく不満を口にした。新しい家屋は醜悪だし、古い家屋はボロボロだ。自然以外、人工の造形物はほとんどみな気に入らない。昔の一般大衆は家を建てる際、自然環境と調和がとれる関係を重視することができたし、建物と自然とが互いに補う感じになった。ところがいまは、建築士は次々と現れ、建築材と建築工具は質的な飛躍をとげたが、郷村の家屋は益々みっともなくなった。どの部屋も自然環境とは相容れず、ちぐはぐだ。まるでその姿は天地に向かって宣言しているかのようだ。オレは意地でもお前とは調和しないし、意地でもお前に美しい風景を形成させない。オレは意地でも爛《ただ》れた傷跡を貼り付けてお前を醜くしてやる。オレはお前と敵対したいんだ。

彼は言った。「なあ、見てみろよ、重慶を見れば分かるさ。非常にはっきりした計画性のある都市なら、首尾良く幾重にも高層化できたのに、なんと山頂に高層建築を建てようというんだぜ。むざむざと山地にある都市の美しい重層感を台無しにしているんだ。街の通りを歩いていると、高いビルの最上階は眺められないんだ。なんという重苦しさだ。惜しいよ、本当に」

青林は笑った。「これこそ、『天と高さを比べてみようと願う』〔原文は『欲與天公試比高』で、毛沢東『沁園春』の中の語〕だな」

龍忠勇が言った。「人々は、『天と闘い地と闘うその楽しみは尽きない』〔原文は『與天闘與地闘其楽無窮』で、毛沢東『奮闘自勉』の中の語〕という考えを励行して、和を貴しと為す〔『論語』学而篇のことば〕原則を捨てちゃってるんだ。馬鹿げてるだろ？」

二人はあちこち走り回り多くの時間を費やした。話すこともなく、ただ愚痴ばかりが多かった。周囲は山また山で、ずっと走り続けてもそれらしきものは見つからなかった。

青林に電話がかかってくることはほとんどなかったが、龍忠勇の携帯はひっきりなしに鳴った。メールか電話だった。彼は絶えず騒がしい声で話していた。ある学生からの電話を受けた後で、龍忠勇は出しぬけに青林に言った。「僕らこの前、幽霊荘園に行きたいと話したことがあったろ？　学生が、このあたりに違いないと言ってきたよ。僕らそこへ行ってみたらどうだろう？　もちろん、且忍廬の聞き込み調査は続ける。どう思う？」

「もちろんそうしよう」

龍忠勇は携帯のショート・メールを開き、学生が伝えてきた住所を探した。彼は読み上げた。「吉祥《ジーシアン》鎮方面に向かい、珠渓《ジューシー》湾を探し、そう遠くないところで山頂に聳える望楼が見える。望楼の方向へ向かい、まっすぐ行けばいい。村民は素朴で、村長は教養があるから、先生たちを助けてくれるはずです、って言ってるぜ」

青林は地図をひろげ、あちこち走ってきたが、そう遠くはないと分かった。そこで、車を降りて村民に道を尋ね、河から離れてまっすぐ進んだ。

走り始めてほどなく、広い道から離れた。ジープは小道に入り、海上の船のように激しく上下に揺れた。車はローにして進むしかなかった。黒龍《ヘイロン》という名の小村に着いたときは、すでに暗かった。彼らはその小村で一泊し、空が明けるころ、吉祥鎮に向けて出発することにした。

　黒龍も吉祥も、どちらも群山の奥に隠れた小村で、ほとんど外部の人に知られていない。交通の便がなく、やって来る外部の人はほとんどいない。夜は暗く、風は強い。そして幾重にも重なる山々。青林が言った。「ここは柏楊《バイヤン》鎮の大水井《ダーシュイジン》を思い出させるよ。もし幽霊屋敷も大邸宅だったら、どんな人がこんな山奥にやって来て自分の家屋を建てたんだろう？　資材を運び込むだけでも容易ではないよ」

　龍忠勇が応えた。「分からんけど、変わった人はいるもんだよ」

　小村はもの寂しく、見るところもない。二人は走り回って疲れていたので、早々に休んだ。翌日、道端の店で朝食をすませ、ついでに幽霊屋敷のことを訊いてみた。そこでは、その屋敷を知る人は多く、みなが教えてくれた。西に向かっていき、十数キロ行くと、道は途中で向きを変えているから、吉祥鎮に入る必要はないという。そして、二人に警告した。昼間に行きなさい、夜に行ってはいけません、あそこは亡霊が出るからです。夜に行くと、分をわきまえぬ亡霊が生きている人の身体に付着するんです。話は身の毛もよだつものだったが、かえって青林と龍忠勇はその話に興味をかきたてられた。

　道は相変わらずデコボコの連続だった。大通りを離れると、林の中はまるで石との格闘だった。ジープは散歩の速度になった。車内の音楽はバンダリの「静かなる山林」だ。龍忠勇が車窓を開けると、メロディーはジープから飛び出して山間にこだまし、木々の梢にまるで音符がいっぱい掛かっているようだ。それはかえって自然と調和した気分にしてくれた。

青林が言った。「社長は僕らが彼の車を使っていることは知ってるけど、車がどんなひどい道を走っているかは知らないな」

龍忠勇が応えた。「社長が君に許可してくれた以上、社長の車を心配してどうするんだ。僕らが山奥から生きて出られたら、車のおかげだ。そうすれば社長もきっととても喜ぶさ」

青林はそれを聞いて大笑いし始めた。笑いながら、山頂に露出する反り返った飛檐《ひえん》を目にした。笑い声は突如止んだ。続いて龍忠勇の驚きの声があがった。「おお、なんてきれいなんだ！」

近づくにつれて、目標も徐々にはっきりと見えてきた。それは石を積み上げた望楼だった。高く聳えた楼は山頂に建っており、望楼が山頂になっている。望楼のてっぺんの四隅に尖った庇がつけられ、飛び立つ四つの庇の先は空に広がるつばさのようだ。まるで、望楼全体が地面から抜け出して空に舞いあがるかのようだ。

その日、太陽は弱々しかったが、望楼に注がれると、目を見張るばかりに輝いた。古びた梁を支える柱と崩れかけた飛檐も異様なほどの輝きをみせている。

車がさらに近づくと、木々の枝分かれを通して、望楼の壁面にある砲口まで見ることができる。長々と続く塀は望楼の下の塀から山の勾配に沿って下っている。塀もまた切り取った石でできており、塀の表面に等間隔に四角形の砲口がはめ込まれてある。塀自体は山の傾斜につれて下り、密集した樹木の中に消えていった。

龍忠勇が言った。「こういう作りにして、多くの土匪の侵入を防ぐ必要があったんだ」

青林が応じた。「前回、僕は大水井を離れて、社長の父親について四川省東部に来た。僕の父を軍隊に入れたのは彼だよ。この老革命家はこのあたりで匪賊を討伐した。彼はとっても自慢げに話してくれたよ、彼らが徹底的に匪賊討伐をしてから、土匪は絶滅して五〇年以上たつ。四川省東部の人民はおかげで安寧の生活を送り、二度と土匪による混乱はなくなった。これは前代未聞の偉大な成果だ、そう彼は言っていたよ」

「道々耳にしたところでは、この一帯は土地改革がとても激しかったらしい」

青林は長いため息をついた。「そうなんだ。でもな、革命だろ、相手が死ななければこっちが死ぬ、これは仕方がないことだ。僕らのこの仕事には、全く関係ない。でも、民間のこうした旧式の荘園の建築傾向や敷地の配置を見ると、匪賊防止は確かに彼らの生活のかなり重要な要素だったんだ。この荘園は大水井の李《リー》氏の祖廟にあった高い塀を思い出すよ」

「ここから柏楊鎮までの直線距離は、それほど遠くないはずだ」

ついに彼らは太陽が沈む前に、珠渓湾にたどり着いた。はたして遠くないところに、村があった。ひなびた小さな村は、人がいないかのように静かだ。龍忠勇が言った。「少しはましな部屋を探して泊まろう。君は財産家だ。金を惜しむなよ」

青林は笑った。「一日二〇〇元で、食事付きだ。宿の主人は天から財布が降ってきたと思うんじゃないかな」

龍忠勇も笑った。「一人で二〇〇元だろ。金を持っている者の喜捨と思うべきだな。こんな山の中に住むのは、大変なことだぜ。あまりけちけちするなよ」

「それは分かっている」

五九・柩のない埋葬

青林《チンリン》のジープは幽霊屋敷のそばを通り過ぎた。屋敷は樹木に囲まれ、正門を見つけられず、屋敷の塀さえもはっきり見ることができない。青林が言った。「ああ、この家はじつに厳重に囲まれているな」

龍忠勇《ロン・ジョンヨン》が応えた。「誰も住んでいないと言ったのではなかったっけ？　明らかに道まで手入れする人はいないようだ」

珠渓湾は近くの河がカーブしているところの名前で、河は浅く、石ころだらけで、ほぼ船は乗り入れられない。村は陸暁《ルーシアオ》村といった。陸暁村は小さい村で、そのため山奥に埋没して名前さえほとんど知られていない。数十戸の石作りの人家は、まるで山から転げ落ちてきた石が麓に点在しているように見えた。木々やイバラ、それにアシが生え、遠くからでは村の輪郭がはっきり見えなかった。

二人は村長を訪ねた。村長の家は周囲の環境がいいので、いっそのことその家に投宿することにした。彼らが一番気に入ったのは、新築の家屋にはなんと室内にトイレがあることだった。村長は陸《ルー》という姓で、名を陸歓喜《ルー・ホワンシー》といい、三〇歳ほどだった。深圳《シェンジェン》と重慶で出稼ぎをしてきたが、都会生活に嫌気がさして故郷に戻ってきたのだという。外では、人のために働くだけで、少しばかりの社会的地位も得られない。一方、故郷に戻れば、自分のために仕事をすることができる。それに、どこに行っても同郷人の尊敬を得ることができる。金は少ないけれど、顔が利き地位のある生活はもちろんのこと、前途がある。彼は自嘲気味に言った。以前は、貧しいと面子が保てず、当然のこと人にどやしつけられてばかり。だが私は、貧しくてもやはり面子は保つべきだ、と言いたいのです。

村には多く家屋があったが、住む人はいない。陸歓喜によると、昔はここもかなり人が多かった。だが結局はあまりに辺鄙なので、徐々にみな出て行った。ある者は万州《ワンジョウ》へ、またある者は重慶へと出て行った。奉節《フォンジエ》に引っ越した者もいた。陸歓喜は言った。「街に住めば、生活はずっと便利ですよ。まして街では、すすんで働こうとすれば、仕事はすぐにみつかる。適当に働けば、村での数か月分の収入になるんです」

村は青林と龍忠勇が想像していたような貧しさはなかった。電気が通り、村民の幾つかの家にはテレビがあった。だが、ネットは繋がっていない。夜の九時を過ぎると電気は停まることがある。週末と日曜は、電気は少し延長される。龍忠勇が言った。「ここは三峡ダムから近いんだから、電力は十分あるはずだよ」

陸歓喜が応えた。「電気はあるにこしたことはないですよ。でもどっちみち、その時間にはみんな寝ています」

暫く無駄話をしてから、彼らは幽霊屋敷のことを話し始めた。

陸村長が言った。「あの家は少なくとも二〇〇年以上の歴史があります。私たちは亡霊屋敷と呼んでいます。幽霊屋敷はどこの生徒が遊びに来たときにつけた名前なのか、分かりません。亡霊屋敷は本当に亡霊がおるのです。これ、嘘ではありません。夜になると、屋敷の塀に近づこうという人はおりません。亡霊が屋敷の中でうごめいている声が聞こえるからですよ」

青林が急ぎ訊ねた。「どんな声ですか?」

陸歓喜が応えた。「どんな声も聞こえますよ。笑い声がありさらに泣き声、話し声も聞こえる。この家のかつての陸《ルー》旦那は、とっても威厳があったと言われていて、よく彼の怒鳴る声が聞こえます。風が起きると、至るところでガタガタ、ピューピューと響き渡ります。まるで中では多くの人が忙しくしていて、しかも山上で大声で泣いている人もいるみたいなんです。雷が鳴ったりすると、陸旦那は雷鳴に合わせて怒鳴るんですよ。まるで雷爺さんが怒鳴っているようです」

龍忠勇が好奇心にかられて言った。「それじゃ、なんと怒鳴ってるんですか？」

陸歓喜は声を潜め、ある種威厳がありげな低く沈んだ声で言った。「柩のない埋葬だ！」

青林はあっけにとられ、一言問いただした。「何ですって？」

陸歓喜が応えた。「柩のない埋葬、です。柩、ない、埋葬、です」

青林が言った。「ええ？　その言葉、僕はどこかで聞いたことがあるな」

龍忠勇が言った。「どんな意味なんだ？」

陸歓喜が応えた。「つまり、ですね、人を直接土の中に埋めるんです、何もなしで。棺桶も遺体を包むムシロもなしなんです。これは老人の話ですが、この地では、怒りと恨みをもって死に、来世を信じない人は、柩のない埋葬を選んだというのです」

青林は突如立ち上がり、大声で言った。「思い出したぞ。父親が交通事故に遭ったとき、母親が現場で、柩のない埋葬は厭！　と大声で叫んだ。そう、母親は確かにそう叫んだんだ」

彼は突然、あるものがすぐにでも捕まえられると思った。それは彼の手の中にどんどん近づいてくる。

龍忠勇が言った。「本当に初めて聞く話だな。彼はどうして、柩のない埋葬だ、と叫んだんだ？　自分で柩もない埋葬をしたのかな？」

陸歓喜が応えた。「そうなんです。お二人は、明日の昼間に亡霊屋敷に行って見れば分かりましょう」

その日の夜、青林はよく寝られなかった。

四川省東部に来るたびに、いつも何かがあって、母親が口にした僅かな言葉と結びつく。母親とこの場所と、そしてあるものとのあいだにはどのような関係があるのだろう。彼は考えたが分からない。半分夢の中で、彼はある声が耳元で叫んでいるように感じた。「柩のない埋葬だ！」それは、暫くは厳しく嗄れた声、暫くは鋭くかん高い声だ。前の声は、聞き覚えがない。だが後の声は、聞き分けることができた。それは母親の叫ぶ声だった。

父親の交通事故の情景も夢の中に浮かび出た。母親が叫びながら、力が抜けて倒れかかる姿がはっきりと目に浮かんだ。

六〇・三知堂

朝早く、村長宅で朝食をすませると、青林《チンリン》と龍忠勇《ロン・ジョンヨン》は村長について亡霊屋敷に行った。

陸歓喜《ルー・ホワンシー》が説明した。亡霊屋敷はもう随分長いことここにあるので、生徒たちは小さいころからその存在に慣れていて、いままで気にしたことがありません。数年前、村の中学生が友達を連れて奉節《フォンジエ》から遊びに来て、写真を数枚撮り、それから徐々に外の人が珍しがっているのです。生徒たちは幽霊屋敷と呼んでいます。この名前は誰がつけたのか、まだ分かりません。でも、村の人たちはやはり亡霊屋敷と呼んでいます。そして、この名前も誰が最初に言ったのか、はっきりしません。

陸歓喜はさらに続けた。どのみち、生まれてから誰に言われるまでもなく、あの邸宅は亡霊屋敷というのだと知っていくのです。塀の中は多くの中庭と部屋がありますが、どれも空き家です。村で中に入った人はほとんどいませんし、一人で泊まりに行く勇気のある人はもちろんいません。小さい子供のころ、近づいてはいけないと大人から教わるんです。たまたまお客が来たり、あるいは指導者が部屋を見にきたときだけ、中に入るんです。

現在は、亡霊屋敷にはたった一人、気のふれた老人が住んでいます。彼は五保戸《ウーバオフー》〔働く力がないため、衣食住医療など五つの補助を受ける人〕で、滅多に外には出てきません。村の委員会では人を派遣して、コメ一袋と塩一包を支給してます。彼は畑の傍らでジャガイモと青物野菜を育てているんです。

龍忠勇が訊ねた。「彼はこの屋敷の歴史を知ってるのかな？」

陸歓喜が応えた。「彼は七〇を超えています。以前はこの家の使用人でしたから、本来なら知っているはずです。でも、彼は気がふれてるんです。恐らく話はできないと思いますよ」

亡霊屋敷の塀は長く続いていた。青林は車を運転しながら言った。「これは本当に大邸宅だな」

龍忠勇が訊いた。「あの望楼に行ってみることはできますか？」

陸歓喜が応えた。「彼は行くことを許さんでしょう。私は上ったことがありません。村にも上ったことがある人はいないでしょう」

青林が言った。「この家は絶対セールスポイントがありますよ。おたくの村を観光で売り出すなら、多くの旅行客を呼び込めますよ。そうすれば、村民の家は旅館として使えます。ただ道路は少し良くする必要がありますね。村はすぐにでも豊かになります」

陸歓喜が応えた。「私も考えたことがありますが、できないんです」

龍忠勇が訊ねた。「どうして？　僕が屋敷全体を青写真にして全体の写真をとってあげる。対外宣伝に役立つよ。二〇〇年の歴史があるのなら、敷地内の古い住宅は清代の民間住居の特色を残していると思うから、文化遺産として保護されることだってできる」

陸歓喜は言った。「それはダメだ。村の老人はみな、外の人間が亡霊屋敷にやって来ることを厭がりますから。老人たちは言っています、陸《ルー》家の霊魂を驚かしてはいかん、そうしないと、村には大災難が起きる、って」

青林が言った。「へえー？　そんな考え方ってないでしょう」

陸歓喜が言った。「貴方たち、見に行ってみれば分かりますよ。私は言いたくない。村の人間もこのことはみな話したくないんです」

この話は全くのところ、より大きな懸念材料になったが、青林と龍忠勇には理解しようがなかった。

亡霊屋敷は村から遠くなかった。大規模な林の背後に立っていた。長い間訪れる人はなく、狭い道はすっかり雑草に覆われていた。塀の根元に人の全く住めないほど廃れた半分になった小屋があった。陸歓喜がその小屋を指さしながら、言った。「あれは陸家のかつての廏舎です。村では昔、彼らの家にだけ馬車があったのです。馬車を使って山の近道を行けば、一日かからずに万州《ワンジョウ》に着けました。貴方がた、知っていますか？　四川省東部の馬は有名なんですよ」

車は林に着いて、もはや進めない。林を突っ切って、はっきりした黒い石板の道が屋敷の周囲の塀に通じている。その前まで行くと、初めて塀に嵌め込まれた小さな門が目に入った。彼らは車を乗り捨てて、歩いてその門に向かった。

青林が言った。「これは裏門ですか？」

陸歓喜が応えた。「いや、これは正門です。亡霊屋敷に門は一つしかありません」

青林は驚き訝しく思った。「こんなに大きな荘園なのに、こんな小さな門が一つだけ？」

龍忠勇が言った。「四川省東部にはこういう習慣があるらしい。僕は別の陳《チェン》という荘園で、この種の小さな門を見たことがある」

陸歓喜が言った。「村の老人が言うには、大邸宅に小さな門、これはどれも昔アヘンを商売にしていて、まともな道ではないので、堂々とした正門を築く資格がなく、通用門か小さな門を作るしかなかったそうです」

青林が言った。「それはじつに面白いな。豪族の大地主なのに、どうして彼らはそんなしきたりに従ったのだろう？」

龍忠勇が言った。「それは君、違うんだよ。中国の田舎では、昔からのしきたりはまだ極めて厳格なんだ。たとえ一番長者になったとしても、それは金があるだけで、尊くはないんだ」

青林が言った。「そうすると、この陸家は昔アヘンの商売をしていたのですね？」

陸歓喜が応えた。「先祖はそうでした。カネができてからは、朝廷の役人になった人もでました。その後は、山中のケシをお茶に植え替えたんです。民国になる前には、すでにまじめな商売をしていました。でも、先祖がこのように作った門を、作り替えることはしなかった。おそらくは、土匪の襲撃を防ぐためでしょう。小さい門の方が安全と思ったのでしょう」

龍忠勇が笑って言った。「土匪から護る方が、外見を誇示するより大事だったんだ。これはよく分かるな」

荘園は山裾からまっすぐ山坂の頂上まで延びており、部屋は山を背に建てられていた。山の下に立つと、高く聳える望楼が見えるだけで、住居はすべて高い塀と大きな樹木で遮られている。

門が小さいのは暫く置くとして、門扉はやはり一枚扉で、驚くほど狭い。二人が肩を並べて入ると、門のかまちは窮屈すぎるきらいがある。左右の門柱は欠けたところのない石柱で、左の石柱には三つの文字がはっきりと刻まれていた。

龍忠勇が真っ先にその数文字を目にし、大声で読み上げた。「三知堂《サンジータン》。おお！　この亡霊屋敷は正式に雅号をもってるぞ。三知堂だ！」

青林はそのとき後から歩いていたが、「三知堂」の三文字を聞きつけ、何かに弾かれたようだった。彼は驚いて訊きただした。「何だって？　何の堂《タン》と言ったんだ？」

「この亡霊屋敷の正式名は、三知堂だ」

青林は急ぎ歩を進め、すっかり古くなった石柱を見やると、「三知堂」の三文字がはっきりと見てとれた。彼はそこでついに母親の言葉を思い出した。母親が別荘を初めて見たときに発した言葉だ。「私の家？　且忍廬《チエレンルー》なの、それとも三知堂？」彼は感動を禁じ得ず、龍忠勇に向かって言った。

「これだよ、僕が探していたのは、これなんだ！」

龍忠勇が言った。「君は且忍廬を探していたんじゃなかったの？」

「初めて母親を連れて別荘に行ったとき、僕は言ったんだ、これは母さんの家ですよ、ってね。母親の返事は、私の家？　且忍廬なの、それとも三知堂？　だった。そのときはよく聴き取れなくて、ただナントカ堂と聞いただけだった。だけど、いまははっきりと確認できる、彼女が言ったのは、三知堂だ」

龍忠勇は大いに驚いた。「本当か？　これはじつに不思議だな。ということは、この亡霊屋敷は君の母親と何か関連があるんじゃないか？」

青林が言った。「僕には分からない。でも、おかしいと思わないか？」

陸歓喜は二人の会話を聞き、驚き訝った。「貴方の母上は私たちのこの地の人なんですか？　母上は三知堂について話したことがあるんですか？」

青林が応えた。「僕には分かりません。母は記憶を喪失してるんです。母は五〇年前、永谷河《ヨングー》から救出されたことがあり、河に落ちる前のことは、何も覚えていないのです。いまは病にかかっていますが、かかる前に、おかしなことを何度か言ったのです」

陸歓喜は望楼のある山頂を指さしながら、言った。「この山の向こうの坂を過ぎると、永谷河に通じる小川が流れています」そう言い終わると、彼は一呼吸おいて、さらに続けた。「ですけど、貴方の家は陸家と何も関わらないことが一番ですよ」

青林が訊ねた。「なぜですか？」

陸歓喜は何も言わず、片手で門を押し開き、叫んだ。「富童《フートン》じいさん、入ってきたのは私です。陸歓喜です」

どこからか、強い意志をもった濁った声がした。「門を閉めろ！」

陸歓喜が大声で応じた。「分かった」

門を入ると広々とした前庭だった。塀は朽ち果てていたが、樹木と草は十分に生い茂っている。前庭の前の左右に大きな石製の防火水槽が置かれている。一つの石をくり抜いたもので、中は満々と水がたまり、その表面いっぱいに落ち葉が浮かんでいる。龍忠勇は、一つ石に穴を開けて作ったこの防火水槽を見れば、この家の財力は図抜けていたことが分かる、と言った。陸歓喜は、敷地内になぜこんな大きな石の水槽が置かれているのか、よく分かりません、と言った。龍忠勇が彼に説明した。これは前庭には必須で、大家族には常用品なんですよ。一つには縁起物で、水を貯めることでカネを貯める。二つに実用のためで、防火のために水を貯めておくんです。四川省東部は石製の防火水槽を一番多く産出しています。現地の材料は、丈夫で長持ちするからです。陸歓喜が言った。「そういうことなのか」

陸歓喜は青林と龍忠勇を連れてまっすぐ奥に進んでいった。中庭の後にまた中庭が続いていた。それは一か所に集まっていても、一つ一つが独立していた。同一の敷地内にありながら、それぞれが独立した中庭で互いに関連していない。居住者のいない古い建物には、梁に埃や蜘蛛の巣がいっぱいだ。あちこちで大きく虫に食われ、床に細かなくずがおちている。龍忠勇が言った。「これは典型的な南方荘園の構造だな。家屋は大水井《ダーシュイジン》の特徴とかなり近いものがあるけど、ただ配置は違っていて、少し徽州住居の色合いがある。祖先はきっと湖北、広西、江西などから四川に移住した移民だと思う。ああ、〈彫刻した欄干、玉の築いた石段はなおまさに有るべし、ただ是れ紅顔改まりぬ〉〔原文は、「彫梁玉砌今猶在、只是朱顔改」で李煜「虞美人」の中の句〕だなあ」

だが、青林は別のある感情を抱いていた。

六一・気のふれた老人

青林《チンリン》は落ち着いて陸歓喜《ルー・ホワンシー》の後に続いた。

彼は考え事でいっぱいだった。頭に様々な考えが浮かんでいるようでいて、何も考えられないようでもあった。彼はぶつぶつと呟いた。「三知堂《サンジータン》。三知堂。母が言ったのは間違いなく三知堂だ。そうでなければ、こんなによく馴染みのある名前と感じることはできないだろう」

彼らは木材で作られた長い廊下に沿って月亮門のそばまで来た。陸歓喜は突然歩くのを止めて立ち止まった。「月亮門を越すと、亡霊屋敷の花園です。貴方がた、自分で見てください。陸《ルー》家のことを知りたいのなら、まずここから見始めなければなりません」

青林と龍忠勇《ロン・ジョンヨン》は考えてもいなかったので、かまわず月亮門を通り越した。

門を過ぎた瞬間、二人は雷に打たれたように、驚きのあまりぽかんとなった。

花園にはばら撒かれたように墓だけがあった。墓は木の下、塀の根もと、破損した花壇のそば、花壇の中、竹林の中、およそ見えるところすべてに、無原則に散らばり放置されてある。墓の上には石が一つ置かれている。朽ち果てた落ち葉がいたるところにあり、雑草が墓とその周辺に狂ったように伸びている。

龍忠勇がほとんど叫ぶように声をあげた。「これは一体、どういうことだ?」

陸歓喜は進もうとはせず、ただ遠く彼らの背後から言った。「陸家の人間はみんなそこにいます」

青林が言った。「どういうことですか?」

陸歓喜が応えた。「私は詳しく知りません。老人の言うところでは、陸家はここの名家だったそうです。陸《ルー》旦那はとても個性の強い人でした。土地改革のとき、翌日には自分たちの批判大会が開かれると聞いて、前の晩に、一家全員揃って自殺したんです」

龍忠勇と青林はほとんど同時に低く叫んだ。「そんなことが!」

陸歓喜はさらに続けた。「陸家を激しく批判した人は、もともと彼の家の作男でした。朝早く、陸家の人を批判大会に連れていこうと人を引き連れてやって来て、家には一人もいないことに突然そのとき気づきました。みな、訳が分かりません。批判大会を順調に開催するために、前日は陸家の出入口を見張っていました。門は一つしかありませんから、見張るのは容易です。誰も逃げ出す人はいませんでした。貴方がたも見たとおり、この高い塀は誰も乗り越えることは不可能です。そこで、彼らは屋敷の中庭を一つずつ捜索しました。花園まで来て、月亮門を越えるや、花園いっぱいに新しい墓がありました。誰もがみな腰を抜かすほど驚きました。もともとは、この屋敷は貧困者に山分けされるはずでしたが、誰も欲しがる人はいませんでした。批判大会も開かれませんでした」

龍忠勇が訊いた。「全員死んだ？　では、この幾つもの墓は誰が埋めたんだ？」

陸歓喜が応えた。「そうなんです。みんな訳が分かりません。誰もが不安で仕方がない。当時、亡霊の類いがいたと話す人がいました。その日の夜、突如大風が吹き始め、うなり声が飛び交うような強風だったそうです。続いて大雨になり、天に轟く雷鳴です。多くの人が雷鳴の中から、陸旦那の声を聞いたんです。陸旦那は叫んでいました。柩のない埋葬だ！　私の父は、陸旦那の声は恨みに満ちていたぞ、と言ってました。そのとき以降、この屋敷に住もうという勇気ある人はさらにいませんでした。こうしてずっと空き家のままなんです。風が吹き雨が降るたびに、あるいは雷鳴が鳴るたびに、村人はみな屋敷の中の動静を、まるで中では多くの人が動いていて、騒々しいかのように耳を傾けるんです。私が世の中の有り様が分かる歳になると、この屋敷は亡霊屋敷と呼ばれるようになりました」

青林は思わず身震いした。

彼は考えた。それなら、母親はこの屋敷とどのような関係があるのだろう？　もし関係がないなら、母親はどうして三知堂という言葉を口にしたのだろう？　且忍廬《チエレンルー》は三知堂と果たしてどんな関連があるのだろう？　あの陸旦那はまさか母親に関係する人なのだろうか？　柩のない埋葬？　こんな奇妙なことがあり得るだろうか？　母親は柩のない埋葬と口にしたことがある。これは通常の人間が思いつくような言葉ではない。

偶然だろうか？　青林は一度ならず偶然なのだと理解しようとしたが、どうあっても、偶然と結論づけることはできなかった。こんなに多くの偶然が集まっている以上、これにはきっと必然性があるに違いない。

龍忠勇は青林の気持ちを理解できず、高く聳える望楼に特に興味を感じていた。彼は陸歓喜に向かって尋ねた。「僕たち、望楼に上って見ていいでしょうか？　あそこから俯瞰すれば荘園全体をマクロに理解できます」

陸歓喜が応えた。「気のふれた老人が許しません。彼は出てきて道を塞ぐでしょう」

龍忠勇が言った。「彼はどんな人なんですか？　中に住むのが何で怖くないんです？」

陸歓喜が応えた。「彼は陸家で育てられた孤児だったそうです。幼いころから陸家で生活し、大きくなって陸家の使用人になりました。批判大会の日、彼は外出していました。戻ってきて一家全員が亡くなっていることを目にして、正気を失ったのです」

青林が突然言った。「彼は陸家で育ったんですか？」

陸歓喜が応えた。「年配の人がそう言っていました。それに、彼は中で働いていたある小間使いが気に入っていました。彼がその小間使いを土の中から掘り出したとき、小間使いはなんと死んでいませんでした。でも、彼女はなぜか、彼との結婚を厭がった。その後、彼女も姿が見えなくなりました。彼女は出家して尼になったと言われています。とっても複雑なんです。親父がまだ生きていたとき、雑談の折に幾つか話を聞いたことがあります。親父の四爺《スー》はもともと陸家の紫平《ズーピン》という小間使いを娶りたかったというんです。その小間使いも亡くなりました。四爺は理解できませんでした。彼女は若い小間使いで、批判大会でも批判されないのに、何で地主と一緒に埋葬されたのだろう、出てきて嫁に行けばずっといい目を見られたはずだ、って言っていたそうです」

龍忠勇が訊ねた。「村には陸家の事情を知っている老人はまだいますか？」

陸歓喜が応えた。「もう五十数年も前の話だからね。事情を知っている老人もたぶん何人も残っていないだろう。老人の中には、当時積極分子ではなく、事情を知らない人もいる。ちょっと考えてみて、一人か二人探せるかも知れません」

龍忠勇が言った。「お願いします。いずれにしても、僕たちのために何人かの老人を、いや、たとえ一人でもいいので、探してください。考えてもみてください。どうかすると、陸家は彼の家と関係があるんですよ」そう言いながら、彼は青林を指さした。そして続けた。「こちらはじつに武漢の大社長さんですから、この屋敷が彼の家と関係あるとすれば、恐らく彼は貴方がたを援助することができます。少なくとも貴方がたのために、立派な道路を作りますよ」

陸歓喜が言った。「それは素晴らしい。私、必ず全力で探します。私たちは観光地として開発したくはありませんが、山を出るための立派な道路はほしいですね」

青林は彼らの会話を聞かず、一心に考え事をしていた。突如、彼は口を開いた。「その気のふれた老人を探してくれませんか？　僕は訊ねたいことが一つあるんです」

陸歓喜が応えた。「彼はいままで誰とも話はしていないです。長年、私が耳にしたのはたった一言、門を閉めろ、です」

青林が言った。「僕が彼に会うのは、できませんか？」

陸歓喜が応えた。「では、方法が一つだけあります。お二人はひたすら望楼に向かって進んでください。西塀のあたりのカンナを見ましたか？　あそこにはさらにお墓があります。中へ進んでください。すると、きっと彼が出てきて貴方がたを阻止するでしょう。私は行きません。私たち陸姓の人間は、誰もこの中に入りたくないのです」

青林と龍忠勇の二人は相談し、揃ってカンナの植えられている方へ歩んでいった。

果たして、カンナから三、四メートルほどのところで、髪を振り乱した一人の老人が出しぬけに現れた。まるで樹木や雑草の中から飛び出してきたようだ。青林と龍忠勇は阻止するために老人が現れるだろうと予期はしていたが、あまりの突然さに、やはり飛び上がるほど驚いた。

気のふれた老人は両の手を伸ばし、二人の行く手を阻止した。龍忠勇が望楼を指さして言った。

「お爺さん、僕たち、上って見てもいいですか？」

老人は何も言わず、ただ両手を長く伸ばしたまま、虎視眈々と二人を眺めている。その両目は、ひどく白濁しており、恐ろしい形相だ。龍忠勇はゆっくりと当地の言葉を真似て、さらに続けた。

「僕たちは教師で、建築を――つまり建てられた家を研究しています。ほかの意図はありません。ただこの楼を見てみたいだけです」

青林が言った。「そんなことを言っても恐らく役立たないよ」

龍忠勇が言った。「君が彼に会いたいのは、彼に何か話したかったんだろ？」

青林は少し躊躇った。「お爺さん、且忍廬を知っていますか？　胡水蕩《フーシュイダン》の且忍廬です」

老人は幾らか驚き、怪しみの視線をなげかけ、青林の顔に釘付けになった。青林はポケットから一枚の写真を取りだして老人に近づき、言った。「お爺さん、貴方は昔この人に会ったことはありますか？」

それは青林の母親の写真だった。彼が持っている母親の最も若いときの写真でもあった。もともとは父との結婚時の記念写真だ。青林はここに来る前に、写真をスキャンして父親を削除し、母親一人だけにして数枚大きくプリントした。

青林は写真を老人の目の前に見せた。

老人は一目見るなり、明らかに驚き呆然となった。突如、顔には奇怪な表情が現れた。それは驚いているようでもあり、恐怖にかられているようでもある。老人は長いあいだ、身動きもせず青林の顔を凝視した。

青林は激しくこころを動かされた。「彼女を知っているんですね？　彼女は僕の母です。僕は彼女の息子です」

老人は益々奇怪な表情になった。突如、正気を失って一声叫び、脱兎の如く逃げだした。逃げながら闇雲に何かを叫んだ。

老人の振るまいは、青林と龍忠勇をこの上なく驚かせ、恐れさせた。

青林は話をすると震えだした。「彼、彼、彼は……明らかに僕の母親を知っているよね？」

龍忠勇も驚き訝っていた。「本当にこれは何かありそうだな」

そして、青林は老人が走って行った方向に追いかけて行った。龍忠勇も彼の後を追った。月亮門の後ろから、突然陸歓喜の叫び声が聞こえた。「うん？　どうしたんだい？　富童《フートン》じいさんよ？」

青林と龍忠勇が走ってやって来た。青林が言った。「老人はどちらに走って行ったか見ましたか？」

陸歓喜が応えた。「屋敷の中に駆け込みましたが、どこの庭にいるか分かりません。彼は私の目の前を走り去って行ったのです。何があったのですか？」

青林は手に持った写真を掲げ、興奮気味に言った。「彼に僕の母親の写真を見せたんです。彼は母を知っているようでした」

陸歓喜は写真を受け取り、一目見ると、思わず大いに驚いて言った。「本当ですか？　こんな奇妙なことがあるだろうか？」

三人は暫くどうしていいか分からなかった。彼らは屋敷の中で気のふれた老人を探し始めた。それは何の手順もなく、何の根拠もない空しい捜索だった。

青林と龍忠勇は再び望楼の方向へ歩きだした。まっすぐ望楼に上ったときさえ、気のふれた老人は現れることはなかった。

彼らは難なくこうして望楼に上り、首尾良く望楼の四角の亭に立った。

欄干に寄って俯瞰すると、荘園全体が眼下にあった。龍忠勇が言った。あちこちむやみに探す必要はないな、ここで下を見ていればいい、老人が出てくればすぐ分かる。

青林もその通りと思い、目を凝らして下を見つめ続けた。龍忠勇はカメラを望遠レンズに替え、荘園の様々な細部を写真に収めた。彼らは昼食を食べることなく、ずっと夕方になって望楼から下りた。気のふれた老人は全く姿を現さなかった。

六二．この期間の歴史はどう説明するべきか？

村に街の人が二人やって来た。教授と社長だ。社長の母親は亡霊屋敷の陸《ルー》家と関係があるらしい。この噂は、あっという間に村全体にひろがった。

夜になって、陸歓喜《ルー・ホワンシー》の家に多くの人がやって来た。老いも若きもいた。母屋には座りきれず、何台かのテーブルを外の空き地に出した。人が多くなると、がやがやとまるで祝い事でもあるかのようだ。陸歓喜の妻は嬉しくて仕方がなかった。家が賑わうということは栄えるということだ。彼女は出たり入ったり忙しく、皆に湯を沸かして茶をいれた。

気のふれた老人は一向に見つからず、青林《チンリン》は幾分焦った。彼は母親の過去の秘密をはっきりさせたかった。それが分かれば母の意識を呼び戻すことができるかも知れないからだ。だが、昼に見たり聞いたりして、彼には一種の諦めが生まれていた。その秘密があまりにむごく、かえって彼と母親が傷つくのではないかと心配した。

龍忠勇《ロン・ジョンヨン》は青林の気持ちを察したようだった。「君は心配なんだろう？」

青林が応えた。「心配などしてないさ、ただ少し緊張してる」

龍忠勇が言った。「この豪華な荘園が、人々にとって亡霊屋敷となった理由には、きっとむごい歴史がある。どんなことであれ、はっきりさせなければならないと思うんだ。これこそ恐らくは歴史の真相だ」

青林は勇気を振り絞って言った。「やはり彼らが何を話しているかを聞こう」

初夏の夜、山里はとても涼しい。高齢者は袷《あわせ》の上着を羽織るほどだ。青林は半袖だった。冷風が吹くと、不覚にもくしゃみが止まらなかった。

陸歓喜の妻はよく気のつく人で、急いで布だけの掛け布団を探してきて、彼の身体を包んでやり、さらに笑いながら言った。「この呉《ウー》先生、来たばかりなのに、もうホームシックになってるわ」

集まった村人たちは一斉に大笑いとなった。陸歓喜もオーバーを探して龍忠勇に着せてやった。彼は笑顔で言った。「お客さんには最後まで心を込めて歓迎しなければなりません。そうしないと、これから誰も私らの陸暁《ルーシアオ》村に来ようという人はいなくなりますから。それに、お二人の先生には私らのために道路を作ってくれると期待しています」

皆はさらに愉しげに笑った。その笑い声は静かな山に、格別な響きで広がった。

人々は二人を囲んで座っていた。しばしば青林の前までやって来て、青林を一度しげしげと見る人がいた。まるで本当に青林を陸家の人間と見なしているかのようだった。ある老人が言った。

「何年も前だがな、陸家に戻ってきた人がおったんだ。あんたは彼らと少し似とる、皮膚も白くてな」

即座に話を遮る人がいた。「三爸《サンバー》よ、無駄話はダメだよ。あの人はアメリカから来たんだ。この人が一緒に行ったわけはないだろ？」

また別の人が言った。「九一年だったか、それとも九二……そうだ、九二年だった。あのころ、私は三年生で、騒ぎを見にいったことがある。歓喜の親父が入口にいて、中に入れてくれなかった」

陸歓喜が言った。「話を遮るなよ。陸《ルー》三爸だけに話してもらおう」言い終わると、青林と龍忠勇に向き直った。「陸三爸は村の中学教師だった人です。いまは退職して家にいるんです。教養があって、知識が豊富です」

青林と龍忠勇は急ぎ挨拶し、それぞれの名刺を手渡した。陸三爸は名刺に目をやると、集まった人に向かって大声で言った。「今日いらしたお二人はな、ほんに高貴な方じゃ。上海の教授と、武漢の支配人、つまり社長じゃ。普通、わしらがたとえ街に行って会見したくとも、できん方々じゃ」

青林が言った。「今日はとにかく陸家の事情についてお話ししていただきたいのです。お願いします」

そこで陸三爸が話しだした。「あのころはな、わしは幼かったから、陸家の人はみな死んだ、とだけ聞いたんじゃ。何で死んだか、はっきりせん。わしだって、闇ブローカーから聞いたんじゃ。でもな、陸家の二人の坊ちゃんが戻ってきたときは、わしは接待に加わって、この目で見たぞ。みな陸姓で、先祖は同じじゃ、だから、県政府のお偉いさんがわしに、お二人のお世話を手伝うように言ってきたんじゃ。さっきな、福娃児《フーワーアル》が言った通り、九二年のことじゃった。戻ってきたのは、陸家の次男坊と下の坊ちゃん。お二人は四十年後の清明節を選んで、戻ってきたんじゃな。あの時分、陸家の次男坊は、いまのわしとだいたい同じ歳。でもな、あの方はわしより若かったな、白くてふくよかでな」

　大声で話に割り込む者がいた。「金持ちはいいものを食ってるんだよ」

　陸三爸が言った。「そうじゃな。彼らはアメリカから祖先の墓参りに戻ってきた。県政府の職員がついとって、何か笑みが浮かんどったが、陸家兄弟には全く笑顔は浮かんでおらんかった。車を下りると、まっすぐ亡霊屋敷に向かった。お二人は多分前もって家の事情を聞いていたんじゃな。一度門を見るなり、涙を流しおった。次男坊が言うた、門はやはりここを離れたときと同じだが、ただ幾らか古くなってます、ってな。月亮門を過ぎ、花園の中のとっても多くの土墳を見るや、二人は一緒に跪いた。ほとんど這ったように父と母の墓前まで進んだ。あの号泣はな、ほんに近くの人には堪らんかったよ。ついていた職員も、涙じゃった。敢えて励ます人もおらず、二人の泣くにまかせたな。数十年も耐えてきた涙なんじゃ、なんたって泣き終えるまで泣くしかなかろうが。暫く泣いてな、香をたき紙銭を燃やし、再び地に額ずいた。額ずいて、また泣いた。次男坊もかなりの高齢で、額ずいて血が出てたぞ。下の坊ちゃんが額ずいた後、大声で訊いたんだ、金点《ジンディエン》はどこだ？　ってな」

　青林が訊ねた。「金点って、誰ですか？」

　陸歓喜が応えた。「先頭に立って彼らの家を批判しようとした作男で、王金点《ワン・ジンディエン》です。彼は陸旦那に育てられた男です。陸家の息子さんたちはみんな、彼をよく知っています。村では、彼は恩に背いたっていう人がいます」

陸三爸が続けた。「実際はな、金点は恩に背いたとも言えんのよ。金点の家が昔一家離散したのも、陸家が関係しおったからな。王家《ワン》は金点一人を残して死んだんだ。金点は当時乳飲み子じゃったから、なーんにも知らん。大きくなってから、人に聞いて初めて知ったんじゃ。彼はどうして怨まんかったと思う？　王家《ワン》のことを聞いた翌日、朝早く奴は出て行った。わしの叔父が言ったことを覚えておるよ。あの年、奴はわざわざ敵を討つために戻ってきたんじゃ、とな。もともと、県政府は陸家の批判大会は開かないと同意していた」

龍忠勇が訊いた。「県政府はどうして陸家の批判大会は開かないことに同意したんですか？」

陸三爸が応えた。「陸旦那は辛亥革命の元老だがな、だが、このことは理由には数えん。主にはな、陸家は四川省東部の遊撃隊を大いに援助した。カネを出し、負傷者を匿った。土匪討伐のときは、陸旦那は次男坊を連れて山に入り土匪を降伏させたんじゃ」

また別の老人が言った。「降伏のときのことはわしも覚えとるよ。陸旦那は言ってたな。いま山に入って匪賊を討伐してるのは、正規軍だ、国民党の数十万の軍隊を壊滅させた正規軍なんだ。君らの数挺の銃が何の役に立つか？　山で殺されて骨まで狼に食われる、それより早く投降して家に帰った方がいいだろう。せいぜい数年拘束されるが、それからは女房や子供と落ち着いた生活を送ることができるんだ、ってな。さらに、言ってたな。政府が布告を出した。土匪になるのは貧乏人が多く、仕方なくその道に入っている。新政府は貧乏人が主人公だ、すすんで仕事をし、食べ物と着る物があれば、再び土匪になろうという考えはなくなる。いま投降し、再び土匪にはならないと誓いをたて、政府に敵対しなければ投獄されることはありえない、ってな」

陸三爸が言った。「その通りだな。陸旦那はこうも言っとったぞ。陸家のかつての先祖はアヘン販売に手を染め、ここいら一体の親分と言われとった。土匪はその昔、陸家の先祖の使い走りをしとったことがあった。んだから、陸旦那の言うことには従ったし、陸旦那が保証人となって、部隊とともに投降した。数日は学習班で学び、解散して家に戻り、一人も投獄はされなかった。陸旦那は功績のあった人だから、土地改革のときは、村民は連名で嘆願書を書いたんじゃよ、陸家は批判闘争にかけないでほしいという嘆願書じゃ。全村民がサインしたぞ。県政府の工作組の幹部も陸家のことは分かっとったんで、同意したんじゃ。ところが、だ。金点がほかの革命地から戻ってきて、故郷の工作隊を呼ぶように要求したんじゃな。彼は戻ってくるや、主張しおった。陸家は批判すべきだ、批判しないでどうやって土地を分けるんだ？　奴の家にまだ小作料を払う必要があるのか？　まだ奴の家に執事とか小間使いを働かせるのか？　奴の家はこんなに広いのに、貧乏人に分けなくていいのか？　彼がこう言うと、みなは確かにそうだと思い、決定したんじゃ。やはり批判闘争にかける、とな。これはわしの叔父から聞いた話だ。叔父は積極分子だったからな」

　ある老女が口をはさんだ。「この人の叔父って、二禿《アルトウー》という名で、積極分子だったよ。陸家の一人の小間使いを気に入ってたからね。ところが、相手は死んでも彼と一緒になるのを厭がったんだ。それに、墩子《ドゥンズー》がいたね、つまり陸歓喜の父親さ、これも積極分子で、彼もまた陸家の小間使いを気に入ってた。その小間使いも死ぬ方がましだと言って、嫁がなかったよ」

　満場の人が笑い出した。

　陸三爸も笑った。笑い終わると続けた。「まあまあ、昔のことはな、色々あって取り上げたらきりがないわい。ま、いまは事実を話そう。その次男坊だがな、父と母を弔ってから、立ち上がって最初にわしに訊いたんだ、私の妻と子の墓はどれだ、って。わしが知る訳がないじゃろう。すぐさま、みんなに訊いたんだ、一人として知ってるものはおらんかった。富童《フートン》を探しに人をやったんだが、つまりあの気のふれた老人だよ。その日どうしてもどこに行ったか分からんかったんだ。次男坊は富童がまだ生きてると聞いてな、会いたいと思った。気がふれていると聞いて、アメリカに治療に連れて行くとまで考えたんだがな、どうしても探し出せなかったんじゃよ。二人が立ち去ると、あの老人はひょっこり出てきてな、一晩中、陸旦那の墓の前に座り込んで、わーわーと泣きおった」

青林が訊ねた。「彼らはどうやって父と母の墓が分かったんですか？」

陸歓喜が応えた。「お二人、今日ご覧になりませんでしたか？　碑が建ってる墓が一つあります。それが彼らの父と母の墓です」

龍忠勇が言った。「碑は誰が建てたんですか？　埋まってるのは彼らの父と母だって、どうやって分かったんだろう？」

陸三爸が言った。「気のふれたあの老人が言っとった。一家が自殺したときにはな、老人は外におった。翌日に戻ってきて、小間使い一人、救ってやった。その小間使いじゃよ、旦那と奥方はどの墓かって知っとった」

青林が訊ねた。「その碑はあの老人が建てたんですか？」

陸三爸が応えた。「いいや。わしの叔父が言っとったが、金点が建てたそうじゃ。金点は花園に入って、一面の墓を前にな、立っておられずに、その場に座り込んだ。これは叔父がその目で見たんじゃ。叔父は言っとった、金点は陸家の人間がこんなに頑迷で、こんなに悲惨な目に遭うとは思わんかった。金点自身も堪らんかったんだな。また、ほかの人の話だがな、金点は陸家のお嬢さんと一緒に育ってな、二人は仲がよかったんだが、陸家はずっと反対しとった。お嬢さんはその晩に亡くなった。こんなに多くの人間が、あっという間に亡くなった。それに、何人かの使用人もおった。そうした人たちは、そのころ金点と親しくしておって、育ててやったんだ。金点はな、己の罪があまりに大きいと分かった。数日たって、奴はこっそりと陸旦那と奥方の墓に碑を建て、それから姿を消したんじゃな。奴は死んだって、みんなは言っとった。だが死んだかどうかは分からんよ。どのみち、奴を見た人はおらんのだ」

陸歓喜が言った。「それは私も知りませんでした。全くテレビドラマみたいですね」

青林は再び母親の写真を取りだした。「この人物に会ったことのある人はいませんか？」

写真が手から手へと渡ったが、誰もが首を振り、会ったことはない、誰だか分からないと言った。

青林が続けた。「この女性は陸家の娘か嫁かも知れないんですが？」

陸三爸が言った。「わしら、亡霊屋敷と同じ村なんだが、亡霊屋敷と村人とは林で隔てられてるんじゃ。陸家の女が門をくぐれば、ほとんど出てこん。だからだ、みんな滅多に見ることはないってわけじゃ。陸家の嫁を、わしは全く見たことがないな。お嬢さんだって、学校に通ってるときに、一、二度見たことがあるだけじゃ」

龍忠勇が言った。「こんなに大きな屋敷なのに、正門が閉じられると、世界と隔絶するんだな」

陸三爸が応じた。「そうじゃ。その通りなんじゃよ」

青林は再び且忍廬《チエレンルー》という名を聞いたことがあるかと訊いた。みな首を振った。

陸歓喜が応えた。「本当に聞いたことがありません」

龍忠勇が突然言った。「陸家には娘は何人、嫁さんは何人いたんですか？」

陸三爸が応えた。「たしか、娘は一人だけじゃった。次男坊は嫁さんをもらって、息子が一人おった。下の坊ちゃんはずっと外に出てて勉強しとったから、まだ結婚はしとらんかったな」

青林が訊ねた。「彼らの中で、出て行った人はいましたか？」

みな首を振り、次々にありえないだろうと言った。出入口には見張りがいて、しかも亡霊屋敷はその昔土匪から護るために小さな門が一つ作られてあるだけだったからだ。

龍忠勇が青林に向き直って言った。「ということは、陸家には娘が一人、嫁さんが一人だけいた。彼女たちはあの日の晩に花園で亡くなった。これって、君の母親とは無関係ってことだよ」

青林は少し考え、頷いた。「確かに、な」

龍忠勇が言った。「陸家の人間はその後再び戻ってきませんでしたか？　連絡方法はありませんか？」そう問い終わると、青林に向き直った。「もしまだ生きている陸家の人と連絡がとれれば、すぐにでもとるべきだよ。あの老人が君の母親を知っているなら、彼らだってきっと知ってるはずだ。連絡方法が分かりさえすれば、簡単にはっきりするよ」

青林は目を輝かせた。「そうだな。陸三爸、二人はそのとき名刺など貴方がたに残しませんでしたか？　あるいは、県政府に彼らとの連絡方法は残っていませんかね？」

陸三爸は首を振った。「県政府の職員はな、二人は金持ちと踏んで、故郷に投資してほしかった。それに、県がカネを出してだ、責任をもって風水で吉祥の地を探してから、陸旦那の墓を移転し、さらに屋敷も新たに建て直す、と言ったんだ。二人は同意せんかった。次男坊は言いおったよ。この地に埋まってるのは、僕の父が決めたこと。貴方がたにもし優しいこころがあるのなら、どうか彼らを驚かさないでください、ってな。村を離れるときに、彼はわしとだけ握手してな、一言有り難うと言ったわな。わしは陸家の人間だからだよ。ほかの人に対しては、少しもいい顔を見せんかった。わしの甥は県で仕事をしとるんで、ずっと接待しておった。戻ってきて、言っとった。次男坊は彼の岳父と岳母の家を探しにいったが、村さえ見つからなかった、と。それで、別れ際にな、三つの永遠を言い残したんじゃ。つまり、永遠にもう戻らない。永遠にこの地を我が故郷としない。永遠に子孫の代までこの場所を知らせない。この話はな、随分と無慈悲なことだがな」

青林はドキンと胸が鳴った。父がノートの中で書き記した文字を思い出した。永遠に戻っていってはいけない。後生の代にこの場所を知らせてはいけない。彼らは決然と関係を絶っている。

龍忠勇が嘆いた。「これほどきっぱりと関係を絶つって、本当に胸に響くすごいことだな」

陸三爸の声が突如大きくなった。「みんな亡霊屋敷を見よって、陸家はあまりに惨いって思ったな。話を戻すがな、陸家のこの有様、彼ら自身が選んだことではないんかね？　何で金点の家も惨いと言わんのじゃろか？　もしもだ、陸家が彼の家の土地を、占領せなかったらだ、彼らは一家離散したか？　まさか、貧乏人は一家離散しとっても何でもなくって、金持ちの一家離散はえらく悲惨なことだっちゅうわけはあるまい？　だから、今回のことはこう考えるべきなんじゃよ。陸家が王《ワン》家を滅ぼしたんで、奴さんが敵を討ちに戻ってきた、とな。これは陸家と王家の両家のことなんじゃ。いわんや、だ。金点は手を下しておらんで、陸家は自分で自分を滅ぼしたんじゃ。家にいた使用人も解放しなかった。陸家が金点を育ててやったんで、金点は陸家の母親のために碑を建てたんじゃ。これはな、仇には仇を討ち、恩には恩で返す、ってことじゃ。みんなはいま、故郷を歯ぎしりするほど怨んどるが、この恨みにどんな道理があるんじゃ？　もっと言えばだな、陸家の富、これはどうやって手に入れた？　アヘンを売り、儲けおった。それにだ、何人が陸家の商売のために家を失い、命を落としたか？　だがな、だれも歯ぎしりしとらんぞ。陸家の人は放棄できない何があったと言うんじゃ？」

陸三爸の話しぶりは熱がこもっていた。その内容は青林と龍忠勇のこころに激しく響いた。

先ほど口を挟んだ老女が言った。「陸三よ、あんたの家は当時みな積極分子だった。村で一番いい土地は、あんたの家が獲ってってたんだ。一家全員、陸旦那の家が全員亡くなることを望んでたんでしょ」

老女の声はかん高く、夜の帳を引き裂くような鋭さだった。話を続ける人はいなかった。星空の下、集まった人々はみな呆然となった。青林と龍忠勇も合点がいかない気持ちが募った。

人々は去り、夜も更けた。

青林と龍忠勇は部屋に戻り、ベッドに横になったが、二人とも寝付けない。

龍忠勇が言った。「今夜はじつに面白かったな。この期間の歴史はどう説明すべきなんだろう？それぞれの立場に立つと、それなりの道理があるように思えるよ」

青林が応えた。「僕もどう説明すべきか、本当に分からない。ある出来事があって、一旦その原因を追究すると、解き明かすことがとても難しくなるな」

龍忠勇が言った。「僕はむしろ、一旦原因を追究すると、理解しやすくなる」

「それって、両家の人たちのことを言ってるの？」

「そうだ。もちろん、すべてがそうだというわけではないよ。物事の背景を抜きにはできないからね」

青林が言った。「その通りだ。僕は突然思ったんだが、僕らは必ずしもすべての歴史を知らなければならないことはないんだ。生活には自ずから破棄の原則がある。知らせたくない事柄は、ある方式を通せば知らされない。だから、いっそのこと、知らなければそれでいいんだ。この世のことは結局知らないことが多く、知ってることは少ない。いわんや僕たちが苦労して知り得たことも、つまりは当時の真実とは限らないからな」

龍忠勇が応じた。「君の考えは、もう知らない以上、また何も根掘り葉掘りして知らなければならない、なんてことはあるまい、ってことか？」

青林が言った。「僕はここに来たときはそう考えていなかったよ。今夜、その考えが突如強くなったんだ。特に、陸家の若旦那の三つの永遠を聞いたときだ。彼らの基本はつまり、徹底的に忘れ去りたい、後生の人たちには絶対知ってほしくない、ということだ。すべてを時間に風化してもらうという哲学を持っているようだ。そうであるからには、僕は思うんだが、もともと知らないのなら、どうしても知らなければならない必要性など、どうしてあるだろう？　もともとこの地とは関係ないのなら、どうして自分をこの地と関係づける必要があるだろう？」

　龍忠勇は何も話さず、ただ青林をじっと見つめていた。

　青林は彼の視線を気にせず、話し続けた。「同時に僕はこうも思うんだ。こうしたことを知るのは、僕と母の生活にとっていいことなんだろうか？　母は記憶喪失だ。これって、母自身が潜在意識で記憶の中の残酷なことを拒否しているのではないだろうか？　彼女の生命には過去を断固忘れるように仕向ける力があるんだ。もしも本当に彼女が陸家と関係があれば、あるいは陸家の一員だったとしたら、彼女はそのことを知って一体どんな意味があるんだろう？」

　龍忠勇が言った。「君の考えは、君の母親が君に与えたのはただ幾つかのバラバラの言葉で、君はその言葉をそのままバラバラの状態にしておく方がいい、ってことだね。もし君がこうした細々したことをよく考えていくと、思い出すことも多くあるだろう。本当に、それらに関わるすべてを探し出して、元の姿に繋ぎ合わせようとして、どこに繋いでも違っているかも知れない。いわんや、君が繋ぎ合わせた元の姿は、必ずしも本当の元の姿とは限らない。君はこういうふうに考えてるのか？」

　青林が言った。「君の言うとおりだよ。実際僕は臆病な人間なんだ。僕はずっと、父の記録を読もうとしなかった。その内容の中に僕が受け止められないことがあるのが怖かった。もしも、母の生活が陸家と関係があれば、僕はとっても恐ろしいと思ったし、とっても複雑だ。それなら、むしろ母は意識を取り戻さず、いままで通り静かに横になって余生を過ごせばいいんだ」

龍忠勇はしばし黙った。そして、口を開いた。「僕は望楼で考えていたよ。あの老人の表情はとっても恐ろしかった。彼は明らかに君の母親を知っている。僕はそれだけを感じた。君は恐らくもう耐えきれなくなってるんだ。僕は君の友人だ。僕も我慢しきれない感じがするよ」

青林が言った。「そうなんだ。僕は確かに強い人間ではない。世の中の残酷な事実に対しては、生まれつき怖じ気づいている。いま、僕は確かに怖くなっているということを認めるよ」

長いあいだ、龍忠勇は何も言わなかった。

夜はさらに更けていた。外では谷間から風が吹いてきていた。激しくないとはいえ、その勢いはかなり強いものがあった。遠く、亡霊屋敷あたりで果たして騒々しい声がした。入り乱れ雑然とした声だ。突然、長く鋭い声が聞こえた。だが、陸歓喜が言っていた「柩のない埋葬だ」ではない。「死んでない」と聞こえた。その声は長くもあり、短くもある。静かな陸暁村の上空に、恐ろしく広がった。

龍忠勇が窓を僅かに開け、言った。「あの屋敷は夜になるとほんとに騒がしいな。幾つかの古い墓は荒れ果てて、花園いっぱいの冤罪の魂は立ち去ろうとしないんだな」

青林が言った。「窓を閉めてくれないか。僕はどう考えればいいか、全く分からないんだよ」

龍忠勇は窓を閉め、またしばし黙った。そしてようやく話しだした。「そういうことなら、好きなときに進めばいいよ。母親の過去は知りたくない、あるいは自分と母親のことはきっぱり顧みないというなら、それも悪いことではない。僕たち仕事を持つ人間は、自分の仕事をするまでだ。どうすればいいか分からぬことは、暫く遠回りすることだよ」

青林は長くため息をついた。「君がそう言ってくれると、僕は随分気持ちが楽になるよ。生活は表面的には温和で何事もないが、その中味は凶悪な形相をして恐ろしいものなんだ。ああ、僕は真実に対して勇気を持って直視するタイプの人間ではないし、さらには歴史の重責に堪えられるタイプでもない。凡人は対立しないものだ。いつの間にか記憶し、いつの間にか忘却することを身につけるべきなんだ。時間は人生最高の教師だから、時の流れに付いていくまでだよ」

龍忠勇が言った。「凡人は対立しない、これは言い得てるよ！　そうであるなら、こうしろよ。君は母親にまつわることはほっとけよ。もう考えるな。もう問いかけようとするな。僕は理解できるよ」

この日はじつに青林の人生にとって、最も緊張した、最も激しく揺れ動いた一日だった。だが、その日の夜、彼は本当に投げ捨てようとした。その考えが浮かぶと、彼は重責から解放され、胸をなで下ろした。ベッドに横になると、しばし深呼吸をして、眠りについた。

窓の外では鋭い声が、長く、短く鳴り渡り、途切れることがなかった。

龍忠勇はその音にかき乱され、一晩中眠れなかった。

第一三章

六三・地獄の第一六：保証書

丁子桃《ディン・ズータオ》は手のひらをひろげ、その輪郭をはっきり見ることができた。さらに、右手の赤い血まではっきりと見える。彼女はその手で二娘《アルニアン》にビンタを食らわせ、父親をぐいと一押ししたのだ。二娘の頬には当時五本の指の痕がついていた。丁子桃は考えた、これは二娘の血が私の手に映っているのだろうか？　彼女はどうして突然手を伸ばして二娘にビンタしたのだったか？　そうだ、彼女は思い出した。二娘が家に嫁入りしたとき、母が泣いているのを目にして、彼女は本能的に二娘が嫌いになった。ある日、こっそり彼女の口紅を捨てたことがあった。二娘はそれに気づくと、物差しで彼女の手のひらを叩き、その上このことは父と母に言ってはならない、もし言ったら、会うたびにまた叩くからと脅した。彼女は果たして父と母に訴えることはしなかった。そうなのだ。打たれた手のひらは、間違いなく二娘にビンタしたこの手なのだ。そうなのだ。丁子桃は考えた。頭は覚えていなくとも、手のひらはやはり覚えているのだ。

道も幾らかはっきり見えた。雨が降っている。雨水はこの際限のない暗闇を薄め、空をぼんやりした色にきれいに洗い流していた。そのうち、長い廊下を歩いて来る黛雲《ダイユン》が目に入った。黛雲は中庭を二つ通りこして、広間に入った。

広間には、二人の来客が座っていた。舅の陸子樵《ルー・ズーチアオ》は興奮しているように見えた。彼は手に一枚の便箋を握り、それを読みながら、客と話している。黛雲は客人に見覚えがあったが、誰だかは分からなかった。

客の一人が言った。「県の上層部もみんな貴方のことを知っていて、貴方は一貫して革命に貢献し、清匪反覇〔一〇七ページ参照〕の時にも、功労者でした。ですから、工作組の同志は全村民が署名した保証書の存在を知り、陸家に対する批判大会は開かないことに同意しました」

舅は応じた。「それはよかった。陸大《ルーダー》、後で工作組に伝えてくれよ。この陸子樵は、永遠に政府の側に立ち、政府の指導に従うことを、承諾します、とな。それと、村の人たちにも伝えてくれ。正月には、我が家の食糧庫のコメを半分、みなさんにお分けする、って。まだあるぞ、我が家の馬車は、村の農民協会〔一〇七ページ参照〕が街に正月用品を買いに行くときは、どこへでも好きに使っていいんだ」

陸大《ルーダー》と呼ばれた客は応えた。「承知しました、陸さん。我々は分かっています。陸家の善行は、村人誰もが分かっています」

もう一人の客も言った。「安心してください、陸さん」

舅は言った。「それはよかった。我が陸家が栄えれば、村全体もきっとよくなる。これからはどんなときも、陸家が街でおこなっている商売は半分を我々の陸暁村《ルーシアオ》にサービスします。私は学校、診療所を作り、道路と橋も作りますよ。この陸子樵は言ったことは実行します。これまでやり終わらなかったことについては、村人たちにはどうか大目に見ていただきたい」

陸大は舅の手にある書簡を指さしながら、言った。「私らの村に頂いておきます」

舅は手にした紙を封筒に入れ、客に手渡した。客の二人は書簡を受け取り、恭しく頭を垂れ、立ち去った。

黛雲はいささか解せず、二人が立ち去るのを見ていた。その後、舅に一通の手紙を渡した。

「仲文《ジョンウェン》からの手紙です。正月前には戻れるか分からないと言ってきました。でも、この家のことを心配しています。香港に家を購入したので、私たちを引き取って暮らしたいそうです」

舅は手紙を受け取り、一度読んで言った。「うん。いまの状況はそう悪くはない。政府も民に幸福をもたらしている。私は東塀に一つ門を開けて、中庭二つを開放し、学校を創設するつもりだ。貧しい者も豊かな者も、およそ陸暁村の子供は全員、そこで勉強ができるのだ。お前と慧媛《フェイユエン》は彼らの先生になりなさい。汀子《ティンズー》は幼いあいだ、やはり家で文字を学ばせ、大きくなったら外に出して勉強させても遅くはなかろう」

黛雲は頷き、外に出て数歩あるいたところで、振り返って言った。「坡頂村《ポーディン》の地主批判大会はとても激しくて、山南村《シャンナン》もやられたそうです。富童《フートン》が言うには、そこでは死者が出ました。我が家は地主とされ、家産も彼らより多いので、みな心配しています」

舅が応えた。「安心しなさい。私はもう解決方法を考えてある。全村民に連携して私の保証書にサインをしてくれるように言ってある。陸家は地主に認定されているが、一貫して良い地主だったと、政府に説明しているものだ。当時は遊撃隊を援助したし、昨年は匪賊を討伐して、私はいずれのときも功労者だ。我が家は土地が多いが、それは祖先が残したものだ。私を批判する会を開く必要はなく、私も土地をみんなに分け与えるんだ。私らは永遠に政府の支持者だ」

黛雲は一瞬戸惑った。「それはできるのでしょうか？」

舅は応えた。「もちろんだ。全村民がサインしたんだ。政府も知ってるよ、私が彼らのためにどんなに多くのことをしてきたか、を。突如冷たい態度になるわけがない。だから、工作組もすでに我が家は批判の対象としないことに同意したんだ」

黛雲が言った。「わあっ！　それはよかったです。もう同意したのですか？　私の実家も地主に認定されてますので、どうか私の父親に言って下さいませんか、このようにするのだと。よろしいでしょうか？」

舅が応えた。「ああ、それはやはり村の農民協会が望むことが必要なんだ。お前の父親は以前、彼らのために小さなことすら全くしなかった。彼は花鳥風月、琴と碁、書と画を愉しんで、役立たずの優雅なことばかりをやってきた。人々のために力を貸さず、カネや食糧も出さなかった。人々はどうして同意するかね？」

黛雲が言った。「では、我が家は批判されるのでしょうか？」

舅が応えた。「それは分からん。父親には用心するよう言いなさい」

黛雲はいささか喜べなかった。「私の父はそのような知恵がありません。大人しく善良なだけの人間です。お義父様はそのような素晴らしい考えをお持ちなので、父にも教えてやるべきです。私たちの村人たちもきっと喜んで連名で我が家を保証してくれます。我が家は村で貧乏人には良くしてあげました。村人たちは父のことを、胡《フー》善人と呼んでいます。工作組が同意すれば、村人もきっと我が家を批判の対象にしません」

舅はそれ以上話さず、手を振って彼女に立ち退きを指示し、言った。「お前は若いから、こうしたことは分からんのだ。我々はいま、自己防衛するしかないんだ。自分の安全を保つこと、それが一番だ。お前の父親には自分で考えるよう言いなさい。災難から逃れるのも大変なんだ。そうだ、仲文に返事を書いて、安心させてやりなさい。正月に戻ることができるならできるだけ急いで戻ってくるように伝えなさい」

黛雲は引き下がる際、難しい表情になった。彼女はいささか腹をたてていた。舅はあまりにも自分本位だと思うのだ。いい方法を思いついたのに、人には教えようとしない。

だが、このときの丁子桃は、すでに落ち着いていた。彼女は思った。舅の言うことはもっともだ。自分の家族の安全を護ること、それが一番なのだ。ところが現実は相変わらずとてつもなく不幸だ。彼は情勢の見通しを誤っていた。自分の安全を護れない上に、家族の安全も護れない。あの人たちのあの恨みは、どこかの知り合いの家庭に対してだけ向けられているとは限らない。彼らが恨む対象は、すべての金持ちだ。金持ちの財産を分け合うこと、それこそ彼ら一人ひとりがやりたいことなのだ。

六四・地獄の第一七：ボタンの花の掛け布団

光の糸は徐々に明るさを増してきた。

丁子桃《ディン・ズータオ》は突然、目の前が広々と見え始めていると感じた。だが、奇妙なのは、明るい光の下、自分の足下にあるはずの道が見えないのだ。自分が着ている衣服もはっきり見えず、さらに靴を履いているかどうかも定かではない。彼女は考えた、これはどんなに奇妙な場所であることか！

彼女の記憶にあるのは、とても長いあいだ歩いてきたことだけだった。歩いてきたのは石の道だったか、それとも土の道だったか？　その道は平坦だったか、それとも山の階段道だったか？　全く覚えていないのだ。彼女はひたすら上へ、上へと歩いた。

彼女は自分が歩いてきた階段を思い出し、すでに一七階になっていた。涙はなかった。苦しみも怒りもなかった。ただ、もし一八階なら、彼女は確実に一度地獄に落ちたのだ。だが、一八階の先は、またどんなところなのだろう？　そこには誰がいるのか？　そこにいる人は彼女が知っている人か、それとも知らない人か？

彼女は呆然となった。

その呆然とした中で、黛雲《ダイユン》が汀子《ティンズー》を抱き、自室の中でぼんやりした表情で立っている姿が目に入った。ベッドは乱れている。ちょうど小茶《シアオチャー》が慌てて直しているところだ。

小茶が言った。「村では財産没収が厳しいのです。旦那さまは、家の中の役に立たないもので出せるものは全部出しなさい、と仰いました」

黛雲が言った。「役に立たないものって何があるの？　私のものはどれも役に立つのよ」

小茶が応えた。「旦那さまは、金銀の装飾品はみんなだ、と仰いました。私、残しておくことはできません。お嬢さまの銀のブレスレットだけは隠しました。あれはお嬢さまが一〇歳のとき、お祖母さまから贈られたものです。そのほかは、私には隠す勇気がありません。姨娘《イーニアン》と慧媛《フェイユエン》がそばで見ていました。慧媛お嬢さまは、万一家宅捜索をされて、見つけられたら、斬首ものかも知れない、って仰いました」

黛雲が言った。「彼女たちにどんな関係があるというの？」

小茶が応えた。「彼女たちに家の女物を提出するよう伝えなさいと言ったのは、旦那さまです。たったいま、姨娘と慧媛がまたやって来て、結婚時の幾つもの緞子の掛け布団も提出しなさい、と言いました。私、仕方なく、彼女たちに渡すしかありませんでした。どこの貧乏人がこんなのを欲しがるのでしょう?」

黛雲の顔色が即座に変わり、彼女は腹立たしげに言った。「彼女たち二人は、私の嫁入り道具のあの幾つもの緞子の掛け布団がずっと気に入らなかったのよね。姨娘は前から、私の結婚時にはこんなきれいな掛け布団はなかった、って、妬み気味に言ってたわ。私は誰なの、私は胡《フー》家の長女よ。彼女は何なの? 単なる役者でしょ。旦那さまにくっついて初めていい生活が送れてるんだわ」

小茶が言った。「慧媛お嬢さまもそうです。彼女がお嫁に行くときは、彼女により多く準備してやるって旦那さまははっきり仰らないです」

黛雲が言った。「ええ、彼女はどこにお嫁さんに行くの? まさか金点《ジンディエン》が戻るのをまだ待ってるんじゃない? 金点は戻ってきたら、まだ彼女を求めるのかしら?」

小茶が応えた。「奥様はもともと慧媛お嬢さまを坡頂《ポーディン》村の李《リー》家に、というおつもりなんです。ただ老魏《ラオウェイ》が一言口出しして、重慶にいる金点を見た人がいる、幹部になっている、と言いました。それで、慧媛お嬢さまは厭がったのです。旦那さまは、金点が本当に幹部になったのなら、お嬢さまが彼に嫁ぐのに同意する、って言いました」

黛雲が言った。「金点が幹部ですって? 本当? もし幹部になったら、周りには女学生がいくらでもいるでしょ、それでもまだ慧媛を欲しがるわけないわ」

小茶が応じた。「そうですね」

黛雲は戸棚をひっくり返し、突然言った。「私のあの赤いボタンの掛け布団も、持って行ったの？」

小茶は申し訳なさそうに黛雲を見つめながら、頷いた。「はい。慧媛が、みんな提出しなければいけない、って言いましたので」

黛雲は怒った。「あれは母がわざわざ重慶に行って買ったものなのよ。掛け布団の一枚も残すことはできなかったの？」

小茶が応えた。「お嬢さま、そうなんです。あれは綿だけ使ったものでしたね。奥様のところもたくさん提出しました。旦那さまは奥様の皮袍《ピーパオ》〔皮裏地の長衣〕も出してしまいました。奥様はいまでもまだ泣いています」

黛雲が言った。「あれは仲文《ジョンウェン》が特に上海から奥様に持ってきたものではないの？　たった一年しか着てないのに。奥様は特に気に入っていたはずよ」

小茶は言った。「そうなんです。旦那さまが、村では財産を没収するから、みな提出しなさいって仰った。慧媛と姨娘がみんな持って行きました。農民協会に届けに行ったのです」

黛雲はもう返事をしなかった。憂鬱そうな顔でベッドの縁に座った。小茶は汀子を抱いて花園に遊びに行った。黛雲はずっと一人で座り続けた。赤いボタンの花の掛け布団が持って行かれたことが、とにかく悔しかった。母親がまる一日、街中を駆け回り、やっと気に入って購入した布団だった。しかし彼女はこの母親の心遣いも大事にできなかったのだ。

夕暮れが迫っていた。黛雲は中庭を見て回った。その中庭も乱雑に見えた。姑は顔をこわばらせ、彼女を見ても何も話さない。慧媛は鼻歌を歌い、嬉しそうな様子が見え隠れした。

慧媛が言った。「私のアクセサリーはみんな提出したわ。次兄が贈ってくれた革靴もバッグも、出したわ。コットンの上下二着だけ残したの。貧富の差をなくし、貴賤をなくす。これこそまさに、耕すものに田を〔原文は「耕者有其日」で、土地改革の基本理念〕、の実現で、私たちの家は貢献するべきなのよ。義姉さんはどう思います？」

黛雲は冷ややかに言った。「それでも私の結婚時の掛け布団を貢献だといって出すことはないわ」

そう言い終わると、慧媛の返答を聞こうともせず、足早に立ち去った。

このとき、丁子桃は、ボタンの掛け布団がベッドに敷かれたときの光景を思い出していた。人々はそれを取り囲み、驚き、喜びの声を発していた。新居の全体がその掛け布団によって明るく輝いてみえた。

彼女は思った。もともと自分の人生にはこうした輝かしい時期があったのだ。

六五・地獄の第一八：地獄の門

目の前の光は益々輝きを増した。次々と起こる煌めきは、目を射るような明るさだ。これは果たして出て行くことができる大道だろうか？

丁子桃《ディン・ズータオ》は驚いて目を見張った。

目の前にはっきりと、春の日に照らされた大道が見て取れる。道の両側には幾つもの塊となって花が咲いている。彼女はその花の色や形は見えないものの、花の存在は強く感じられた。前方に次々と起こる光は、左に揺れ右に戻り、ゆっくりと移動して、あたかも道案内のように見える。

丁子桃は考えた。私は本当に地獄の深みから出てきたのだろうか？　あるいはまた、私はいま、別の地獄へと向かっているのだろうか？　前面の光芒《こうぼう》の中で、遍《あまね》く輝く陽の光を見ることができるだろうか？　陽の光があれば、私は自分を見ることができるだろうか？

丁子桃は自分の本当の姿を全く覚えていない。けれど、彼女は考え直した。たとえ自分の姿が見られなくとも、関係ないことだ。重要なのは、地獄から出ることだ。

一台の馬車がこちらに疾走してきた。

馬車を御しているのは家の馬方ではない。馬車が近づくにつれて、丁子桃ははっきりと見た。馬車を御しているのは金点《ジンディエン》なのだ！　乗っているのは黛雲《ダイユン》と小茶《シアオチャー》だ。

丁子桃は心臓が突然激しく高鳴り始めた。一種の罪悪感が湧いてきた。

黛雲は馬車に乗り、時折小茶と言葉を交わしている。彼女は赤の旗袍《チーパオ》を着ている。首に巻かれたスカーフは、間違いなく陸仲文《ルー・ジョンウエン》が贈ったものだ。彼女は手で軽く腹をさすっていて、その表情は幸福感に溢れている。

黛雲は街の病院から戻るところだった。彼女は妊娠していることを知った。陸仲文はまだ上海にいるので、彼女は小茶と電報局に行って彼に電報を打った。

小茶が言った。「金点、少しゆっくり走らせて。馬車が上下に揺れるとお嬢さまの身体によくないから」

馬車を御している金点が大声で応じた。「分かった！」

小茶が言った。「お婿さんはきっと飛び上がって喜び、すぐにでも戻ってきますよ」

黛雲は小茶の言葉を信じ、笑った。「仲文は息子を欲しがってたわ。もし女の子だったら、喜ばないんじゃないかしら」

金点が言った。「奥さん、大丈夫です。陸《ルー》旦那は孫を欲しがっているんですよ。でも、若旦那はきっと喜びます。おいらは次男の若旦那が幼いころ、慧媛《フェイユエン》お嬢さんを溺愛してたことを覚えています」

小茶は笑った。「妹と女の赤ちゃんは、別のことでしょう」

金点が言った。「どちらも、女でしょ。おいらは分かってるんだ。次男の若旦那は女の子をかわいがるんだ」

黛雲が言った。「金点、今日はあんたが初めて私たちに馬車を出してくれて、そのおかげでこの幸せをもらえたんだから、あんたは私たちの福の神よ」

小茶が言った。「金点、ぜひお嬢さまの幸せをもっと大きくしてよ、お嬢さまが男の子を産むように」

金点が応えた。「それは男の子に決まってますよ」

彼が言い終わるや、黛雲と小茶は大笑いし出した。澄んだ笑い声が谷間にこだました。

黛雲は、金点が今日馬車を御しているのは、舅の陸子樵《ルー・ズーチアオ》が家で働く作男と使用人のほとんどに暇を与えたからと分かっていた。もう多くの人間は必要がなく、何人かの老人と病弱者の身の回りの世話する人がいれば、それでいい。

黛雲が言った。「金点、あんたどうして出て行かなかったの？　私、聞いたんだけど、あんたは自分から家に残るって言ったの？」

金点が応えた。「おいらと富童《フートン》は陸家に残りたいんです。おいらは二人とも両親がいなくて、陸家に育ててもらったので、ここの生活に慣れています。富童は、小茶のいるところなら、どこでもいい、って言ってます」

小茶が言った。「あんた、変なこと言わないでよ。あんたこそ慧媛お嬢さまのために出て行かなかったんでしょ」

金点が言った。「小茶、お前変なこと言うな。バカにすんなよ」

黛雲は小茶を一目見てから、低い声で言った。「つまらないこと言わないで。そんなこと言ってると旦那さまと奥様に叱られるわよ」

小茶が言った。「旦那さまはみんなの前で、金持ちも貧乏人も平等だ、って仰った。自分の話になると、不平等になる」

黛雲が小茶を諌めた。「お前、本当にこの世の中は平等だと思うの？」

小茶は小声で一言つぶやいた。「旦那さまがそう言ったんです。姑爺《グーイエ》〔嫁いだ娘の実家からみた婿〕も言っていました」

黛雲が言った。「貧乏人と金持ちは、永遠に平等にはなれないわ。どの世界に、いつ、貧乏人と金持ちが平等だったことがあるの？」

小茶は口をとがらせ、言葉が出なかった。

金点が突如大声で言った。「次男の若旦那と慧媛お嬢さんが言ってましたよ、新社会では将来、平等社会になる、って。使用人と主人はみな同じで、仕事が違うだけだって」

黛雲が言った。「仲文もそんなことを言ったの？」

金点が応えた。「そうです。彼らは長男の若旦那の部屋で、三人で本をひもときながら、話し合っていました。長男の若旦那も二人の話に賛同してました。おいらはお湯を差し上げに行ったんですが、慧媛お嬢さんがまた言いましたよ。金点、あんた聞いた？　これから私たちはみんな平等よ、って」

黛雲は冷ややかに笑った。「でも、あんたと慧媛のことは、平等とはならないわ。これは両家の遺恨があるのよ」

小茶が言った。「前の世代のことは、金点と関係ないです」

金点が訊いた。「遺恨って、何ですか？　我が家は陸家と遺恨があるんですか？」そう言う金点はいささか驚いたようだった。

黛雲は驚き訝った。「あんた、知らないの？」

金点が応えた。「何のことです？　いままで何を聞いたのかってことですか？」

黛雲と小茶は返す言葉がなかった。馬車は平地を離れ、谷間の小道に入った。

小道は一方が山、一方が川で、野の花が山裾と川辺に咲き乱れ、ピンクや黄金色が交互に入り乱れ、狭い泥道がまるで野の花に取り囲まれているようだった。

黛雲が突如言った。「あんたの母親は昔、この馬車に乗って西洋医に診てもらいに街に行ったのよ」

金点が言った。「そのことは知ってます。母さんは難産で、その日は大雨で、道は走りにくく、溝には水が溜まってた。陸旦那が父さんに馬車を貸してくれて、西洋医のところに着いたときは、もう手遅れで、母さんを救えなかった」

黛雲は少し笑った。「あんた、後から知っただけね。でも、どうして手遅れになったかは知らないの？」

金点は明らかに驚いていた。「どうしてですか？　雨が激し過ぎたのではないですか？」

小茶が早口で言った。「私、呉媽《ウーマー》から聞いたわ。旦那さまはあんたの家の土地に祖廟を建てようとしたけど、あんたの父さんはダメと言った。二人は何回も交渉した。ある日、あんたの母親が産気づき、陸家に馬車を借りに来た。でも陸家の条件は土地を売る契約書にサインしないと、馬車は貸さないというものだった。あんたの父親は土地を売りたくないと、何度も陸家に言って掛け合ったけど、最後には根負けした。あんたの母親とあんたを救うために、仕方なくサインした。でもやはり遅かったのよ。呉嫣はとっくにあんたに、慧媛を好きになってはいけない、遺恨の家同士だから、って伝えたかったのよ」

馬車が揺れ始めた。金点が大声で叫んだ。「おいらを騙してるな！　そんなはずはないぞ」

黛雲が言った。「仲文がこの件は老魏《ラオウェイ》が一存で決めた、って言ってたわ。でも、その後のこと、あんたは知ってるの？　これはあんたが自分で呉嫣に訊けばいいわ。今日は私がそのことをこっそり伝えるわ。それはね、慧媛を何とかして手に入れようとしないこと。あんたたちはこの世ではダメなのよ」

小茶が言った。「老魏と呉嫣は早いうちにあんたに話すつもりだった。でも、あんたが魔が差して、自暴自棄になることを心配してた。それで、今日私たちが彼らに代わって話すことにしたの」

黛雲が言った。「そうよ。富童はあんたとは違う。彼は小茶と一緒になれる。あんたは驕り高ぶってはダメよ。舅の態度を見てご覧なさい、それでも諦めないの？」

金点は相変わらず黙っていた。

黛雲と小茶が何を話そうとも、彼はそれまでのように言葉を交わすことはせず、ましてや彼女たちと大笑いすることもなかった。

馬車は谷間で、迷路に入ったように絶えず脇道を進んだ。引き返しては間違え、間違えてはまた引き返した。徐々に暗くなり、馬車は走り続けた。いくら走っても出られないような感覚になっていた。

黛雲と小茶の二人は話を止め、金点を咎めることもしなかった。彼が休みなく脇道に入りまた引き返すに任せていた。そのうち、遠くに灯火が一つ光って見えた。馬に乗って彼らを探しに来た老魏だった。

老魏は乗馬用のカンテラを提げ、息を切らせながら言った。「あたしゃ、金点が馬車を操って街まで行くのは初めてだと、家にいてすぐ気づいたんだが、こんなに遅くなっても戻ってこんので、迷っとるかと心配だった。果たして、道に迷った、そうじゃろ？」

金点は応えない。黛雲が代わって応えた。「そうなんです。私たち、道に迷いました」

老魏が言った。「このカンテラについて来なさい」

果てしない暗闇の中、すべての花は見えなくなり、大自然は闇夜と渾然一体となった。ただ前方のカンテラだけが輝き、出没した亡霊のように、不規則に闇の中でうごめいていた。

翌日朝早く、小茶が慌てて黛雲のもとにやって来て、金点がいなくなった、と告げた。

黛雲は大いに驚き、緊張した。「昨日は私たち余計なことを喋りすぎたかしら？」

小茶が応えた。「そうですね」

黛雲は少し考えて言った。「このことは絶対誰にも言わず、私たちは何も喋らなかったことにしましょう。旦那さまに叱られるから」

「分かりました。お嬢さま、貴方はご自分できっと覚えておいてください、旦那さまのお叱りは一時的でも、慧媛お嬢さんの恨みは一生かも知れません」

丁子桃はこのときに、突如悟った。

彼女はとうとうはっきりした。あの野の花が咲き誇る小道は、間違いなく彼女が地獄へ到達した道だ。まさにこの道で、彼女はあの出没した亡霊の後を追って地獄の門へと足を踏み入れたのだ。

いま、彼女は再びその門へやって来た。彼女が一歩を踏み出すと、突如現れた光芒に倒されそうになった。

第一四章

六六・最下階の抜け道

青林《チンリン》と龍忠勇《ロン・ジョンヨン》は亡霊屋敷で丸々一日を過ごした。

昨晩の長時間の話し合いで、青林はこころの重荷がおりたようだった。朝早く、陸歓喜《ルー・ホワンシー》が村に行ってミーティングを開き、彼らは再び望楼に上ることにした。三知堂《サンジータン》の門はロックされておらず、彼らはすんなり中に入り、誰に会うこともなく、順調に望楼に上った。

まっすぐ最上階に着くと、龍忠勇は様々な角度から荘園の写真を撮った。青林はペンで荘園全体の略図を描いた。図を描きながら、言った。専門の作業は長くやってないから、腕はダメになったな。

午後、彼らは幾つもある中庭に足を運び、格調高く特徴のある箇所を計測し、図面に描いた。多くの民家と同じで、亡霊屋敷の梁を支える柱と窓の格子には、どこも精巧に画かれた物語が彫ってある。窓には、漁樵耕読〔中国農耕社会の代表的職業である漁夫、樵、農夫、書生〕、鵲報平安〔カササギが鳴くと縁起がいい〕、梁には老鼠嫁女〔鼠の嫁入り〕、麒麟送子〔想像上の動物の麒麟は子の生まれることを祝う〕といった類いだ。中庭の優雅さと荘園の塀の砲口が、強いコントラストになっている。

青林が言った。「ここの荘園生活は見たところ快適で気楽だったようだけど、その快適さと気楽さは恐らく女性と子供だけだったな。主人にとっては緊張と焦燥感でいっぱいだったろう。この望楼と銃眼を見れば分かるよ」

龍忠勇がそれを受けて言った。「ここの主人は自分を抑えて一家の者を安心させたかったんだ。望楼を見てみると、立哨ボックスは防備的に作り、さらに四角《よすみ》が尖った小さな亭をつけ加えている。これは主人が勝手気ままにしたことではないな。実際は一家の者に、ここは銃を使うところではなく、景観を愛でて詩を吟じるところだと言いたかったんだよ」言い終わってから、さらに一言加えた。「人を引きつけるこの建物の魅力は、恐らく、戦争と平和を一身に集めている点にあるね」

そう言うと、二人はともに笑いだした。

龍忠勇がさらに続けた。「安藤忠雄〔日本の建築家。一九四一—〕は言ってるぜ。建築というのは実際その場を訪れて、自分の五感でその空間を体験して、初めて真の理解が得られる、って。今日、僕はこの場に立って、この考えがじつに重要なことだと実感できたよ」

彼らは落ち着いて仕事をしながら話し合った。まるで、それまで何事も発生せず、彼らも何も聞かなかったかのようだった。我々は仕事があればその仕事に励むことだ。この言葉を青林は何度も口にした。彼はその考えで、あの面倒な推測と連想を考えないようにしているようだった。

午後、龍忠勇が、夕方の荘園の全景をさらに数枚写真に撮りたい、その時間の陽の光は一番柔らかいんだ、と言った。そこで、二人は再び望楼に入った。

　望楼の最下の階は薄暗く、前回二度来たときは、建物の最下階の構造などは細かく見なかった。龍忠勇は突然、階段の背後で誰かが新たに来た痕跡を発見し、近づいて見てみた。すると、そこには暗い戸口がみつかった。彼は思わず驚きの声をあげた。

　青林はその声につられてその場に行った。二人は暗い戸口のそばにあるガラクタ類を取り除き、木製の戸を押し開くと、深い洞穴が目の前に現れた。中は真っ暗ではっきりしないが、人一人は通れる。龍忠勇が携帯の光で中を照らしてみた。疑いもなく、それは抜け道だった。幅は狭く、奥が深い。その道の向きから推測すると、山に向かっており、山の向こう側に出口があるに違いなかった。

　青林が緊張して言った。「これはどういうことだ？」

　龍忠勇が応じた。「これはつまり、誰もが荘園の入口は一つだけだと思っていたが、もう一つ秘密の通路がある、ってことだよ」

「ということは、つまり……ひょっとしたら……陸歓喜が後の山は永谷《ヨングー》河に続いていると言ってたな」

「ひょっとして、あり得ることだ。だが、僕らは一向に気のふれた老人を探せてないぜ。彼ならきっとこの抜け道をよく知っているよ。君が中に入って行きたいなら、付き合うよ」

　青林は壁に寄りかかって目を閉じ、考え込んでいる様子だった。彼は龍忠勇の言葉に返事をしなかった。

　青林の顔には苦痛の表情が現れていた。龍忠勇は青林に目をやり、それから抜け道の戸を閉めた。彼は青林を連れて望楼に上った。望楼は四階あり、最上階に四角の亭がある。二人はずっと黙ったまま亭に入り、そこで暫く立ち尽くしていた。

そのとき、夕陽は斜めから荘園全体を照らしていた。雑草がいっぱいの墓の数々が、黄金色の夕陽を浴びて、静かに佇み、顔色一つ変えない。五十数年来、風雨に任せ、草の伸びるに任せてあった。

龍忠勇はカメラを取り出して、いままで以上に細かな写真を撮った。写真を撮りながら、言った。

「僕は全く想像できないよ。当時、彼らがこのような決定を下したのは、なんという勇気あることだろう」

青林はその言葉に応じた。「誰がこの抜け道を通って出て行ったんだろう？　もしかして、僕の母かもな？　だとすれば、母はこの家の娘だったのか、それとも嫁だったのかな？」

龍忠勇が応じた。「一番大事なことは、明日、僕たちは一度この抜け道を通ってみるべきかどうか、ってことだ。どこに通じているかが分かる。それに、このことを陸歓喜に知らせるべきかってことだ。君も推測してるけど、抜け道を出ると、何かがあるはずだ」

「間違いなく、人の住まない荒涼とした地だ」

「それは当然だ」

青林が言った。「僕が知りたいのは、この通路によって何か分かることがあるのか、ってことなんだ。ここに抜け道があることを知ったら、どんなことになるかな？」

龍忠勇が応えた。「ここの霊魂はもう安らかに眠ることはできなくなるな」

「ここは恐らく、毎日がやがやとうるさい声でかき乱される。だけど、陸《ルー》家の人の願いは、ただ寂として声なく静かにしていたいんだ。屍を大地と一体化させたい。家屋を時間とともに自然と風化させたい。何年も経った後で、ここの荘園の主人は陸という姓だったことなど忘れてほしい。さらに何年も経って、ここに荘園があったことさえ知る人がいなくなり、さらには、この中でかくも残酷な人生があったことさえ分からない、そういう願いなんだ。僕たちが郊外でよく目にした、誰も知ろうとしない崩れ落ちた塀や壁のように」

「君は、それがこの場合の最高の結論と思うのかい？」

青林が応えた。「そうだよ。僕たちはそれが存在しなかったことにするべきか、って思うんだ」

龍忠勇が訊いた。「君は本当にそう思うのかい？　母親の境遇や、母親がどんなことに遭遇したかは知りたくないのかい？　三知堂と母親はどんな関連があったか、なんてことも？」

「知りたくなくなったんだ。母がここの人たちとどんな関係だったのかも、知りたいと思わない。生きているあいだ、いつも母は本能的に振り返ることを拒絶しているのに、僕が何で知ろうとする必要があるんだい？」

龍忠勇は長いため息をついた。「三知堂、三知堂だぜ。天知る、地知る、霊知るだけど、君知らず、我知らず、だな」

青林が応じた。「もういいよ。僕は突然いま、ある言葉を思い出した。すべての意味はみな最も意味のないことだ」

夕闇が迫っていた。太陽はすでに群山の波頭に消えている。彼らは望楼を下りた。丸一日、あの恐ろしい顔立ちの気のふれた老人は姿を見せなかった。

翌日早く、青林と龍忠勇はジープを駆って陸暁《ルーシアオ》村を離れた。道が分かっているので、帰りは非常に早かった。午後にはもう重慶に着いた。そして、彼らはそれぞれの目的地へ向けて飛行機の乗客となった。一人は上海へ、もう一人は深圳《シェンジェン》へ。

飛行機が上空に達すると、眼下には都市の明るさがいっぱいに広がっていた。雲上で、徐々に淡くなる光を見ていると、青林の頭にある言葉が浮かんだ。隔世の感だな。

六七・死んでも人には知られたくないこと

青林《チンリン》はいままでのことを捨て去った。

深圳《シェンジェン》で数日休んだ後で、彼は武漢に戻った。本社に出勤すると、劉小川《リウ・シアオチュワン》から捜索の状況はどうだったかと尋ねられた。彼はただ簡単に、四川省東部はあまりに広く、且忍廬《チエレンルー》を知る人はおらず、ましてや胡水蕩《フーシュイダン》のような場所はほとんど知る人はいなかったと応えた。青林は三知堂《サンジータン》について話したくなかった。より多くの人に知られたくなかったのだ。やはり陸《ルー》家の人たちの霊魂を驚かしてはいけない。

劉小川は一つため息をついた。「そういう結果は、予想していたよ。すべての歴史は、最も核心的な部分が、みな人の知るところではないんだ。そして、推測はすべて、とても当てにならないもんだ。だから、世の中の多くのことを、我々は知る必要がない。知ったと思っても、実際それは全く真の姿ではないかも知れないからな」

青林が言った。「そうですね。今回の旅行では、途中で、こういうことを思いつきました。死んでも人には知られたくないことがあるものだ、って。それはそうしたことを時間に委ね、時間に風化してもらい、さらには時間に……柩なしの埋葬をしてもらうんです」

劉小川は笑った。「探せなかったけど、収穫はあったね。それで君は哲学者になった」

青林も笑った。「哲学者じゃあありません。ただ、納得したんです」

だが、武漢に戻った最初の日、一晩中青林は母親のベッドのそばに座っていた。母親の顔には依然として変化がなく、ぼんやりしたままだ。表情がなく、動きもない。

青林はおし黙ったまま、涙を流した。「母さん、僕は母さんが記憶を失う前にどんな体験をしたのかを知りたくはないんだよ。僕はね、母さんが意識を取り戻して、快適な静かな生活を送ってほしいだけなんだ。そうすれば、母さんは無駄な人生ではなくなるんだから」

彼が予想した通り、丁子桃《ディン・ズータオ》に反応はなかった。

その日の夜、青林は父親のノートをもとの小さな革製トランクの中にしまった。彼は考えた。もう二度と読むことはないのだから、これをどこにしまっておけばいいのだろう。

六八・柩のない埋葬は厭よ

日々は変わらず過ぎていった。

その日、激しい雨が降り、時折雷鳴があった。これは武漢の夏によくあることだ。それ以外すべては変わらず、取り立てて言うべきこともない。

青林《チンリン》のもとに冬紅《ドンホン》から電話がかかってきた。

冬紅は慌てふためいているようだった。「今日、奥様に食事を差し上げているとき、奥様は分かっているように見えました。目が動いたんです。そして一言、出て行くな、って言われました」

青林は会議中だった。彼は激しくこころを動かされ、すぐその場で同僚にお詫びをいれた。すぐ帰宅しなければならなくなった。母は植物状態になってもう数年経つが、いま家政婦から電話があり、母に動きがあったということだ。

同僚たちはみな案じてくれて、次々に言った。大丈夫です、早く帰宅してください。会議は今度にしましょう。

青林は飛んで帰った。ドアを開けるなり大声で叫んだ。「母さん！　母さん！　気がついたの？　僕、青林だよ」

丁子桃《ディン・ズータオ》は陽の光が遍く照っていると感じた。光は目を射るほど明るい。

彼女は思った。ここはどこなの？　自分の家ではないみたい。娘の声がするが、小茶《シアオチャー》ではない。男の声がするが、陸仲文《ルー・ジョンウェン》ではないし、汀子《ティンズー》でもない。ここは三知堂《サンジータン》ではないし、且忍廬《チエレンルー》でもない、ここは一体何というところなの？

声はさらにやかましくなってきた。突如、空に雷鳴が轟いた。雷鳴のあい間に聞こえるのはうら寂しく重苦しい声だ。空から勢いよく降ってくる。それは怒鳴っていた。柩のない埋葬！　柩のない埋葬だ！

その怒鳴り声が、丁子桃の憤慨を買った。彼女は雷鳴轟く空に向かい、大声で叫んだ。私は柩のない埋葬は厭よ！　柩のない埋葬は厭！

青林はちょうどそのとき、部屋を少し明るくするために、窓を開けようと向かっていた。突然、冬紅が言った。「ほら、奥様が何か話しています！」

青林はびっくりし、慌ててベッドの脇に行き、身をかがめると、果たして母親の口元が微かに動いている。彼は大声で言った。「母さん、何を言ってるの？　何を言いたいの？　母さん、急がないでいいよ、ゆっくり話してよ」

丁子桃はついに声を発した。極めて弱く、だがこの上なく明晰な声だった。その言葉は、柩のない埋葬は厭よ、だった。

冬紅は理解できず言った。「これはどういう意味でしょうか？」

青林はぐったりとベッドに座り込んだ。こころは挫けていた。彼は密かに思った。母は恐らく亡くなるのだ。

果たしてその日の夜、丁子桃は息を引き取った。抗う様子もなく、苦しむ様子もなく、一声長くため息をつくと、旅だった。

六九．哀しみはこころの底から

丁子桃《ディン・ズータオ》がここ数年どんなに長い道のりを歩んできたかを知る人はいない。彼女がどれほどの秘密を持ったまま亡くなったかを知る人はさらにいない。誰の死も例外なく、この世の幾つかの秘密を持ったまま旅だつ。言葉にすれば驚くことかも知れないが、黙っていれば何事もなかったことになる。

青林のこころの複雑な絡みを人びとは気づくことはできなかった。彼が穏やかであれば、周囲の人も穏やかにみえた。結局、丁子桃は長年病になり静かに旅だった。何の苦痛もなかったのは幸いだった。予想されていたことよりずっと良かったとさえいえる。

青林《チンリン》は母親のために棺桶を購入した。土地を買って、土葬にしたかった。だが、土地はどこに買えばいいのか？　都市では許可されないし、田舎では母があまりにも孤独で淋しすぎる。しかも、土葬にすれば、父の遺骨はどうすればいいのだろう？　彼はあれこれ考えた。葉落ちて根に帰る、というが、それは根がある人の考えることだ。父も母も、きっと自分をこの世に存在しない人間、永遠にその土地に関わらない人間でありたかったに違いないと思った。

青林は、母親を満足させられるのは、棺桶の中で眠ってもらい、棺桶もろとも火葬に付すことだと考えた。彼の妻と友人たちは、そうすることに全く理解がなかった。青林は言った。「この件は、僕のやり方を通してくれよ。もちろんこれには僕なりの理由があるんだ」

青林の意思の堅さを見て、妻もそれ以上反対しなかった。結局、これは丁子桃という女性の生涯の最後の一件であり、これから夫のこころは自分に向いてくれることになる。一方、友人たちは、青林は恐らく十分親孝行をしたいだけなのだと考えた。

追悼会は極めて簡素に開かれた。妻と息子以外に親族はいない。父も母も、どちらも孤立無援の生涯だった。もの好きな友人が尋ねた。青林は気落ちして応えるしかなかった。「二人とも孤児だったんだよ」

ところが劉《リウ》兄弟は最後の別れをしにやって来た。さらに、彼らの妹の劉小舞《リウ・シアオウー》の名で花輪を送ってきた。彼らは世の無常を嘆き、自然の成り行きに任せるんだと、青林を慰めた。最後に彼らは青林に従って共に丁子桃の野辺送りをするために山に登った。この社長の行動に、青林だけでなく、従業員たちも感動した。

青林は父親の遺骨も運んで来て、母親と一緒に埋葬した。墓地は劉晋源《リウ・ジンユエン》の眠る墓地とそれほど離れていなかった。劉小安《リウ・シアオアン》が言った。「呉《ウー》医師、丁《ディン》おばさん、ゆっくりと休んでください。僕の父と母が近くにいます。貴方がたは古い友人ですから、時間があればお互い訪ねてください」

この話は紙銭を燃やす人たち皆の笑いを誘った。哀しみはすべて、紙銭の灰と笑い声に乗って、大空に散っていった。

その日の夜、青林は母親の部屋で寝た。

彼は母親のベッドに横になり、母の残した気配を嗅いだ。そして耐えきれずに泣き出した。この哀しみはこころの底から出てくる、彼はそう感じた。彼は母を思って泣き、父を思って泣いた。この二人の孤独な人間は、互いに生涯にわたって秘密を隠しとおした。彼らは人に知られないよう、とても注意深かった。夫婦であっても、互いに仔細を知らずにいた。そして、自分は彼らの息子として、分かったことはほんの僅かに過ぎない。父は言っていた。お前はこれ以上多くを知る必要はない。気楽に愉しく生活していけばいいんだよ。青林は、そうするのはもちろん簡単だとは思う。だが、深夜、寝静まったころ一人でいるとき、本当に気楽に愉しくできるだろうか？

その日の夜、青林の頭には様々な思いがよぎり、空が明るくなりかけるころ、ようやく眠りについた。

翌朝、青林が起床したとき、太陽はすでに頭上に上っていた。彼は花園に行き、樹木の剪定をし、野菜畑に水をやった。空気は新鮮だ。彼は母親の部屋の床まで届く掃き出し窓を眺めていた。がらんとした無人の空間に、白い紗のカーテンが下がっていて、そこから特別な温かみが漂ってくる。青林は突如、生活はこれから気楽で愉しくなる、と思った。

ページはすでにめくられた。彼の家庭、この呉《ウー》姓の家族は、いまから彼が始めるのだ。彼はこの家族の創始者となるのだ。青林は董《ドン》姓の人たちと何の関係もないし、呉姓のそのほかの人たちとも何の関連もない。ただ呉という姓を名乗るだけだ。

父と母は石門峰《シーメンフォン》共同墓地（武漢市洪山区）に埋葬された。青林は自分で二人の墓石に石板の蓋をした。ひっそりとした静寂の中で、彼は父親のノートすべてをプラスチックの袋に入れ、中に納めた。青林は、二人の魂のために墓石に出入り自由な小さな穴を開けておくという楚人には学ばなかった。

そうすることによって、父と母、それに二人の秘密と二人の魂は墓石の下に埋葬された。青林はいままでのすべてをぴたりと閉じ込めたのだ。青林は低い声で言った。「父さん、母さん、安心してね。僕はきっと、強く愉しく生きていくよ」

　強く生きるためのもう一つの方法は、知りたくないことは強いて知ろうとしないことだ、そう青林は考えた。時はゆっくり過ぎて行く。真実のすべてを、柩なしで埋葬したのだ。たとえ真実を知ったとして、それが真実のすべてだとどうして言えようか？

最終章

七〇・忘却を選ぶ人と記録を選ぶ人

青林《チンリン》は心底、気楽で愉しくなった。

壁には父と母の写真があった。父と母は青林の部屋の壁で微笑んでいる。時が経ち、青林はいつも、顔を擡げて二人を見上げることを忘れていた。だが、青林が気づかぬときも、二人はいつも青林を見つめている。

秋がいっそう深まった。木の葉もみな黄葉している。武漢のプロジェクトはすでに最終段階に近づいていた。劉小川《リウ・シアオチュワン》は青林を益々重用した。青林は、父と母の複雑な経緯を除き、大事なことは、自分が職責をしっかり果たすことだと分かっていた。

新しいプロジェクトがほどなく立ち上がるところだった。梁子湖《リアンズー》〔武漢市と鄂州市にまたがる湖〕周辺の大規模な土地である。湖岸道路は石と小島が複雑に絡んだ状態になっている。アシが風に吹かれて倒れ、陽の光に照らされて淡黄色に輝いて浮かび出ている。風景は無限というべきだ。

　青林は現場を視察して、興奮した。湖岸の地形を見つめていると、思わぬことにインスピレーションが湧いたのだ。この自然環境を上手く利用すれば、彼独自のプロジェクトができる。まずは龍忠勇《ロン・ジョンヨン》を捕まえて見てもらおう。

　折良くそのとき、龍忠勇から電話があった。青林は興奮気味に言った。「いまちょうど、僕の新しいプロジェクトを君に見てもらおうと思っていたところなんだ」

　龍忠勇は青林の母親が亡くなったとき、お悔やみのメールを寄こし、それ以降は連絡がなかった。彼は、青林が最近どうしているかを知りたかったが、声を聞いてみると元気そうだね、と言った。

　青林が応えた。「元気だよ。僕は普通の人間なんだと規定したら、すべてはやりやすくなった。生老病死は人の常だ。人は誰だって、その日が来る。まして母は七〇年以上も生きて、何年も病気をして、旅だったんだ。想定内のことだよ」

　龍忠勇が応じた。「自分を規定するなんて、できることではないよ。人生には選択肢がたくさんあるんだ。立派な死を選ぶ人もいれば、ごまかしの生き方を選ぶ人もいる。すべてを記憶しようとする人がいれば、すべてを忘れ去ろうとする人もいる。どの選択も一〇〇パーセント正しいなんてありえない。どの選択が最も自分に合っているか、だよ。だから、君はあまり多く考える必要はないと思うよ。君が快適なやり方で過ごせば、それでいいんだ」

「僕は何が一番自分に合っているかは、全く分からない。僕が分かっているのは、ただこうするしかない、ってことだ」

「それでいいと思うよ」一呼吸おいて、青林に尋ねた。「僕がいまどこにいるか分かるかい？」

青林は笑った。「君はいつも神出鬼没だな。君がどこにいるかなんて分かるはずないよ。時間があるなら、一度武漢に来ないかな。今回のプロジェクトはとてもいい場所なんだ。君の意見を聞かせてくれよ」

龍忠勇が応えた。「僕はいま、四川省東部にいるんだ。本は書き終わっていないから、君のプロジェクトに意見する時間はないよ」

青林は一瞬ドキリとした。

口を開く間もなく、龍忠勇が続けた。「いま、陸暁《ルーシアオ》村に来てる。正確に言うと、三知堂《サンジータン》だ。陸歓喜《ルー・ホワンシー》が気のふれた老人を探し出してくれたんだ。老人の名は富童《フートン》だ。僕は一日彼から話を聞いたけど、彼は五文字だけ口にしたよ。小茶《シアオチャー》と雲中《ユンジョン》寺だ」

青林は突如目眩を覚えた。小茶、それは母がかつて口にした名前だ。

龍忠勇がさらに続けた。「前回、僕たちは、気のふれた老人が陸《ルー》家の一人の小間使いを救い、その小間使いはそれから出家したという話を聞いただろ。それが多分小茶で、出家した場所が雲中寺ではないか、って思うんだ。陸歓喜が言うには、近くに雲中寺があり、そこには尼寺があるのは確かだそうだ。彼は明日、僕を連れて行ってくれるんだ」

青林は急にみぞおちの痛みを感じた。彼は本心からもう知りたくないと思った。自分の願いは陸家の次男の若旦那同様、人には永遠に三知堂を知られたくないのだ。その上、時間の風化によってなくなってほしいとさえ思う。

龍忠勇は青林が何も言わないので、口調を和らげて言った。「君の気持ちは知ってるよ。僕は分かっている。もしも君の家と関連したり、君の家のプライバシーに及ぶような場合、僕は必ず筆をぼかす。心配要らないよ。ただ、この本は必ず精魂こめて書き上げたい。なぜって、歴史は真相を必要とするからね」

青林は相変わらず無言だった。彼は言いたくないのではなく、「小茶」の二文字がみぞおちにずしんと響いていた。小茶は実家から連れていったの、と母は話したことがあった。

龍忠勇は最後の言葉を言った。「忘却を選択する人もいるし、記録を選択する人もいる。僕たちはそれぞれの選択に基づいて生活する。それでいいんだ」

青林は携帯を閉じた。こころは沈んでいた。

目の前は広々と果てしない湖面があった。風が起こり、波浪が次々と立ち起こる。

彼は考えた。そうなのだ。自分は忘却することを選び、彼は記録することを選んだ。けれど、彼が案件を記録する以上、僕がどうして忘れ去ることができようか？　そして、青林はこころの中で冷笑した。真相は、君の一冊の本が描きだすことのできるものなのか？　この世には、本当の真相などは、一つもないのだ。

二〇一五年秋　武漢にて

訳者あとがき

一　小説『柩のない埋葬』の発表とその後

方方の小説『柩のない埋葬』（原題「軟埋」）は雑誌『人民文学』二〇一六年第二期に掲載され、同じく人民文学出版社から同年八月に単行本化された。

方方は単行本の末尾に、『柩のない埋葬』を執筆するにいたった個人的経緯を記している。それによると、方方の初期の代表作である中篇小説「風景」（拙訳『季刊中国現代小説』第一巻第三五号、一九九五年）を読んだ女性の訪問をうけ、その後親しくなってから、その女性の母親が最期にあたって「柩のない埋葬は厭だ」（我不要軟埋）と言い、女性は立派な柩を誂えて手篤く葬ったという話を知ることがあった。そのとき、方方は「軟埋」という二文字に強く引き込まれたという。「軟埋」とは、死者を柩に入れず、直接土に埋める埋葬を指す。中国の西南地区（四川、貴州、雲南の三省とチベット自治区、および重慶市）地方の標準的言葉である（『漢語方言大詞典』による）。民間では軟埋された死体は転生できないといわれる。古くから中国には刑罰の一種に「活埋」があった。「坑殺」ともいい、文字通り人を生きたまま土に埋める刑罰である。方方が「軟埋」という言葉に強く引き込まれたとき、無意識のうちに「活埋」に通じる重い意味を感じとり、小説の構想を大きくふくらませていったのかも知れない。

単行本が出版された年の八月、作家の格非《ゴーフェイ》（一九六四—）、『人民文学』編集長の施戦軍《シー・ジャンジュン》（一九六六—）、中国社会科学院文学研究員で評論家の白燁《バイ・イエ》（一九五二—）が出席して『柩のない埋葬』の新作発表会「歴史に向き合い、我々は柩のない埋葬をしてはいけない」が開かれた。そこでも方方は、「軟埋」という二文字に強い衝撃を受け、こころの中でにわかに何かが燃焼し始めたようだった、と述べている。

『柩のない埋葬』は翌年の四月、第三回路遥文学大賞に選ばれた。

この文学賞は、長篇小説『平凡な世界』（原題「平凡的世界」）で一九九一年に第三回茅盾《マオドゥン》文学賞を受賞し翌年若くして亡くなった路遥（一九四九—一九九二）を記念して、友人たちが一般社会からの募金で一九九四年に設立した民間の文学賞である。

中国における文学賞は、五年に一度開かれる魯迅《ルーシュン》文学賞をはじめ、茅盾（一八九六—一九八一）、老舎《ラオショー》（一八九九—一九六六）、曹禺《ツァオユー》（一九一〇—一九九六）などの名だたる文学者の名を冠したものがあり、それらはみな中国作家協会や文聯（中国文学芸術界聯合会）のもと複数の著名な文学評論家や研究者の委員によって選考される。いわば官制の権威とでもいうべきものがある。民間による文学賞はそれだけで希有な存在ということができよう。第一回路遥文学賞は湖南の作家閻真《イエン・ジェン》（一九五七—）の長篇小説『生きていく上で』（原題「活着之上」）が受賞した。閻真自身、自作が受賞して初めて路遥文学賞の名を知ったという。翌年には湖南の作家何頓《ホードゥン》の七八万字に及ぶ長篇小説『黄埔四期』が入選作品となった。これは電子版で全文を読むことができる長篇だった。

二〇一七年四月、北京で開かれた第三回路遥文学賞の授賞式では、人民文学出版社の元副編集長で雑誌『当代』の元編集長だった何啓治《ホー・チージー》（一九三六—）が選考委員を代表して路遥文学賞の証書を授与し、方方の作品は新たな角度で革命の過程における真実の物語を映し出している、と述べた。そして、フランスのユーゴーはかつてこの点について厳密な思考を有しており、絶対的に正確な革命の上には、さらに絶対的に正確な人道主義があると認識していたが、方方の『柩のない埋葬』はまさにそうした作品であって、人類のために書かれた作品なのだ、と評した。また、選考委員を代表して北京師範大学教授の趙勇《ジャオ・ヨン》は「この小説では精緻な構成によりこころ揺さぶられるストーリーが展開し、強い歴史的洞察力と美学が豊かに備わっているといえます。彼女はもとより土地改革を題材に選んだ唯一の作家ではありませんが、同類の題材を適切に扱うことのできる作家であり、この作品は批判性と文学性が高いレベルで融合しています」と述べた。

こうした授賞式における賛辞に対して、方方は次のように挨拶している。

> どの文学作品もみな作家の個人的表現であって、無数の個人的表現が集まって初めて時代の声となります。私たちは無数の個人的表現の中にこそ、社会の一断面、その縮図と精神を読み取ることができます。『柩のない埋葬』を書き上げた今後、私は自分の書き方で書いていきます。きょうは「世界読書デー」です。私が特に話したいことは、私の作品は私個人の表現であり、さらに話したいことは、私たちは文革のあの読書のない時代には戻りたくないということです。

授賞式が開催された四月二三日は、たしかにユネスコが一九九五年に定めた「World Book and Copyright Day」（本と著作権の日）であったが、方方がここで特に強調している「文革の時代には戻りたくない」という主張は、このときすでに小説『柩のない埋葬』に対する批判が起きており、その批判に唯ならぬ危機感を有していたことの証でもあった。

二　「小説『柩のない埋葬』は一株の大毒草である」

小説『柩のない埋葬』に対する批判は、単行本化された翌年の二〇一七年以降、本格的に始まっていた。

方方が第三回路遥文学賞を受賞した「世界読書デー」の前日、方方の住む武漢で、正面に「『柩のない埋葬』は一株の大毒草である」という横断幕を掲げた批判大会が開かれていた。参加者は土地改革の体験者である老革命家、労働者、農民、解放軍たちだった。そこでの批判の主要な論点は、この小説は土地改革の現実を正しく反映していない、ということにあった。現実を正しく反映するとは、この批判大会の場合、体験者が体験したことと同一かどうかという次元になっている。たとえば、農民の暴挙や地主の自殺などはなかった、という主張はその典型例だろう。

土地改革において、地主の自殺や暴行が数多くあったことの記録は幾つも存在している。たとえば、この小説が描く一九五一年当時、毛沢東（一八九三―一九七六）の勧めで四川省東部の合川県雲門郷の土地改革の視察団に同行した梁漱溟《リアン・シューミン》（一八九三―一九八八）は、北京に戻り、土地改革は必要だが実際はやり過ぎもあり、一組の地主夫婦は批判闘争でひどい仕打ちを受け共に河に飛び込んでしまった、体罰が恐ろしくて反抗するか自殺するかに追い込まれている、と毛沢東に語っている。毛はその報告を聞いて、それはどこでもあることで、農民の積年の憎しみがそうさせているのだといった言葉を返している（より詳細は、戴晴《ダイ・チン》著・田畑佐和子訳『毛沢東と中国知識人――延安整風から反右派闘争へ』東方書店、一九九〇年／劉克敵《リュウ・コーディー》『梁漱溟的最後39年』中国文史出版社、二〇〇五年、他)。「革命とは客を招いてご馳走を食べさせることではない。(中略)革命とは暴動だ。一つの階級が一つの階級の権力をひっくり返す激烈な行動だ」(毛沢東「湖南農民運動視察報告」一九二七年、後に文化大革命時の『毛主席語録』にも収録)という毛沢東のことばを思い出す。毛沢東の梁漱溟批判の嚆矢《こうし》ともなった逸話だが、ここでは本筋の話ではない。また、留学生だった秋山良照は一九五一年の夏、広東省恵陽県で「南下工作団」の一員として参加し、地主だけでなく貧農にも多くの自殺者がいたと具体的な数字をあげている(秋山良照『中国土地改革体験記』中公新書、一九七七年)。

武漢で開かれた「『柩のない埋葬』は一株の大毒草である」での批判は、結局あった、なかったの皮相なレベルでの批判に終わっている。

ほどなくして、『柩のない埋葬』に対する批判文が退職した高官によって立て続けに発表された。この小説は地主階級の立場に立ち、中国共産党の土地改革政策を否定し、習近平《シー・ジンピン》(一九五三―)が二〇一四年におこなった「文芸工作座談会での講話」の基本精神に反しているとする批判である。中でも、元中国共産党中央組織部部長の張全景《ジャン・チュエンジン》(一九三一―)は、この小説は我々の党が指導した土地改革運動に対し、農民に分配した土地や財産を地主が奪い返す(原文「反攻倒算」)ものであると論じた(「『柩のない埋葬』は新たな形勢下のイデオロギー領域の階級闘争の反映である」)。また、解放軍上将の趙可銘《ジャオ・コーミン》(一九四二―)は、この小説は土地改革を推し進めた運動を貶め、地主階級を極力美化し、土地改革という厳粛な階級闘争の本質を少数の個人的な私憤、私怨に収斂させていると論じた(「『柩のない埋葬』は土地改革に対する反攻倒算である」)。さらには、中国共産党中央宣伝部研究室の劉祖禹《リウ・ズーユー》は、この小説だけではなく香港の『炎黄春秋』などブルジョア思想が建国以来の成果を覆そうとしている、この小説を掲載した人民文学出版社の党組織は真剣に反省すべきだと述べた(「「講話」後に『柩のない埋葬』が発表されたことは極めて不正常だ」)。

習近平の「文芸工作座談会での講話」とは、「中華民族の偉大な復興の実現には中華文化の繁栄と興隆が必要である」とする第一の問題から始まり、第五の問題「党の文芸工作に対する指導を強化し改善する」までを語ったもので、その要諦は、人民のため、人民を中心とした文芸を求め、文芸の働きを政治政策の宣伝とする点において、一九四二年に毛沢東が延安で語った「文芸講話」と軸を同じくしていると読める。ここで言う「人民」には、地主階級は含まれない。

かくして、方方の小説『柩のない埋葬』は二〇一七年夏には書店から姿を消し、現在に至るまでこの小説は中国では一般に流布していないと思われる。いわば禁書として取り扱われている。ちなみに、現在、『人民文学』の該当号はネットで検索できず（二〇二一年三月一三日現在）、この小説が転載された『当代長篇小説選刊』の二〇一六年第三期はＣＮＫＩでも見いだすことができない。『人民文学』編集長の施戦軍は二〇一六年第二期の雑誌冒頭の「内容簡介」を書き直し、「軟埋」を「車欠土里」と表記して簡潔にふれる文章を発表している。批判を受けての処置と思われる。また、中国全土の古書店を網羅した孔夫子旧書網で『軟埋』を検索すると、一行の文章「申し訳ないですが、軟埋関連の商品は探せません」が現れる。ただし、「軟埋」が掲載されている『人民文学』の二〇一六年第二期は高値をよんでいる。一般に流布していない、とはこういう現実をさすのだ。

訳者はこの小説を土地改革を扱った小説とは見ていない。土地改革を扱った小説としては、今までに解放前の趙樹理《ジャオ・シューリー》（一九〇六―一九七〇）の「李有才板話」、「李家荘の変遷」など毛沢東の「文芸講話」の主張に沿った一連の作品がある（邦訳は多数あり主なものは、駒田信二他訳『中国現代文学選集9　趙樹理集』平凡社、一九六二年／岡崎俊夫・小野忍訳『現代中国文学8　趙樹理』河出書房新社、一九七一年／小野忍訳『李家荘の変遷』岩波文庫、一九六一年など）。さらに丁玲《ディンリン》（一九〇四―一九八八）の『太陽は桑乾河を照らす』（一九四八年）は、土地改革の動きを見越して批判をかわそうと色々な手を打つ地主の銭文貴《チェン・ウェングイ》と、地主の報復を恐れる農民たちの地主に対する憎しみを組織化することの困難さを描き、工作隊の粘り強い働きがついには銭文貴の打倒にいたる物語である（邦訳は、坂井徳三訳『太陽は桑乾河を照す』ハト書房、一九五一年／岡崎俊夫訳「太陽は桑乾河にかがやく」（『現代中国文学全集9　丁玲篇』所収）河出書房、一九五五年／「太陽は桑乾河を照らす」（『現代中国文学5　丁玲・沈従文』所収）河出書房新社、一九七〇年）。また、周立波《ジョウ・リーボー》（一九〇八―一九七九）の『暴風驟雨』（一九四八年）も土地改革を扱った代表作といえるだろう。趙玉林《ジャオ・ユーリン》ら貧農たちが地主の韓鳳岐《ハン・フォンチー》を批判大会に引きだし、その罪悪を告発して打倒する物語である（鹿地亘・安島彬訳『暴風驟雨』ハト書房、一九五一年）。これらはどれも、貧農が様々な困難に打ち勝って地主を打倒する経緯を正面から描いている。丁玲と周立波の二作品は、第一回スターリン賞を受賞した。

『柩のない埋葬』が禁書になった理由は土地改革の扱い方にあるので、先ずは中国の土地改革について見ておきたい。

三　「土地改革」とは何か

ここで簡単に、中国の土地改革の概略をまとめておこう。

中国が抱える最大の課題は人口の圧倒的多数を占める農民問題だった。農民問題とは、生きることもままならない経済的最下層の農民が人口の七、八割を占めていたことであり、そうした農民を必要とする地主階級が厳として存在し、さらに自らの階級を維持するために暴力装置も所有してその構造を固定化していることであり、従って中国社会の停滞を余儀なくさせていたことだった。この構造を変革するための土地改革は一九二〇年代から始まっており、その基本方針は孫文（一八六六―一九二五）も提唱した「耕す者に田を」である。その本格的な試みは日本の敗戦以降、国共内戦中に中国共産党が一九四七年に配布した「中国土地法大綱」だった。これは所謂解放区において実施され、「貧農と雇農を中心とし、中農と団結する」ことによって権力を集中組織化し、地主の所有する土地を貧農と雇農に分配しようとするものであった。中華人民共和国の成立（一九四九年一〇月一日）以降、一九五〇年に成立した「中華人民共和国土地改革法」によって、全国に土地改革の法的根拠が定められることになった。当時中央政府副主席（主席は毛沢東）の劉少奇《リウ・シャオチー》（一八九八―一九六九）は、一九五〇年六月一四日、中国人民政治協商会議全国委員会第二回会議の冒頭、「土地改革問題に関する報告」をおこなった。その中で、劉はなぜ土地改革をおこなうか、について簡潔に述べている。

> 土地改革の基本的内容は、地主階級の土地を没収し、土地のない農民、あるいは土地の少ない農民にそれを分配することである。このように階級という点からいえば、この社会から、地主という一つの階級をなくしてしまい、封建的搾取のための土地所有制を農民の土地所有制度にあらためることである。このような改革は、まことに、中国歴史はじまって以来幾千年のあいだにおける、もっとも大きな、またもっとも徹底した改革であるといえる。
>
> どうしてこのような改革を行わなければならないか？　簡単にいえばつまり中国のいままでの土地制度がきわめて不合理だったからである。（中略）このような状態を変革しようとするには、土地改革法案第一条に規定されているように、地主階級の封建的搾取のための土地所有制度を廃止して農民の土地所有制度を実施し、それによって農村の生産力を解放し、農業生産を発展させ、

新中国の工業化の扉をひらかなければならないのである。これがつまり、われわれの実行しようとしている土地改革の基本的理由であり基本的目的である。

この報告がなされた当時、では土地改革はどの程度の地域で達成され、あるいは未達成であるのかも劉は述べている。

げんざい全中国で土地改革をすでに完了した地域、あるいは基本的に完了した地域は、だいたい農業人口一億四五〇〇万（総人口約一億六〇〇〇万）をもっているが、まだ約二億六四〇〇万の農業人口をもつ地域（総人口約三億一〇〇〇万）では、土地改革が行われていない。全国で今年の冬に土地改革を実行することが予定されているところは、約一億の農業人口をもつ地域である。（中略）このほか、中国にはまだ約一億六四〇〇万の農業人口をもち、今年の冬には、まだ土地改革を実行する準備をしていない地域がある。そのうちの大部分は一九五一年の秋以降に実行されるが、一小部分は一九五二年の秋以降に実行されるであろう。

（劉少奇『新中国の土地改革』社団法人中国研究所、一九五一年）

小説『柩のない埋葬』の冒頭、女が永谷河《ヨングー》から救出され記憶を失った出来事は一九五二年とあることから、「土地改革法」が制定された一九五〇年秋以降の土地改革における出来事という設定になる。この法律によって土地改革委員会が各地に設置され、小説に出る農民協会や工作組などが委員会のもとに設置された。ほぼ同じ時期に四川省達県河市壩の地主となった日本人女性、福地いまの『私は中国の地主だった――土地改革の体験』（岩波新書、一九五四年）に詳細が語られている。

達県河市壩は重慶市の北北東二〇〇キロほどに位置している。この小説の舞台である四川省東部と大きな差異はないと思われる。それによると、農民協会は農民を組織して民兵（人民武装隊）を編成していた。村を出るには道路に武装隊が歩哨に立っており、隊長の証明が必要だったという。丁子桃《ディン・ズータオ》が批判大会で両親を口汚く罵り、許されて村から立ち去る途中で銃尻で激しく叩かれた場面が思い出される。工作組の組長になった王金点《ワン・ジンディエン》が、かつて働いていた陸子樵《ルー・ズーチアオ》一家を批判闘争にかけると言ったとき、土地改革委員会のもとに設置された農民協会の力に抗うことはできないという現実を前に陸子樵は身の処し方を考え、服毒自殺の道を選んだのだ。

四　小説『柩のない埋葬』を読む

中国における土地改革の概略を前提に『柩のない埋葬』を読むと、この小説は決して「地主階級の側に立った小説」などではないことが分かる。

物語は描写の時間が自在に転換されている。方方の小説で多用される手法で、先に語られたことの相互の関連性が後に明かされる構造になっており、それがかえって読み物として重層性をおびているともいえようか。

物語はぼんやりした表情の記憶喪失した女の登場から始まっている。

永谷河から瀕死の状態で救出された女は、幸いその地に治療に来ていた軍医によって応急処置を受け、街の病院に移送される。その軍医はかつて上海で医学を学び、一九四八年、帰省の途中に一家全員が殺されたことを知り、生きる希望を失って山奥の岩に横になっていたところを呉《ウー》という山男に救出され、その息子となって山奥で暮らしていた。それから二年後、土匪と戦って負傷した軍政治委員の劉晋源《リウ・ジンユエン》を救い、劉晋源が山を下りるとき帯同して、劉の推薦で解放軍の一員になった。そのとき、名前を自ら呉家名《ウー・ジアミン》と名乗り、劉の負傷した妻に応急手当をしたときの腕を買われて、軍の病院に勤めることになった。これが永谷河から救出された女に応急手当を施した軍医の呉家名（本来の姓は董《ドン》で山西省の地主の息子）である。女は病院で辛うじて死を免れ、半月後意識を取り戻すが、なぜ河に落ちたか、自分の名前は何か、どこの人間かなど記憶を全く失っていた。呉家名は女に仮に丁子桃という名をつけ、元気になった丁子桃の働き口として上司にあたる軍政治委員の劉晋源宅の家政婦の仕事を紹介する。そして結局、呉家名は十余年後、上司の劉晋源宅で丁《ディン》おばさんという名で家政婦として働いていた丁子桃と再会し、一九六三年秋に結婚、翌年二人のあいだに青林《チンリン》という男の子が生まれた。ほどなく呉家名は交通事故で亡くなり、丁子桃はまた家政婦になって息子を育てる。青林は成長し、大学で建築学を学び、劉晋源の次男が経営する会社に就職して重要な仕事を任され順風満帆な出世コースを歩み始める。そして、ようやく購入した一軒家に母親を呼び寄せたとき、母親は「三知堂《サンジータン》？　それとも且忍盧《チエレンルー》？」と呟き、家の前の竹藪を見て謝朓《しゃちょう》の五言詩を呟く。さらに部屋に置かれた磁器に描かれた絵を見て「鬼谷子、山を下るの図ではないかしら」と語る。大学を出て知識はそれなりにあるはずの青林でさえ初めて耳にするこうした言葉は、丁子桃という女性が失った記憶の内実には途方もない闇があることを思わせる。だが一方、自分の生活は今から始まるのだという再生の言葉ももらしている。

　こうして、物語はこの小説の一つの山場である一八階の地獄に導かれてゆく。

　三知堂は、丁子桃の嫁ぎ先である陸子樵宅の名であり、且忍盧は丁子桃の実家である胡如匀《フー・ルーユン》宅の名である。丁子桃の記憶を失った原因を語るために、作者は逆時間で「一八階の地獄」を丁子桃に歩ませて語るという作法をとっている。一八階の地獄とは悪事をおこなった人間が死後落とされるという民間に広く流布している仏教の説く迷信で、第一階の舌抜き地獄から第一八階の鋸切り裂き地獄までである。失われた記憶の中、地主の両家に起こった惨劇を語る仕掛けとして、この一八階の地獄はこの小説の大きな特徴となっている。ここでは、丁子桃は胡、陸両家の惨劇の中で必死に行動する胡黛雲《フー・ダイユン》（自らの分身）を見つめる形で、一八階の地獄の闇が語られている。ここでは丁子桃は胡如匀の娘で本名の胡黛雲として行動しているのだ。彼女は胡家の批判闘争の前夜に両親から、親娘のあいだに敵味方の線を引く（劃清界線）ことを皆の前で宣言し、農民と交わした契約書を燃やして場合によっては父親を殴れ、と諭される。それは、胡黛雲をその場から逃れさせるための窮余の一策だった。胡黛雲は嫁ぎ先で舅の陸子樵に命じられ、ヒ素を飲んで穴に横たわる陸家の人間それぞれに土をかけていく。そして命じられたままに、秘密の抜け道を通って逃走する。中国の農村には多くのトンネルが掘られていたとは、一九四八年に山西省潞城県張荘村で集めた土地改革に関する報告書『翻身』（W・ヒントン著、加藤祐三・春名徹・加藤幹雄・吉川勇一共訳、平凡社、一九七二年）が伝えるところである。

陸、胡という地主の両家に起きた惨劇以降の物語は、交通事故で亡くなった呉家名の手記を息子の青林が読み進むことにより明かされ、青林と青林のクラスメイトで建築に関する本の執筆にとりかかっている龍忠勇《ロン・ジョンヨン》が且忍廬と三知堂を求めて各地を調査することにより、土地改革の地主の実態とは別個の主題が現れる。二人が陸暁《ルーシアオ》村を訪れ三知堂と書かれた屋敷を見つけ、さらに且忍廬の存在の手がかりを求めようとしたのは、とりもなおさず母親の丁子桃（胡黛雲）の記憶を呼び覚ます一助にしたいがためであった。だが、その過程で二人のあいだに過去の事実に対する向き合い方に相違が生じる。青林は自分の母親の記憶喪失の意味を考え、それがどのようなものであれ、その喪失した記憶の中身を知ることにどのような意味があるのかと悩み始める。アメリカから四〇年後に墓参のために里帰りした陸家の息子二人が三知堂の中の墓場を立ち去るさい、陸三爸《ルー・サンバー》に告げた「三つの永遠」という言葉が青林の父のノートにあった「永遠に探求してはいけない」という言葉に結びつく。青林は「この世のことは結局知らないことが多く、知っていることは少ない。いわんや僕たちが苦労して知り得たことも、つまりは当時の真実とは限らない」と考える。「母は記憶喪失だ。これって、母自身が潜在意識で記憶の中の残酷なことを拒否しているのではないだろうか？　彼女の生命には過去を断固忘れるように仕向ける力がある」と考えるに至る。植物状態であった丁子桃（胡黛雲）が、駆けつけた息子の青林の前で「柩のない埋葬は厭よ」と言って息を引き取ったとき、青林のこころは決まったと言っていい。一方の建築学の研究者である龍忠勇は、「歴史は真実を必要としている」として、あくまでも三知堂の過去を知ろうと調査を続け、廃れた三知堂に五保戸として一人住む気のふれた老人は富童《フートン》であり、近くの雲中《ユンジョン》寺の尼寺に住む女は小茶《シアオチャー》ではないかと連絡してくるが、青林はまともに返事を交わすことなく電話をきるのである。

この小説は、中華人民共和国成立（一九四九年）後の土地改革によって翻弄された一人の女性の一生を語る形で、人が誰でももつ記憶の意味を問い、人が生きることとの意味を問う小説である。青蓮美蔭、大水井《ダーシュイジン》、壁一面の忍と耐の文字などは実在のもので小説にリアリティをもたせているものの、土地改革そのものを主題にしたものではなく、土地改革という過酷な歴史状況を背景にして、人は何を為し得るか、為したことの記憶にどう対処すべきか、対処できるか、を問うている。

五　作家方方の基本的な考え

ここでやや長くなるが、二〇一七年六月二七日「ニューヨークタイムズ中国語電子版」に載ったメールによるインタビュー記事の抜粋を書き留めておきたい。『柩のない埋葬』に対する批判が喧しくなったおり方方自身も精力的に自分のブログで反論していたが、このインタビューには方方の基本的な考えが簡潔に表れていると思えるからである。なお、現在方方のブログは閉鎖されている。

問　小説の後記で家族の歴史に言及していますが、貴方の家族は土地改革の経歴がありますか？貴方の家庭の記憶は「柩のない埋葬」をされたのですか？　土地改革に関して、関連する歴史資料を調べましたか？

方方　小説の内容は私の家族と全く関係がありません。（中略）小説の原型人物は私の友人の母親ですが、それも少し痕跡があるだけです。後記で書きました。彼女の母親が言った「柩のない埋葬」という言葉に強く惹かれるものがあり、書きかけの作品を手放してこの小説を書き始めました。（中略）

　小説でふれた四川省東部にはわざわざ足を運びました。土地改革に関することなので、もちろん関連する資料にはあたりました。

問　『柩のない埋葬』は土地改革を否定していると言って論争を引き起こしていますが、小説の中で土地改革は正面から描かれず、一人の記憶を失った老人の記憶中で再現されています。これは土地改革小説というよりも土地改革の記憶小説というべきです。このように言っていいですか？

方方　そう言って頂いて結構です。小説では土地改革に反対する議論は全くしていませんし、反対の傾向すらありません。歴史的事件の評価はしない、これはおそらく私の創作の基本的な態度です。多くの歴史の進行中の事件には、通常極めて複雑な背景と特殊な原因があるからです。それが正しいか否かは、一人の作家が判断することではありません。文学は人学で、私の小説が描こうとするのはこうした歴史の進行の中で何かに突き当たり運命を変えさせられる人びとです。社会的事件は人の背景になるにすぎません。この小説について言えば、私はむしろ歴史に寄り添った態度をとっています。こうした態度は忘却者に対する思いやりに表れています。結局はこれはすでに半世紀以上が過ぎ去った歴史であり、これに関連したほとんどの世代の人たちはすでに亡くなっており、残された人たちは構うことなく未来を見つめて現在の生活をよりよく過ごすのです。

　ですから、彼らは忘れ去っていい、でも社会のエリートはそのことを記録にとどめておかねばならないと思います。個人は記憶する必要はないですが、歴史と民族は記録することが必要です。記録する目的は歴史を鑑とし、後生の社会の進歩に貢献するためです。

問　では、土地改革の歴史を貴方はどう考えていますか？　土地改革を正面から扱っていないのに、小説『柩のない埋葬』はなぜ極左の怒りにふれ、大批判を引き起こしたのでしょう？

方方　私はもともと土地改革という出来事に対して正面から描く考えはありませんでした。ただあのような背景のもとの一人の人間と何人かの運命を描きたかったのです。土地改革自体については、私の考えはこうです。新政権がうち立てられ、土地改革を進めるのはあるいは必然でした。「耕す者に田を」を実現し、豪族を抑え、貧富の差を無くす、これはきっとある種社会の理想です。でもどう改革するか？　このような残酷さは必要なのか？　これほど多くの人を殺す必要はあったのか？　私は人本主義者として、確かにこのような考えを持っています。（中略）

　極左の攻撃を引き起こした理由は、極左自身にその原因があると私は考えています。どのような一派でも、一度極端に走ると随時攻撃目標を求めるようになるからです。他人を攻撃しないと同じ陣営で攻撃し合うようになるのです。他人を攻撃して初めて彼らは一致団結できるのです。（中略）極左の心情を利用して私個人に報復を加えるのは大いにあり得ることです。でも、理解しかねるのは、三人の退職した高官（前出の張全景、趙可銘、劉祖禹）がほぼ同時期に私の小説を読み、同時期に内容がほぼ同じ、文体もよく似た文章を書いたことです。（中略）

　実際、彼らは最初から作品を論じるのではなく、作家に矛先を向けています。彼らの列挙した罪状は、昔だったらどれも死刑罪で、現在でも、役人たちを極度に脅すのです。彼らは一度ならず二度、三度と役人たちにいろいろな方法で伝えます。この人の小説は君たちに反対しているから、君たちは彼女を懲らしめなければならない、と。彼らは役人の心理をよく知っています。安定を保つために、役人側は必ずや彼らの支配を受け入れるのです。

問　趙可銘は「依然として文学は階級闘争や政治宣伝の道具だと認識している」、こうした論調が現れると、人は容易に文革を思い出します。貴方はなぜ今このような批判と論調が現れたと思いますか？

方方　私たちは大学生のとき、湖北省の文学雑誌『長江文芸』雑誌社と連携して、文学は階級闘争の道具だろうか、というテーマで討論をしたことがあります。あれはもう前世紀の七〇年代末か八〇年代初めのことでした。我々の大部分はみなきっぱりと「道具論」という考えを否定しました。三〇年以上が過ぎ去り、これはとっくに解決済みの問題で、全く議論する必要はないと思っています。文学はもちろん階級闘争の道具ではありません、時に道具になることはできますが。ただその本質は如何なる道具として用いられるものでもないのです。なので今回また文革を思わせる文章を見て、私はとても驚き、ある種「お久しぶりです」といった感じです。上海華東師範大学の銭谷融《チエン・グーロン》先生（一九一九—二〇一七）に名言があります。この言葉に私は深く影響を受けました。それは「文学は人学である」です。私は強くこの考えに同意します。一人の作家に政治家や或いは革命家を求めることも、その作品は政治のために或いは革命のためにあるべきと求めることもできません。また、作家の創作は必ず規定に基づいて書くよう求めることも、或いは上司の求めに従って書くよう求めることもできません。もしも過去の作家がみなそのようにして書いたなら、現在これほど多くの読むべき文学作品の古典があるはずはありません。文学はなによりも個人の表現であって、無数の個人の表現が集まって、初めてある時代の表現になるのです。

問　一九四二年五月二日、毛沢東が延安で開いた文芸座談会は、中国の文学創作の指導思想になりました。二〇一四年一〇月一五日、中国共産党中央総書記の習近平は北京で文芸工作座談会を主催しました。作家として、貴方はこの二つの座談会がもたらす影響をどのように見ていますか？

方方　最初の会議の「文芸講話」は、私のような年齢の人は文革中に誰もが学んだことがあります。間違いなく、この講話は中国の文学に大きな影響をもたらしています。二番目の会議は、私は参加していません。やはり私は国内でも積極分子ではないのです。私は湖北省作家協会の主席を務めていますが、作家協会においてはやはり重要人物ではないのです。まして私はこれまでずっと会議が好きではありません。この座談会に参加する資格がなかったことは、多分私たち双方の予想していたことでしょう。言ってみれば、最初の座談会であれ二番目の座談会であれ、どちらもハイレベルの指導者の文学に対する嗜好と何を重視するかを表しています。彼らの観点は中国文学の歩みに大きな影響を与えます。その影響は簡単な言葉でどのような分野に表れるかを述べることはできませんし、正確な言葉で判断をすることはとてもできません。ある種の総合的な影響と言えるかも知れません。ただ私が言いたいのは、本来創作者は、何人の指導者の重要講話があろうと、どの作品もやはり自己の内心の求めに基づいて完成させるのです。

外国記者のインタビューであることを考慮に入れても、作家方方の文学に対する揺るぎない考えをうかがうことができると思う。

今回の翻訳は、一部の削除があった『人民文学』版ではなく、電子版によった。同じ電子版に基づいて、二〇一九年に香港の開源書局と台湾の民国歴史文化学社で繁体字版が出版されている。土地改革の実態を知るために「訳者あとがき」に紹介した本以外にも何冊もの本を参考にしたが、それでも訳者の知識では敵わぬところが散見し、作者の方方氏には何度か問い合わせた。方方氏はスマホの世界で日常生活を送っており、毎日パソコンを開くことはない。暫くたってから届く返事で、恐縮するような丁寧な説明をして頂いた。この冬、寒さから逃れるために毎年行くという海南島からは、まだ直近のメールの返信は届いていないが、改めて感謝の意を申し述べたい。また、河出書房新社の新屋敷氏は、全体にわたって精読してくださり的確な指摘をして頂いた。

二〇二二年二月

渡辺新一

【著者略歴】

方方

ファンファン、Fang Fang

1955年、中国・南京生まれ。本名は汪芳(ワン・ファン)。現代中国を代表する女性作家の一人。2歳時より武漢で暮らす。運搬工として肉体労働に従事したあと、文革後、武漢大学中国文学科に入学し、在学中から創作活動を始める。卒業後はテレビ局に就職し、ドラマの脚本執筆などに従事。80年代半ばから、武漢を舞台に、社会の底辺で生きる人々の姿を丁寧に描いた小説を数多く発表。2007年からは湖北省作家協会主席も務めた。2010年、中篇「琴断口」が、中国で最も名誉ある文学賞のひとつである魯迅文学賞を受賞。「新写実小説」の代表的な書き手として、高い評価を得ている。主要な作品は映画化もされた「胸に突き刺さる矢」(2007年)、『武昌城』(2011年)、『武漢日記』(2020年)など。

【訳者略歴】

渡辺新一

わたなべ・しんいち

1946年生まれ。中央大学名誉教授。東京都立大学大学院博士課程満期退学。専門は中国現代文学。訳書に、『魯迅日記　I・II・III』(「魯迅全集」17～19、共訳、学習研究社)、劉慶邦『神木――ある炭鉱のできごと』(コレクション中国同時代小説5、共訳、勉誠出版)、方方『落日――とかく家族は』(コレクション中国同時代小説8、勉誠出版)、吉狄馬加『アイデンティティ』(思潮社)、『武漢日記』(共訳、河出書房新社)など。

柩のない埋葬

2022年4月20日　初版印刷
2022年4月30日　初版発行

著　者　方方
訳　者　渡辺新一
装　丁　鈴木千佳子

発行者　小野寺優
発行所　株式会社河出書房新社
〒151-0051　東京都渋谷区千駄ヶ谷2-32-2
電話03-3404-1201(営業)
03-3404-8611(編集)
https://www.kawade.co.jp/
組　版　株式会社キャップス
印　刷　株式会社亨有堂印刷所
製　本　加藤製本株式会社

Printed in Japan　ISBN978-4-309-20849-7